Unicorn

独角兽书系

渡鸦之影

A Raven's Shadow: Tower Lord

卷二 北塔之主 上册

[英]安东尼·瑞恩/著
露可小溪/译

重庆出版集团 重庆出版社

版贸核渝字（2014）第 155 号

图书在版编目 (CIP) 数据
渡鸦之影 . 第 2 卷，北塔之主 /（英）瑞恩著；露可小溪译 .
—重庆：重庆出版社，2016.1
ISBN 978-7-229-10335-4
Ⅰ . ①渡… Ⅱ . ①瑞… ②露… Ⅲ . ①长篇小说 – 英国 – 现代 Ⅳ . ① I561.45
中国版本图书馆 CIP 数据核字 (2015) 第 196501 号

渡鸦之影（卷二）：北塔之主（上下册）
DUYA ZHI YING (JUAN ER):BEI TA ZHI ZHU (SHANGXIA CE)
[英] 安东尼 · 瑞恩 著　露可小溪 译
出版策划：重庆天健卡通动画文化有限责任公司
联合统筹：重庆史诗图书信息咨询有限公司
责任编辑：邹 禾　许 宁　方 媛
装帧设计：谢颖设计工作室
封面绘画：NAVAR
责任校对：胡 琳

重庆出版集团
重庆出版社 出版
重庆市南岸区南滨路 162 号 1 幢　邮政编码：400061　http://www.cqph.com
重庆出版集团艺术设计有限公司 制版
重庆市国丰印务有限责任公司 印刷
重庆出版集团图书发行有限责任公司 发行
E-mail:fxchu@cqph.com　邮购电话：023-61520646
重庆出版社天猫旗舰店
cqcbs.tmall.com
全国新华书店经销

开本：890mm × 1230mm　1/32　印张：22.75　字数：610 千
2016 年 1 月第 1 版　2016 年 1 月第 1 次印刷
ISBN 978-7-229-10335-4
定价：76.80 元

如有印装问题，请向本集团图书发行有限公司调换：023-61520678

献给我的母亲凯瑟琳

你一直对我满怀信心

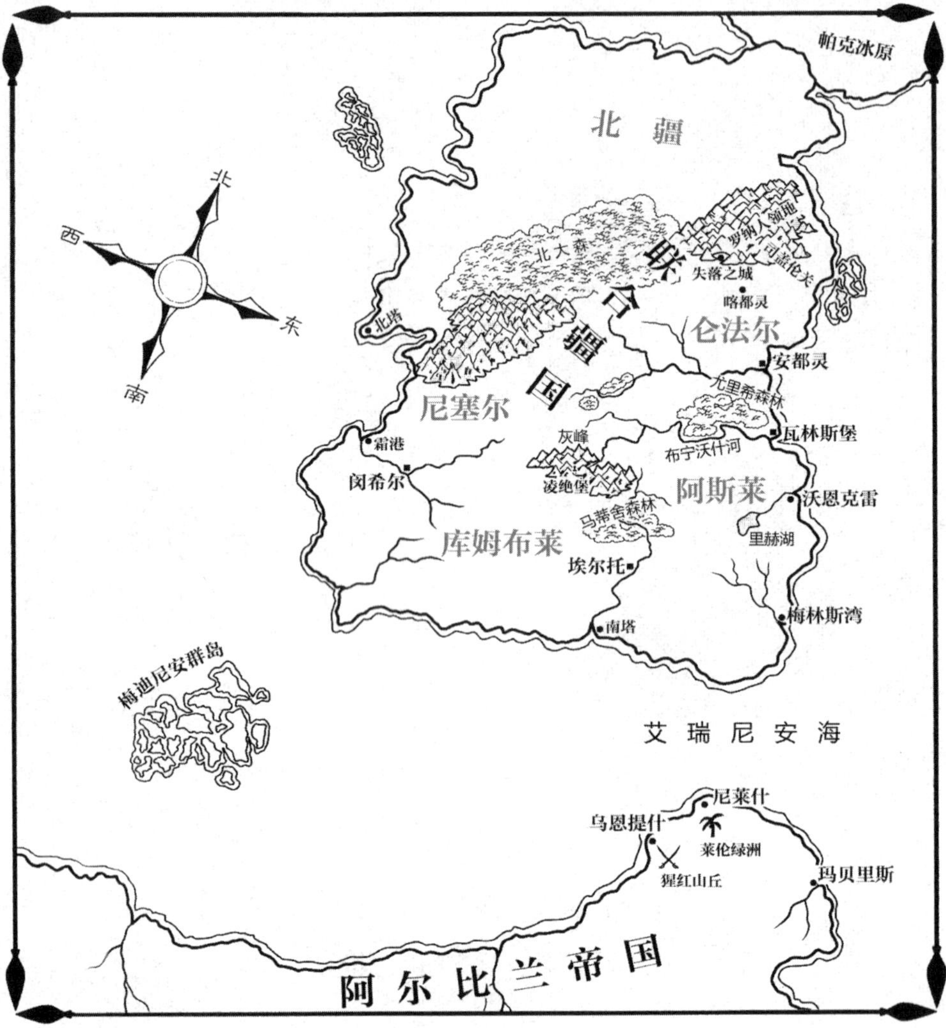
帕克冰原
北疆
北
西
东
南
北大森
罗纳人领地
司盖伦关
失落之城
喀都灵
联合疆国
仑法尔
北塔
安都灵
尤里希森林
尼塞尔
瓦林斯堡
霜港
灰峰
布宁沃什河
闵希尔
凌绝堡
阿斯莱
沃恩克雷
马蒂舍森林
里赫湖
库姆布莱
埃尔托
梅林斯湾
南塔
梅迪尼安群岛
艾瑞尼安海
尼莱什
乌恩提什
莱伦绿洲
猩红山丘
玛贝里斯
阿尔比兰帝国

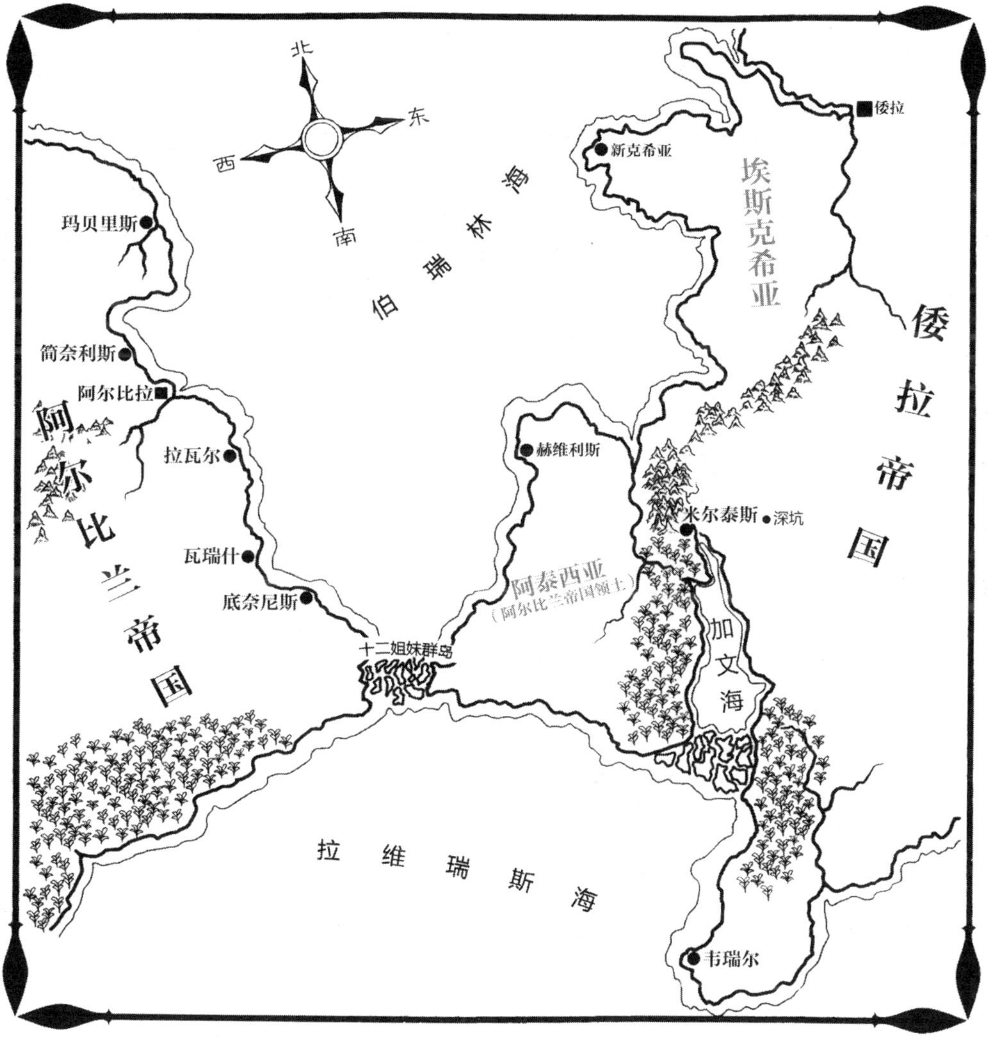

北
东
西
南
伯瑞林海
新克希亚
倭拉
埃斯克希亚
倭拉帝国
玛贝里斯
简奈利斯
阿尔比拉
阿尔比兰帝国
拉瓦尔
瓦瑞什
底奈尼斯
赫维利斯
米尔泰斯
深坑
阿泰西亚
（阿尔比兰帝国领土）
十二姐妹群岛
加文海
拉维瑞斯海
韦瑞尔

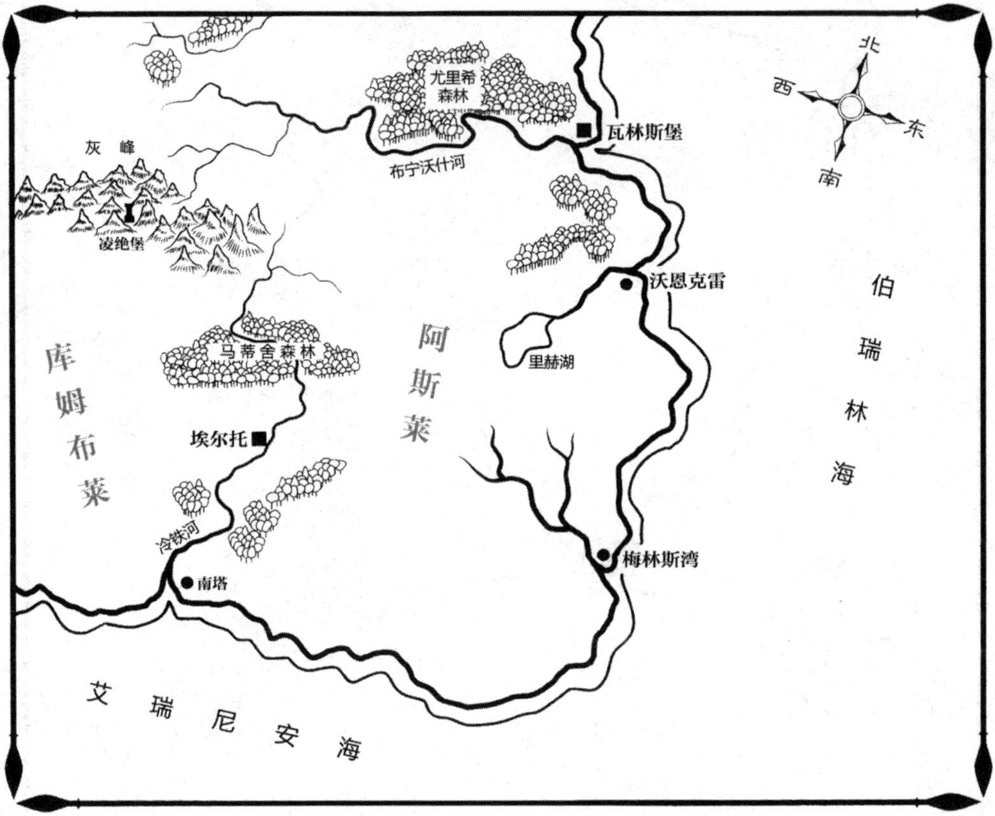

北
西
东
南
尤里希森林
瓦林斯堡
灰 峰
布宁沃什河
凌绝堡
沃恩克雷
伯瑞林海
库姆布莱
马蒂舍森林
阿斯莱
里赫湖
埃尔托
冷铁河
南塔
梅林斯湾
艾瑞尼安海

第一部

夏风起，烈焰生。
渡鸦傍火翼，
扶摇长空里。

——瑟奥达诗歌，佚名

佛尼尔斯的记述

我打小养尊处优。我不必为此惭愧，毕竟谁都无法选择出身；亦无遗憾可言，从小就有那么多仆从前呼后拥地照料，还有众多良师的谆谆教导，以满足我永不枯竭的好奇心，发掘我不同凡响的才华。因此，我少时未能经历什么艰难险阻，也不曾为公平与正义奋起抗争。我出身贵胄之家，血统纯正，富贵荣华，自小饱读诗书，借由父亲的关系入朝为官，无疑是顺理成章。但诸位忠实的读者自能看出，我三十六岁之前未经风浪，一日也不曾操劳，直到遭遇此文所记述之事。若我早知此番前往联合疆国，要在那片恐怖而神奇的土地上追溯完整而客观的历史，却终将改变我前半生对劳作、堕落、羞辱与折磨的无知见识，那么诸位不必怀疑，我宁愿跃过船舷，穿越满是鲨鱼的恶海，也要游回千里之外的家乡。

您瞧，自我开启这段故事之初，我就学到了何为痛苦。我体验了鞭子和棍棒的威力，而后咽下在唇齿之间翻涌的鲜血，尝到了令人作呕的铁锈味。我必须懂得如何做奴隶。他们就是这样称呼我的，这是我的身份，无论诸位先前听过或者读过何种说辞，总之我并非英雄，从来都不是。

倭拉将军比我想象中年轻，我的新主人、他的妻子亦如是。“一点儿也不像学者，爱人。”他歪在软椅内打量我，若有所思地说，“太年轻了。”他身着红黑相间的丝袍，肤色苍白，猿臂长腿，身形矫健，担得起骁勇善战的美名。而令我震惊的是，他身上不见一道伤疤，脸颊亦光洁无痕。迄今为止，我遇到过不计其数的各国战士，若论无伤之身，他倒是头一个。

“不过眼睛倒是蛮有神。”将军说着，与我四目相对。我赶紧垂下头，准备迎接督头的巴掌或是鞭笞——这是不可避免的。我被奴役的第一天，就看到一名被俘的疆国禁卫军军士，仅仅因为瞪了自由骑兵的一位尉官，就惨遭剥皮破肚。那次的教训着实过目难忘。

“夫君大人，”将军妻子开口说道，她嗓音尖厉，倒也不失文雅，“我给您带来了佛尼尔斯·阿利希·苏梅伦，阿鲁兰·麦克斯托·塞尔瑟斯皇帝的御前史官。”

“真是他吗，爱人？”将军似乎终于来了兴致。我走进这间陈设奢华的舱房已经有好一阵子了。对于舱房而言，这儿实属宽敞，满屋子铺挂地毯和织锦，案上全是水果和美酒。若不是能感受到脚底那艘巨舰的轻微摇晃，我会误以为置身于宫殿之中。将军起身走来，贴近前仔细观察我的脸。“《金与尘之诗》的作者？《救赎之战》的作者？”他凑过来嗅了嗅，嫌恶地翕动鼻孔，“要我说，闻起来就是随便一条阿尔比兰狗嘛。那眼神还直勾勾的不拐弯。”

他走了回去，懒洋洋地冲督头一挥手，我便知道要承受鞭笞了。督头握着象牙手柄，熟练地一抖，鞭子凌厉地咬中我的背部。我紧咬牙关，并未痛喊出声。惨叫与说话无异，而未经许可就开口说话则是大不敬。

“夫君，别这样。”将军妻子言语之间略有不满，“价钱可不便宜。”

“噢，那是。”将军伸出手，旁边的奴隶赶紧上前递过一杯酒，“别紧张，夫人，我保证不伤到他的脑袋和双手。要是没了这两样，他还有什么用呢？好啦，抄写奴隶，你怎么来到了我们新近征服的地盘啊？”

我眨眨眼挤掉泪水，赶紧回话，因为稍加犹豫亦将受罚。“我来写新历史，主人。”

“噢，很好。我特别喜欢你的著作，爱人，我没说错吧？”

“正是，夫君。您也是学者。”当她提到“学者”这个词时，语气里有一丝特别的意味，尽管转瞬即逝，但确凿无疑。那是轻蔑。她不尊敬此人，却又把我作为礼物送给他。

将军沉默片刻，继而开口说话，语气稍嫌生硬。他明知妻子有意侮辱，却选择忍气吞声。他俩到底谁在掌权？

“关于哪方面呢？”将军问，“所谓的新历史？”

“关于联合疆国，主人。”

“啊，那我们帮了你的忙呢，对吧？”他自觉幽默，笑了起来，“结局都给你了。”

他又笑了笑，举杯喝了一口酒，陶醉地扬起双眉。“还不赖。书记员，动笔。”站在墙角的秃头奴隶上前一步，笔尖悬于羊皮纸上。“命令斥候队：葡萄园保留原样，不许妄动，送一半奴隶去酿酒地。酿酒技术应当好好保留在……”他闭口不言，望向我。

“库姆布莱，主人。”我说。

“对，库姆布莱。名字不太响亮。这事儿不能忘，等我回去，要请议会给该省改名。”

“只有议员才有权向议会提议，夫君大人。”他的妻子说。这一次，语气中没有轻蔑的意味，但我看到将军举起酒杯，掩住怒容。

“佛奈娜，要是没有你这么机敏的爱人在旁提醒，我该如何是好呀？”他喃喃低语，“这么说，历史学家，因何机缘使你成为我家里的一员？”

“我先前跟随疆国禁卫军旅行，主人。麦西乌斯王容许我随军前往库姆布莱。”

“这么说你曾亲身经历咯？亲眼目睹我是如何大获全胜的？”

我极力压下浮现于脑海的声音和画面，从那天起，那一幕幕令人毛骨悚然的场景便不断地搅扰我的梦境。“是的，主人。”

“看来你这份礼物的价值超出了你的设想，佛奈娜。”他朝书记员打了个响指，“给历史学家备好纸笔和住处。不用太舒适，我不希望他在该写作的时候打盹，况且记述的是我此次出兵的首战大捷，读起来肯定激动人心。”他又走到我面前，笑容尤其灿烂。那是孩子拿到新玩具时的笑容。“我希望天一亮就能读到，如果没完成，我就挖掉你一颗眼珠子。”

我双手酸痛，后背僵硬，因为他们给的桌子太矮，我只能俯身其上。破破烂烂的奴隶衫沾满墨渍。我从未在仓促之间写出过这么多字，只觉得眼冒金星，精疲力竭。羊皮纸散落一地，铺满了拙劣拼凑的文字——那是将军想要的谎言。什么辉煌大胜，那儿没有荣耀可言，只有恐惧、痛苦和屠杀，充斥在屎尿和死亡的恶臭之中，唯独不存在荣耀。将军当然清楚这一点，毕竟是他领军击溃了疆国禁卫军，而我只是唯命是从的奴隶，按主人的要求，尽心尽力地炮制谎言。

夜深之时，睡意不时袭来，把我拖进回忆的噩梦之中，惨烈的场景死灰复燃，历历在目……当战争大臣明白此战必败无疑之时，他神情肃然地抽出佩剑，策马冲向倭拉阵线，一剑未出，便被面前的“柯利泰”放倒……

有人重重地叩门，继而房门大开，我挣扎着清醒过来，慌忙站起身。一个家务奴隶走进来，端的盘子上有面包、葡萄，以及一小壶葡萄酒。他把食物放在桌上，一言不发地走了。

“我想你可能饿了。”

我惊恐地望向站在门口的将军夫人。她身披一件缀有金线刺绣的红绸睡袍，尽显曼妙身姿。我赶紧低头盯着地板：“谢谢您，女主人。”

她走进房内，关上门，看着我龙飞凤舞的手稿：“写完了吗？”

“是的，女主人。”

她拿起一张羊皮纸："这是用倭拉文写的。"

"我妄加揣测，主人或许希望如此，女主人。"

"你的揣测很准。"她读的时候皱起了眉头。"遣词造句也很优美。我的夫君肯定会嫉妒你的。他喜欢写诗，如果你运气不好，他或许还会背给你听。还不如听鸭子呱呱乱叫呢。但这个，"她举起那张纸，"即便是声名显赫的倭拉学者，看到了也要自愧不如。"

"您过奖了，女主人。"

"不，我实事求是，这是我的武器。"她顿了顿，大声朗读起来。"'愚钝的疆国禁卫军指挥官严重低估了敌人的狡猾程度，企图使用平庸无奇的战略，正面攻击倭拉军队，同时派出骑兵摸向侧翼。他没有想到的是，胆略非凡的赖柯拉·托克瑞将军，早已预见了他的每一步愚蠢行动。'"她扬起眉毛望向我，"看来你很懂他的心思。"

"我很高兴使您满意，女主人。"

"使我满意？那倒没有。但我的夫君大人脑瓜子笨，他肯定满意。这篇马屁文章明晚之前就能用最快的船送到帝国，然后抄写数千份，四处传播。"她扔掉手里的纸，"告诉我，而且我命令你说实话，疆国禁卫军是如何败在他手下的？"

我使劲地咽口水。她有权命令我说实话，可她若把实情透露给枕边人，她又能保护我吗？"女主人，虽说我稍作润色……"

"我要你说实话！"又是那种尖利的嗓音，不容忤逆。毕生蓄奴的女人就是这种说话方式。

"疆国禁卫军寡不敌众，遭到背叛。他们英勇反抗，可人数毕竟太少。"

"我明白了。你当时和他们一起战斗吗？"

战斗？当时的局势明显一边倒，我快马加鞭，拼命向后方退却，可哪里还有后方，倭拉人无处不在，见人就杀。我找了一堆尸体藏了起来，趁天黑往外逃，结果当场被猎奴者抓住。这帮人办事效率极高，特别擅长评估俘虏的价值，头一次用刑就逼我报出真名，从而确定了我的卖价。她来到营地围栏外买下我，把我从一群戴着脚镣的俘虏当中带走。看来猎奴者早已得到指示，只要有学者都要交给她。她递给督头的钱袋子鼓鼓囊囊的，由此看来我身价不菲。

“我不是战士，女主人。”

“我也不希望你是，我买你并不是因为你能征善战。”她站起身，默默地打量了我一番，“你藏得很深，可躲不过我的眼睛，佛尼尔斯大人。你恨我们。或许我们把你给打败了，但我能看出你心底的恨意，正如干柴等待烈火。”

我死死地盯着地板上的木纹结疤，掌心汗水涔涔。她伸手捧着我的脸庞，抬起我的下巴。我闭上双眼，拼命克制住恐惧的呜咽声。随后，她吻了我，柔软的嘴唇轻轻一点。

“明天一早，”她说，“他要你见证攻城战的最后一击。突破口已经打开，你要用最华丽的辞藻记录这一战，好吗？倭拉人就喜欢粉饰屠杀。”

“遵命，女主人。”

“很好。”她走回去，打开门，“进展顺利的话，我们的事情很快就能办完，可以离开这潮湿的鬼地方了。我想要带你去我在倭拉的图书馆，那儿藏有上万卷书，有些年代过于久远，无人能译。你愿意吗？”

“乐意之至，女主人。”

她轻声一笑，再也无话，径直离开小屋。我久久地盯着紧闭的房门，尽管饥肠辘辘，却没有动桌上的食物。不知为何，掌心的汗止住了。干柴静候烈火。

正如她所言，次日一早，将军把我带到前甲板，共同观看倭拉大军对埃尔托城的最后一击——此前的围城战已有两个多月。眼前的景象很是壮观，世界之父大教堂的双塔尖顶凌驾于密密麻麻的房屋之上，坐落于城墙高耸的岛内，仅有一条长堤与外围陆地相连。据我多方证实，此城从未陷落，无论是统一战争时期的雅努斯王，还是前朝的野心之士，统统没能征服它。三百年来，埃尔托成功地拒一切侵略者于城外，如今这记录即将终结，凭的便是巨大的舰载投石机从两百码之外射击，生生把城墙砸出的两个豁口。尽管在我这不懂军事的人看来，城墙的裂缝已经足够大，但投石机仍在射击，巨石源源不断地砸向豁口。

“怎么样，历史学家，壮观吧？”将军问道。今日他披挂全身铠甲，胸甲饰有明艳的赤红珐琅，骑手靴深及大腿，腰带佩有短剑，一副彻头彻尾的倭拉将军模样。我看到还有个老奴隶坐在他旁边，身形枯瘦如柴，双眼却神采非凡，手中的炭笔正在宽大的帆布上游走，描摹将军的形象。将军伸手定定地指向一台投石机，回头望向老奴隶。

“以前只在陆地上使用过，不过我预见到它们来这儿能助我获胜。这是陆战和海战的成功结合。记下来。”我在先前交给我的一摞羊皮纸上写了起来。

这时，老人停笔，向将军深鞠一躬。他卸了劲儿，走向放有地图的桌子。“读过你的战场纪事了，”他对我说，“你这么聪明的人，拍个马屁都扭扭捏捏的。”

恐惧突然攫住我的心脏，一瞬间，我以为他要让我选择挖出哪一只眼睛。

“但是，好话说过头也容易招来怀疑。”他接着说，“那些留在国内的人读了，或许以为我是自吹自擂呢。你这么聪明的人，知道这一点。”

“谢谢夸奖，主人。”

“这不是夸奖，只是评价。看这里。”他招手示意我过去，然后指了指桌上的地图。我早就知道倭拉绘图师以绘图精准闻名，但眼前的埃尔托城结构图，其细节之精确程度实在惊人，条条街道纤毫毕现、历历分明，足以令帝国测量师行会最好的作品也相形见绌。而我尤为好奇的是，倭拉帝国究竟对于此次侵略行动策划了多久，其中又获取了多少帮助。

“豁口在这儿，还有那儿。”他点了点地图上用炭笔画的记号——两条斜线硬生生地画过绘制精美的城墙，“我将同时发起进攻。毫无疑问，库姆布莱人肯定在城内准备好了各种讨厌的把戏，但他们的注意力必然集中在豁口处，所以无法应对我军的再次攻城。”他伸手一点西边的城墙，那儿打了一个小小的叉。“整整一营柯利泰将从此处攀上城墙，从后方夺取豁口的控制权，保障进城通道。我希望在日落之前拿下此城。”

我逐字逐句地记录，生怕一不小心写成阿尔比兰文。使用我的母语或许会引起他的怀疑。

他离开地图桌，拿腔作调地说道：“我发现这帮信徒打起仗来相当勇猛，使弓的本领之高强，我征战多年，确是前所未见，这是实话。那个女巫鼓舞士气也很有一手。你肯定听说过她吧？”

圈养奴隶的棚子里没什么新闻，只能偶尔听到自由剑士们的谈话，大多都是倭拉军在疆国内烧杀掳掠的故事，血淋淋的厮斗和屠杀。但当我们在鞭子的驱使下一路向南，深入库姆布莱腹地时，有关埃尔托恐怖女巫的传闻出现了，那是这块难逃劫数的土地上仅存的一线希望。“谣传罢了，主人。她只是传说中的人物。”

“不，她真实存在。是在前一次攻城战中败逃的自由剑士亲口讲述的。据说女巫在战斗最激烈的地方现身，这个不满二十岁的女孩杀了我们很多人。当然了，我已下令勒死了他们。一帮没用的懦夫。”他沉默片刻，若有所思地说，“记下：怯懦是对自由之身最可耻的背叛，因为逃离战场者便是恐惧的奴隶。”

“字字珠玑呀，夫君大人。”将军夫人走了过来。今早她衣饰寻常，漂亮的丝袍换成了素布长裙和红羊毛披肩。她与我擦身而过，距离近到不合礼仪，然后走向船舷处的横栏，望着士兵们操作投石机，巨大的绞盘带动两根吊臂缓缓后旋，准备投射。“佛尼尔斯，你务必记下来，写进即将发生的屠城纪事里，好吗？”

“遵命，女主人。”我看到将军握在剑柄上的手微微抖动。妻子处处嘲弄，可这位杀人如麻的将军始终忍气吞声。她究竟是什么身份？我猜不透。

佛奈娜的目光从投石机上移开，望向一条驶近的小船。眼下正值枯水期，河面平缓无波，木桨也掀不起多大浪花。船头立有一人，相距太远，看不清模样，可她的目光刚一触及那人，身子就僵住了。“我们的盟友送来了家养的畜生，夫君大人。”她说。

将军随着她的视线望去，不禁神色一变，有愤怒，亦有恐惧。我突然有种冲动，渴望逃离这是非之地——重兵之中，此人竟能使将军夫妇惧怕若此，可见来者不善，假设与我相熟，那更是不堪设想。但不管怎样，我逃无可逃。我是奴隶，主人并未喝令我退下。因此，我只能眼睁睁地看着小船越来越近，奴隶水手接住从大船上扔下来的绳索，手脚麻利地拴好，年复一年的艰辛劳作使得他们驾轻就熟。

那人一扯绳索，纵身登上甲板。他年近不惑，体形健硕，胡须浓密，发丝全无，最大的特点就是面无表情。“欢迎。”将军不冷不热地说了一句。没提名字，也未致问候。此人是谁？

“是不是又有什么消息要带给我？”将军接着问。那人并不答话。“阿尔比兰人，”他用倭拉语说道，带了一点点业已沦陷的疆国北部的口音，“他是哪个？”

“你找他干什么？”佛奈娜厉声问道。那人看也不看将军夫人，目光扫过甲板、最终定格在我身上时，一种前所未有的恐惧感从心底遽然升起。他疾步上前，靠拢过来，我闻到一股久未净身的恶臭。世间无人邋遢至此，他遍体散发出死亡的味道，呼出的气息犹如毒雾，吓得我直往后缩。

“他在哪里？”他问，“维林·艾尔·索纳？”

第一章　瑞瓦

愿大爱无疆、全知全见的世界之父，指引我的刀锋。

她瞧着高个儿男人走下踏板，来到码头上。此人一身常见的水手行头，身着灰扑扑的衣裤，脚蹬一双结实的旧靴子，披了一条破烂的羊毛斗篷。令她吃惊的是，男人的腰带和后背都没有佩剑，不过，他肩上挎着一个束口的粗布包，那长度足够容纳一柄剑。

听见船上有人喊话，高个儿男人转回头。那是一个身材魁梧、肤色黝黑的男人，颈上系一条红围巾，表明了他的船长身份，正是此人驾船把这位鼎鼎大名的人物送到了眼前的小港口。高个儿男人摇摇头，嘴角一挑，露出礼节性的微笑，继而友好地挥了挥手——那姿势分明是永别之意——然后转身走了。他脚下生风，同时拉起了斗篷上的兜帽。码头上有不少小贩、行吟诗人和妓女，大多数人并没有特别在意他，但也有人见他身材高大，多看了两眼。有几个妓女漫不经心地招揽生意，显然当他是在海上讨生活的穷小子。他只是笑笑，故作遗憾地摊开双手。

一帮蠢婊子，她心想。她蜷伏在阴暗潮湿的小巷子里——过去三天，这儿就是她的家。两边的屋子里住的是鱼贩，她还没习惯这股腥臭。*他渴望鲜血，不要鱼肉。*

高个儿男人绕过一处拐角，看样子必定是往北门而去。她从藏身的地方站起来，跟了上去。

“该交钱了，宝贝儿。”又是胖小子。自打她来到这条小巷子，他就老找她的麻烦，要她给镚子，否则便向卫兵报告她躲在这儿。最近港口管事的对流浪者没啥耐性，可她知道，真正令他感兴趣的不是镚子。他可能十六岁了，比她小两岁，但要高上一英寸多，魁梧一大截。从他的眼神能看出来，她交的镚子大多贡献给了酒馆。“别装了，”他说，“你说过，再过一天你就走。你还没挪窝儿。该交钱了。”

“求你了！”她尖声嚷道，害怕地直往后缩。如果他没有喝醉，或许会对她的行为有所怀疑：从街上退到阴影里岂不是更容易遭受攻击？“我又搞到了，瞧见没？”她伸出手，一枚铜币在微光中隐隐闪亮。

“铜币！”正如她所预料的，他抬起手，一巴掌打掉了镚子，“库姆布莱婊子。你的铜币我要了，我还要——”

她一拳打向他的鼻头下方，指节突起，精准无比，这一击足以令人疼痛难忍、意识混乱。他的头猛然后仰，一小团鲜血从鼻孔里喷射而出，上唇登时开了花。他摇晃着身子退了几步，与此同时，她从藏在背后的刀鞘里抽出小刀。不过没有动刀子的必要了，胖小子舔了舔皮开肉绽的嘴唇，瞪着茫然无措的双眼，倒在了地上。她提起他的脚踝，把他拖进阴影之中。他的口袋里还有余下的几枚铜币、一小瓶红花和一颗啃了一半的苹果。她拿走铜币，嚼着苹果走开了，没动那瓶红花。估计几个钟头后才会有人发现胖小子，到时候大家很可能以为他是酗酒斗殴的倒霉蛋。

其间，高个儿男人出现在视野内，穿过城门，友善地向卫兵点头致意——兜帽却没有褪下——然后往北边走去。她徘徊了一阵子，啃完了苹果，等他走出大半里之后，才悄然跟上。

愿大爱无疆、全知全见的世界之父，指引我的刀锋。

整个白天，高个儿男人不停地赶路，偶尔驻足张望，扫视路边的林子和远处的路面。只有极为谨慎的人，或是经验丰富的战士，才会做出这样的举动。她没有走到路上，始终藏身在林子里——这片树林覆盖了沃恩克雷的北部乡间——远远地咬住他的背影。他步若流星，稳健有力，不知不觉便行了好几里路。路上也有旅行者来来往往，大多数马车满载货物，不是从港口来，便是到港口去；有几个独行的骑手，没人驻足找高个儿男人搭讪。鉴于林子里贼寇出没，与陌生人交谈实属不智之举。尽管那些人见到他时神色警惕，故作冷淡，他却是一副漠不关心的模样，丝毫不以为意。

暮色降临之时，他离开大路，走进林中寻觅适合扎营的地方。她跟踪而至，只见他在一棵巨大紫杉的枝丫底下寻了一小片空地，于是她躲在一丛金雀花后面的浅沟里，透过纵横交错的枝叶看他扎营。不愧是野外生存的老手，动作麻利，简省至极：捡来柴火，燃起火堆，清扫地面，铺好铺盖，不过一转眼的工夫。

高个儿男人背靠紫杉树坐下，开始吃晚饭。他啃了一块牛肉干，又从水壶里喝了一大口水，然后盯着逐渐微弱的火苗。奇怪的是，他神情紧张，似是在偷听什么重要的谈话。她也紧张起来，担心被对方发现，于是抽出了小刀。*他能感应到我的存在吗？*她颇为好奇。牧师警告过她，他体内有黑巫术，可能是她所面对的最强大的敌人。当时她笑了，一甩手将小刀掷向谷仓墙壁上的靶子——在这儿，她接受了多年精心的指导。小刀正中靶心，刀身剧烈颤抖，靶子应声碎裂，坠落在地。“圣父保佑我，记得吗？”她说。牧师狠狠地抽了她一顿，因为她傲慢自大，还大逆不道地宣称自己参透了世界之父的圣意。

她看着高个儿男人满脸紧张的古怪模样，等了一个钟头，他眨了眨眼睛，往林子里扫视一圈，然后裹着斗篷睡下了。她又忍了一个钟头，等到夜色最深的时候，林中漆黑如墨，唯一一缕光亮来自于那将熄的火堆。

她从蹲伏的浅沟里站起身来，反转刀柄，刀刃平贴在腕后，以掩住寒光。她使出平生所学——她从六岁开始接受牧师的严厉教导——

蹑手蹑脚地向熟睡中的高个儿摸过去，犹如悄然靠近猎物的林中野兽。高个儿男人仰面躺着，脑袋歪向一侧，脖子暴露在外。此时杀他轻而易举，但她的任务非常明确。那把剑，牧师反反复复向她强调，剑才是最终目的，杀死他倒是其次。

她掉转刀锋，稳稳地执刀在手。脖子上架把刀，一般人都会老实，牧师如是说。愿大爱无疆、全知全见的世界之父，指引你的刀锋。

她朝高个儿男人冲去，小刀直指他暴露在外的喉咙……

她的胸口撞到了什么硬邦邦的东西，一阵剧痛袭来，肺里的空气吐了个精光。是他的靴子，她暗自叫苦。高个儿男人一脚蹬来，她随即腾空而起，四仰八叉地跌到了十尺开外。她狼狈地爬起身，一刀劈向对方可能发起进攻的方位……却劈了个空。高个儿男人站在紫杉树旁打量着她，那一脸戏谑的表情令她恼羞成怒。

她大吼一声，向前猛冲，全然不顾牧师用手杖一次次灌输给她的警告。她向左佯动，继而一跃而起，刀锋下劈，切向高个儿男人的肩膀……依然落空。她收势不及，身子一晃，脚步踉跄，继而旋身一看，发现他竟然站在旁边，仍是满脸笑意。

她猛扑过去，一连串令人眼花缭乱的劈砍突刺、拳打脚踢……统统落了空。

她只得停手，喘着粗气，尽力按捺胸中翻涌的愤怒和憎恨。如果一击不中，就立即撤退，牧师的话在她脑海里回荡，藏在暗处，等待下一次机会。只要有耐心，圣父从来不吝赏赐。

她朝高个儿男人怒吼一声，继而扭头向暗处冲去……

“你有你父亲的眼睛。”

快走！牧师的声音在她脑海里轰然响起。但她站住了，慢慢转过身来。高个儿男人变了脸色，愉悦化作哀伤。

“在哪里？”她问，“黑刃，我父亲的剑在哪里？”

他眉毛一扬："黑刃。好些年没听过这个称呼了。"他走回营地，往火堆里扔了几根新鲜的树枝，继而打燃了燧石。

她转身面对林子，须臾，又转身面对营地，懊恼和挫败感令她无比煎熬。没用的家伙，胆小鬼。

"想留就留下来，"黑刃说，"想跑就跑吧。"

她深吸一口气，稍稍平复情绪，然后收刀回鞘，走到火堆的另一边坐了下来。"黑巫术救了你。"她斥责道，"你那罪恶的魔法是对圣父大爱的冒犯。"

他发出愉快的哼哼声，不停地拨弄着柴火。"你在沃恩克雷的时候鞋子上沾了粪便。城里的粪便有特别的味道。你应该躲在下风处。"

她低头瞧了瞧鞋子，暗自骂了一句，按捺住刮掉粪便的冲动。"我知道你的黑巫视力可以看到很多东西，关于我父亲，你还知道些什么？"

"你有他的眼睛，我说了。"黑刃坐下来，拿起一只皮袋子，隔着火堆扔过去。"接着，看你饿的。"

袋子里装的是干牛肉和几块燕麦饼。她不予理会，肚子却咕噜咕噜直叫。"你应该知道，"她说，"是你杀了他。"

"其实呢，不是我。至于下手的那个人……"他声音渐弱，神情也随之黯然，"嗯，他也死了。"

"是你下令攻打他的神圣领地……"

"汉提斯·穆斯托尔是个狂信徒，他丧失理智，杀死了亲生父亲，导致疆国爆发了一场毫无必要的战争。"

"真刃不过是执行圣父的裁决，处死了一个叛徒，争取让我们摆脱你们这帮异教徒的统治。他的一举一动，都是效忠圣父之大爱……"

"真的？这是他告诉你的？"

她沉默不言，低下头，企图掩藏怒气。父亲什么都没告诉过她，她甚至从没见过父亲，这个黑巫附身的异教徒显然知道这一点。“告诉我在哪里，”她咬牙切齿地说，“我父亲的剑。我有权拿回来。”

“这就是你的任务？寻找一把身长一码的精钢利剑，这任务真可谓神圣。”他把靠在紫杉树旁的粗布包取来，递给她，“如果你想要，这把给你了。反正比你父亲的那把精良多了。”

“真刃的剑是圣物，这是《第十一经》里的记述，受世界之父的祝福，可以团结爱众，结束异教徒的统治。”

他听完，更是乐不可支：“其实，那只是一把仑法尔式样的武器，再寻常不过，就是普通士兵或是没什么钱的骑士惯用的那种，剑柄也没有镶嵌值钱的金子和珠宝。”

虽说他的态度很轻蔑，但这番话极具说服力。“你当时在场，看着那把剑离开我那被害的父亲。告诉我剑的去处，否则我以圣父之名发誓，我永远不会饶过你，除非你杀了我，黑刃。”

“维林。”他说着，把粗布包放到一旁。

“什么？”

“这是我的名字。你可以这样称呼我吗？如果你喜欢正式点，可以叫艾尔·索纳大人。”

“我以为你是兄弟。”

“以前是。”

她闻言大惊。他不属于宗会了？这太荒唐了，其中必定有诈。

“你怎么知道去哪里能找到我？”他问。

“船在开往沃恩克雷之前在南塔停泊过。你这么臭名远扬的人，别指望没人认出你。消息很快就在爱众之中传开了。”

“这么说，如此骄人的成就，不是你一个人的功劳。”

她一时激愤，最终还是忍住没说。你这个没用的贱人，不如掏心窝子全告诉他算了！她站起身，背对着他：“这事儿我们没完……”

“我知道去哪里找。”

她身子一震，回头望过来。他的神情极为严肃。“那就告诉我。”

“可以，但我有条件。”

她紧紧地抱着胳膊，厌恶地皱起鼻子，不无轻蔑地说：“看来伟大的维林·艾尔·索纳也想要女人的身子，跟别的男人一个德行。”

“不是。正如你所说，我不能指望别人认不出我来，我需要伪装。”

“伪装？”

“对，你就是我的伪装。我们一起旅行，就扮成……”他想了想，“……兄妹。”

一起旅行。跟他一起旅行？光是想想都很恶心。

可是那把剑……拿到剑才是最终目的。愿圣父原谅我。“多远？”她问。

“到瓦林斯堡。”

“那要走上三周。”

“不止呢，沿途我还要稍事停留。”

“等我们到了瓦林斯堡，你就告诉我上哪里找那把剑？”

“我保证。”

她再次坐了下来，避开他的目光，就这样轻易受他摆布，实在令人恼火。“我答应。”

“你最好睡一会儿。”他从火堆旁走开，裹着斗篷躺下去。“噢，”他说，“怎么称呼你？”

*怎么称呼你？而不是，你叫什么名字？*他以为她会编个名字，她偏偏不遂他的愿。等他死的时候，要让他知道是谁杀了他。“瑞瓦。”她说。*我随了母亲的名字。*

她猛然惊醒，原来是他正踢散火堆的余烬。“你最好吃点东西。”

他示意那只皮袋子，“今天要赶不少路。”

她吃了两块燕麦饼，就着他的水壶喝了水。饥饿是老朋友了，在她的印象中，日日夜夜都不缺它的陪伴。真正的爱众，所需的唯一给养是圣父之爱，牧师如是教导。那次，她头一回在寒冷的荒野中熬了整整一夜。

不等太阳爬上树梢，他们上路了。艾尔·索纳甩开长腿，踏着不变的节拍，行走如飞，实在教人难以跟上。“你在沃恩克雷怎么不买匹马？”她问，“贵族不是上哪儿都骑马吗？”

“我的钱只够买吃的，哪还能买马。”他回答，“还有，走路的人不大惹人注意。”

他为何如此不愿意抛头露面？她觉着奇怪。在沃恩克雷，只要他自报家门，要多少金子就有多少金子，马厩里的良驹任他挑选。

但他选择隐藏身份。每当有货车经过，他便扭过头，拉紧兜帽。她据此断定，不管他这次回来是什么目的，反正不是为了求取荣耀。

“你的刀法不错。”途中休息时，他开口说道。

“还不行。”她咕哝道。

“刀法要有人教才行。”

她吃了一块燕麦饼，没有作答。

“我在你这个年纪时，是不可能失败的。”这不是嘲笑，只是陈述事实。

“因为你们邪恶的宗会把你们从小当狗一样鞭打，教你们通晓死亡的奥义。”

出乎她意料的是，他笑了。“正是如此。你还会使什么武器？”

她缓缓地摇了摇头，不愿再多透露什么。

“你肯定会使弓，当然了，”他接着说道，“所有库姆布莱人都会使弓。”

“我不会！”她厉声喝道。这话是真的。牧师告诉她，使用小刀足矣，弓箭不适合女人。他当然有一把弓，库姆布莱的男人都有，牧师也一样。她打算偷偷地练，结果挨了牧师好一顿打，那是肉身的痛；而她拉不开长弓的耻辱，是内心的痛。这是她不愿揭开的伤疤。

他不再提这茬儿，两人接着赶路，傍晚之前又走了二十里。他比头天晚上早些扎好了营，生好了火，嘱咐她看好火堆，然后在林子里消失了至少一个钟头。“你去哪里?”她怀疑他会直接走掉，把她扔在这里。

“看看这片森林有什么礼物送给我们。”

他回来时已是暮色四合，带回了一根长长的梣树枝。他坐在火堆边吃过晚饭，便拿出一把水手短刀削起了那根树枝，熟练地剥去细枝和树皮。他什么也不说，她忍不住问：“你在做什么?”

“弓。”

她愤愤地哼了一声：“我不接受你的礼物，黑刃。”

他专注于手里的活儿，头也不抬地说：“是我要用。咱们很快就要靠打猎填肚子了。”

接下来的两个晚上他都忙着制弓：把枝条两端削薄，将中间修出弧度，另一边整平。他切了一条靴子皮边作为弓弦，系在两端的凹槽里。“弓术非我所长，”他若有所思地说着，拉动弓弦，拨出一声低沉的鸣响，“不过我的兄弟邓透斯，我怀疑他出生时手里就攥了把弓。”

她知道邓透斯兄弟的故事，那是他传奇的一部分。这位著名的弓手兄弟，在他纵火焚毁阿尔比兰攻城器时救了他，第二天却命丧于一次不光彩的伏击。传说中还提到，黑刃杀死那些阿尔比兰伏兵时出离愤怒，不顾对手跪地求饶，将沙地染得满目猩红。她不大相信这个故事，对任何有关维林·艾尔·索纳的离奇传闻也持怀疑态度，但鉴于那天晚上他轻而易举地挫败了她的攻势，她不由有些动摇，或许那些传说并不全是胡说八道。

他削尖了另一根梣木树枝，用以制作箭头，毕竟手头没有铁器。“打鸟儿应该没问题。”他说，“但打不了野猪，皮肉太厚，要铁箭头才能穿透。”

他拿起弓，走进林子。熬了整整两分钟，她痛骂一句，跟了上去。此时，他正借着一株老橡树的掩护，箭在弦上，一动不动地等待时机。他双眼紧紧地盯着面前一小片空地上的茂密草丛。瑞瓦轻手轻脚地走到他身边，却故意踩上一根枯枝，噼啪声顿时响彻林间空地。草丛中惊出三只雉鸡，扑棱棱地扇着翅膀往天空飞去。只听艾尔·索纳手里的弓弦一声脆响，一只鸟儿翻身落地，羽毛随之飘落。他略带责备地瞟了她一眼，然后走过去捡拾猎物。

弓术非我所长，她心想，骗子。

早上醒来，她发现营地无人，黑刃肯定又去打猎了，可他的弓仍搁在一根倒地的树干上。她只觉得肚子里有种怪异的感觉，沉甸甸的，煞是陌生，然后才想起来，这是她第一次不是饿着肚子醒来。艾尔·索纳把那只雉鸡叉在火堆上炙烤，还撒了一把柠檬百里香用来调味。她当时好一番狼吞虎咽，吃得满嘴是油。她无意间发现他正在笑，于是脸色一沉，掉转过头，嘴里仍是嚼个不停。

此时，她望着那把弓瞧了好一会儿。比起多年前令她深感挫败的长弓，这一把弓身较短，弓臂较薄，无疑更容易拉开。她四下张望，然后拿起弓来，从艾尔·索纳用长草编织的临时箭袋里取出一支箭，搭上弓弦。弓在手中感觉轻便称手。她瞄准了十码开外的一棵银皮桦树，尽管树干细瘦，看起来却不难射中。出乎她的预料，拉弓颇有些费劲，乃至触动了当年久练长弓无果的记忆，不过她这次总算把弓弦拉到了嘴角处。她一松手，箭矢擦过桦树的边儿，消失在一丛蕨草当中。

“还不错。”艾尔·索纳踩着低矮的灌木大步走来，斗篷里包着刚刚采摘的新鲜蘑菇。

瑞瓦把弓扔了过去，然后一屁股坐下来，拔出小刀。“平衡性太差，”她低声抱怨，“害我没射中。”她揪住颈后的头发，开始两周一次的例行修剪。

“别，”艾尔·索纳说，“你要扮成我妹妹，阿斯莱的女人都是留长发的。”

“阿斯莱的女人都是没用的荡妇。”她割断了一大把头发，任其飘落。

艾尔·索纳叹了口气：“那我们就说你脑子笨，总是像小孩一样剪头发。俺娘没办法改掉你这坏习惯。”

“不准这么说！”她怒目而视，他则报以微笑。她咬紧腮帮子，把小刀插回鞘中。

他把弓和箭袋放到她身边：“拿着吧。我再做一把。”

第二天，他们再次上路。艾尔·索纳的步子丝毫没有放慢，但她已能轻松跟上，无疑是近来改善饮食的功劳。他们走了个把钟头，艾尔·索纳突然站住，头往前倾，鼻孔微张。瑞瓦过了一会儿才闻到，自西拂来的微风里夹杂着一种刺鼻的腐臭。她以前闻过，他也一样，闻过很多次。

他一语不发，离开道路，走向森林。越往北走，林木越发稀疏，不过仍有一丛丛密林可供宿营和打猎。她注意到他在靠近林子的时候身姿略有变化，双肩前耸，两臂松弛，十指张开，似是要抓住什么。她曾见牧师做出过类似动作，但远不如这么自然而优雅……她猛然意识到，黑刃比牧师更强，而在此之前，她认为这绝无可能。没人能强过牧师，毕竟他的技艺天生拥有圣父的祝福。可这个异教徒，爱众的死敌，正如掠食者一般优雅地移动，与其作对，只能是一种结局。我是傻瓜，她想清楚了。当时还指望那么轻易地制服他。如果要杀他，我必须更加狡猾……或者拥有更高的武艺。

她跟在后面，保持了一小段距离。她手持短弓，犹豫着要不要搭上一支箭，最终决定放弃，因为不管林子里的敌人是什么，她的弓术很难发挥用处。她转而抽出小刀，眼珠子骨碌碌地观察四周的动静，却只看见树枝在风中摇摆。

大约走了二十码，他们找到了尸体。共有三个人，男人、女人和小孩。男人被捆在树上，嘴里塞着麻绳，上身赤裸，从脖子到腰部有一道干涸的血迹。女人则一丝不挂，遍体瘀青和割伤，显然遭受过长时间的虐待。她有一根手指被切断了，从血量来看，当时她还活着。小男孩不超过十岁，也是赤身裸体，经受了同样的折磨。

“歹徒干的。”瑞瓦说道。她凑近了察看被绑在树上的男人，那条麻绳死死地勒进了他的脸颊。“他们强迫他在旁边观看。”

艾尔·索纳挪开了目光，眼神中那种强烈的不安前所未有，他边走边扫视地面，找寻蛛丝马迹。“最少过了一天半，”瑞瓦说，“根本找不到新鲜的痕迹。他们没准去了最近的镇子，拿从这儿抢到的财物喝花酒玩女人。”

他回头瞪着她：“你那位世界之父的大爱好像给了你一副铁石心肠。”

他显然动怒了，她不由抓紧刀柄。“杀人越货在这儿是家常便饭，黑刃。我见过死人。没有歹徒找上门来是我们走运。”

他那凶狠的眼神倏忽即逝，当他挺直身体，蓄势待发的捕猎姿态也转眼不见。“兰斯米尔镇最近。”

“我们不顺路。”

“我知道。”他走向男人的尸体，用水手刀割断了绳索。“去捡柴火来，”他说，“要很多很多。”

又走了一天，他们终于抵达兰斯米尔镇——那是一大群无甚特色的房屋，围在埃文河畔的水磨坊四周。此时已经入夜，他们发现这儿正在举办某种庆祝活动，镇民们举着无数火把，聚集在几辆马车周围——这些马车涂装艳丽，呈扇形摆开。

“戏班子。”瑞瓦看到马车两边轻佻下流的标语，不禁厌恶地说道。他们慢慢地挤过人群，艾尔·索纳的兜帽拉得很低，不过观众们的注意力全集中在最中央的木头台子上。台上的男人脸颊瘦长，上身是亮红丝绸衬衫，下身是黄黑相间紧身裤，一边弹奏曼陀铃一边放声歌唱，伴舞的则是一个身穿雪纺绸舞裙的女人。男人弹琴的技艺极其娴熟，嗓音清亮悦耳，不过更吸引瑞瓦的是舞蹈——那女人婀娜腾转，舞姿优美，令她不由自主地沉迷其中。她赤裸的胳膊在火光的映照中似在闪耀，还有那双藏在雪纺绸面纱后的眼睛，明亮而又湛蓝……

瑞瓦移开目光，闭上双眼，指甲狠狠地嵌进了掌心的肉里。*世界之父，我再次请求您的原谅……*

“我握着爱人柔软的小手，”红衫男人唱道，那是《越过山谷》的最后一段，“挂在她脸颊上的泪珠晶莹闪耀，我将带着她的微笑前去往生，她的爱不消太久……”他忽然住嘴，瞪大眼睛望着观众当中的某个人。瑞瓦顺着他的视线，发现那人正直愣愣地盯着艾尔·索纳遮在兜帽底下的脸。“……便会来到。”男人最终吐出几个字，唱完了这首歌。虽然唱得并不完美，观众们依然鼓起掌来。

“谢谢你们，我的朋友！”曼陀铃演奏者深鞠一躬，抬手示意舞者，“我和美丽的艾萝娜向你们致以最诚挚的谢意。请诸位依循我们惯常的规矩表达心意。”他说着指了指搁在台前的桶。“接下来，亲爱的朋友们，”歌手沉声说道，表情也严肃起来，“请欣赏今晚最后一个节目。这个故事有伟大的冒险，也有无耻的背叛，有血光之灾，也有珠宝失窃。请欣赏——《海盗的复仇》!”他张开双臂谢幕，然后拉起女孩的手，一摇一晃地飞奔下台，看得出他腿脚不便。两个男人立刻登上木板，看来是凭着想象中的样子装扮成的梅迪尼安水手。

“我发现了一艘船，船长!”等掌声平息后，矮个儿男人开口说道。他举起木头望远镜抵在眼前，做出观察海面的样子。“要我说的话，应该是一艘疆国的船。诸神保佑，可以大抢一笔了。”

“大抢一笔，没错!”高个儿戏子附和道，他的下巴上挂着羊毛制成的假胡子，脑袋上戴有红头巾，“还有很多很多的鲜血，可供我们的诸神解渴。”

两名戏子故作邪恶地大笑起来，与此同时，艾尔·索纳轻轻地碰了碰她的胳膊。他往左边一偏头，两人挤出人群，走向马车当中的一处空地。不出所料，她看到曼陀铃演奏者正等在那里，双眼在黑暗中异常明亮，当艾尔·索纳拉下兜帽，那人出神地端详起来。

“诺林军士。”他开口招呼。

“大人，”那人激动得喘不过气来，“我听说……倒是有传言，不过——”

艾尔·索纳走上前，热情地抱住了对方，瑞瓦发现这名戏子的脸上满是震惊。“很高兴见到你，简利尔，”艾尔·索纳说着，退了回去，“真的太高兴了。”

“关于您的死有一千种说法。”吃晚饭的时候，歌手对艾尔·索纳说道。他们受邀走进了他和艾萝娜共用的马车。舞者已经换下雪纺绸舞裙，穿的是朴素的灰裙子，还给他们做了炖菜和面点。瑞瓦尽量不看她，专心致志地吃东西。艾尔·索纳介绍她的时候是这样说的：“瑞瓦，这几周假扮成我的妹妹。”简利尔·诺林只是点点头，告诉她不用拘束，丝毫没有流露出对真相的好奇。士兵是不会质疑将军的，她心想。

“关于您越狱也有一千种说法，”诺林接着说，“他们说您借助逝者之力，用枷锁打造了一根铁棒，在皇帝的地牢中杀出了一条血路。我还以此为内容写了首歌，向来很受欢迎。”

“那么，恐怕你要再写一首了，”艾尔·索纳说，“讲讲他们是怎么放我走的。”

“我还以为你先去了梅迪尼安岛，”瑞瓦明显不大相信，“杀了那帮海盗的冠军斗士，还救了一位公主。”

他耸耸肩：“我在岛上就是演了一出戏。不过我真没有做戏子的天分。”

“那有什么要紧，大人。”诺林说，“要知道，我们这儿欢迎您，您愿意待多久都可以。”

“我们要去瓦林斯堡。如果你们也去那边，我们很高兴与你们同行。”

“我们往南走，”艾萝娜说，“梅林斯湾的夏令集市年年都有钱赚。”听她的语气有所防备，显然对黑刃的到访不大欢迎。聪明，知道哪儿有他，哪儿就有死亡，瑞瓦心想。

“我们往北去。”诺林淡淡地说，然后对艾尔·索纳笑道，“我敢说，瓦林斯堡的夏令集市一样好赚钱。”

“我们付路费。”维林对艾萝娜说。

“不要说这种话，大人，”诺林信誓旦旦地说，“有您的剑随行，我们还要什么路费。现如今歹人不少。”

“说到歹人，我们在几里外的林子里发现了他们干的好事。那一家子惨遭劫杀。其实，我们来这儿是为他们讨公道的。今晚有没有看到可疑的人物？”

诺林思索了片刻：“下午的时候，酒馆来了一帮吵吵闹闹的家伙。

他们衣着打扮很不体面，却有钱喝麦酒。其中一人戴了条串有金戒指的项链，引起了我的注意。要我说，那枚戒指太小了，不像是男人戴的。由于酿酒师拒绝卖一个闺女给他们，还引发了一阵骚乱。卫兵们要他们闭嘴，不然就滚出去。这条河下游一里多远的地方有一处流浪者聚居地，如果他们没有钻回林子里，我们估计能在那边找到他们。”

艾萝娜听到他说“我们”，不由瞪了他一眼。

“如果他们喝醉了，肯定要好好睡一觉，”艾尔·索纳说，“我敢说他们这一觉能睡到天亮。说起来，讨公道就要牵扯到卫兵，可我不想引人注意。”

“讨公道可不止这一种方式，大人。”诺林提醒，“我记得清楚呢，剿匪这事儿咱们以前经常干。”

艾尔·索纳瞟了一眼马车的角落，那儿的帆布包裹着他的长剑。“不，如今我不是领军将军，也不再侍奉国王。看来是没办法了。明早我去找卫队长。”

晚饭过后，诺林坐在马车的梯子上，弹着曼陀铃唱起了歌儿，身边的艾萝娜随声应和。戏子们纷纷聚拢过来，希望听到他们最喜欢的歌。瑞瓦和艾尔·索纳引来了不少好奇的目光，从他们敬畏的眼神可以看出，有些人显然猜到了他的身份。不过，诺林只说瑞瓦以及他在奔狼的老朋友现在是家里的客人，请各位尊重他们的隐私，这样一来，也就没人问什么了。

“他看上去不像当兵的。”瑞瓦对艾尔·索纳说。他们安顿在距离戏班子不远的地方，为了抵御夜晚的寒冷，火堆已经生起来了。

“他以前就像歌手多一点。”艾尔·索纳说，“不过在必要的时候，也是坚强不屈的斗士。我很高兴他拿到了抚恤金。看来他和这些人在一起很开心。”

瑞瓦飞快地瞟了一眼艾萝娜，她正微笑着枕在诺林的膝盖上。那是当然，她心想。

天色渐晚，戏班子成员慢慢散去，回到了各自的马车，诺林和艾萝娜也上床歇息。垫在身子底下的是厚毯子和软毛皮，其舒适程度令瑞瓦大为惊讶。她只知道睡在硬实的地上是什么滋味。舒适是陷阱，牧师如是说，是对圣父大爱的阻碍，因为舒适令我们软弱，屈从于异教徒的统治。她曾在谷仓里藏了一袋稻草用来垫着睡觉，因此挨了好一顿打。

她等了足足两个钟头。艾尔·索纳睡觉从不打鼾，甚至不怎么出声，而且纹丝不动。他的胸脯在毯子底下平稳地起伏，她看了好一会儿才放心，然后钻出毯子，提着鞋，赤脚走向河边。她来到岸边，掬了几把水泼在脸上，洗去残存的倦意，接着穿上鞋子，跟随奔流的河水往下游走去。

流浪者聚居地并不难找，闻着木柴的烟味寻去，就能看到一座座棚屋和帐篷。营地里只燃了一堆火，有人发出刺耳的笑声。是四个男人，正轮流喝一瓶酒。其余的流浪汉肯定被他们吓跑了，她心想。她爬近了些，直到能听清他们的交谈声。

"我说凯拉，那婊子都死了你还在搞她!"一个男人笑道，"奸尸啊，你这狗日的家伙。"

"至少我没搞那个小男孩，"另一个人回敬道，"那才是天理不容。"

瑞瓦觉得没必要藏着了，时间耽误不起。必须速战速决，赶在艾尔·索纳发现她失踪之前处理完。

她刚刚走进营地，四个男人全都闭了嘴，酒也忘了喝，满脸讶异之色。

"找地方睡觉吗，小美人?"个头最大的男人问道。他头发蓬乱，形容枯槁，一看便是漂泊不定、风餐露宿的憔悴样儿。他还戴了条项链，上面串着一枚金戒指。要我说，那枚戒指太小了，不像是男人戴的。瑞瓦想起了林子里那个女人，还有那根断掉的手指。

她没说话，只是瞪着他们。

“我们这儿地方多着呢，”男人晃晃悠悠地走过来，“他们都滚了，搞不懂怎么回事。”

瑞瓦与他对视，一语不发。虽说他烂醉如泥，却也觉察到事情有些不对劲，在离她几英尺远的地方站住了，眯起眼睛问道：“你来干什么，丫——！”

小刀瞬间出鞘，她矮身前突，紧接着行云流水一般起身挥手。刀刃划开他的脖子，扭转而出，与此同时，他轰然倒地，鲜血从指缝间喷涌如泉。

第二个死在她手里的人彻底惊呆了，眼看着她一跃而起，双腿缠住他的胸膛，小刀深深地刺进他的肩膀，一刀，又一刀。她跳将下来，疾冲向第三个人，那人正慌里慌张地摸索插在腰间的棍子。他只来得及挥动了一次，她轻而易举地俯身躲过，就地一滚，回手割断了他的腿筋。他当即倒地，惨叫连连，嘴里骂个不停。瑞瓦转身面对第四个人。他握着一把长刃匕首，抖抖索索地瞧着这场突如其来的变故，眼中流露出莫可名状的狂热。但他到头来只是惊恐地看了瑞瓦一眼，然后丢掉匕首，转身就逃。没等他钻进火光照射不到的暗处，飞射而至的小刀扎进了他的肩胛之间。

瑞瓦走到大个子男人的尸体旁边，把他翻了过来，取下挂在脖子上的戒指。他腰间还插了一把锻造精良的猎刀，刀柄上刻有疆国禁卫军的兵团标志。她拿走猎刀，收好戒指，走向被割断腿筋的男人，此时他哭得满脸鼻涕眼泪，连声求饶。

“别担心，凯拉。”她说，“我保证不奸你的尸。”

艾萝娜给他们做了早餐，是黄油煎鸡蛋和蘑菇。她跳舞好看，做饭也好吃，瑞瓦一边想，一边狼吞虎咽。等到艾萝娜和诺林去照料拉车的马匹，她从口袋里掏出戒指，扔给艾尔·索纳。他瞧了许久。“日月教。”他轻声说道。

瑞瓦皱起眉头：“什么?”

他拿起来给她看，戒指的内圈刻有两个圆环，其中一个周围环绕火焰。“他们是绝信徒。”

她耸耸肩，接着吃早餐。

“那些尸体……”艾尔·索纳说。

“绑了石头，丢进河里了。”

“真有效率。”

她感觉对方话里有话，于是抬起头，看到了他眼里的某种东西，不禁令她怒火重燃。那是失望。“不是我想来这儿，黑刃，”她说，“我来这儿是为了拿到真刃之剑，好打垮你们邪恶的疆国，赢得圣父的大爱。我不是你的朋友，也不是你的妹妹或徒弟。我完全不需要你来认可。”

简利尔·诺林咳了两声，打破了令人窒息的沉默：“该去找卫队长了，大人。不然今天未必能办好。”

“不必了，简利尔。”艾尔·索纳把戒指扔回给瑞瓦，“留着吧，是你赢来的。”

第二章　弗伦提斯

剃光头的男人往沙地上咳了一团污血，有气无力地呜咽一声，当场毙命。弗伦提斯把手中的剑扔到尸体旁边，一动不动地等待。他沉默不语，唯有沉重的喘息声。这次比往常辛苦不少，一次对阵四个敌人，而以前只有两三个。奴隶们从坑壁内黑漆漆的凹室里跑出来，清理血污，拖走尸体，并收回了那把剑。他们小心翼翼地与弗伦提斯保持距离。督头施加给他的杀戮之气，有时需要好一阵子才能消退。

“精彩。”上头有人说话。今天有三名观众，督头旁边的是主人，还有一个弗伦提斯没见过的女人。“真不敢相信，他确实大有长进，瓦斯提尔。”主人接着说道，“恭喜你。”

“我全心全意为您效劳，议员大人。”言辞之间，督头奴态尽显，倒也并不过火。这家伙颇有心机，阿谀奉承这一套向来拿捏得恰到好处。

“怎样？”主人对身边的女人说，“我们的盟友满意否？”

“我不代表盟友发言。”女人说。弗伦提斯注意到了她的语气，不仅没有讨好的意思，连尊敬也算不上。“不过，他合我的意。”

弗伦提斯受到强有力的束缚，未经督头的允许，他无法做出吃惊的样子，什么表情也显露不出来。但当那女人纵身跃下十英尺之高、轻轻松松地落在面前时，他不由浑身一震。女人姿容雅致，身着倭拉贵族礼袍，黑发束在脑后。她从头到脚地打量弗伦提斯赤裸的身躯，眼里闪耀着饶富兴味的光彩。“比我想象的漂亮。”她喃喃自语，然后抬头望向督头，提高嗓门说：“他脸上怎么没伤疤？”

“他从没受过伤，尊敬的夫人。”瓦斯提尔回答，“这些年来有几次险些挂彩，不过他的武艺在来这儿之前已经相当高强了。”

“漂亮小子，你的武艺很高强吗？”女人问弗伦提斯，结果对方没有回答，她顿时花容失色。“让他说话！”她对督头喊道。

瓦斯提尔站在坑边看了一眼弗伦提斯，他即刻感到束缚之力稍有减弱。“可以说话了吗？”女人问道。

“我是第六宗的兄弟。”他说。

居然不用敬语，她不由扬起一边眉毛。

“我诚挚地向您道歉，尊敬的夫人。”瓦斯提尔唾沫横飞地讲了起来，“不管我们怎么惩罚他，他就是不肯好好说话，还顶撞我们说，如果要死，他也只会死在坑里。”

女人一摆手，示意他住嘴。“拿剑来！”她命令。

一时间，上头的人不知如何应对，主人和督头窃窃私语，弗伦提斯只听清了几个字。“瓦斯提尔，照办吧！”片刻之后，两把短剑飞进坑内，落在女人和弗伦提斯之间的沙地上。

“好了。”女人轻快地说了一句，然后甩掉礼袍。竟跟他一样赤身裸体。她体态轻盈，肌肉线条极为优美，显然是多年苦练而成，不论以多么苛刻的眼光来看，都是相当赏心悦目的。但最吸引弗伦提斯的并不是她玲珑的美腿和丰满的双乳，而是从脖子到腹股沟之间的漩涡状伤疤，这种图案他再熟悉不过了。他也有一模一样的伤痕，那是在西城区的一间地窖里，兄弟们救出他之前，独眼划破他的皮肉刻出的奇异图案。

“很漂亮吧？”女人注意到他的目光在伤疤上游移。她走过来，伸手抚摸他胸前那块漩涡状的标记。“珍贵之礼，诞于苦痛。”她张开手掌，按在他胸膛上，掌心暖意融融。她吁了口气，闭上眼睛，手指微微发颤。“真强壮，”她低声叹道，“再强壮不过了。”

她睁开眼睛，退了一步，收回手掌，温暖随即消失。“让我见识一下你的宗会教了你什么本事。”她说着俯身拾起两把剑，扔给他一把。“给他松绑!”她命令瓦斯提尔，“彻底松绑。”

弗伦提斯觉察到督头有些犹豫。他困在这儿已有五年多，唯有一次完全放开手脚，造成了难以收拾的后果。

“尊敬的夫人,”瓦斯提尔终于开口说道，“请原谅小人不肯从命，只是为您着想……”

“照办就是，你这坨臭狗屎!”女人头一次展露笑颜，视线却没有离开弗伦提斯。那笑容充满了渴望与喜悦。

紧接着，他只觉浑身一松，仿佛忽然卸下枷锁——那是他年幼时的记忆，至今难忘。自由的感觉突如其来，令他喜不自胜，但兴奋转瞬即逝。

女人疾步冲来，长剑一递，灵若游蛇，快如闪电，直取他的心脏。剑尖距离胸口仅数寸之遥，他方才抬剑，堪堪挡开，然后一旋身，脚蹬坑壁，借力跃起，弓腰避过横扫而来的剑锋，然后双手撑地，落在深坑中央，继而翻身立定。

女人欣喜若狂地大笑一声，再次攻来，这次是一套颇有讲究的剑法。他之所以认出来，是因为几个月前他杀死的一个柯利泰使过。这是他接受训练的方式：每一次都要面对全新的招式，从而不断地锤炼技艺。此时，他见招拆招，化解了对方的攻势，然后发起反击——招数是从一位宗师那里学来的，他曾以为那时的生活严酷不堪，如今回忆起来却尽是温馨美好。

显而易见，女人不大熟悉这套剑法，只能勉力挥剑招架，远不如进攻时流畅自如。弗伦提斯渐渐把她逼到坑墙边，作势欲取双目，忽然挽了一朵剑花，劈向她的大腿。两剑相击，金铁大震，她竟然挡下了这一击。

弗伦提斯稍稍退后，与女人四目相对。她依然笑靥如花。刚才的格挡速度实在惊人，快得不可思议。

“你终于注意我了。”女人说。

弗伦提斯也笑了。他早已不习惯做出这种表情，脸部的肌肉因此酸痛难忍。“我没杀过女人。”他说。

她一抿嘴：“噢，没必要这样说吧。”

弗伦提斯转过身，背对着她，走到坑中央。他们头一次给他选择权，他自然要接受。

“这是个问题。”女人轻声说道，看来她情不自禁地透露了内心的想法。

“尊敬的夫人，您怎么样了?”瓦斯提尔喊道。

“给我扔根绳子下来!”她应道，“这儿的事办完了。”然后指着弗伦提斯说：“这家伙可以见大场面了。”

“那是当然，他肯定能在庆功会上大显身手。”主人说。弗伦提斯感到奇怪，听上去他似乎松了口气。

“说真的，小人深感荣幸。”瓦斯提尔一边说，一边拖着绳梯走到坑边，“要是我的努力全白费了，那我可失望——”

弗伦提斯的短剑扎进他的脖子，刺破血管，穿透脊柱，剑尖钻出了后脑壳。瓦斯提尔摇摇晃晃地撑了片刻，瞪圆的眼珠子里满是惊恐和不解，嘴巴和伤口涌出汩汩鲜血，然后他向前栽去，绵软无力地摔在深坑的沙地上，发出一声闷响。

弗伦提斯恢复了投掷之前的姿势，然后面朝女人站定。死亡即将降临，杀死督头是不可饶恕的大罪，无论他价值几何。可他发现女人又笑了起来。

“唉，阿克里夫，”她对主人说，后者正满脸惊骇地瞪着弗伦提斯，“我想我改主意了。”

等女人爬出了坑，束缚之力再度来袭，力量之强，令他站立不稳，当即倒在沙地上动弹不得，伤疤莫名地灼痛。弗伦提斯仰头一看，发现她正微笑着转动手指，不禁回想起她温热的手掌。是她！他这才明白过来。现在束缚我的人是她了。

他目送那个女人大笑着走出视野，有那么几秒钟，痛苦陡然加剧，继而力道消散。主人逗留了片刻，打量着弗伦提斯，那张瘦脸上混杂着愤怒和恐惧，虽然他已经极力克制，但是在一个善于察言观色的人看来，他的内心暴露无遗。

“你今天没有死，你的疆国必将因此遭罪，奴隶。”主人说完，转身走了。弗伦提斯突然有种确定无疑的预感，他将再也见不到这个人。真是遗憾，他原想找机会送主人到往生与瓦斯提尔相见。

当他站起身，几间凹室的门先后打开，奴隶们走了进来。跟在奴隶们后面的还有一队“瓦利泰”。他们手执长矛围住弗伦提斯，奴隶们则纷纷干起了活：拖走督头肥胖的尸体，耙掉沙地里的血迹，然后消失在他们出来的地方——天知道去了哪儿。弗伦提斯从来没有机会进凹室里看看，不过夜里听到过从那儿传来的惨叫和喘息，恐怕没什么好看的。

瓦利泰们一如既往地沉默无言，其中一人走上前，放了一个包裹在坑中央。然后他们排成单列走出去，门重重地关上了。

弗伦提斯走到包裹旁。每次打斗过后都有食物送来，通常是一碗相当美味的麦粥，偶尔有一块浓香可口的鲜肉。让他挨饿对他们没好处。至少在这一点上，他们跟宗会是一样的。今天不同。除了食物，还给了他衣服，一件朴素耐用的外衣和一条倭拉自由人式样的紧身裤，蓝色的布料代表他是某个行当的手艺人，可以在各省之间自由旅行。另外，还有一双结实的靴子、一条皮带和一件织线紧密的羊毛斗篷。

他抚摸着这些衣服，回想起伤疤的灼痛。她要带我去哪儿？他想着，不禁打了个寒战。她会要我做什么？

翌日清晨，一条绳梯伸到坑底。他已经换上新衣，赤身裸体这么多年，布料的触感反倒有些怪异了。伤疤隐隐发痒。他毫不迟疑地攀上绳梯，觉得没有必要回头看最后一眼。尽管他在这儿生活了五年之久，但这里没有什么值得回忆的，即便如此，他也知道，每一次生死搏斗，都将伴随他终生不忘。

他爬出深坑，发现女人等在上面，身边没带卫兵，因为她不需要。她昨天穿着的华服已经换成了代表中等身份的低调灰袍，这是自由人的日常女装。他对这片土地及其风俗了解甚少，仅限于他从乌恩提什被抓到这儿来一路上的所见所闻，外加偶尔从主人和督头的交谈中听来的闲言碎语。他知道，灰衣表明此人拥有资产，通常是拥有奴隶，也包括土地和牲畜。如果一个倭拉自由人拥有相当可观的资产，比如一千个奴隶或是等值的财物，就有权穿黑衣。只有最富有的倭拉人可以穿红衣，主人正是如此。

“但愿你昨晚睡好了，”她说，“此行路途遥远。”

束缚仍在，但已有所收敛，伤疤只有隐隐的刺痛感，这样的力道足够预防弗伦提斯拿新皮带勒她的脖子，同时保证他可以自由地察看周围的情况。四面都是直径三十英尺、深达十英尺的大坑，足有一百多个，全是在一大块裸露的岩石上开凿出来的，布满了甬道和供休息的石洞。不知从哪里传来了搏斗的声响，还有痛苦的呼号，惨叫声划破了清晨凛冽的空气，那是督头们在坑边逡巡，同时施加各式各样的折磨。这里不仅是训练场，也是惩戒地。

“舍不得离开吗？”女人问。

她给了他回话的自由，但他一言不发。

她脸色一沉，弗伦提斯知道她又在考虑施加灼烧伤疤的惩罚。他瞪圆了眼睛，还是不愿说话，也不求饶。

出乎意料的是，她又笑了。“好久没有这么有趣的玩物了。走吧，漂亮小子。”她转身向石原外走去。石原位于瓦可什沙漠，犹如沙海之中的岛屿；每当正午的太阳升到头顶，就连督头也不愿在高温下干活了。沙漠中的商队北来西去。他最初被带来时，就记住了这些，那时候他还抱有幻想，希望某天能想办法逃出去。

女人领着他来到石原西面凿山而建的阶梯，一路折来返去，花了大半个钟头才走到底下的沙地。有个奴隶牵着四匹马等在那里，有两匹装好了鞍具供人坐骑，另两匹驮了包裹。她接过缰绳，摆摆手让奴隶退下。

“我现在是埃斯克希亚省的一个地主遗孀，”她对弗伦提斯说，“我要到米尔泰斯做生意。你是我雇来的行路人，任务就是护送我到那里，保护我的身体和名誉不受伤害。”

她把驮马交给弗伦提斯看管，然后翻身坐上最高大的那匹灰色母马，拍拍它的脖子，母马愉悦地打了个响鼻，看来不是初次见面。她的长袍开了高叉以便跨骑，古铜色的大腿裸露在清晨的阳光下。他移开视线，专心照料驮马。

驮马背负的包裹里有干粮和水，据他粗略估计，应该足够他们前去米尔泰斯。这两匹马都受到了精心照料，没有一丝病态，看来不会在沙漠之旅中拖后腿，而且马蹄上钉有宽大且轻薄的铁鞋，适合在沙地上跋涉。犹记当年，阿尔比兰的沙漠极大地限制了斥候队的行动，直到他们复刻出了帝国骑兵使用的蹄铁，形势方才改善。有关阿尔比兰之战的回忆常常不期而至，尽管他们只是为了国王的春秋大梦，在一场必败无疑的战争中抛头颅洒热血，但与奔狼共度的那几个月，身边有宗会的兄弟们，有维林，依然是他生命中最美好的一段时光。

他忽然感到伤疤灼痛，但转瞬即逝，与此同时，女人在马鞍上不耐烦地扭动身子。他紧了紧捆绑包裹的绳子，然后骑上另外一匹年轻的黑色公马。在他翻身上鞍的时候，性情暴躁的马儿抬起前蹄，打起响鼻。他俯过身，拢住马儿的耳朵低语。这头畜生立刻安静下来，弗伦提斯轻轻一夹马腹，它便毫不迟疑地慢跑起来，驮马随即跟上。

“厉害，”女人策马向前，“我只见过几次而已。谁教你的？”

她带有命令的口气，束缚之力也略略加强。“一个疯子。”弗伦提斯答道，同时想起了壬希尔宗师轻声透露驯马秘诀时那故作阴险的笑容，他知道宗师从未教给别的学徒兄弟。*是不是很像黑巫术？*宗师尖声笑道。*他们只知道这个。一帮笨蛋。*

他不再多言，女人减轻了束缚的力道，仅剩日常的刺痛。“总有那么一天，”当他们并辔西行之时，女人说道，“你会告诉我埋在心里的所有秘密，而且心甘情愿。”

弗伦提斯双手紧抓缰绳，内心却在狂怒地咆哮——为这身夺去他自由的伤疤。如今他终于知道，是伤疤在束缚他，督头和主人正是借由伤疤施加力量，强迫他屈服。这是独眼最后的礼物，最终极的复仇。

他们骑行到正午时分，烈日烤得沙漠发烫，于是他们躲在一处小小的遮阳棚底下休息，等影子拉长、温度降低，复又上路。他们临时驻留在一小片绿洲里，此地已经挤满了商队搭起的营帐。弗伦提斯饮了马，又选了靠边的地方搭起营帐。商队的成员全是自由民，个个喜笑颜开，不是跟老朋友们交换见闻，就是唱歌讲故事逗大伙一乐。他们大多身着蓝衣，不过也有几个身着灰衣的长胡子老江湖，牵了一溜马，零零星星地站在人群中。有人过去找他们俩卖货，也有人来打听帝国偏远地区的消息。女人的举止可谓优雅得体，她温和地表示不买货物，讲了些有关议会的闲言碎语，以及近来剑术比赛的结果，后者显然备受大伙关注。

“蓝方又输了？”一个年长的灰衣人颇为讶异，继而失望地摇了摇头，“我啊，押了他们一辈子，败了我两次财。”

女人笑了，往嘴里扔了一颗枣子：“那就改绿方呗，老爷子。”

他看样子有些恼火：“肤色不能换，人也不能换队伍站。”

过了一会儿，他们就清净了。弗伦提斯做完了杂事，坐在火堆边望着夜空。在他进宗会的头一年，胡提尔宗师教过他认星星，他知道剑柄座指向东北方。要不是有束缚之力，他就会顺着它的方向走回疆国，无论路途多么遥远。

“在阿尔比兰帝国，”女人开口说道，她斜倚在毯子上，胳膊肘撑着一块丝绸垫子，“有人吹嘘可以观星算命，专骗那帮笨蛋，因此大发横财。你们的信仰肯定不接受这套歪理邪说。”

“星星是遥远的太阳，”他说，“第三宗的说法。过于遥远的太阳，在这儿是没有力量的。”

“说说，你为什么杀死督头，而不是主人呢？”

“他离得近些，而且这一剑扔过去不容易。”他望着女人说道，“我知道你能打掉短剑。”

她微微点头认可，然后躺下去闭上眼睛。“有个男人在湖边扎营，行者打扮，灰白头发，戴一只银耳环。等月亮升到树梢，你去杀了他。包裹里有毒药，是绿瓶子。活儿要做干净，别留蛛丝马迹。找到的信件全都拿走。”

女人没有禁止他说话，但他并没有问原因。问了也没有意义。

倭拉人的风俗和信仰的信徒一样，死者须火葬。商队的众人用浸了灯油的帆布裹好灰发男人，拿火把将其点燃。没有悼词，围观的人群也没有一点儿悲伤的样子，似乎没人认识这个死在睡梦中的男人，只知道从市民证上看来的名字：佛卡，一个再寻常不过的名字。弗伦提斯和女人上路的同时，佛卡随身携带的物品正在就地拍卖。

“他的任务是监视我们。”女人最终还是说了出来，“省得你好奇。我认为是阿克里夫的手下，看来那位议员大人对我们的伟大计划没那么热心了。”弗伦提斯知道，女人并不是说给他听的。有时候她喜欢把心里的想法说出来，自言自语罢了。这一点跟壬希尔宗师很像。

又走了五天，加文海映入眼帘，据女人说，这是帝国最大的内陆水域。他们来到浅海湾的一个小渡口，这里是商队路线的终点，人马喧嚣，络绎不绝。天空澄澈无云，辽阔的海面则黑暗而深邃，西海岸远处的山峦在薄雾中若隐若现。进渡口每人要交五枚方币，每匹马还要给五枚圆币。“你这是抢劫。”女人交钱时对守渡人说。

“这位市民，欢迎你游过去。”他嘲弄地鞠了一躬，答道。

她嗤笑一声：“我真不如现在就杀了你，不过我们还有要事在身。”她哈哈一笑，牵着马上了船。

片刻过后，她念叨起来：“我第一次坐这种小破船的时候，一人一枚方币，一马一枚圆币。”奴隶们在督头的鞭子底下奋力划桨，渡船破开浪头航行在海上。“不过呢，那是两个世纪前了。”

弗伦提斯皱起眉头。两个世纪？她看起来不到三十岁。

女人见他疑惑不解，笑了笑，却没再多说。

渡海花了将近整整一个白天，傍晚时分他们才看到米尔泰斯城。弗伦提斯曾以为乌恩提什是他见过最大的城市，但与米尔泰斯相比简直是小巫见大巫。这座城市坐落于海岸边的碗状大峡谷内，难以计数的灰岩石屋绵延不尽，其间高塔林立。等他们抵达港口，低沉的嗡嗡声化作震耳的轰鸣。他们牵马上岸时，看到有个奴隶等在码头边。“女主人。”他深深鞠躬，向女人致以问候。

“这是霍维克，”她对弗伦提斯说，“很丑吧？”

霍维克的鼻子看起来断过好几次，左耳所剩不多，结实的双臂布满伤疤。但弗伦提斯注意到了他的姿势，双肩的角度和跨立的宽度。

他在深坑里见过很多次。这人曾是柯利泰，是杀手，跟他一样。

“信使在吗？”她问霍维克。

“他两天前到的。”

“他惹事了没？”

“没听到城内有什么传闻，女主人。”

“他要是还不走，很快就有了。”

霍维克牵着驮马，在码头上熙熙攘攘的人群中挤出一条道。他们紧随其后，走过好些不知名的鹅卵石路，最后来到一个广场，四面各有一排三层楼房。广场中央的一块草地修剪整齐，一尊巨大的男人骑马像立于其中。女人翻身下马，走近雕像，仰望骑士的脸部。那尊人像披盔戴甲，弗伦提斯估计是古代的式样，用以制作雕像的青铜已然泛绿。他不认识倭拉文字，但雕像底座的牌匾上有一串长长的名头，可以想见此人非同凡响。

“他头上又有海鸥屎了。”女人说道。

“我这就去惩罚负责的奴隶，女主人。”霍维克肯定地说。

她转身走向雕像正对面的一座三层楼房。刚走上楼梯，门就打开了，一个中等年纪的女奴隶深深地鞠了一躬。房子里可谓富丽堂皇，墙壁多挂有画作，描绘的是各种战争场面，也有的是人物，容貌酷似外面院子里的青铜人像。

“你喜欢我家吗？”女人问弗伦提斯。

束缚之力再次松劲，他可以说话，但依然什么也不说。他听见那奴隶紧张得直喘粗气，却又不敢发出声音。可女人只是笑了笑。“洗澡。”她对奴隶说了一句，继而跨过光洁的大理石地板，登上装饰华丽的楼梯。弗伦提斯受到她的意志牵扯，也拾阶而上，走进一间大房。房内的长桌旁有个五十多岁的灰衣男人，正在吃一盘腌肉，手边有个水晶酒杯。他似乎立刻就认出了弗伦提斯。

“看来你长了些肌肉嘛。”他用疆国话说道，然后拿起酒杯灌了一大口。

弗伦提斯细细端详他的脸，完全不认识，可这人的声音有些异样。不是语气，而是音调。而且他说的疆国话不带倭拉口音。

“我们这位年轻的朋友在坑里待了五年。”女人还是说倭拉语。她坐在桌子上，脱下跋涉沙漠时所穿的齐膝长靴，摩挲着双脚。“就连柯利泰也只熬了一年。”

“他们没有经过第六宗的磨练，对吧，弗伦提斯？”男人冲他眨眨眼，熟悉的感觉再次涌起。

女人微微凑近，打量着灰衣人：“比之前的那人老些。这个叫什么名字？”

“卡瑞·泰科拉，中等身份的酒贩子，家里有个肥婆和五个活见鬼的孩子。这两天我除了打那帮小畜生就没干别的。”

“是什么天赋？”

那人耸耸肩：“一点点占卜能力，他自己都不知道，还老奇怪怎么打牌的时候手气总是很好。”

“那么损失不大。”

“没错。”男人表示同意，他站起来走近弗伦提斯。在打量对方的时候，他歪着脑袋，弗伦提斯仍然感觉很熟悉。“兄弟，乌恩提什到底发生了什么事？我一直很好奇。”

弗伦提斯一言不发，最后女人强迫他说了出来。“阿尔比兰人围城后，阿克里夫·恩崔尔议员前来与麦西乌斯王子交涉，带来倭拉皇帝的问候和谈判条件。我查验过他身上的武器，然后跟他握手。等阿尔比兰人开始攻城的时候，他的意志束缚了我，逼迫我弃王子于不顾。我跑到码头，上了他的船。”

“那有点难受吧，”男人说，“没能壮烈牺牲。不然格瑞林宗师又有传奇故事讲给学徒兄弟们听了。”

弗伦提斯越发糊涂了。他怎么知道这么多？

“别担心了。”那人走开了，四处张望，目光驻留在靠墙的武器架上，“麦西乌斯没死，回去统治疆国了，不过据说远不如他英明伟大的父亲。”

“麦西乌斯看见你跑了吗？”女人问。

弗伦提斯摇摇头。“我当时在指挥城南的战斗，他在城中。”我临阵脱逃，留下两百个好小伙送死，他心想，他们都看见我跑了。

“所以他只知道，”男人说，“勇敢的弗伦提斯兄弟，曾经的小贼，为第六宗忠实效命，声名卓著，最后城破人亡，英勇战死。”他和女人交换了眼神。“还是可以一试的。”

她点点头：“名单呢？”

男人伸手从衣内掏出一张折叠的羊皮纸扔给她。“比我想象的多。”她边看边说。

“你完全能胜任，我敢肯定。”他端起酒杯，又灌了一大口，眉头微微皱起，似是尝到了酸苦的滋味，“尤其是有了我们致命的小鬼头。”

小鬼头。诺塔曾经这样叫他，巴库斯也是。但诺塔死了，而巴库斯，但愿他已平安返回疆国。

“还有什么？”女人问。

“你必须在一百天之内赶到南塔。到时候自然有人找你。你会忍不住想杀死他，但你万不能动手。告诉他，仅仅封地领主是不够的。妓女也必须死。那人应该还有我们夙敌的消息，以及除掉他的办法，或者至少能削弱他，详情我就不大清楚了。此外，”他喝光了杯中的酒，弗伦提斯注意到他的前额有一层细密的汗珠，“如果你失败了，等待你的是永远的痛苦，诸如此类。你以前听过了。”

“他的威胁向来缺乏创意。”她轻轻跳下桌子，走向挂在壁炉上方的武器架，那儿摆了一排薄刃剑，“有喜欢的吗？”

那人用手指轻弹酒杯，发出刺耳的叮叮声。他对女人笑道：“抱歉，让你失望了。”酒杯从他手中脱落，摔得粉碎，他瘫倒在长桌最前头的椅子里，满脸大汗淋漓。他的双眼已目光涣散，但看到弗伦提斯时突然一亮。“兄弟，替我问候他们，好吗？特别是维林。”

维林。弗伦提斯脑袋一热，那束缚之力陡然增强，令他动弹不得。他想要冲过去，逼迫那人吐露真相，但他只能怒气腾腾地僵在原地。那人最后一次露出笑容。“你可记得大战之前的最后一场仗？那是一个冬天，我们对付一帮匪徒。”他声音渐弱，几不可闻，“雪地里的鲜血如红宝石闪耀。那是个好日子……”

他阖上双眼，两臂绵软无力地垂下，很快，胸脯也不再起伏。

“那么，”女人说着，脱掉了身上的衣服，“该洗个澡了，你觉得呢？”

第三章　维林

我应该阻止她。

瑞瓦瞄准当作靶子的一袋稻草，一箭射出，插在袋中央用木炭画出的圆圈边缘。他注意到女孩偷偷露出满意的笑容。他们在兰斯米尔买了一袋箭，箭翎是海鸥羽，钢头宽阔，适合打猎。她每天都起早练习，最初不屑于听他的建议，但不久便悟出其中道理，只好闷闷不乐地接受了他的指点。

“你的持弓臂太过僵硬，”他说，“记住，推和拉同时进行，并非光拉不推。”

她羞恼地皱起眉头，但终究照做了，箭矢呼啸而去，稳稳地插进圈内。瑞瓦得意洋洋地朝他做了个鬼脸——这算是她最接近笑容的表情了——然后走过去取回箭矢。她的头发长了些，人也没有以前那般消瘦。犹记得在沃恩克雷郊外刺杀未遂的时候，她的身子细得像只小灵犬。艾萝娜做的饭菜极大地改善了她的体质。

他们离开兰斯米尔后就没再提起歹徒的话题。他知道训诫于她毫无作用，她对神祇的依赖到了令人发指的地步，只要有一点点暗示她做了错事的意思，必然招来一顿冷嘲热讽的抢白，外加一番以圣父大爱之名的辱骂。那帮人是她在获取真刃之剑途中的孽障，阻碍了世界之父行使其意志，所以她除去了他们，而杀人之举并未使她有丝毫的罪恶感。但他知道，她在内心深处有所知觉。他每每触摸到她的思想，血歌的调子总是凄婉悲凉，低沉刺耳。有人摧毁了她的心智，强行将其改造成铁石心肠的冷血杀手。他知道，她终有一天能感知到这一切，但究竟要经历多少岁月的流逝、多少人的死亡，他难以估算。

那你为何不阻止她？那时她起身溜出去，他虽然躺着，却没有睡觉，但他令血歌紧随其后。他听着曲子的抑扬起落，尖厉而喧嚣的调子从来都代表杀戮。可他没有追上去，因为血歌反对。他本打算爬起来跟上去，等找到他们将其制服，然后请卫兵来处理，但血歌警告连连，而他已经学会听从歌声的指引。那帮恶徒是渣滓，当然活该毙命，而且他们不光妨碍了瑞瓦，也妨碍了他。这样的觉悟从来都令他很不愉快，给他系上解不开的心结。所以当她办完事回来，钻进毯子里坦然地进入梦乡时，他依旧闭着眼睛，毫无睡意。

“大人，准备好上路了吗？”简利尔·诺林从自用的马车里喊道。戏班子的成员都已打好包裹，正驾着车辘辘驶向大路。

“我们走一段！”他高声应道，然后挥挥手，示意歌手往前走。

瑞瓦把稻草袋扔到车厢尾部，然后他们跟在车队后面步行。“还有多远？”她问道。这个问题已经成了每日惯例。

“至少还要一周。”

她嗤之以鼻：“搞不懂你怎么就不能直接告诉我。你就靠着这帮家伙打幌子。”

“我们约好的。另外，你的弓术还不够好。”

“够好了。有天晚上我自个儿射了一头鹿，不是吗？”

“没错。可除了弓，还有别的武器。”

她满脸不情愿，他知道女孩的内心正在激烈地斗争。她想不通，为何明知她要杀他，他还要教她武艺。这个问题他也常常自问。不论有没有他的教导，她的武艺都必然长进，而且她现在已经很强了。可每当他训练她的时候，血歌都会以强有力的调子告诉他：这很有必要。

“剑，”她经历了好一番纠结，开口说道，“你要教我使剑？”

“只要你愿意。我们今晚就开始。”

瑞瓦本该高兴，却愤然而去。她往前冲了几步，跳上车厢尾部，然后爬到顶上，盘腿坐下，望着慢慢落在后头的乡村。她是如此美丽，却竟然毫不自知，他一边想，一边看着她褐色的秀发在清晨的阳光中闪耀。

“要学的第一点。”维林说着，挥动梣木棍打中她手里的棒子，转瞬之间，一挑一旋，棒子从她手中脱开，打着转往上飞。待棒子落下，他一把抓住，扔还给她：“就是抓握。”

如他所料，她学起来很快，第一天晚上就掌握了持剑技术和基础的攻防招式。到了第三天结束的时候，她已经可以使出索利斯宗师最简单的招数，动作几近完美，凶狠凌厉。

“我什么时候可以用那个?”第四天的训练结束后，她指着靠在马车轮子上用绳子捆着的帆布包，问道。对打令她微微发汗，她很喜欢这种训练方式，因为有机会可以让他吃点苦头，但到目前为止，她使尽浑身解数，所有的攻击依然全部落空。

“不能用。”她一听便别过脸去，他不用血歌就能看出她的意图，“如果你趁我睡觉的时候拿出来，我就不再教你了。明白了吗?”

她两眼一瞪，质问道：“如果你永远都不打算用，干吗还要随身带着?”

好问题，他心说，但不想谈论下去。“艾萝娜在准备晚饭了。”他说着走回马车。

在他们北行的途中，舞者的冷淡态度稍有缓和，但他知道她对自己仍保持着警惕心。每周的第六天她有一个钟头的独处时间，坐在戏班子的马车圈外，闭着眼睛，嘴唇翕张，低吟圣歌。虽说他已不是宗会兄弟，其经历也众所周知，但她既有异教信仰，理应惧怕宗会才是。所以当看到她公然进行异教礼拜，他不禁大为吃惊。

“疆国内有很多事情都变了，大人。”那天晚上，简利尔解释，

“新王登基一年后，废除了针对绝信徒的刑律。割掉舌头吊起来饿死这种事已经没了，所以艾萝娜只要愿意，就可以公开背诵至上教义。不过最好还是别张扬。”

“国王为什么这样做？”

“是这样的，”简利尔压低了声音，尽管此时并无旁人，“国王娶了王后，有人说，她特别喜欢做绝信徒做的那些事情。”

联合疆国的王后竟然不是信仰的教众。他吃了一惊。五年时间，可以改变很多。“宗会对此没有异议吗？”

“第四宗当然反对，滕吉斯宗老就此事发表了很多次演讲。平民百姓也有不少怨言，担心掐脖红爆发之类的事情。不过没有发生暴动。战后国家不太平，我在奔狼的最后两年，就是到阿斯莱各地镇压暴动和叛乱。那之后大家都想过安定的生活。”

第二天，他们穿越布宁沃什河南边的平原，道路两边是一望无际的麦子和黄花。在距黑维斯谷几英里远的一个十字路口，维林请简利尔停车。“我在东大路上有事情要办，”他说着跳下马车，“晚上我们镇子里见。”

瑞瓦从车顶上一跃而下，等他走上东去的道路，她跟了上来。“你不用跟来。”他说。

她讥讽地一扬眉毛，没有作答。还是担心我就此跑掉，害她找不到剑，他心说。一想到届时说出她父亲那把剑的事，她将会作出的反应，他就感到难受。

走了几英里路，他们来到一座小村庄，周围拉拉杂杂尽是柳树。房屋荒废已久，只剩窗户架子，房门要么没了，要么吊在锈迹斑斑的铰链上，房梁上爬了一层稀疏的野草。“这里没人住了。”瑞瓦说。

“没了，空了好些年。”他扫视四周，挑了最高大的一棵柳树，树底下有一间低矮的农舍。他走进去，看到地板上空空如也，只有一层积灰，壁炉里堆满了掉落的砖瓦。他站在房中间，闭上眼睛，开始歌唱。

她很爱笑。父亲叫她小咯咯。他们家境贫困，常常挨饿，可她总能找到什么事儿绽放笑颜。她在这里过得很开心。他往里走了几步，歌声稍有变味，调子阴郁不祥。鲜血泼溅而出，染红了地板，一个男人按着腿上的伤口惨叫连连。看样子是一名士兵，外衣上绣有阿斯莱贵族的纹章。有个不满十四岁的女孩，从火中取出一根烧红的拨火棍，压到他的伤口上，士兵尖叫一声，痛晕过去。

“这女孩真有天赋。”另一名士兵说道，看装束是军士。他扔给女孩一枚银币，她这辈子都没见过这么大一笔钱。“有这样的能力，第五宗都自愧不如。”

女孩望向房间的角落，那儿有个女人正紧张地看着这帮士兵。“妈妈，第五宗是什么？”

“瓦德里安。”瑞瓦的话打断了他的想象。她站在壁炉边，看了看钉在墙上的木牌。“也许是这户人家的姓？”

“是的。”他走到木牌旁，抚摸着精心雕刻出来的字，原先上过的白漆，如今已剥落殆尽。

“你流血了。”

他的上嘴唇沾了一点血。他在牢里也遇到过几次，当他主动歌唱而非聆听之时，就会发生这种情况。歌声越是响亮，从鼻子里流出的血越多。有一次，他力图越过重洋，探访极西之地，结果眼睛也流血了。这是我付出的代价，盲女说过。真相越发明晰：我们都为自己的天赋付出了代价。

“没事。”他说着擦去血迹，不再理会那块木牌，抬脚走了出去。

又走了两天，他们看到了布宁沃什河的那座桥。曾经的木桥已经为石桥所替代，比原先的更宽阔更结实。“国王喜欢造东西。”简利尔说，马车辘辘而上，经过岗亭时，他扔给守桥人一袋钱币，用来支付戏班子的过桥费。“桥、图书馆和治疗室之类，拆掉旧的，建造新的。有人称他砖瓦匠麦西乌斯。”

“这外号算不错了。”维林应道。他坐在光线昏暗的马车内部，在如此接近都城的地方，他戴着兜帽也不敢轻易露面。屠夫、疯子、阴谋家、侵略者。这些都是雅努斯的外号。

他们驶向每年举办夏令集市的大草地。很多戏班子的马车队已经到了，还有很多小贩和手艺人来贩卖货物，一群木匠正搭建木制竞技场，以供仑法尔骑士们在比赛中自相残杀。维林等到夜幕降临才走出马车。他把剩下的钱全给了简利尔，当然遭到了拒绝，最后他抱了抱歌手，就此别过。

“您没必要到城里去，大人。”简利尔说。他眼睛发亮，笑容却很勉强。“留在我们这儿吧。平头百姓或许会唱歌儿赞颂您，但没几个贵族老爷乐意看到您回来。他们会嫉妒您，说不准还会背后捅刀子。”

“我来这儿有事要办，简利尔。不过还是谢谢你。”他最后一次捏了捏歌手的双肩，然后提起帆布包，往城门走去。瑞瓦很快出现在他身边。

“说吧？”她说。

他脚步不停。

“你应该注意到这儿就是瓦林斯堡了吧。”她指着城墙说道。

“等一会儿。”他说。

“现在就说！”

他站住了，与她四目相对，一字一顿地柔声说道：“你等一会儿就能得到答案。现在，跟我走或是留在这儿，随你。戏班子里再添个跳舞的，简利尔肯定乐意。”

她看了看城门，目光里尽是疑虑和轻蔑。“还没进去，可闻起来跟胖子的茅房一样臭。”她咕哝了一句，终究还是跟了上去。

在他孩提时代的印象中，父亲的宅子庄严雄伟，堪比城堡，而他怀揣英雄之梦，不知疲惫地在廊厅和庭院里上蹿下跳，手中一把木剑吓得仆人们胆战心惊，鸡犬不宁。那株高过屋顶的参天橡树便是他的死敌，是妄图拆毁城堡的巨人。童心善变，有时他又当巨人是朋友，安坐在那粗壮的胳膊里，看父亲跨骑一匹战马，在马厩与河畔之间的数亩草场中驰骋。

对于身边没有什么朋友，他从不觉意外，因为认识的小孩子都是仆人的儿女，每每玩一小会儿，母亲便友善而强硬地把他们赶出去。“别打扰他们，维林。他们还有正事要做。”他后来意识到，母亲故意不让他和那些孩子们亲近，是因为等他加入宗会时，深厚的友情会难以割舍。

这么多年过去，宅子小了许多，不仅是因为他长大了。坍塌的屋顶急需泥瓦匠的修整，多年前粉刷的墙壁已是灰暗斑驳。少说一半的窗户都被木板钉住，其余的也残破不堪。就连那株参天橡树的枝丫都怏怏垂落，巨人也老了。他看见一扇窗户里有火光闪耀，那是整座宅子唯一一点温暖所在。

“你在这里长大?”瑞瓦颇为讶异。他们穿过北城区走向守望角时天上就开始落雨，密集的雨点不断地敲击她的兜帽边。“歌谣里说你是平民出身，在街巷之间长大。可这儿是宫殿。”

“不，”他喃喃道，迈步往前走去，“这是城堡。”

他走到正门前站住。以前有个女仆称其为“好门”，那是个生性乐观的胖女人，可他实在惭愧，竟然想不起她的名字。好门配好人。看那门铃，锈迹斑斑，暗淡无光，拉绳也破损了，不知道最近有多少好人经过此门。他望着在风雨中摇摆的拉绳，旁边的瑞瓦故意抽了抽鼻子，声音很响。他吸了口气，拉动绳子。

门铃的余音持续了好几分钟，随后门内传来模糊不清的喊叫。“走开！我还有一周时间！是治安官签的字！楼上还有一位厉害的阿尔比兰战斗英雄，你要是不走，他转眼就能砍掉你的手！”

里面隐隐传出脚步声，似是有人在退去。维林和瑞瓦交换了一下眼神，再次拉响门铃。这回没等多久。

“好吧！我可是警告过了！”大门往里打开，他们看见一个年轻女人正抱着水桶作势要泼，桶里的东西黏糊糊的，散发出难闻的气味。“攒了一周的泔水送你——”女人一看到他，眼睛瞪得老大，身体僵住了，水桶从手中滑落。她双手捂住脸，背靠着墙跌坐在地。

“妹妹，”维林说，“我可以进去吗？”

他只能半扶半抱地把她弄到了厨房，看样子她住在这里——先前经过的每一个房间都毫无人气。他扶着她坐在灶前的凳子上，然后握住她颤抖不止的双手，感到冰冷刺骨。她的目光从不曾离开他的脸庞。“我以为……你戴着兜帽……那时我还以为……”她眼中噙满泪水，忍不住眨了眨。

“对不起……”

“不……”她抽出手，抚摸他的脸颊，泪珠滚落，却笑靥如花。那双乌黑的眼珠真诚如故，和多年前的那个冬天，他遇见的小女孩一样，但如今的她已出落得楚楚动人，而这是极其危险的，尤其她独自住在破宅子里。“哥哥，我一直都知道……我从来没有怀疑过……”

哐当一声，瑞瓦踢倒了墙角的泔水桶。

“艾罗妮丝，这是瑞瓦。我的……”见他沉吟半晌，她不由抬起藏在兜帽底下的脸庞，眉毛一扬，“……旅伴。”

“啊。”艾罗妮丝撩起围裙擦去泪水，站起来说，“旅行啊，你们肯定饿了。”

“是的。”瑞瓦说。

“我们不饿。”维林肯定地说。

“胡说。”艾罗妮丝笑道，然后在储藏室翻找起来，“维林·艾尔·索纳大人回到自己家里，一个女孩哭哭啼啼的，都没法给他做顿饭，那可不像话。”

吃的不多，面包，奶酪，还有调味很重的半只剩鸡。

“我不会做饭。”艾罗妮丝承认。维林注意到她什么都没吃。“母亲才有那本事。”

瑞瓦吃掉了盘子里最后一点面包屑，轻轻打了个嗝。“还行。”

“你的母亲？”维林问，“她……不在这里吗？”

艾罗妮丝摇摇头。“去年冬至过后就走了。咳嗽要了她的命。埃雷拉宗老特别好心，尽了一切努力，但……”她声音减弱，目光低垂。

“节哀，妹妹。”

“你不该这样叫我。依照国王的律法，我不是你妹妹，这宅子也不是我的，每一块砖瓦都属于父亲所有。我只能请求治安官宽限一个月，再派执法官过来处置。多亏本瑞宗师答应免费给他画像，他才答应。”

“第三宗的本瑞·莱列尔宗师？你认识他？”

“我是他的学徒，其实是不领工钱的助手，但我可以学到很多东西。”她指着远处的墙壁，那儿钉满了羊皮纸。维林起身走过去，当看清了那些画作，他惊讶得直眨巴眼。画儿的内容包罗万象，有马、麻雀、屋外的老橡树、挎着面包篮子的女人，都是用木炭或是墨水画成，惟妙惟肖，纤毫毕现，令人叹为观止。

“圣父啊。”瑞瓦走到他身边，瞪大眼睛看着画儿，一脸的钦佩，这种表情倒是出乎他的意料。而当她的目光移到他妹妹身上时，那眼神明显充满敬意，甚至有些畏惧。“这是黑巫术啊。”她喃喃道。

艾罗妮丝忍了忍，终究还是笑出声来。“只是纸上的线条而已。我经常画。你要是喜欢，我可以画你。”

瑞瓦扭头说：“不要。”

“可你这么漂亮，画出来肯定特别好看……”

“我说了不要！”她板着脸，怒气冲冲地走到门口，抓住门把手，却没有拉开。维林注意到她指节泛白，血歌化作轻快而柔和的旋律。他以前听过，尽管微弱，但确实存在，那是他们刚开始跟着简利尔的戏班子旅行时，艾萝娜正在练习舞蹈，而她聚精会神地在旁观看。她仿佛沉迷其中，神魂颠倒，忽然之间又大发雷霆。她死死地闭上眼睛，嘴唇微微翕动，向世界之父念诵起祷词。

“我道歉，”她说话时不看艾罗妮丝，“毕竟不是我家。”然后看了一眼维林。“今晚的时间就留给你和你妹妹了。我去找个房间睡觉。”她的语气变得格外强硬，“我们的事情明早做个了断。”说完便消失在门廊里。脚步声轻不可闻，她有潜行的本事。

“她是你的旅伴？”艾罗妮丝问。

“路上总能遇见各色各样的人。”他说着回到桌边，“我父亲真的什么都没留给你？”

“这不是他的错。”听她的口吻有些掩饰，“他生病的时候，我们花钱如流水。他卸任战争大臣后，名下的土地，应得的俸禄，全都没了。他的朋友们，那些曾与他并肩作战的人，也不认他了。那段日子不容易，哥哥。”

他看到妹妹的眼神中有责难之意，他也知道这在情理之中。“这个家没有我的位置，”他说，“至少我当时是这样想的。你熟悉他，他是看着你长大的。而我不是。他不是到处征战，就是驯马或是练兵，在家的时候……”高个儿男人睥睨着手持木剑的孩子，那双乌黑的眸子毫无笑意，孩子兴高采烈地扑过来，嘴里恳求道：“教我，父亲！教我！教我！”男人打掉了他手里的剑，叫来一名事务官带走他，然后转过身继续喂马……

“他爱你。”艾罗妮丝说，“他从不骗我，我一直都知道你是谁，我又是谁，我们同父却异母。他无时无刻不在后悔当初实践了你母亲的愿望。他希望你知道这一点。当他病入膏肓，没法下床的时候，他成天只念叨这件事。”

楼上一声闷响，有什么重物摔倒在楼上，男人的惊叫声随之响起，继而有人高声怒吼。是瑞瓦。

“噢，天哪。”艾罗妮丝呻吟一声，“通常不到十点他是醒不过来的。”

维林几步冲上楼，发现瑞瓦正跨骑在一个身材颀长、容貌英俊，却久未修面的年轻男子身上，小刀抵住了对方的喉咙。“有歹人，黑刃！”她说，“有歹人闯进你妹妹家里了。”

“是诗人，我向你保证。”年轻人说。

瑞瓦狠狠地压住他：“你给我闭嘴！闯进年轻姑娘的屋子是吧？裤裆发痒了吧？”

“瑞瓦！”维林嘴里说着，却不敢伸手碰她。厨房里发生的事情令她精神紧张，亟需释放，而直接触碰可能导致紧绷的弦突然断掉。他竭力以冷静的语气说：“这人是朋友。请你放他起来。”

只见瑞瓦的鼻孔大张大合，然后她吼了一声，站起身来，小刀没入鞘中。

“大人，您总是豢养危险的宠物。”躺在地上的年轻人说。

瑞瓦又要冲过来，可维林挡在两人之间，伸手把年轻男子从一摊刺鼻的劣酒中拉起来。“你不该拿她开涮，艾卢修斯，”他说，“作为学徒，你可赶不上她啊。”

院子里有一口红砖砌成的水井，艾卢修斯·艾尔·海斯提安坐在井沿，小口小口地抿酒，熬红的眼睛经不住清晨阳光的刺激，不断地眨巴。维林走了过来。这次与瑞瓦的对练比往常激烈多了，因为昨晚的事，她憋了一肚子火，看来是下定决心要拿楞木棒打中维林，少说也要打中一次。击败瑞瓦并非易事，他的衣服汗湿了。

“兄弟之友？”他冲着酒壶一点头，从井里拉了一桶水上来。

“最近改叫狼血了。”艾卢修斯举起酒壶致敬，“您过去的那帮士兵，有人闲不住，拿抚恤金开了一家酿酒厂，大批地酿造军队爱喝的烈酒。我听说他们赚得不少，跟极西之地的商人一样有钱。”

“真不赖。”他把水桶放在井边，拿木瓢喝了一口水，“你父亲还好？”

“对你还是深恶痛绝，如果你问的是这方面的事儿。”艾卢修斯收敛了笑容，“不过他现在……消停多了。国王任命了新的战争大臣。”

“是我认识的人吗？”

“是，瓦瑞斯·艾尔·特伦德。猩红山丘战役的英雄，夺取尼莱什城的首功。”

维林想起那人因为贪心不能得逞，敢怒不敢言的样子。“他立了不少大功？”

“篡权者之乱过后，疆国内没有爆发过真正的大战。但他镇压各地的暴动特别积极。”

“明白了。”他又喝了一口水，坐到艾卢修斯身边，“我有个问题，问不出口，却又不能不问。”

“为什么有个醉醺醺的诗人睡在你妹妹家里吗?”

“是的。”

“他认为他是在保护我。”艾罗妮丝从厨房门口探出头来，“早餐好了。”

早餐就是火腿蛋，分量很少，刚放到瑞瓦的盘子里就没影了。维林看得出她很想再要一点，但终究没说出口，肚子却响亮地咕噜了几声。“给。”艾卢修斯把一口没动的盘子推给她，敞盖的酒壶还捏在手里，“求和。免得你因为一顿饭就割了我的喉咙。”

瑞瓦撇了撇嘴，算是同意，接受起食物来倒是非常爽快。

“我们的父亲三年前就去世了，”维林对艾罗妮丝说，“为何过了这么久，国王才想起收回他的财产?”

她耸耸肩:“谁知道呢?官僚办事慢吧。”

载他离开梅迪尼安岛的船是一个月前从南塔找来的。这么长的时间，一匹快马完全可以飞驰到都城。你这么臭名远扬的人，别指望没人认出你。官僚办事非但不慢，怕是还挺快的。

“对了，我很高兴你还活着，艾卢修斯。”他对诗人说，“我之前好像没说。”

“您没说，谢谢。”

“你是跟他们一起杀到码头的吧?”

艾卢修斯垂着脑袋没看他，又抿了一口狼血。“跟紧我父亲，是您说的。好建议。”

从他低沉的语调和默然的神色来看，维林觉得最好别再继续这个话题。“你说保护我妹妹，你的意思是要对付谁?”

他的情绪稍有好转。“噢，不就是那些歹徒啊，流浪汉啊……”他露骨地瞟了瑞瓦一眼，“那些带着刀不要命的绝信徒，还有那些守信徒，动不动就来纠缠伟大的维林兄弟的至亲，希望得到言语上的支持。”

维林皱起眉头："什么叫守信徒?"

"就是那些固守信仰，特别坚定的一帮人。国王颁布宽容法令后，他们就出现了，召集各种大会，挥旗子喊口号，时不时攻击那些他们认为疑似绝信徒的人。他们自称是信仰的真正追随者，滕吉斯宗老公开支持他们。另外几家宗会对他们兴致寥寥。"他的表情严肃起来，"您的回归对他们是极大的鼓舞。您是信仰旗下最伟大的斗士，遭到艾尔·尼埃壬王家的出卖，身陷绝信徒的地牢。恐怕他们对您有不切实际的期望，大人。"

瑞瓦抬起头来，歪着脑袋望向南墙上那扇破破烂烂的窗户。"有马跑过来了。"

维林看着敞开的房门，听见了马蹄踩踏鹅卵石的清脆响声。血歌嘹亮，认出了来人，却暗含一丝警告的意味。他尽力平复情绪，走出门去。

院子里，凯涅斯·艾尔·奈萨兄弟一紧缰绳，翻身下马。他默然无言地打量了维林片刻，然后伸开双臂走上前来，露出灿烂的笑容。多年后重逢的拥抱，洋溢着浓浓的兄弟情，凯涅斯抱得很紧，胸膛微微颤抖。但血歌的警告依然如故……

他的脸庞越发瘦削，眼角生了皱纹，双鬓夹杂了些许白发。宗会生活是不能保住青春年华的。他看起来依然那般强壮，肩膀甚至比以前还宽阔了些。凯涅斯从来不以气场取胜，如今竟有一番堂堂的风范，或许是因为那枚缝在深蓝色斗篷上的鲜红钻石。

"还是宗将?"维林问。他们在河堤的草地上散步。昨晚一夜雨水，布宁沃什河的水位很高，逼近了他父亲修筑的防洪土堤。

"我现在指挥兵团了。"凯涅斯回答。

"这么说，我有幸见到的是疆国之剑，凯涅斯·艾尔·奈萨大人，是吗？”

“是的。”对于这次飞黄腾达，凯涅斯并没有特别自豪，这和记忆中的他不太一样。凯涅斯年轻时是艾尔·尼埃壬家族不可多得的忠诚拥趸。后来雅努斯抛弃了尼莱什城，老阴谋家的大联合疆国之梦破灭之时，维林还记得当时萦绕在兄弟眼中的疑云。他从来没有犯过错……

他们停下脚步，凯涅斯望着奔流的河水沉默了一会儿。“巴库斯，”他开口说道，“他那艘船的船长讲了个离奇的故事，说我们的大个子兄弟威胁他，如果不把船开回阿尔比兰海岸，就用斧头砍掉他的脑袋。等船到了浅滩，他跳下水，游上了岸。”

“他们跟你说了什么？”

凯涅斯转过身来，与他四目相对：“伺伏者，真是巴库斯？”

看来他们告诉他了。他还知道多少呢？“不，只是寄居在他体内。巴库斯在野外试炼时就死了。”

凯涅斯闭上眼睛，低下头，发出一声深沉的叹息。片刻过后，他抬起头，勉强露出微笑：“那就只剩下我们俩了，兄弟。”

维林也笑了笑，却只是挑起了嘴角：“其实只剩下一个了，兄弟。”

凯涅斯握紧他的手，诚恳地说：“谢琳姐妹不在了，维林。我对宗老什么都没说……”

“谢琳姐妹和我相爱过。”他张开手臂大声呼唤，喊声传到了河对岸，“我深深地爱过谢琳姐妹！”

“兄弟！”凯涅斯嘘声说道，同时警惕地四处张望。

“爱不是罪，”维林嘶声说道，“也不是错！爱是美好的事物，兄弟。可我弃她而去。在我最后一次效忠宗会时，我永远地失去了她。我受够了。如果你愿意，替我转告宗老，转告整个疆国，我不再属于你们宗会，我不再追随信仰。”

凯涅斯静若止水，低声说："我知道你被关了那么多年，精神必然受损，但肯定是逝者指引你回到我们身边的。"

"这不过是谎言，凯涅斯。全都是谎言。正如神也是谎言。你想知道我在杀死巴库斯体内那东西之前，它说了什么吗？"

"别说了！"

"它说没了身体的灵魂，只是可怜而无用的……"

"我叫你别说了！"凯涅斯气得脸色苍白，他往后退去，似是担心受到蛊惑，"那是黑巫造物的谬论，你竟然当真了。我的兄弟绝不会如此轻信，绝不会受人愚弄。"

"我从来都能探知真相，兄弟。这是我遭受的诅咒。"

凯涅斯扭过头，尽力平复情绪。等他再转过头来，眼中添了一抹坚毅的神情："别叫我兄弟。如果你背弃宗会和信仰，那就背弃了我。"

"你是我的兄弟，凯涅斯。永远都是。并不是信仰使我们成为兄弟，你知道的。"

凯涅斯瞪着他，眼中尽是愤怒和痛楚，然后他转身走开。走了几步，他又站住，扭过头，生硬地说："宗老想见你。他说这是请求，不是命令。"他说完就走了。

"弗伦提斯！"维林在后面喊道，"你有他的消息吗？我知道他还活着。"

凯涅斯没有回头。"去找宗老谈！"

第四章　莱娜

莱娜·艾尔·尼埃壬公主从来不喜欢骑马。她认为这种畜生太蠢笨，而硬邦邦的鞍具所造成的瘀伤，又让她羞于叫侍女来照料。所以尽管她带队往北走了很长的路，火气也丝毫也没有消退。其实，这五年来她都是如此。

这儿的雨停过吗？她披着精美的貂毛斗篷，透过遮雨板望去，只见外面一派灰蒙蒙的景象。从喀都灵城出发迄今已有五天，雨水一刻也不曾停歇。

领军将军勒卡·艾尔·斯莫林缓辔而行，在马车旁举手敬礼，雨水在他胸甲上肆意流淌，宛如变化万端的溪流。“还有五英里多就到了，公主殿下。”听他的语气很是小心。这趟无穷无尽的旅程，令她苛责起人来不知节制，若是随心所欲，她一肚子的恶言恶语足以把人逼疯。见对方满脸紧张的神色，她不由叹了口气。*唉，放过人家吧，你这个面目可憎的女巫。*“谢谢，领军大人。”

他再次敬礼，神色略有缓和，随后策马疾驰，前去探路，五名骑卫紧跟其后。她身边有五十名骑卫，还有她挑选出来陪同北上的两名女官。她们来自乡下的庄园，个性强悍，虽然出身不如大多数侍者，却没有动不动就咯咯傻笑或是稍有不适就怨声载道的毛病。她用膝盖轻轻一顶骏马“黑貂”，策马走上司盖伦关那条黑暗狭窄的陡峭山路。

“公主殿下，我有一言。”娜莎鼓起勇气开口说道。她个子高，胆子也大，而茱莎挨了莱娜一顿冷嘲热讽后，只会长时间沉默。

“说吧。”尽管鞍具挺厚实，但莱娜仍然能感觉到黑貂的臀部一次又一次的顶撞。

“公主殿下，我们今天能见到一个吗？”

娜莎自从离开瓦林斯堡，就盼着能见到一个罗纳人。莱娜认为这种病态的好奇心缘于年纪尚轻，正如小孩喜欢拿棍子捅死狗的肚子。不过到目前为止，他们一路上还没有见过传说中的狼人。*公主殿下，罗纳人最善藏身遁形。*喀都灵城里的宗将如是提醒她，那人身强力壮，双目炯炯有神。*您看不到他们，但逝者在上，等您出了城，不足十英里，他们就能看到您。*

他们越走越近，那隘口愈来愈宽，一个阴森森的洞穴于山中裂现。莱娜看到了第一层防御工事，那是守卫南面入口的一座矮堡，城垛间有一个模糊的小蓝点，无疑是某个兄弟正孤孤单单地值守清晨这一班。

“要是这儿没有，那就看不到了。”她回答娜莎。尽管有哥哥的保证，但她此行依然疑虑重重。他们真的愿意抛却数百年的纷争，但求和平相处吗？

塔楼外候着一名宗将，此人四十来岁，一头银灰短发，眉毛带疤，瞳色苍白。他嗓音粗哑，显然是久经沙场磨砺，鞠躬之深合乎礼仪。“公主殿下。”

“是索利斯宗将吧？”她从黑貂的鞍上翻身下来，臀部早就坐麻了，她忍着没有动手摩挲。

“正是，公主殿下。”他站直了身子，指着身边两位兄弟说，“这两位是赫维尔和艾文兄弟，也将一同护送您北上。”

她挑起一边眉毛：“只有三个人？你们宗老向国王保证说尽全力支持这次行动。”

“这道关卡一共只有六十位兄弟把守，公主殿下。我分不出更多人手了。”他的语气不容商量，那意思是此事已定，反正他软硬不吃。莱娜对他当然有所耳闻，这位名声赫赫的第六宗剑术宗师、罗纳人和恶徒的克星、玛贝里斯城沦陷时的幸存者……以及，维林·艾尔·索纳的老师。

父亲，我恳求您……

“悉听尊便，兄弟。”她面露微笑。她已经竭尽所能，笑容亲切随和，恰到好处，眼神中饱含对这位兄弟尽忠职守的钦佩之意。“当然了，这种事情，我岂能质疑你的判断。”

这位尽忠职守的兄弟只是用苍白的眸子盯着她，脸上仍不动声色。

至少此人与众不同。“向导来了吗?”

“来了，公主殿下。”他退到一边，向塔楼的方向一摆手，“我备好了食物。”

“你真周到。”

塔楼内部显然匆忙打扫过，但仍有一股臭烘烘的汗味往鼻子里钻。她看到壁炉前的桌上摆满了简单却堪称丰盛的食物，椅子全是空的，房里也没人。“向导呢?”她问索利斯。

“这边请，公主殿下。”他走到后头，站在一扇厚实的房门前，取出钥匙打开挂在门上的大锁，“我们没办法，只能把她安置在楼下。”

他拉开门，只见里面有一段向下的石阶。他从墙上的铁架子里取下一支火把:“请您跟我来，当心脚下。”

莱娜扭头对娜莎和茱莎说:“两位小姐，请候在此处，享用兄弟们好心准备的饭菜。领军大人，请你跟我来。”

她和斯莫林跟随索利斯，沿着盘旋而下的石阶来到一间小房。房内开了一扇装有铁栅的小窗用以透光，角落的阴影里坐着一个女人，只有套着暗红色皮裤的修长双腿暴露在光亮处，双目在黑暗中一闪一闪。她一看到莱娜就惊了起来，换成蹲伏的姿势，脚踝上的链子在石头地板上刮擦出刺耳的声响。

“这就是我们的向导?”她问索利斯。

“是的，公主殿下。”索利斯瞪着阴影之中的女人，神情极为严肃，无意间透露出他对这次冒险行动的想法，“她是两天前到的，带来了大祭司本人的口信。我们按照要求给她安排了食宿，但是当晚她就用刀刺伤一位兄弟的大腿。我认为有必要限制她的行动。”

“她为什么攻击那位兄弟?”

索利斯局促不安地轻叹一声：“因为他拒绝满足这女人的……欲望。这在罗纳人的习俗里，显然是极大的侮辱。”

莱娜走近罗纳女人，索利斯始终趋前两步之遥，双手垂在身侧。“你有名字吗?”她问那女人。

“她不会疆国语，公主殿下。”索利斯说，“罗纳人几乎都不会。学习我们的语言是对他们灵魂的玷污。”他扭头问罗纳女人：“Esk gorin ser?”

她没理会，身子往前挪了一点点，他们总算能看清她的长相了。这女人皮肤光滑，面庞棱角分明，颧骨高耸，脑袋几乎剃光，唯独头顶有根乌黑的长辫子垂过肩部，辫梢的钢箍闪闪发亮。她穿着无袖的薄皮短装，从左肩到下巴布满文身，红绿相间，图案错综复杂。她从头到脚地打量莱娜，缓缓露出微笑。她用罗纳语含混不清地说了句话。

“Ehkar!”索利斯吼道，上前一步，狠狠地瞪着她。

女人也瞪着他，笑得更灿烂了，露出一口白牙，在黑暗中闪现寒光。

“她说什么?”莱娜问。

索利斯又局促不安地叹了口气：“她……呃……要吃的，公主殿下。”

莱娜所学的罗纳语主要来自于一本书，那是大图书馆里所能找到的最全面的介绍了。第三宗有位上了年纪的宗师，教过她罗纳语的各种发音，以及影响词意或句意的重音转换。他坦承自己对狼人的语调理解不全面，年深日久也早已生疏——他年轻时去过北方，是从几个愿意通过聊天换取自由的罗纳人俘虏那里零散学来的。不过，莱娜对这种语言掌握得差不多了，可以大致理解女人的话，但她决定听一听这位尽忠职守的兄弟怎么解释。

“告诉我，她到底说了什么，兄弟。”她下令，“我一定要知道。”

索利斯清了清嗓子，尽量不带情绪地说道：“当罗纳男人出去打猎时，罗纳女人晚上就互相……安抚。如果您是她所在部落的一员，她希望男人们永远别回来。”

莱娜扭头望向罗纳女人，嘴唇紧抿：“真的吗？”

“是的，公主殿下。”

“杀了她。”

罗纳女人猛地一缩，慌忙举起双手之间的链子，警惕地瞪着索利斯，以防对方动手——但索利斯并没有反应。

“看来她会说疆国话，”莱娜说道，“你叫什么名字？”

女人恼羞成怒地瞪着她，忽然纵声大笑，然后站起身来。她个子很高，比索利斯和斯莫林还高上一两英寸。“达沃卡。”她扬起下巴说道。

“达沃卡。”莱娜轻声复述。在古语里是长矛的意思。“大祭司给了你什么指示？”

达沃卡说话带浓重的口音，但语速很慢，完全可以理解。“带梅利姆赫的女王进山，”她说，“务必使她完整无缺地活着。”

“我是公主，不是女王。”

“她说是女王，你就是女王。”女人断然答道，那意思是再纠缠这一点实属徒劳。大图书馆里有关罗纳人历史文化的作品十分有限，而且语焉不详，常常自相矛盾，但有一点是相同的：大祭司的话不容置疑。

“如果我放了你，你还会刺伤这儿的兄弟，或是提出侮辱他们信念的不当要求吗？”

达沃卡轻蔑地瞟了索利斯一眼，用罗纳语咕哝了一句：才不让这帮软蛋玷污我呢。“不。”她对莱娜说。

“很好。”她向索利斯点头，“她可以跟我们一起进餐了。”

晚饭时，达沃卡坐在莱娜旁边，瞪着茱莎，把她逼走了。女官脸色惨白地退开，向莱娜行过屈膝礼，便匆匆走出去，回到她和娜莎共用的房间。明早我就命她回去，莱娜暗自决定，她的性子还是不如我希望的那般强悍。相比之下，娜莎似乎为达沃卡着了迷，隔着桌子偷偷瞟她，结果招来了好一顿白眼。

“你服侍大祭司？”莱娜问达沃卡，这个高大的女人正用窄刃小刀切下苹果送进嘴里。

“罗纳人全都服侍她。”达沃卡口齿不清地答道。

“可你在她家里？”

达沃卡大笑一声。“家？哈！”她吃完苹果，把果核扔进壁炉，“她拥有一座山，不是家。”

莱娜笑了，倒也不急躁：“但你在那里有一席之地？”

“我保护她。只有女人保护她。只有女人可以相信。看到她，男人就发狂。”

莱娜读过有关大祭司神奇魔力的记载。根据一本内容有些惊悚、名为《罗纳人血礼考》的典籍所述，无论多么体面的男人，只要看她一眼，即丧失理智，神魂颠倒。无论真相如何，所有的记载都印证了她拥有黑巫术之力。其实，相比王兄的请求，这才是她愿意进行此次远征的真实原因。

经过多年的潜心研究、暗中调查、反复对照，莱娜依然没有证据。到西城区打听独眼男人的故事，他说。那天在夏令集市上，他冷不防献上一吻。于是她去找了。几个派出去的心腹前往城内最贫穷的地带，带回了那个故事，最初听来着实荒诞不经。独眼是恶徒之王，仅凭意念就可以约束他人。独眼依靠啜饮敌人的鲜血以获取力量。独眼在地底陵寝中举行邪恶的仪式，亵渎孩童的身躯。唯一确定的是故事的结局——独眼被第六宗兄弟所杀，有人说是艾尔·索纳亲自干掉的。在这个问题上，所有的说法都是一致的，其他方面则甚少重合。

因此她不断地寻找，从疆国各处收集奇闻逸事。尼塞尔有个女孩可以召唤风，南塔有个男孩能与海豚对话，库姆布莱有个男人曾经复活过死人。还有上百个稀奇古怪的传说，经过进一步的调查，其中大多数都是夸大其词、牵强附会、以讹传讹，甚至纯属胡说八道。没有证据。她为此几近疯狂，细节的缺失、答案的遥遥无踪，促使她一发不可收拾地调查下去。她经常拜访大图书馆，要求提供年代更古远的书籍，馆长为此颇为头疼。

她知道自己之所以这么有兴趣，只是因为无事可做。兄长当政，她在朝中有名无权。如今王兄娶了王后，小雅努斯和德娜确保了他后继有人，身边更是谋臣如云。麦西乌斯喜欢臣子谏言，多多益善，尤其爱听他们唇枪舌剑，相互批驳。但如此一来，他就只能下令搁置此事，待调查清楚之后再议，而调查往往要好几个月才能得出结论，此时早已是大事化小，小事化了，或者又有火烧眉毛的大事摆到跟前了。说到底，麦西乌斯唯独不听取亲妹妹的谏言。

*别忘了。*那是父亲许多年前对她说的，当时还是小女孩的她正假装玩娃娃。*一个男人若是寻求谏言，那么他不是在装模作样，就是茫然无从，缺乏主见。*

公道地讲，有那么一样东西，麦西乌斯是相当有主见的——砖瓦。“我要在这儿建起举世罕见的奇观，莱娜。”哥哥如是说。对于重建瓦林斯堡西城区，他有一个颇为宏大的规划，以宽阔的街道与花园取代以前的窄巷和贫民窟。“这是我们的治国之道。老百姓可以安居乐业，而不是苦苦求生。”

她爱哥哥，这是毋庸置疑的事实，虽说她的表达方式并不足取。可她最最亲爱的哥哥简直就是天底下的头号傻瓜。

“女王，你有多少男人?”达沃卡突然发问。

莱娜惊讶地眨了眨眼：“我……有五十个卫兵。”

“不是卫兵。男人……你们称为丈夫。”

“我没有丈夫。”

达沃卡眯起眼睛瞧她：“一个都没有?”

“没有。”她啜了一口酒，“一个都没有。”

“我有十个。”罗纳女人骄傲地说。

“十个丈夫!”娜莎大为震惊。

“对，”达沃卡表示肯定，“他们都没有别的妻子。跟我结婚后就没必要了!”她放声大笑，猛地一拍桌子，吓得娜莎跳了起来。

“说话注意点，女人!”领军将军艾尔·斯莫林冲她吼道，“这等言论岂可当着公主的面讲出来。”

达沃卡翻了翻白眼，伸手抓过一根鸡腿。“梅利姆赫。”她叹道。海上的浮渣，或是冲到岸上的破烂，究竟哪种意思，取决于音调的变化。

“去大祭司所住的山需要几天?”莱娜问她。

达沃卡张嘴咬住鸡腿，伸出十根手指，然后又重复了一次。

还要在马鞍上坐二十天，莱娜内心呻吟了一声，必须叫娜莎再弄些药膏来。

茱莎哭了，恳请留下来。莱娜赐了一只镶嵌青石的银手镯——她专为这种场合收藏了一对——以及一袋十枚金币，以示慰劳，还保证在给其父母的信中多加赞誉，以后也欢迎进宫探望。她说完走向黑貂，娜莎上前安慰起这位泪流不止的朋友。

“你做得对，女王。”身后的达沃卡说道。她的坐骑是一匹强健有力的矮种马。罗纳女人身披厚狼皮，手持一把长矛，矛尖是三角状黑铁，锋刃锐利，映着旭日的金光。“那个太弱了。她的孩子熬不过一个冬天。”

“叫我莱娜。”她翻身上马。这件骑马装从腰部到下摆都打了褶，以便于坐进马鞍，但她依然感到极受束缚。

“勒娜。”达沃卡慢慢地重复道，“什么意思？”

“意思是我母亲喜欢她祖母。”对于达沃卡口齿不清的发音，她置之一笑。“阿斯莱人的名字没有什么含义。我们给孩子起名字是想到什么叫什么。”

“罗纳人的孩子自己起名字。”达沃卡晃了晃长矛，“我杀了个人，从他手里拿到这个，就给自己起了名字。”

“他伤害过你？”

“很多次。他是我父亲！”她仰头大笑，策马前行。

司盖伦关的防御工事由城墙和塔楼组成，每一块巨石屏障摆放的角度却恰到好处，可将进攻一方逼到狭窄的空间内以消灭之。莱娜对于这种设计思路很是钦佩，越往关隘里面走，塔楼和城墙越是层叠而上，即便敌人攻占了一部分工事，防御战依旧可以进行下去。

索利斯领着他们走过十道门，每一道都装有厚厚的铁闸，只有拉起来才能通过。虽说防御工事异常坚固，莱娜却看出他先前说的是实话：兄弟人数太少，无法做到齐装满岗。她发现达沃卡细细端详城墙的时候眯起了眼睛，知道罗纳女人也得出了同样的结论。莫非这是计？莱娜心想，派个探子来这儿摸清守军的虚实。

她迅速否定了这种想法，因为那位双目有神的兄弟警告过，罗纳人对于这片北方大地无所不知。他们知道我们有多么不堪一击，却没有付诸行动，大祭司还传话说希望和谈，不过我是唯一的谈判人选。

他们走了不止一个钟头，沿着弯弯曲曲、狭窄到仅容一人一马通过的小道，穿过层层城墙与铁门。终于，他们来到了关隘的北边。今日风停雨住，阳光穿透乌云，铺洒在绵延无尽的群山之上，只见层峦叠嶂，远方一片灰蓝，那是花岗岩和坚冰组成的庞然大物，令人生畏。

达沃卡抬头看天，深吸一口气，然后忽的一下吐了出来。肯定是为了呼出我们的臭气，莱娜心想。

罗纳女人驾着矮种马走到队伍最前头，选了一条岩石遍地的羊肠小道，往山谷底下行去。她什么都没说，也没有打手势，就那么径直走下去，看来是指望他们二话不说地跟上来。莱娜见斯莫林满脸疑虑，便点了点头，他显然不大乐意，不过终究没说出口，冲着后头的士兵们吼了一声。

他们翻越过一座座山坡谷地，穿行于一丛丛松树林间，又走了四个钟头。莱娜发现关隘这边有一种荒凉之美，喀都灵城北郊的单调灰色不见了，取而代之的是光怪陆离的景象，天空变幻莫测，阳光跳跃不定，给石楠花遍地的山坡和嶙峋怪石染上了各种悦目的色彩。或许他们如此拼命地抵抗，就是为了保住这一切吧，她心想，因为，这儿实在太美了。

罗纳女人终于提出休息，娜莎寻了一片石楠花丛，放好丝绸靠垫，又给莱娜呈上鸡肉和葡萄干面包作为午餐，还有一杯库姆布莱干白——她非常喜欢这种酒。甜点是巧克力小蛋糕，存量已经不太多了。

“看起来像兔子粪。”达沃卡说着，疑虑重重地嗅了嗅。她不讲客气，二话不说便盘腿坐下，开始吃喝。看来罗纳人在旅行途中进餐是完全不讲礼数的。

“尝尝看。”莱娜掰下一小块塞进嘴里。朗姆酒混合香草味，好吃极了。“你会喜欢的。”

达沃卡小心地咬了一口，眼睛立刻瞪大，一脸陶醉，但随即恢复常态。她用母语嘀咕了一句什么，然后皱起眉头，显然是有些自责。*舒适令人软弱。*

“你带了武器，”她说着，指了指莱娜脖子上用项链吊着的挂件。“你会使吗？”

莱娜拎起胸前的挂件。那是一把式样简单的飞刀，第六宗的兄弟常用的那种，只比箭镞大一点点。在她所有的名目繁多的珠宝收藏中，这是最不起眼的一件，也是最常佩戴的，尤其在周围没有宫廷耳目的情况下。

“不会，”她说，“只是信物而已。是……一个老朋友送的。”*父亲，我恳求您……*

“不会使的武器带着没用。”她出手快得没人反应过来，只见达沃卡探过身，一转眼就取下了莱娜的链子和飞刀，“来，我教你。过来。”她站起身，走向路边的一棵小松树。

娜莎愤怒地起身吼道：“你这是侮辱我们的公主殿下！联合疆国的公主岂可尚武求辱。”

达沃卡一脸茫然地望着她：“这人说的话我完全不懂。”

“没关系，娜莎。”莱娜站起身，轻抚女官的胳臂，柔声说道，“我们在这儿要尽可能交朋友。”

她跟着达沃卡走向松树。罗纳女人猛地一扯，从链子上拽下飞刀，举起来迎着阳光细看。“锋利，很好。”她手腕一抖，飞刀旋转而出，扎进了树干。

莱娜往索利斯和两位兄弟坐的地方扫了一眼。索利斯神情严肃地看着她们，长弓触手可及，箭矢搭在弦上。

“你来，勒娜。”达沃卡从松树那边走回来，拿着刚刚拔出来的飞刀。

莱娜看了看那把飞刀，像是头一次见到。这么多年带着它，却从没想过它真正的用途。“怎么做?”

达沃卡往松树的方向一指，“看好那棵树，扔出去。”

“我以前从没这么干过。”

“那你就扔不中。再扔还是扔不中。一次又一次，扔到扔中为止。然后你就知道怎么使了。”

“真的这么简单?”

达沃卡笑了：“不。确实很难。学习什么武器都不容易。”

莱娜看准了松树，手臂一扬，拼尽全力扔出飞刀。娜莎和卫兵们费了大半个钟头，最后在石楠花丛里找到了。

“我们明天试试大一点的树。”达沃卡说。

到夜幕降临时，他们感觉走了一百英里地，但莱娜知道不过二十英里而已。达沃卡将营地选在一块凸起的岩石之上，可以俯瞰山谷，也方便索利斯和斯莫林布置人手四面防御。斯莫林安排手下围绕营地驻扎，索利斯和两位兄弟离莱娜的帐篷不足十英尺。晚餐是烤野鸡和最后剩的一点葡萄干面包，达沃卡看样子吃得很尽兴，不过一句赞美的话也没说。

“我说，勒娜，”吃完后，她蹲在火堆前伸手取暖，问莱娜，“你讲什么故事?”

“讲故事?”莱娜不明白。

“你的营地，你讲故事。”

罗纳女人提到“故事”这个词时，语气明显加重，如同某些特别虔诚的信徒说起“逝者”。莱娜在研究时注意到大量材料提及罗纳人非常尊重历史，却没料到这种热情近乎宗教崇拜。

“这是他们的习俗，公主殿下。”火堆另一头的索利斯说，“不一定长，但要真实。”

“对，”达沃卡强调，“真实即可。不要你们胡编乱造的那种叫诗的玩意儿。”

真实即可。莱娜在心里暗笑。*我有多久没说过实话了？*“我可以讲一个传说，”她对达沃卡说，“故事特别奇怪，虽然很多人发誓说是真事，可我没法确认。也许你听了后，能替我判断一下。”

达沃卡默然思索片刻，皱紧了眉头。看起来，这是相当重要的决定。最后，她点点头。“我听，女王。然后我告诉你是真是假。”

“太好了。”莱娜从靠垫上坐起身来，隔着火堆朝索利斯微微一笑，“还有你，兄弟。如果你听了也能说点什么，我真的感激不尽，我管这个故事叫做独眼男人的传说。”

他苍白的眸子没有任何感情流露：“悉听尊便，公主殿下。”

她暂停片刻，调整了一下呼吸。她接受过演讲训练，为此没少争取过，因为她父亲特别看不起这种技艺——他喜欢单独谈话。“大约十年前，”她开口说道，“在一座名叫瓦林斯堡的城市里，有个男人声称他统治了所有的不法之徒。”

达沃卡眯起眼睛看她：“不法之徒？”

“瓦利希。”索利斯说。流放，无部落可归属，没有价值，小贼或者渣滓，取决于重音的变化。

“啊。”她点头，“继续，女王。”

“此人生性恶毒，”莱娜接着讲，“奸杀盗劫，无恶不作，据说不分男女，概不放过。他邪恶若此，那么多不法之徒都畏之如虎，于是交钱给他，以求自保。但有个年轻小贼不愿付钱，他目力敏锐，有把飞刀，跟我这把一样。”她拿起飞刀，刀身在火光中红芒熠熠。“年轻小贼把飞刀扎进了恶徒之王的眼睛。他痛苦挣扎，哀号不断，苟延残喘了几日，昏死过去。他的爪牙以为他死了，准备用帆布裹了尸体扔进海港最深处——这是瓦林斯堡大多数恶徒的安息之所。但死亡没有收留他，恶徒之王醒转过来，从此被人称为独眼。

“他怒不可遏，以他的名义四处作恶，只为找到那个年轻小贼，却发现那孩子成了第六宗的兄弟，而他的魔爪一时间还伸不到那里。接下来故事就变得奇怪了，有人说他失去一只眼睛后，生出了强大的力量，黑巫术的力量。”

“黑巫术？”达沃卡问。

“Rova kha ertah Mahlessa.”索利斯对她说。这个只有大祭司玛莱萨知道。

罗纳女人站起来。“我不能再听下去了。”她避开莱娜的目光，悄无声息地遁入黑暗中。

“他们不能谈论这种事，公主殿下。”索利斯解释，“言语可成真。他们宁愿黑巫术不要成真。”

“我明白了。”莱娜拉紧身上的斗篷，“嗯，看来我的故事只剩下一个听众了。”

“我以前听过。说什么独眼男人仅凭意志就能束缚别人的行动。胡说八道。”索利斯站起身，拿起弓，“我守第一班，失陪，公主殿下。”他合乎礼仪地鞠了一躬，然后走开了。

“最后怎么了，公主殿下？”娜莎从帐篷里探出头来，苍白的鹅蛋脸裹在狐狸皮里，“那个独眼男人怎么了？”

“噢，据说不出所料，死得很惨。是第六宗的人杀死的。”莱娜走进自己的帐篷，“去休息吧，娜莎。明天的旅程说不定更苦呢。”

“是，公主殿下。晚安。”

晚安。安不安是无关紧要的，困顿也好，多梦也罢，哪怕时睡时醒，她都无所谓。毛皮如囚牢，她不想再盯着头顶的帆布辗转反侧了。凛冽的北风猛烈地掀动帐篷，帆布以恼人的节奏呼啦啦地翻腾。但她并非因此失眠。这五年来，夜夜如是！她不禁怒气上涌。即便是骑马远行至此，即便是在这片寒冷的荒原。

每一次都是这样，她躺在床上苦苦等待，但睡意从不曾降临，直到被回忆消磨大半夜，耗到精疲力尽，她才能渐渐失去意识。然而，对于这种残酷的折磨，她从没找医师要过安眠药，从不喝得酩酊大醉，也不用红花麻醉感官。尽管讨厌，但她选择接受。这是她应当承受的。

当她逐渐丧失了对外在世界的感知，却又不足以带来睡意之时，记忆中的场景便越发清晰可见。那个卧床的老人，垂垂将死，暮气沉沉，难以认出是她的父亲，难以相信那就是国王。

她站在国王寝宫的门口，手中的卷轴已揭开封印。阿尔比兰皇帝一片好心，用的是疆国语言。老人的目光从她的脸庞挪到了她手里的卷轴上，他恼怒地朝床边的御医们摆摆手，喉咙里发出难听的叫喊，真没想到他还能喊这么大声。御医们逃出门去。

老人伸出枯瘦如柴的手招了招，她走上前跪在床边。他喉咙里发出的声音沙哑刺耳，但语速很快，吐字也很清晰。“这就是了？”

莱娜把卷轴放到床上：“需要我读给您听吗？”

“咯！”他干咳一声，那只手抖个不停，“我知道是什么。不用。他们要那小子。他们要*希望杀手*。”

她低头看着卷轴，纸面整洁，笔迹优美。“是，交换麦西乌斯。他还活着，父亲。”

“当然活着，小畜生死不了。”

莱娜紧闭双眼："父亲，请……"

"就这吗？只要那小子？"

"他的军队可以离开。他们不要赔款，不要贡品。只要他。"

房内寂静无声，只有老人艰难的呼吸，犹如干燥的绳索刮擦粗糙的石头。莱娜抬起头，与他四目相对，只见那眼神依旧凌厉。她便知道了，他仍是他，仍在老态龙钟和病痛缠身的躯壳内谋划和算计。"不。"他说。

"父亲，我恳求您……"

"不！"喊声引发了一阵咳嗽，他痛苦地蜷起身子。他太瘦太虚弱了，莱娜生怕他拦腰折断。

"父亲……"她想把枕头垫在他身后，可他一耸肩膀，拒绝了。

"女儿，你去告诉他们，我不答应！"他目光如炬，嘴唇和下巴沾有血渍，一边说话一边痛苦地大口吸气，"我绝不就这样……接受失败。你让阿尔比兰的使者回去……说我拒绝和谈，再次申明我们对港口的所有权……然后你派出余下的舰队……到尼莱什城传达我的旨意，命令艾尔·索纳率军登船……即刻返回疆国……我命不久矣，等我死后……你嫁给他，然后登基……"

"我哥哥……"

"你哥哥有辱我的血脉！"他纵身扑过来，冲她吼道，"你以为我辛苦……这么多年，就是为了把疆国交给一个傻子吗……用不了十年，他就会毁掉它！"他又咳了起来，痛苦难耐，血沫溅到床上。莱娜转身欲召唤御医，但父亲枯瘦的手抓住了她的腕子。他虽然年迈体弱，握力却不减当年。"战争，莱娜……"他凌厉的眼神柔软下来，嘴里恳求道，"……疆国禁卫军垮了，国库空了……你要振兴基业，重整旗鼓，成为疆国的救世主。全靠你了……"

强烈的反感涌上心头，父亲的触碰滚烫难忍。她甩手挣脱，直往后退，而父亲仍在恳求，嘴里流出汩汩鲜血。"求你，莱娜……全靠你了。”

她默然而立，看着他狂暴地挥舞手臂，直到他体内的鲜血似乎都已流尽，床单一片猩红，而后他无力地倒下，全身抽搐，那张臭嘴终于不再说话了。她忍耐着，等他双眼阖上，胸脯渐渐平缓，只余微微的颤动。“好先生们！”她尖声喊叫，极力作出惊恐的样子，“好先生们，快来侍奉国王！”

长袍飘动，御医们慌慌张张地跑过来，围在床边，如同死马周围的乌鸦。“务必竭尽所能，好先生们！”她恳求道。忙乱了半个钟头后，一名御医上前向她鞠躬。

“如何？”她问道，眼泪流了出来。

“公主殿下，陛下他已长眠不醒。日出之时，他将与逝者同在。”他单膝跪在莱娜面前，其余人也跟着跪了。

她闭上眼睛，任最后一颗泪珠落下。她知道，这是最后一次为父亲流泪。“谢谢，先生。务必使他安详离世。”

她拿起卷轴，走出寝宫。阿尔比兰的使者仍坐在她离开时的位置、庭园里的一条长凳上。今夜是满月，大理石地板被染了一层淡淡的蓝色，柱子在院内投下了深深的阴影。

“维瑟斯大人。”莱娜向他致意。

维瑟斯大人身材高大，肤色黝黑，身着朴素的蓝白色长袍。他鞠躬回礼：“公主殿下，您父王可有答复？”

她紧紧地捏着卷轴，感到羊皮纸变得皱巴巴的，破坏了优美的笔迹。“雅努斯·艾尔·尼埃壬国王接受你们的提议。”

她知道这是做梦，淡蓝的月光过于明亮，而维瑟斯大人鞠躬时的眼神也过于嘲弄，然后他突然冲上前，伸手捂住莱娜的嘴……

她猛然醒转，那只手捂住嘴，抵住牙齿，生生遏止了她的叫喊。达沃卡的眼珠子就在她面前，反射着手中那把小刀的寒光。

第五章　弗伦提斯

“你是一个手头拮据的自由民，我是你新近娶来的妻子。我们的目的地是阿尔比兰边境，因为你要去那儿当驯奴学徒。”女人换了一袭灰衣，比起先前那身衣服的布料更加粗糙，她示意弗伦提斯换上类似的装束。“我们没有孩子。我母亲当初不许我嫁给你，可我没听她的话。如果你这次还成不了事，我就去申请撤销婚约，你记住我的话。”她恶狠狠地皱起眉头，摇了摇手指。

此时是早晨，她家院子里候着一匹矮种马和一辆马车。霍维克打开了安放在轮轴上的一块活板，里面藏有各式各样的武器和毒药。她依次察看过匕首、短剑和药瓶，最后满意地点点头。“我再回来可能是一年后了，”她一边爬上马车一边对柯利泰说，“好好照顾将军。”

“遵命，女主人。”

“那我们出发吧，你这没用的小家伙。”她笑着对弗伦提斯说，“我或许会喜欢这个角色。”

弗伦提斯接过矮种马的缰绳走在前面，领着马车穿过院子，来到广场。一群奴隶正忙着清洗骑士像，而女人的目光始终不离那座巨大的青铜造物，直到他们转了个弯，往南门行去。“你很好奇吧？”当他拽着矮种马穿行在人群之中时，她忽然说道，“那个骑马的男人是谁。”

他扭头瞟了女人一眼，却什么也没说。女人有种神奇的能力，可以解读他内心的想法，尽管他已经很克制了，尽量不流露出一丝一毫好奇或是迷惑的表情。“别紧张，”她安慰道，“说来话长，但我不介意讲给你听。不过，还是等我们上路之后再讲吧。”

街上熙熙攘攘，前往南门的路途无比艰辛。米尔泰斯的街道挤满了奴隶和自由民，他们不要命似的挤来挤去，给周围的人造成各种不便。

“躲开点，你这穷鬼！”一个灰衣胖子冲弗伦提斯吼了一声，挤过来的同时，一巴掌拍中了矮种马的鼻子。弗伦提斯所受的束缚忽然一松，他提膝一顶，那胖子便捂着小腹，倒在铺满鹅卵石的街上喘起了粗气。

“我最讨厌无礼之人。”他听见女人说。

走过几条街，他注意到一幕奇怪的景象。在一幢豪宅的门外，站着一个衣衫褴褛、奴隶模样的男子。此人年约四十，耷拉着脑袋，胸前挂了一块牌子，上头只写了一个字。男人身后，一群奴隶正在督头的监视下，从宅子里搬出各式各样的家具和器物，还有一个女人带着两个孩子坐在庭院里旁观。令弗伦提斯吃惊的是，当那女人望向胸前挂牌的男人时，目光中饱含恨意，而那个稍微年长些的孩子，十五岁左右的男孩，也是一样的眼神。当弗伦提斯领着马车走过时，他看到督头递给女人一个卷轴，与此同时，有个奴隶拿铁链封住宅门，挂上一把沉重的大锁。他依稀听到了“撤销”两个字，然后这一幕便落到了身后。

“一个还不清债的男人，”女人的声音传来，“就不配拥有家庭、房屋和自由。”

他们支付三枚圆币作为出城费，额外支付一枚作为道路费。弗伦提斯发现倭拉人特别喜欢收通行费，但为这种道路交钱也不算亏：砖块铺设紧密，路面平整宽阔，可供两辆载重马车并排通行，放眼望去，道路的远端消失在雾中。疆国内根本没有可与之媲美的道路，不知道军队在这样的道路上行进能有多快。

“很壮观吧？”女人不费吹灰之力，再次看透了他的心思，“这是骑马的男人修的大路，约莫有三个世纪之久了。”

弗伦提斯的好奇心更旺盛了，但还是克制住回头看她的冲动。“他名叫萨瓦瑞克·阿凡特，”她接着说，马车辘辘向前，路旁是排列整齐的橘树林，“他是议员，也是将军，征服了南部各省，算得上整个帝国最有军事头脑的人，或许在全世界也前所未有。但即便是他，也尝过败仗的滋味，亲爱的丈夫。和你的疯子国王一样，他败在阿尔比兰人手下。整整十年，他们为保护这最后一个省拼死反抗，大陆上唯有这个角落不在我们手中。整整十年，阿尔比兰人为了阻挡他，血流成河。他们遭受了一次又一次的战败，阿凡特的天赋一次又一次让他们溃不成军，但他们依然前仆后继。人数才是他们的优势，而非那虚构出来的可怜神明。教训是惨痛的，最终逼疯了阿凡特，逼出了刺客的刀子——当阿凡特提出增援的请求，议会却担心这位战争天才变成他们的累赘。伟人往往如此，他们看不见藏在暗影中的刀子。”

她陷入沉默，直到夜幕降临都没再说话。他们在米尔泰斯南面三十英里处的驿站扎营，随后女人轻松扮演了唠叨妻子的角色，做饭的时候抱怨不断，催促他添薪加柴，还时不时数落丈夫有多么不负责任，很多旅行者投来了戏谑的目光，或面露同情之色。当然了，那些走来走去忙活的奴隶们，仍是尽量移开目光，脸上没有什么表情。

“吃吧，你这没良心的坏蛋。”她说着，递来一碗炖羊肉。

他刚吃了一口就确信无疑，这女人的厨艺与剑术完全不能相提并论。他勉强吃完了，宗会生活练就了他的好胃口，无论多难吃的食物也能咽下去。

女人接着演下去，直到夜色已深，旅行者回到了各自的帐篷里。“你想知道我跟他什么关系。”她说。弗伦提斯坐在火堆另一边，纹丝不动，一言不发。

女人微微一笑。“也许是名声赫赫的祖先？我的曾曾曾祖父？”她收敛起笑容，“不。他是我的父亲，亲爱的丈夫。我是阿凡特家族最后的血脉，尽管我不再需要那个姓氏，也不需要任何姓氏了。”

她撒谎，弗伦提斯心想。不知道要什么把戏。她就喜欢耍他玩，到她家的第一晚就能看出来，那天她强迫他一起洗澡，然后紧紧贴在他身上，双手伸进水中摸索，嘴唇轻轻贴在他的耳边低语，我可以让你……他闭上眼睛，不愿继续回忆，身体的背叛令他羞耻。

“是真的，我保证。”她说。“不过我不指望你相信，你深陷于迷信之中不可自拔。但你以后自会相信，亲爱的。”她探身向前，神情专注，“不等我们结束这趟旅程，你就能大开眼界，相比之下我讲的这个小故事太平淡无奇了。”她又笑了笑，站起身，走向弗伦提斯搭在马车旁的半边帐篷。“是时候该你履行丈夫的职责了，亲爱的。”她说着钻进黑乎乎的帐篷里。弗伦提斯坐在火堆边没动，直到束缚之力猛然增强，痛得他不得不遵令为止。

他们在路上走了十天，橘林和柠檬树日渐稀疏，取而代之的是茂密的林子，那些树木叫不出名字，越往南走就越发高大。气温也在升高，一路炙烤，天天在马车前大汗淋漓地跋涉，着实是煎熬。他不喜欢这片树林，四处弥漫着腐臭难闻的气味，生出无数讨厌的虫子，嗡嗡喧闹，犹如夜晚的疯人院。

“这叫丛林，”女人对他说，“我想你们的国土上没有这种林子吧。”

第十天晚上，他死死地盯着丛林深处，极度渴望手里有一把剑。因为有什么东西穿过林间，发出很大的响动，偶尔还有震耳欲聋的咔嚓声，听起来只可能是某棵树断为了两截。

“啊，看来在这么靠北的地方还有呢。”女人略显吃惊，“走，亲爱的。”她的意念拽着弗伦提斯钻进丛林。“这景象不常见，你看了肯定难忘。”

他跟在后头，眼珠子转个不停，在黑暗中搜寻超乎想象的恐怖之物。担惊受怕是家常便饭，然而恐惧确是陌生的感觉。“瞧。”女人站住了，继而蹲下来指着前方说道。唯一的光亮来自树冠上方的半轮明月，给林间万物抹上了一层淡蓝色。片刻之后，他才明白目光所落之处是何物，那庞大而古怪的身姿，全然不在他的理解范围内。这头野兽站直了少说有十英尺高，浑身上下满是蓬松的长毛，靠着细瘦而奇长的四足爬来爬去，爪子锐利骇人。它的脑袋像根长管子，嘴巴只有一条缝，扯下树苗时发出含糊不清的啸叫，枝条折断的噼啪声在丛林里回荡。

“这只很老了，”女人说，“在丛林里晃荡的时间也许比你的年龄还大，亲爱的。”

它叫什么？他想问，但用不着开口。她从来不需要听他说出来。“大树懒。没有危险，只要你别靠得太近。它们只吃树皮。”

野兽突然静止不动，嘴里叼着一块树皮，两只黑眼睛直勾勾地盯着他们。它发出一声低沉的啸叫，转过身子，迈开不成比例的四足，迟缓地爬进了丛林深处。

“恐怕我再也看不见它们了。”返回途中，女人说道。“丛林越来越小，道路越修越长。算啦。”她坐到铺盖卷上，“没准明天能看见一头老虎。”

翌日，他们来到与阿尔比兰交界的大河，岸边有一座吊脚楼组成的小镇。河面将近有一英里宽，不过和去往米尔泰斯路上的内海不同，目力所及之处见不到渡口。小镇位于长长的堤坝末端，有好些个相连的吊脚高台，上头挤满了房屋，摇摇欲坠的建筑风格如出一辙。此时，最大的高台上正如火如荼地进行着奴隶交易，督头不紧不慢地操着一口难懂的黑话，围观的人则不断地出价，他们大多身着灰衣，也有少数黑衣人在场，顶着骄阳，汗水淋漓，旁边的奴隶扇动棕榈叶送来腥臭的热风。

“七十三号!”督头喊道，身强力壮的瓦利泰拖着一个赤身裸体的女孩走上台子。弗伦提斯推断她最多也就十三岁。“刚从十二姐妹群岛那儿搞到的。没经验，不懂倭拉语。给窑子嫌太素，可调教成家奴，供生养。起价四圆币。”

弗伦提斯看那女孩抖抖索索地呜咽着，尿液顺着大腿汩汩流下，他感到束缚之力增强了。“好了，好了，亲爱的。”女人扣住他的手，唠叨的婆娘转眼变成娇嗔的爱妻，凑过来在他脸颊上轻吻一口，然后耳语道：“你逞英雄的日子已经一去不复返了。不过，要是你希望改变这女孩的命运，我也可以买下她，再由你杀了她，如何?”

他知道女人并非信口一说。她真有此意，而且有可能是出于好心，而不是因为冷血。很难说她是否明白两者之间的区别。弗伦提斯打了个冷战，摇摇头。

“如你所愿。”

女孩的价格最终到了两枚方币加一枚圆币。她被拽走时连声尖叫，督头拿块布堵住她的嘴，立时没了声音。

“七十四号。”督头站在台上念道。一个肩宽体壮的男人被带了上来，后背有殷红的鞭痕，看来还是新鲜的。“这个当过海盗。来自北方某岛。能讲阿尔比兰话，不懂倭拉话。种田有点浪费，表演倒是合适，如果送到坑里也可以卖个好价。起价六圆币。”

“走吧，”女人带他离开交易场，“别勾起你的回忆。”

他们在较小的高台上找到一位商人，对方愿意用两枚方币买下他们的马车和矮种马。弗伦提斯把藏在活板底下的什物塞进了随身包裹。然后他们来到一家旅社，房价远比平时高。“镇上来了奴隶贩子，”老板说着摊开双手，“两位明天来就好了。”

“我早说了，笨驴!”女人冲弗伦提斯吼道，“噢，我当初怎么没听母亲的话呢?”

“两位，这个算我请的。”老板递上一瓶酒，冲弗伦提斯使了个眼色以示理解，“喝点小酒好过夜，对吧?”

客房很小，他们待到了天黑。这座不知名的吊脚楼镇没了白日的喧哗，奴隶贩子们带着买到的货物上了路，各奔前程去了。

“你们疆国没有奴隶吧?”女人问。

他透过窗户，凝视着外面宽阔的河面和湍急的河水，一语不发。

“没有。你们都是自由身。”她接着说，“不过说到底还是信奉各种怪力乱神的奴隶。这些玩意儿我们几百年前就不信了。说说看，你真的相信等死了以后，你会跟死去的亲人永远住在什么天堂吗?”

他没有回答，女人增加了束缚之力。如此看来，今晚她确实想说说话。“‘死亡为何物?’”他背诵起来，“‘死亡乃通向往生、得见逝者之途。死亡既是终结，亦为起始。须敬畏之，欣然受之。’”

“这是什么？你们的祷词吗?”

“信徒不祈祷。只有敬神的人和绝信徒才祈祷。这是信仰教理的内容。”

“那么，这个信仰许诺你们死后有永生吗?”

“没有生命，生命是对身体而言。往生是灵魂所在的国度。”

“灵魂?”她摇摇头，嗤笑一声，“好嘛，这样看来，你们的信仰还是知道一点东西的。虽说是异想天开，倒也不全是毫无来由。”

她从包裹里取出一对窄刃匕首。“我们需要一条船。”女人说着递给他一把，他接过来，插进绑在前臂的皮套里。

码头上的泊船处守着两名瓦利泰，各持一把普通的宽刃长矛，那是倭拉军队内最低级的常佩武器。这两人状态极差，身上的盔甲年久失修，凸凹不平，眼睛呆滞无神，说明他们的督头缺乏正确的营养常识。

“没有空船。”大个子说着挡住了他们的去路，同时用矛柄重重地敲击木板，“明早再来。”

弗伦提斯抬手刺向他的眼睛，窄刃匕首洞穿眼球，插进了脑部。女人跃过悠悠倒地的尸体，矮身躲开另一人中规中矩却缓慢无力的劈砍，手里的匕首扎进对方胸甲和腋窝之间的缝隙。瓦利泰跪倒在地，女人退了一步，抵住他的头盔往前一推，匕首从颅底刺进，结果了他的性命。

他们把两具尸体双脚冲下地推进河里，动作很慢，尽量不溅起水花来。女人选中一条中等大小的平底船，只靠船尾的独桨驱动，然后解开缆绳，顺流而下漂了一英里多，再由弗伦提斯划桨。水流湍急，无法直接横渡，他费了很大力气，只能尽量保证船首冲着对岸。

“阿泰西亚。”女人说道。远处的河岸越来越清晰，那是一块沼泽地，零星缀有小小的土墩，上头长满高大茂密的灯芯草。“这是伟大的阿尔比兰帝国最南边的省份，我们有很多事情要做，亲爱的。”

天亮了，他划着小船于沼泽中穿行，一大团蚊虫如影随形，挥之不散。泥水浑浊，呈深褐色，夹在无数土墩之间的河道狭窄难行。

“这儿挺恶心的吧？”女人说，“我父亲最后一次进攻正是在此处受挫。他花了三年时间在对岸组建起一支舰队，那座倒霉的镇子最初就是用破船的木板搭建的。四百艘战船和一千条渡船载着大军过河，他们在这片沼泽里艰难跋涉了整整一个月，几百人病死或淹死，但他们没有停下脚步，结果遇上了一场原因不明的大火，导致成千上万人死去。阿尔比兰人大多相信，摧毁侵略军的是诸神之怒，但倭拉的历史学家认为，他们只是在沼泽里沾染了含油的瘴气，被火焰箭引燃后引发火灾。一夜之间，五万自由剑士和奴隶就葬身火海，化为灰烬。可我父亲躲过一劫。虽然那时候他已经疯了，但仍然明智地留在河对岸，没有参加远征。”她环顾四周，由于草丛高大，难以观察所处的环境。“即便到了今天，阿尔比兰人也懒得加强河岸的防御，有哪位将军疯狂到不顾性命也要重蹈覆辙？”

两天过去，他们终于穿过沼泽，看到了坚实的土地。渡船靠在满是淤泥的岸边，这儿的灯芯草没有之前那么高，视野也敞亮了许多。经历过单调乏味的沼泽和腐臭难闻的丛林后，面前出现的一片绿野，令弗伦提斯怀念起昔日的疆国。

“我们需要新衣服，”女人说着往前走去，“我是阿尔比兰北部港口一个富商的女儿，被送到十二姐妹群岛跟未来的丈夫见面。你本是逃跑的奴隶，后来成了佣兵，受雇为我的保镖。”

步行半日，他们来到一座中等大小的镇子，紧靠在大河支流的岸边。这儿没有城墙，但远远望去，可以看到街上有许多阿尔比兰士兵。“这里对我们来说太热闹了，亲爱的。”女人决定，“再往北去，应该有一两座农庄。”

为了避免撞上偶尔路过的阿尔比兰骑兵巡逻队，他们离开大路，徒步涉过棉花田——棉花似乎是这一带主要的农作物。不久，一座农庄映入眼帘，几幢双层大宅子和农场紧密相连，可以看到里面有人来来往往。他们藏在一条水渠里，等夜幕降临，女人派他进去找洗衣房。“尽量给我找好衣服，亲爱的。”她对弗伦提斯说，“我要打扮体面点。如果有人看见你，就杀了他。如果不止一个人看见，就杀光宅子里的人，再一把火烧干净。”

他从西边接近——那一侧的窗户比较少——紧贴外墙，在暗处腾挪转移。农庄里没有卫兵，连条看家护院的狗都没有。他来到宅子后面，估摸着这儿是仆人的住处。整座宅子静谧无声，隐约有歌声回荡，还有浓郁的饭菜香味，他推断是从厨房的窗子里传出来的。

一听到有动静，他立刻停下脚步，趴在一辆大马车底下。只见两个女人从门廊走进院子，她们一边闲聊一边干活，把衣服晾到院里的绳子上。弗伦提斯在战争时期学过一点阿尔比兰语，可她们操的是陌生的方言，相比北部港口的口音而言，更为粗重低沉，十个字当中只能勉强听懂一个。不过她们说了不止一次“选择”，而提起“皇帝”来，语气则是相当敬畏。

他看着女人们干完活儿，进了屋子，又等心脏跳了一百次，才悄悄地从马车底下钻出来，从晾衣绳上扯下衣物，紧紧地扎成一团。他不懂款式的好坏，不过相信这件带有丝绸袖子的精美棉袍，外加一条藏青色长斗篷，足以令女人满意。这时，脚步声传来，他愣住了。

男孩站在门廊处，正在玩一根木头纺锤。他顶多七岁，一头蓬乱的黑发，双眼聚精会神地盯着在纺线上旋转的陀螺。*如果有人看见你，就杀了他……*

弗伦提斯静静地站在原地，比他第一次在胡提尔宗师的眼神示意下打到一头牡鹿时都安静，比他在野外试炼中躲避独眼的爪牙时都安静。

陀螺仍在纺线上飞旋。

如果有人看见你，就杀了他……

慢慢地，束缚之力逐步增强。她知道了，弗伦提斯意识到。她怎么总能知道？

动手很容易。扭断他的脖子，然后丢到井里。不过是一次悲惨的意外。

陀螺飞旋……束缚之力造成了前所未有的痛楚。他双手一松，那捆潮湿的衣物掉在院子里，发出一声闷响，男孩子眼看就要好奇地望过来。

“莱瑞思！”一个女人的声音从厨房的窗户里传出来，紧接着噼里啪啦说了一大串，语气中满是母亲的权威。男孩愤愤地又转了几次陀螺，然后走进屋子里。

弗伦提斯溜走了。

“他们是好兵吗？”女人问。他们下马站在路边，给军队让开道。队伍约有一千人，军旗是绿底配红星。“阿尔比兰人在跟你们打的那场小仗当中表现如何？”

束缚之力持续涌动，看来她确实想要答案。“这是他们的土地，”弗伦提斯说，“他们为之战斗。最终是他们赢了。”

“不过我怀疑你杀了不少吧？”

束缚之力仍在涌动。沙丘之战，猩红山丘上空的箭雨，城墙上的拼死挣扎……“是的。”

“不觉得内疚吗，我的爱人？所有那些死于你剑下的儿子和父亲，他们的罪行就是保卫自己的家园？你没有受到良心的谴责吗？”

在乌恩提什，有个阿尔比兰军官正要翻过城墙，他一剑砍了那人的腿。对方攻势受挫后，一名疆国禁卫军的医师俯身为伤者止血，结果让一把匕首刺穿了喉咙。尽管被六柄战戟死死地架住，那名军官仍然口无遮拦，大骂不已。“那是打仗。”他对女人说。

涌动减弱，等最后一队阿尔比兰士兵走过去，她翻身上马。“很好，现在你又有仗要打了，”她说，“不过这一次你要赢。”

上路的第七天傍晚，他们看到了微光闪耀的蓝色海洋，以及一座港口城市。“赫维利斯，”女人说，“阿泰西亚的首府，我们头一个要找的人就住在这儿，说起来还是老朋友。我迫不及待想带你见他了。”

赫维利斯城内的街道蜿蜒曲折，广场遍植绿树，建筑风格与尼莱什和乌恩提什有些相似，但壮观许多。他们从城门走到大广场的路上经过了好几座神庙，通体为大理石所砌成，立柱雄伟，雕饰精美，刻有不计其数的帝国神明的形象。当他们策马跑过庙宇时，女人的表情依然和善可亲，但弗伦提斯可以察觉到她眼中的轻蔑。我同情他们对神明的幻想，他心想，而她因此憎恨他们。

他们在广场北边的一家客栈投宿，虽然房价贵了不少，但极为舒适。今晚女人没有要他，反而命令他去休息，随后带着包裹回了房。他躺在宽大松软的床上，直至夜色渐深。尽管周身舒坦，但他始终无法入睡。她今晚必定要我杀人。

几小时过后，束缚之力陡然增强。弗伦提斯来到她的房间，发现女人一身黑绸衣裤，头发在脑后挽成紧实的圆髻，双臂各藏一把匕首，背后则绑了一柄短剑。她冲着摆在床上的兵器和旁边的一套黑衣黑裤点点头。

“不可出错，爱人。”她说着往脸上抹煤灰，“今晚我们要见的男人，你找不出比他更卑鄙和危险的人物了。多愁善感的后果我可承受不来。”

束缚之力陡起，疼痛加剧，但尚未达到难以忍受的程度。女人拥有了绝对的控制力，完全禁止他犹豫和思考。她可以用意志控制弗伦提斯的行动。他彻底成了女人的傀儡。

女人走过去推开窗户，翻身爬到屋顶。她停顿片刻，观察底下的街道，然后踩着瓦片飞奔，纵身跃上对面的屋顶。弗伦提斯紧跟其后，只见她腾身起落，跃过一个个屋顶，一面面墙，不知疲惫地展示着高超的武艺。如果不是持续涌动的束缚之力不容他思考，或许他会勉为其难地表达一点钦佩之情。

女人带着他往北而去，远离围绕大广场的密集街巷，来到码头附近的宽阔林荫道。她在一面可以俯瞰广场的墙上稍作停留，那儿有座绿树环绕的小神庙。神庙呈方形，石柱支撑的平顶上有一尊女性雕像，石头兜帽遮住了她的脸。与弗伦提斯先前见过的神庙不一样，这里有卫兵——两个披盔戴甲的汉子手执长矛守在大门两边。庙门紧闭，门缝里却透出火光。

女人起身，沿墙疾冲，然后纵身跃向最近的一棵树，抓住一根树枝，再引身而上，整个动作只震落了一片树叶。弗伦提斯看着她沿树枝爬行，最后落在神庙的屋顶上。虽说在深坑里训练多年，但如果束缚之力给他留了思考的余地，他肯定自认没这个能耐。可女人的意志不允许他踌躇，弗伦提斯毫不犹豫地跟了上去，冲刺，腾身，抓住树枝，攀上屋顶，仿佛他早已做过一千次。

女人带他摸向神庙后部，路过了那座雕像，即便隔这么近，弗伦提斯还是只能看到兜帽底下的阴影。女人从房顶上探头一看，随即从腕套里抽出一把匕首，一跃而起，凌空翻转。只听底下传来一声轻微的闷响，弗伦提斯探头望去，看到她收刀回鞘，跨在第三名卫兵的尸体上。他飞身落下，女人试着推了推神庙的后门。门开了，稳稳当当，悄无声息，铰链油光水滑。他看到女人略有迟疑，这倒是出人意料。

神庙内部极为简朴，墙壁光秃秃的，并未贴砖，也没有浮雕饰物，角落里摆有一张窄床，旁边的桌上放有笔墨和几摞羊皮纸。房子中央是炭火正旺的大石盆，煤烟从房顶的小洞流散出去。一个男人坐在椅子上，面朝火盆，背对他们。弗伦提斯只能看到扣在灰白头发上的王冠，以及搁在座椅扶手上的那双手，枯如树皮，满是老年斑。女人不再偷偷摸摸地行动，她重重地推开门，发出极大的响动，然后抬脚跨进神庙。弗伦提斯看到那人的手闻声一抖，但没有起身。

“一座无名先知的庙宇。”女人用倭拉语说着，大步走到老人面前，扬起眉毛打量他。她要弗伦提斯留在原地，抽出匕首，随时做好准备，听到号令便一刀刺穿椅背了结他。“这就是你选来与世隔绝的地方？”

椅子上的人发出了轻微的声响，或许是笑了笑。他说话的声音弱不可闻，语调平平。“请原谅一个老人的自负。”稍停片刻，那颗灰白脑袋抬起来端详起女人，“还是原来的躯壳啊。”

“你却任由你的躯壳枯萎破败。”她厌恶地打量老人的身体，毫不掩饰眼中的鄙夷。

“不然怎么躲开盟友的恶犬？何必费心去占据别人的躯壳呢？反正走不了十步就要倒地。”

“是啊。”她环视着庙宇内空空如也的四壁，“我原以为皇帝看你老成了这样子，会赏你一个更适合养老的住处。毕竟你为他的祖先忠心效力，功勋卓著。”

“噢，他给了我好多的赏赐，大宅子、仆从，以及一大笔养老金。不过我只要这个。人们常来求助于无名先知的仆人，走的时候高高兴兴地给几个铜板，我这个糟老头子也借此排遣孤独嘛。”

女人抿嘴冷笑：“我应该想到的，你是越老越滑头。别忘了我见过什么，我们做过什么。”

“我们那是逼不得已。”

“我可不记得你有不情不愿的样子。”

“不情不愿？噢，是有的，当离开你的时候，我真的很不情愿。当你父亲的大军涉过沼泽而来的时候，我更是不情愿。那之后我就变了，你也看到了，我只想过平静的生活，但皇帝请求我出手。是请求，不是命令，不是威胁……也没有折磨。他只是请求我。那是我最后一次使用天赋。”

女人盯着他，沉默了片刻：“门为什么没锁？”

“二十年来都没有锁。是皇帝非要在这儿派驻卫兵，我没有这个意思。其实，我希望你和你的年轻朋友早点儿来，但我的卜算不那么灵了。窃取天赋就是这样的结果，你没发现吗？你越老，它们就越迟钝。”

她紧紧地抓住匕首，稍稍踌躇过后，才从嘴里挤出最后一个问题：“你为什么离开……我？”

“你知道原因。你那时残忍、暴躁而又美丽，可盟友把你变成了怪物。我伤心了。”

“你不知道盟友把我变成了什么样，瑞瓦克。不过你很快就会知道了。”

束缚之力烧痛了弗伦提斯，那命令不容置疑，逼迫他向前冲去，持刀臂往后一摆。老人突然起身，完全不似垂死之人，他扬起双臂，十指张开，转过身体，露出一张苍老不堪的脸，但当他看着弗伦提斯时，满是悲伤莫名的神色。只见他的十指一颤，火焰凭空而生，这可不是多年前独眼召唤出的幻象。那汹涌而来的炙热，令弗伦提斯确信，从老人的双手燃起的是真火。他扬起两只火焰缭绕的拳头，对准了冲过来的弗伦提斯。

女人动若脱兔，伸手勒住老人的脑袋，一刀划过喉咙，鲜血登时激射而出。老人踉跄几步，捂住喉咙，此时火焰业已熄灭，他的双手毫发无伤。

前门轰然大开，两名卫兵冲进来，看到这幅场景，吓得目瞪口呆。女人甩出匕首，正中距离最近的卫兵的喉咙，然后抽出短剑冲向剩下的那人。但那名卫兵动作敏捷，训练有素，用矛尖挡开攻击，接着反戈一挥，刺向她的面部和脖子，女人一时间竟招架不住。弗伦提斯正要冲上前，脚踝却被老人的手抓住了。他企图挣脱开，但失败了，束缚之力就在此时消失。

疼痛瞬间不见，突如其来的自由令弗伦提斯错愕不已。老人的嘴唇胡乱蠕动，吐出猩红的血沫，另一只手仍捂着脖子上的致命伤口。弗伦提斯俯身听他说话，他说的是疆国语，声音弱不可闻：“种子会长大。”老人的手突然从脖子上松开，以迅雷不及掩耳之势，拍在弗伦提斯的脸上涂抹，登时污血满面，模糊了视线，还有血流进了他嘴里。他慌忙退开，老人松开他的脚踝，束缚之力立即复原。

他抬头看到女人横跨一步，躲开卫兵的长矛，然后顺势抓住杆子，摆手打中了对方的脸颊。那人踉跄着退却，双手松开长矛，赶紧摸索插在腰带上的军刀。可他动作太慢，女人的短剑轻易地穿透锁子甲，刺进胸部，径直扎破了心脏。

她从尸体上抽出刀，抬头看了看弗伦提斯，然后跨步向前，目光在他的脸上梭巡。“他碰你了。”女人从旁边的桌上拿起酒壶，泼向他的脸，冲掉了血渍，接着往后退了几步，持剑在手，摆出战斗姿态。束缚之力强烈得无以复加，令他浑身颤抖，脑海里惨叫连连，可就是发不出声音。女人如此持续了很久，双眼始终谨慎地在他脸上探寻。最后，她哼了一声，这才将力道放松，任由弗伦提斯倒在地板上喘着粗气，痛得直打滚。

浑身发抖的弗伦提斯看着她走向老人的尸体，一脚踢中他了无生气的胸膛，只听一声脆响，枯朽的胸骨随之断裂。她揪住老人灰白的脑袋，将整具尸体都拉起来，然后操起短剑，一两下便割断了老人的脖子。女人高举起他的脑袋，昂头张嘴，血雨纷纷，落进口中。

此时束缚之力已没那么紧，弗伦提斯张口便吐了出来。

“那么，”女人说着把老人的头颅扔到一边，用袖子擦了擦嘴，鲜血和煤灰混成了黑色的污物，“你这就能看到盟友把我变成了什么样，瑞瓦克。”

她收剑回鞘，扬起双手，紧闭两眼，咬牙切齿地集中起精神。片刻过去，似乎什么都不会发生，然而火焰转眼吞没了她的双手。女人尖叫起来，既是痛苦又是喜悦。她仰头大笑，将一股火流射到老人身上，尸体瞬间就淹没在大火中，继而她挥舞起炙热的火鞭，四处抽打，点燃了所有可燃之物。很快，神庙陷入火海，热到难以承受。

女人垂下双臂，手中的火焰消失了。她死死地盯着弗伦提斯，束缚之力强迫他站起身，走过来。巨大的痛楚令她五官扭曲，鼻孔和眼窝渗出了鲜血，但她依然露出了狂热的笑容，火焰映红了眼珠。“万事皆有代价，我的爱人。”

第六章　维林

夏令集市开市第一天，王家公证处没有别的请愿者，可维林还是等了将近一个钟头，办事员才从账簿上抬起头来。这个年轻小伙子一脸不耐烦，看样子是劳累过度，薪水又太低。“抱歉，先生，”他说，“我们今天人手不足，因为开市了。”

“我完全能理解。”维林站起来离开长凳，走到年轻办事员的桌子前——桌上全是堆积如山的文件和账簿，此人活像一只缩在乱糟糟的窝里的狗獾。“我离开疆国那时，还是由第四宗负责管理王室档案。”他说。

“眼下不同咯。现如今第四宗的兄弟更像第六宗了，耀武扬威，舞刀弄剑。”办事员往后一靠，打了个哈欠，然后好奇地看了维林一眼，“这位先生，你是去旅行了吧？”

“没错，到处走走。”

“去了国外吗？”

“最近去了梅迪尼安群岛。之前是阿尔比兰帝国。”

“没想到他们居然还允许我们的船靠岸。”

“我绕了远路。”

“明白了。”办事员取来一张空白羊皮纸，“好吧，这位先生，你不到外边的集市上找乐子，来这儿所为何事？”

“我给我妹妹申请一份承认状。”

“啊。”办事员拿起笔，伸进墨水瓶蘸了蘸，在羊皮纸上写了几个字，“咱们办事处的命脉就是这种剪不断理还乱的家务事啊。幸运的是，程序很简单。你只用当着我的面发誓，承认你妹妹的合法性，我就写份证明书，最后我们俩签字即可。费用是两枚银币。”

两枚银币。还好，瑞瓦同意卖掉她路上得来的那把疆国禁卫军的好刀。“行。”

“很好。那么，请问先生你的全名?”

“维林·艾尔·索纳。”

啪嚓一声，办事员手里的鹅毛笔断了一截，墨水溅在羊皮纸上。他盯着黑色墨点愣了一会儿神，然后吞了口唾沫，慢慢地抬起头。看他的表情，没有疑虑，只有敬畏。

真遗憾，维林想。我先前还有点喜欢他。

“大人……”办事员欲言又止，他起身鞠躬，身子弓得太过，额头撞到了桌上。

“别这样。”维林对他说。

“大家都说您死了……”

“我也听说了。”

“我就知道不是真的。我就知道!”

维林强作笑容：“我妹妹的证明书。”

“噢。”办事员低头看了看桌子，又四下张望空荡荡的房间，双手不断地在外套上擦汗，“恐怕这事儿我无权帮您办理，大人。”

“我相信你有这个权力。”

“非常抱歉，大人。”他离开桌子，“请您稍等片刻。”他逃也似的往公证处里头跑去。那边传来推门的声音，有人恼怒地吼了一声，接着是窃窃私语。办事员很快就回来了，身后跟着一个五十多岁的男人，身材明显发福。看到维林的刹那，他惊得浑身一震，但转眼间就恢复了镇定，速度之快令人钦佩。

“大人，”男人合乎礼仪地鞠了一躬，“在下格里什·蒙提尔，曾是第四宗兄弟，现任瓦林斯堡首席公证官。”

维林鞠躬回礼：“幸会。我正在跟此人解释……”

“承认状，是的。恕我冒昧，您打算拿这份文件作何用?”

“无可奉告。”

首席公证官略显激动：“请原谅，大人，据我所知，国王对于您亡父的财产下达了旨意，治安官对您妹妹的案子也作出了判决。区区一份承认状，虽然可以撤销判决，却不能违逆圣旨，您也知道，圣意高于律法。”

“我知道，谢谢你。”他从口袋里掏出两枚银币，放在桌上，“不过，我还是希望承认我妹妹的身份。我相信这不过是行使疆国人民应有的权利。”

格里什·蒙提尔朝年轻办事员点头，后者慌忙准备起了文件。

“请原谅在下谨小慎微，维林大人。”首席公证官说，“毕竟我是疆国内第一个接待您的公职人员。”

“没什么。话说回来，宗会兄弟怎么成了首席公证官?”

“全凭国王恩准。国王认为王室应当重新管理起疆国档案，陛下圣明，看重本宗很多兄弟的才能。”

“你奉国王之令离开宗会?”

蒙提尔脸色一沉：“宗会已经不是我孩提时加入时的样子了。滕吉斯晋升宗老后，带来了很多改变。新来的兄弟不学账务，改为练剑；不再执笔，而是用弩。愿逝者原谅我，我和很多兄弟都巴不得离开宗会。”

年轻办事员轻声骂了句脏话，他俯身对着写字台上的一沓纸，手里的鹅毛笔抖个不停。“噢，给我。”首席公证官把他挤到一旁，蘸掉笔头多余的墨水，行云流水般书写起来。“我们那时候，要是花体字的长度有一点点不同，就要挨杖子。”首席公证官很快写完了，并签好了名字。维林费劲地写上名字，幸好对方一言未发，并不催促。

“希望您还满意，大人。”蒙提尔鞠躬致意，递过用红丝带捆好的证明书。

“多谢，先生们。”维林递来两枚银币，然而首席公证官摇了摇头。

“我有个侄子在青鸟服过役，”他说，“在尼莱什城时，他在您麾下。多亏了您，他母亲才能迎接他回家。”

维林点点头：“青鸟是好军团。”

首席公证官和年轻办事员同时深深鞠躬，他按捺住飞奔出去的冲动，迈步走向大门。

他在城门道和商贩路的交叉处找到了艾罗妮丝和瑞瓦。因为夏季集市的举办，如今街上空空荡荡，但毕竟在公证处暴露了身份，他觉得还是戴好兜帽为妙。十字路口的正中央，有一块巨大的石头座子，从上到下搭满了脚手架。艾罗妮丝站在最高的台子上，身着石匠常穿的围裙，手里抓着一根绳子。那绳子穿过吊钩，垂及地面，另一头系着篮子，瑞瓦正往里面装各式各样的工具。

“是大锤子！”艾罗妮丝喊道，“不是那一把。”

“你妹妹比你还蛮横。”维林走过来时，瑞瓦向他抱怨道。

“维林！”艾罗妮丝快活地挥手致意，“宗师大人，我哥哥来了！”

须臾，一个老人从台子边探出头来，此人须发浓密，身着第三宗的翠绿长袍。他打量了一番维林，眉头皱得像犁过的地，然后咕哝了一句就消失了。艾罗妮丝无力地笑笑，满怀歉意。

“他说什么？”维林问。

“他以为你的个头还要高点。”

维林笑了，举起卷轴：“我有东西给你。”

她紧抓绳索，纵身跃下石台，装满工具的篮子沉甸甸的，正好充当了平衡物。那老人的胳膊异常结实，看样子像是直接把篮子拉上了高台。

“这么说，”艾罗妮丝看完卷轴后说道，“我是你妹妹这事儿不看血缘，纸和笔就能决定。”

“还有两枚银币的办事费，不过他们没收。”

“那我们今晚可以吃掉了？”瑞瓦问。

“我还要面见国王。”维林对艾罗妮丝说。

“你真的指望他收回成命？”

如果不成功，一切努力就白费了，不过将要付出的代价十有八九我不喜欢。“我敢肯定。”

咣当一响，有东西砸在鹅卵石路面上，半空中传来一声劈头盖脸的怒吼：“凿子不对！”

艾罗妮丝叹了口气。“他今天脾气不好！”她仰头喊道，“就来，本瑞宗师。”她走到座子底下收拾工具。“你俩回家去吧。我还要忙好几个钟头。”

“其实呢，妹妹，我希望你能带瑞瓦去逛逛集市。她没见过。”

瑞瓦扮了个怪相：“我对你们异教徒的庆典才没兴趣呢。”

“可我妹妹有兴趣。有人保护她，我比较安心。”他把钱袋扔给瑞瓦，“你晚上想吃什么都行。”

“不行，”艾罗妮丝一口咬定，“本瑞宗师需要我……”

“我来帮本瑞宗师。”维林解开她那条围裙的绳结，一把脱了下来，“你俩去吧。”

她迟疑地往脚手架顶上瞟了一眼：“也好，反正这几周他没给我发钱。”

“就这么定了。”维林作势赶她们走，目送二人走上城门道。她们俩边走边聊，仿佛打小相熟的伙伴久别重逢，而当艾罗妮丝牵起瑞瓦的手，血歌奏起了好奇而轻快的调子。瑞瓦显然不大习惯，但令维林吃惊的是，她并没有抽回手。

“凿子！”上头不耐烦地喊了起来。

维林将所有能找到的凿子全都放进皮包里，顺着一个接一个的梯子爬到脚手架顶上。老人俯身面对石座子的最高处，双手来回摸索。维林把皮袋里的工具倒在他旁边，可老人看也不看。

“我妹妹说你没给她付工钱。”他说。

“你妹妹应该付我工钱才对，兄弟。”本瑞·莱列尔宗师扭头打量他，眉头依然深锁，“是不是现在只能喊你大人？”

“我不是第六宗的人了，你就是问这个吧。”

本瑞宗师哼了一声，转身面对石座子。

“雕的是什么？”维林问。

“纪念碑，纪念疆国伟大的雅努斯王。”老人的语气暴露了他对这件差事的态度。

“那么是国王交付的任务了。”

“我干完了这活儿，他答应两年不来烦我，由着我安心画画。只有画画才是真正的艺术。这个，”他拍了拍大理石，“就是石匠干的活儿。”

“我认识一个石匠。要我说，他算得上真正的艺术家。”

“要我说，你还是舞刀弄剑在行。”老人回头一瞟，“你的剑呢？”

“我用帆布包着，留在家里了，回到疆国后就没有拿出来过。”

“这么说来，你放弃的不止是信仰啊？”

“我得到的比放弃的多。”

本瑞宗师转过身来，虽说他上了年纪，可身手依然矫健。“你想要什么？”

“我妹妹，我需要带她离开这里。我希望你跟她说，叫她听我的话。”

本瑞扬起粗黑的眉毛：“你认为我的话对她有那么大的影响？”

“是的。我还知道，如果不是我父亲的女儿、你的学徒，她无法在这里生存。”

“你妹妹天赋极高，前途不可限量。阻碍她的成长就是犯罪。”

“她可以远走高飞，平平安安地成长。”

本瑞伸手捋着长长的灰胡子：“我不阻拦她离开，仅此而已。”

维林略一点头：“谢谢您，宗师大人。”

“别急着谢我。”老人起身走向梯子，“我有个条件。”

“别动好不好！”

维林只觉得背部酸痛，脖子也快痉挛了。本瑞已经命令他换了好些姿势，一个比一个夸张。这次他必须站立不动，挺胸抬头，遥望远方，还举了一根拖把当做剑。老人反复涂改了无数次，手中的炭笔游移不定，目光在维林和画架上的深棕色羊皮纸之间来回跳跃。

“剑不是这样拿的。”维林试探性地说道。

“这是艺术创作，”本瑞一口否决，“右臂放低些。”

又过了半小时，五名御林骑卫出现在十字路口，还牵了一匹鞍上无人的马。领头的骑卫队长翻身下马，大步上前，潇洒地抬手致意，光亮的胸甲上映出了维林可笑的姿态。“维林大人，在下荣幸之至。”

“我以为来的会是斯莫林队长。”维林说。

骑卫队长略为迟疑地应道：“领军将军艾尔·斯莫林去了北方，大人。”他骄傲地挺起胸膛，“本人代表国王陛下向您致以亲切的问候……”

“好。”维林恢复了平常的姿势，取过斗篷，“本瑞宗师，看来我要进宫一趟了。我们改次再办完这件事。”

“转告国王，付给铁匠的工钱要增加，”本瑞对骑卫队长说，“不然纪念碑没法在入冬前建成。”

骑卫队长愣住了：“我不是送信的，兄弟。”

“我来转告吧。”维林说着套上了斗篷。他走过去看了看宗师的作品，疑惑地皱起眉头："我没那么高大。"

"正好相反，大人。"本瑞俯下身子，给肖像上的颧骨抹了几笔阴影，"我觉得你格外高大。"

比起父亲喜欢的那个式样简朴的圈儿，麦西乌斯·艾尔·尼埃壬国王头戴的黄金王冠可华丽多了，上头雕有繁复的花卉，中央嵌着四颗色泽各异的宝石，可能代表疆国的四大封地。王冠底下的那双眼睛明显透着戒心，等单膝跪在王座前的维林起身后，迎接他的热情笑容与之极不搭调。

"记下。"国王朗声诵道，王座左侧的三名书记官立刻执笔蘸墨，静听圣言，"麦西乌斯·艾尔·尼埃壬国王迎接他最忠诚而荣耀的仆人、领军将军维林·艾尔·索纳返回联合疆国，并昭告天下，原属于此人的荣誉及官爵概复如前。"

他走上前，张开双臂，抓住维林的肩膀。在维林的印象中，麦西乌斯拥有源源不竭的活力，四肢强健，头脑敏锐，经验丰富，能征善战。然而此时此刻，站在他面前的这个人是如此消瘦，脸上着有厚厚的粉底，却掩不住蜡黄的肤色，搭在他肩上的手也微微有些颤抖。

"信仰在上，见到你真好，维林！"国王说。

"我也一样，陛下。"国王没放手，维林却忍不住环顾四周，只见朝臣满堂，看来国王推迟了出席夏季集市的时间，专程接待这位不速之客。王座右侧端坐着一个年轻女人，紧握的双手搁在膝上，头戴的王冠比国王的略小，但式样相同。她面容姣好，身材苗条，双眼机敏灵透，不过与她夫君一样透着戒心。

"尽管放心，"国王开口说道，把维林的注意力从王后身上拉了回来，"整个疆国都知道欠了你多大的情。"他用力地抓了抓维林的肩膀。

“谢谢您，陛下。”维林压低声音说，“我……可否求您一件小事，是我父亲的财产问题。”

“当然，当然！”国王终于放开手，退了几步，“不过，我先要把你介绍给我的王后。自从我们听说了你回国的消息，她迫不及待地想要见你。”

维林走到王后面前单膝跪下，她站起身来。

“维林大人，”国王说，“见过欧德菈·艾尔·尼埃壬王后。请你向她宣誓效忠，如同你向我宣誓效忠。”

维林抬眼一看，发现他脸上的笑意有所收敛。“仪式罢了，”麦西乌斯说，“这四年来，所有的疆国之剑都要完成这一仪式。”

维林面朝王后，低头诵道：“我，维林·艾尔·索纳，在此宣誓效忠联合疆国的欧德菈·艾尔·尼埃壬王后。”

“感谢你，大人。”王后说。她的嗓音抑扬有致，带有绵软温腻的阿斯莱南部口音，但随后多了些咄咄逼人的意味。“你是否发誓服从我的命令，如同服从国王的命令？”

“是，王后陛下。”

“你是否发誓保护我和我的孩子，如同你保护国王？若有必要，你是否愿意为保护我们献出生命，无论有多少恶毒的谎言攻击我们？”

维林这时才发觉满堂寂静无声，众人的目光纷纷投来，令他如芒在背。这么做不是针对我，他明白了，是针对他们。“是，王后陛下。”

“我很荣幸，大人。”她伸出手，维林礼节性地轻轻一吻，只觉唇底的肌肤冰冷如霜。

“好极了！”麦西乌斯击掌赞道，“我的爱人，请随同各位朝臣出席集市吧。我与维林大人谈完事之后即刻就来。”

等到众人散去，只剩维林和门外的两个卫兵，麦西乌斯取下王冠，挂在王座扶手上，疲惫地叹了口气。“很抱歉，逼你演了这么一出戏，”他说，“怕是不演不行。”

“我是真心发誓，陛下。”

“我相信你。如果每一位疆国之剑都和你一样真诚发誓，那疆国统治起来就容易多了。”他坐进王座，倾过身子，胳膊搁在膝上，满是倦意的眼睛望向维林：“我老了，对吧？”

“我们都老了，陛下。”

“你没有，你看起来只老了一天。我原以为你早在皇帝的地牢深处熬成了枯瘦干瘪的怪物，但瞧瞧你这样子啊，怕是不费吹灰之力就能战胜集市上所有的骑士。”

“皇帝慷慨，我饮食无忧，只是孤单。”

“那是。”麦西乌斯靠上王座椅背，“你肯定想知道，我为何收走你父亲的房产？”

“您需要确定我仍忠君爱国。”

“是的。现在看来毫无必要，但我必须确保万无一失。那些针对我家人的阴谋诡计，你不懂。每天都能听到传言，说又有好些人勾结起来，躲在阴暗的屋子里，密谋杀人之事。”

“疆国向来不缺谣言，陛下。”

“谣言？若真是谣言便也罢了。两个月前，有人带着淬毒的小刀闯进宫内，前胸后背文满了信仰教理，一字不少。我赐他速死，换做我父亲，怕是不会轻易放过吧？”

雅努斯肯定会折磨他个把月，这还算是仁慈，两个月也不稀罕。“没错，陛下。不过疯子玩不了阴谋诡计。”

“不止这一件事，毋庸置疑。而我必须独自面对危险，阿尔林宗老不愿插手其中。战争结束后，你过去所属的宗会攫取了不少独立行事的专权。”

“即便是您父王在位时，阿尔林宗老也坚决地划清国王与信仰之间的界限。”

“信仰。”国王柔声念道，语气却略显尖刻。“每当国内局势动荡，罪魁祸首往往是信仰。守信徒和宏信徒水火不容，滕吉斯宗老更是荒谬绝伦，要把他那帮事务官打造成战士。信仰本应团结我等，而不是自身分崩离析，导致疆国也四分五裂。”他死死地盯着维林，“两边都希望赢得你的支持。”

“那么两边都会失望了。”

国王惊讶地眨了眨眼，挺直身子问道：“我知道你抛弃了宗会，可你也抛弃了信仰不成？莫非你受到了胁迫？皇帝强逼你崇信阿尔比兰的诸神吗？”

维林想笑，终究还是忍住了。“只是得知了真相，陛下。没有人逼迫我抛弃信仰，我也不曾寻求哪个神明的慰藉。”

“看来你威胁到了疆国的和睦，这倒超出了我的预料。”

“我威胁不到谁，人不犯我，我不犯人。”

麦西乌斯叹口气，继而笑了笑：“莱娜喜欢你，就是因为你……捉摸不透。”

莱娜……说来奇怪，直到此时维林才反应过来，公主今天不在朝中。“陛下，她去集市了吗？”

“不，去北方与罗纳人谈判了。难以置信吧。”

莱娜和罗纳人谈判。这样一想，实在是可笑而又可怕。“您愿意跟他们和谈？”

“其实提出谈判的是他们的大祭司，不过她只愿意找莱娜谈。这当然是罗纳人的风俗了，大祭司只信女人的话，认为男人心智脆弱。”见维林一脸疑惑，他扮了个怪相，“毕竟机会难得。长期以来与狼人冲突，导致我们死伤不少人，也损失了大量钱财，你不觉得吗？”

“烧杀抢掠就是他们的生存方式。”

“那么，或许他们希望换一种生活吧。我也一样。这块土地必须死而复生，维林，重建为美好的国度。我们要再一次联合起来，真正的联合，而不是上有信仰之争，下有地界之别。宽容法令只是第一步，重修城镇是第二步。改造疆国之形，由此改造人民之魂。我可以做到父亲利用战火和谋略也从未做到的事。我可以带来和平，长久的和平必定令这块土地再度繁荣伟大。可我需要你助一臂之力。”

终于说到代价了。“我对您别无二心，陛下。不过，若舍妹日后无忧，我为您效力便也安心了。”

国王一摆手：“成交，我今日就签署文件。你可以继承你父亲拥有的一切。但你不可留在此地，不可留在阿斯莱。”

“其实，等我父亲的财产物归原主，希望您允准我离开疆国。”

国王眉头一皱：“离开？去哪里？”

“您肯定记得弗伦提斯兄弟。我相信他还活着。我要去找他。”

“弗伦提斯兄弟。”国王摇摇头，语调哀恸，“他死在乌恩提什了，维林。他们全都死了。我麾下所有的人。”

他坐在船上，不知怎地身受束缚，伤疤灼烧……“陛下，您看见了吗？您亲眼看见他死了吗？”

国王眼神放空，眉头微皱，唤醒了那段不堪回首的记忆：“我们一次又一次地打退他们，弗伦提斯几乎自始至终守在我身边。他有如天神下凡，杀进最激烈的战场，一次又一次拯救我们。士兵们都称他为信仰之怒。没有他，我们第一天都撑不过去，别说第三天了。那天早上，我派他过去支援城南阵地。阿尔比兰人蜂拥而来，犹如巨浪扑过堤坝。”

他伸手拂过头发，曾经浓密的金红色头发早已稀疏，灰丝夹杂其间。维林注意到他的手在发抖。“他们没杀我。尽管我砍翻了好多人，直杀得两眼通红，嘴里还骂个不停。等他们终于制住了我，就跑到城内到处晃荡，只要找到疆国禁卫军，见一个杀一个，逃兵、伤员，全都不放过。但他们放过了我。只有我。”

他坐在船上……“不管怎样，陛下，我相信我的兄弟还活着，请

您允准我离开疆国去寻找他。”

国王冷冷一笑，摇头道：“不行，大人。我很遗憾，但真的不行。我另有任务给你。”

维林紧咬牙关。*我可以说走便走，离开这个悲伤而疲倦的家伙，离开他不切实际的春秋大梦和凭空杜撰的阴谋诡计。在一帮养尊处优的马屁精面前被迫所立的誓约，只不过是又一个谎言罢了，正如信仰。*

麦西乌斯起身离开王座，伸手指向墙上那幅巨大的疆国地图，一根指头从阿斯莱移到北大森上面的大片空白。“这儿，大人，你就在这儿为我效力。”

“北疆？”

“正是。守塔大臣艾尔·默纳去年冬天过世了。那之后是他的养女代理政务，但她是毫无教养可言的罗纳人弃儿，我不能纵容事态这样发展下去。”国王挺直身子，严肃地说，“维林·艾尔·索纳，我正式任命你为北疆守塔大臣。”

他可以拒绝，直言不肯，就此离开王宫，不会有人阻拦——因为担心引发各地暴乱，麦西乌斯不敢动他。不过，血歌突然发出了代表赞同的调子，而且愈来愈强，他立刻打消了先前的念头。调子转瞬即逝，含义却再清晰不过：寻找弗伦提斯，必往北疆。

他面向国王深鞠一躬，肃然应道：“臣万分荣幸，领命便是。”

第七章　莱娜

她为什么没杀我？

达沃卡圆睁双目，眼神充满警告，同时紧紧地捂住莱娜的嘴。掌心透出一股烟熏火燎的气味，莱娜吞了吞口水，拼命压抑住急促的喘息声，然后挑起一边眉毛询问究竟。达沃卡的眼珠子往右边一转，莱娜勉强望去，借着昏暗的天光，只看见灰色的帐篷在山风中抖动。她又望向达沃卡，两条眉毛都扬了起来。然而罗纳女人没有看她，正死死地盯着帐篷一侧，裸露在外的双臂肌肉紧绷，蓄势待发。

那是撕开帆布的响声，轻微到几不可闻。莱娜终于看到帐篷上露出一根亮闪闪的针尖，很快变成了刀尖，继而露出一把长及十寸的弯刀。刀锋划下，只听帆布发出刺耳的巨响，帐篷的裂口处现出一张恶汉的脸，秃头，满额刺青，还龇牙咧嘴地吼了一声。莱娜认定此人是罗纳战士。

达沃卡疾步上前，一刀捅进罗纳人的颌底，再用力一顶，直插脑髓，对方的脑袋随之向后仰去。她抽出小刀，猛地回头，发出狂野而高亢的呼喊。外头立刻传来急切的喊叫，有人高声喝令，继而是激烈的打斗声。

达沃卡提起长矛，把染血的小刀塞进莱娜手里。“别乱动，女王。”她转头就走，从帐篷的裂口钻了出去，潜进浓郁的夜色之中。

莱娜躺在地上，那把血迹斑斑的小刀置于摊开的掌心。真不知道一个人的心脏跳动过快，会不会爆炸。

“公主殿下！”外头有人粗声喝道。是索利斯兄弟。

“这儿，”她声音嘶哑，清了清嗓子又说，“我在这儿！出什么事了?”

“我们被出卖了！您别出——”话未说完，突然响起震耳欲聋的刀剑相击之声，紧跟着是痛苦的呻吟。喊叫声越来越多，有拼死杀敌的战号，亦有不知所措的惊呼。此起彼伏的喊叫声中，她辨认出罗纳人的数量非常多。

头上忽然传来“啪”的一声重响，她慌忙望向帐篷顶，只见一支钢头箭的尾羽卡在帆布上，悬吊着晃来晃去。

快起来！她的内心在呐喊。

又有一声重响，又是一支箭，这次角度低了许多，径直射穿帆布，插在距离莱娜腿部一寸之遥的毛毯上，箭杆剧烈地震颤。

快起来！你要是还不走，就死定了！

小刀依然孤零零地躺在摊开的手掌中，一颗血珠自刀柄上滚落，滴在她的掌心。血珠温热，却烫得莱娜一惊。她握住小刀，指缝间渗出污血，然后强行起身，走进夜色之中。

索利斯手持一把血淋淋的长剑，往火堆里扔了一根柴禾，营火猛地烧旺了。他一矮身，一支呼啸而来的箭矢掠过头顶。另外两位宗会兄弟，赫维尔和艾文，分别立于帐篷的前后两侧，强弓在手，箭在弦上。火光之外的黑暗中，激战正酣，打斗声此起彼伏，胜负难判。

“蹲下，公主殿下！”索利斯喝道，赫维尔兄弟抓住莱娜的手臂，一把将她拽倒。

“得罪了，公主殿下。”赫维尔笑道。他是个老兵，火光映红了饱经风霜的面容。

“对方有多少人?”莱娜问他。

“不好说。我们至少杀了十个。那罗纳婊子骗了我们。”他又笑了笑，“请您原谅我说话粗俗，公主殿下。”

“那罗纳婊子刚刚救了我的命，”莱娜正告他，“不准伤害她，听见了吗?”

营地南边有人厉声吼叫，她回头望去，只见三个罗纳战士高举战棍和短柄斧咆哮着冲进火光之中。赫维尔兄弟抬手射出两箭，动作快得看不清，两个罗纳人应声倒下。索利斯去对付第三人，他递出一剑，挡住对方的攻势，同时反手一挑，两道银光凌空划过。罗纳人蹒跚退却，喉咙裂开血口，赫维尔又向他胸口补了一箭。

“十三个，”他轻轻一笑，“今晚大丰收，好多年没有过了。”

左侧的阴影处突然有弓弦弹动之音，赫维尔猛地扑过来，沉重的身躯将莱娜压倒在地，继而是一声刺耳的钝响，他的身体剧烈地抽搐起来。她在赫维尔身下不断挣扎，好容易喘过气来打算说话，却感到一股热流涌来。赫维尔的脸近在咫尺，五官松弛，双目半闭。莱娜伸手抚过他沟壑丛生的面孔，发觉他的身体正渐渐冷却。*谢谢你，兄弟。*

“公主殿下！”索利斯拖开尸体，一把将她拉起，见其胸前和腹部满是血迹，不由瞪大了眼睛。“您受伤了吗？”

她摇摇头：“领军将军呢？”

“应该还在打。”他扭头望向暗处，剑尖放低，仔细地搜寻敌人的动向。战歌逐渐消逝，叫喊和打斗声也慢慢减弱，最后只余北风一刻不停的呼啸。

“他们走了吗？”莱娜轻声问，“我们赢了吗？”

一个苍白的人影从火光外的黑暗中纵身跃出，敏捷异常，身轻如燕，低头躲过索利斯刺出的一剑，又闪身避开艾文兄弟射出的箭矢，继而举起短柄斧冲向莱娜。莱娜惊得目瞪口呆，时间仿佛停滞不动，在那人冲到面前的一瞬，她看清了对方的面容。是个女孩，最多不过十六岁，胸前包裹狼皮，肌肉饱满的胳膊带动短柄斧挥将下来，而她的脸……没有咆哮，没有怒吼，那张漂亮如玩偶的脸庞只有平静的欢喜。

莱娜往后跌坐下去，全凭本能反应挥动小刀，却撞到了什么，小刀脱手而出，翻滚入黑暗之中。罗纳女孩踉跄退了几步，倒在地上，从下颌到眉毛处有一条血线。她瞟了莱娜一眼，双眼湛蓝澄澈。

索利斯冲向罗纳女孩，一剑劈下，力道之猛，足以砍开胸骨。她却翻身跃起，令那一剑撞上了坚硬的地面。她旋身面对索利斯，短柄斧蓄势待发。

“柯拉尔!”达沃卡从黑暗中现身，跃过火堆，手握的长矛血迹斑斑。

罗纳女孩扫了莱娜一眼，明亮的蓝眼睛满是欢喜，殷红的血从新鲜的伤口里汩汩流出。她龇牙咧嘴，恶狠狠地一笑，然后就不见了，如同烛火倏忽熄灭，消失于夜色之中。

“柯拉尔!”达沃卡冲她喊道，却止步在火光与黑暗的交界处。“Ubeh vehla，akora!”*求你了，妹妹，回来吧。*

娜莎死了，距离她的帐篷不过几码开外，身中六箭。莱娜推测，是因为罗纳人在黑暗中弄混了她们俩。若果真如此，那么这位女官是替她受了六箭，保住了她的性命。她看到一名卫队军士用斗篷裹住遗体，准备送到山脚下，那儿正在搭建一个巨大的火葬堆。

“请稍等。”当军士抬起遗体，莱娜开口叫住了。*我不必内疚，*她心想，却很清楚这只是自欺欺人。她伸手抚摸女官的秀发，感觉到里面有硬硬的物件，原来是一把不值钱的玳瑁梳子。*不是我杀的她。*

“谢谢。”她对军士说，然后拿走梳子，退开了。

他们清点出一百多具罗纳人的尸体，成人和孩子都有，大多是男性，还有十几个女性。领军将军艾尔·斯莫林的手上缠了绷带，下颌有青紫相间的大块瘀伤，他报告说此战损失了二十三名卫兵，受伤六人。半数马匹失踪，或逃跑，或被杀。黑貂死了。莱娜对那头畜生的感情不深，却依然有些难过。余下的半数都是经过特殊训练的战马，乘骑感没有那般舒适。

达沃卡坐在火堆的余烬旁，长矛靠在肩上。自从战斗结束，她就没有说过一句话。有人吵嚷着要就地斩了她，可她既不辩驳也不悔罪，莱娜将众人的提议全都否决了。

“是她害我们走到这一步的，公主殿下。”斯莫林仍不死心，“我死了一半的手下，全怪这狼婊子。”

“我命令已下，领军大人。”莱娜对他说，“不要逼我再说一次。”

她走过去，坐在达沃卡对面，端详着那张愁云密布的脸庞。“我们应该坦诚相待了。”她用罗纳语说。

罗纳女人抬起头，眼中闪过一丝讶异，夹杂些许愉悦。“原来如此。”

“玛莱萨的统治并不稳固，对吧？”

“她下令与梅利姆赫和平相处，但你们是我们一直以来威胁最大、最卑鄙无耻的敌人。因此部落中就有了……不同的声音。最终产生了异议。我们杀了那些质疑她命令的人，当然了，他们人太多，根本杀不完。玛莱萨将他们贬为‘瓦利希’，并逐出部落，于是他们自行建立了一个部落——罗纳黑姆之森挞。”

“森挞？我不懂这个词。”

“如今很少提到这个传说了，讲的是你们的先民渡海而来、窃取我们的土地之前的故事。森挞是由罗纳黑姆之中最伟大的战士组建的战队，他们拥有非凡的武艺和勇气，是玛莱萨的锋利长矛。森挞在与瑟奥达人的战争中取得了史上最为辉煌的大胜，如果不是梅利姆赫的到来，我们本可以借此统治这片土地。他们全都死在这场大灾难之中，我们的族人逃进深山老林，长年累月地驻守关隘，幸存的罗纳黑姆才得以保住这片新的家园。如今森挞重生，却黑白颠倒，不复当年的荣耀。”

“那个想要杀死我的女孩，是你妹妹？”

达沃卡闭上双眼，点点头："柯拉尔。我们是同母所生，诸神慈悲，早已将她带走，没有让她看见女儿成了什么样的人。"

"什么样的？"

"邪恶之徒，杀戮不问来由，言语蛊惑人心。她是瓦利希的领袖，那些瓦利希奉她为真正的玛莱萨。"她睁开眼睛，与莱娜对视，"她以前不是这样，有什么……改变了她。"

"是什么？"

达沃卡不安地扭了扭身子："这个只有玛莱萨知道。"

莱娜点点头，知道她只能透露这么多。"她还会来对付我们吗？"

"玛莱萨命我通过关隘的同时，另派了三支战队追捕森挞，希望迫使他们疲于应付，从而无暇追杀你。如今看来，我妹妹躲开了他们。"她回头看了看山脚下，斯莫林的卫队正在堆叠罗纳人的尸体，"森挞人数很多，他们不会放弃的。"

"那我们也不宜久留。"索利斯兄弟用疆国语说道。在他身后，一处火葬堆正熊熊燃烧，赫维尔兄弟的遗体裹在火焰之中。宗会从不怠慢死者。"如果我们加紧赶路，日落前便可返回关隘。我再给您找一匹马，公主殿下。"他说完转身欲走。

"索利斯兄弟，"莱娜开口说道，索利斯只好停下脚步，"此次远征由我指挥，我还没有下令结束。"

索利斯飞快地瞟了达沃卡一眼，继而望向莱娜："您听到她说的话了，公主殿下。如今远征已无成功的可能，再有这么大规模的突袭，我们肯定顶不住。"

"没错，"达沃卡换回疆国语，"人太多，伤员太多。我们留下的踪迹，我妹妹闭着眼睛都能摸到。"

"还有别的路吗？"莱娜问，"少数人能走就行，避免他们跟踪。"

"公主殿下……"索利斯张口欲言。

"兄弟，"莱娜打断了他的话，"宗会不从王令，这不假。因此，你不必勉强为之，我允许你离队，并感谢你此前的效劳。”她扭头问达沃卡：“还有别的路吗？”

罗纳女人缓缓地点头：“有。但非常危险，只能走……”她面露难色，然后伸出一只手，五指张开。“这么多人。不能再增加了。”

五个人，包括我在内。所以只有四名带剑护卫，对抗逝者才知道有多少的森挞。她知道索利斯提出的建议非常明智，正确的做法就是尽快打道回府，回归令人无比怀念的宫廷生活。但达沃卡之言，为她寻找证据的渴望添了把柴。只有玛莱萨知道……那里有证据，她心明如镜，到了大祭司所在的深山，必定有不少收获。

她起身召唤斯莫林。“选出你手下最强的三人，”莱娜命令，“他们陪我北上。索利斯兄弟带你们返回关隘。”

“我愿意同行，公主殿下。”索利斯说。听得出来，他正尽力克制怒火。“只要您允准，我和艾文兄弟自当追随。”

“我就是最强的，公主殿下。”斯莫林对她说，“即便不是，您也知道，我绝不离开您半步。”

“感谢你们二位。”她拉起毛皮盖住肩膀，抬头望向前方险峻的山峦，只见巅峰云雾缭绕，隐隐有雷鸣之声。我倒要看看，你有什么故事可以告诉我。

莱娜的新坐骑名叫佛卡，在罗纳语里是北极星之意，因为它胸前有一团耀眼的白毛。它之前是赫维尔兄弟的坐骑，索利斯向她保证，这匹马在宗会马厩里算是性子最温和的。当莱娜翻身上鞍时，佛卡却突然扬蹄直立、猛烈甩头，她不禁怀疑那位尽忠职守的兄弟只是为了缓解她的忧虑。不过，她很快驱散了疑云，这匹战马确实温驯，欣然接受了她的驾驭。他们跟着达沃卡那匹脚程极快的矮种马，一路疾驰。

罗纳女人领着他们往南骑行了几个钟头，快马加鞭，完全没有喘息的机会。索利斯和艾文一前一后把莱娜夹在中间，斯莫林殿后，三人不断地扫视地平线和山顶。旅程一开始，莱娜抱有同样的警惕心，后来疲惫不堪，便也放松下来。*我怎么从来对锻炼身体提不起兴趣呢？*她一边喃喃自语，一边承受着佛卡的蹄子踏在崎岖路面上的每一次起伏。一个钟头不读书又不会要了她的命，可这头该死的畜生迟早折腾死她。

日暮时分，他们掉头向北，躲在一块大岩石的背风处，没有生火，度过了难熬的夜晚。莱娜精疲力尽，裹着毛皮毯子，破天荒地倒头就睡，她半梦半醒，其余四人轮流守夜。她这次的梦与往日不同，梦中没有垂死的国王，出现在眼前的是娜莎，站在莱娜的私人花园里。一如既往，女官笑得花枝乱颤，她弯腰轻抚樱花，嗅着清香，胸前和脖颈上的箭伤汩汩流出鲜血，所经之处，留下一条猩红刺目的血迹……

莱娜醒来时周身酸痛，但她依然感激黎明的到来。

那天下午，莱娜见到了巨猿。他们费了好几个钟头，穿过绵延不绝的沟壑和峡谷，又吃力地攀登了数十个山丘，无止境地爬坡，空气愈加寒冷，道路越发狭窄。

当他们顺着一条满地碎石的小路，爬到洒满阳光的巨石山顶时，达沃卡终于喊停了。他们前进的方向再清楚不过：一条奇窄无比的羊肠小道沿着山脊蜿蜒而去，通往两座大山，他们先前从未见过如此险峻雄奇的高山，前方的山脊就消失在双峰之间。看到如此狭窄崎岖的山路，莱娜深感庆幸：达沃卡坚持只带几个人是明智的决定，若是带领一整队卫兵沿路行走，肯定要花费数天，甚至数周的时间。

她从佛卡背上滑下来，发出一声早就习以为常的呻吟，然后摸到一块巨石背面，以解王室千金之内急。莱娜蹲了一会儿，起身时看到了它，距离不过十二步。那是一只猿猴，体形极其巨大。

它坐在那儿，鼻梁上方那双乌黑的眼睛打量着莱娜，坚硬的爪子里握了一朵啃掉半边的金雀花。它坐着也有五英尺之高，从眉头到臀部都覆盖着厚实的灰毛，在山风中簌簌飘动。

“别看它的眼睛，女王。”达沃卡立在她头顶的巨石上，“它是族群头领。对视就是挑衅。”

莱娜赶紧把目光从巨猿的脸上挪开，但还是偷偷地斜着眼睛瞟它。只见它四爪着地，站起身来，咧开嘴巴，露出一口尖牙。它仰起头，发出一声类似咳嗽的短促吼叫，旁边的岩石后又出现了五头巨猿。它们的体形虽然稍小一些，但外表同样凶恶。

“别动，女王。”达沃卡轻声说。莱娜看到她倒握长矛，随时准备投掷。

族群首领又吼了一声，转身跳走。它从一块岩石跳到另一块，悄无声息，准确无误，另外五只的动作同样娴熟。一眨眼的工夫，它们消失得无影无踪。

“不喜欢我们的气味。”达沃卡说。

莱娜双腿发软，硬撑着走回临时营地，心脏狂跳不已。她长叹一声，瘫倒在斯莫林身边。

斯莫林皱着眉头瞧她：“公主殿下，出什么事了吗？”

“你疯了，女人！”索利斯向达沃卡怒吼，“这种路也算安全？”

大山近在眼前，坡上巨石遍地、铺满黑灰，山顶浓烟滚滚，时而有橙色火焰喷射而出，照亮四周，震耳欲聋的轰鸣随之而来，连脚下的大地都在颤抖。

“没有别的路。”达沃卡斩钉截铁地说。她忙着解开绑在矮种马背上的干粮，又把鞍具扔下山坡，最后松开辔头。她亲热地挠了挠马鼻子，然后一拍它的屁股，目送它顺着山脊奔跑下去——那正是他们足足走了五天的来路。“不能带马，”罗纳女人说：“坡太陡，而且它们不喜欢火。”

“我也不喜欢火。”莱娜说。

“没有别的路，女王。”达沃卡提起长矛，挎上皮包，往坡上爬去。她再没说话，头也不回。

“公主殿下，”索利斯说，“请原谅，可我必须提议……”

“我知道，兄弟。我知道。”莱娜抬手打断他，望着达沃卡迈动长腿，大步攀爬积灰遍地的山坡，“这座山有名字吗?”

艾文兄弟回答了问题。他比索利斯和牺牲的赫维尔年轻许多，但对罗纳人和这块土地的知识格外丰富。“他们管它叫尼沙柯之嘴，公主殿下。”他说，“尼沙柯是他们的火神。”

莱娜提起裙裾，尽量不沾到灰烬，然后迈步向前。“好吧，希望火神睡着了。放马归山吧，各位好先生。”

不过尼沙柯今天似乎没有睡觉。好几次山摇地动，晃得莱娜不由自主跪倒在地；而当从山顶喷出的火焰直冲云霄，她顿感热流奔涌。空气中弥漫着硫黄的味道，灰尘呛得她咳个不停，甚至开始干呕，但她依然坚持向前，尽量不让达沃卡的背影离开视线。罗纳女人终于停下来休息了，她躲在一块巨石的背阴处，就着水壶喝了一小口。莱娜走过来，倒在她身旁。

“这个。”达沃卡拍了拍莱娜的骑马装，“太重了，脱掉。”

“我没有换的衣服了。”莱娜喘着粗气，举起水壶，大口大口地灌水。

达沃卡打开自己的背包，扯出一件短上衣和软皮紧身裤。“我有。给你穿长了些，但我可以改到合身。”她捋平裤子，抽出小刀，“你脱。”

莱娜瞟了一眼旁边的三个男人，他们全都识趣地望向别处。“要是谁胆敢转身，我发誓送你们进黑牢。”她警告道。

索利斯一言不发，斯莫林咳了几声，艾文则想笑又不敢笑。

赤身裸体站在火山上，由一个罗纳女人给她穿衣服，绝对是莱娜终生难忘的离奇经历。听到达沃卡直白的评价，令她多少有些尴尬。“大腿紧实，屁股也不小。很好。你生的孩子肯定敦实，女王。”

艾文兄弟掩口窃笑，结果招来索利斯严厉的斥责。

不到一个钟头就换好了。莱娜·艾尔·尼埃壬公主一身罗纳人装束，满脸尘灰，长久未洗的头发油腻腻的乱成一团，耷拉下来。达沃卡曾建议帮她剪掉，但她拒绝了，只用一条皮绳扎起来，至少不挡眼睛。“领军大人，我看起来怎么样？”莱娜嘴上问斯莫林，心里知道他肯定会说谎。

“跟往常一样美丽动人，公主殿下。”他的语气诚恳得令人感动。

“兄弟！”艾文指着坡下喊索利斯。

索利斯抬手遮光，观察了片刻。“我看见他们了。我觉得大约有五十人。”

“接近六十人，”艾文说，“距离我们大约还有五英里。”

莱娜顺着他们的目光望去，只见有一队矮种马沿山脊而行。是森挞。

“好。”达沃卡应了一声，接着爬山。

“好？”莱娜说，“怎么好了？我们来这儿是为了甩掉他们。”

达沃卡头也不回地说：“不，女王。不是这样。”

莱娜叹了口气，收拾好东西，跟了上去。

他们登到山顶的时候，夕阳西沉，快要隐入群山之中。所谓山顶就是一个直径达半里的火山口，浓烟滚滚不绝，呈柱状冒出，浓烈的硫黄味极其刺鼻，呛得莱娜差点呕吐。她壮起胆子，走到火山口边缘往下看了一眼，只见岩浆池汹涌翻腾，熔岩如雨，射向天空，热浪袭人，逼得她赶紧后退。达沃卡坐在距离火山口几码之遥的地方，望着沉向嶙峋峰峦的夕阳，神情专注。她时而目光流转，看一眼追击者模糊不清的身影，那团升腾的烟尘暴露了他们的行踪。

“准备好弓箭，”她对索利斯和艾文说，“也许有必要拖慢他们的速度。”

“我们就干坐在这儿吗？”莱娜问。她尽力保持冷静，但周遭的情形早已耗尽她的耐心。“是不是我们压根没必要爬上来？”

达沃卡摇摇头，用罗纳语说：“如果我们再前进一步，尼沙柯就会杀死我们。我们必须等待他的祝福。”她再次望向夕阳，见其完全隐没，便闭上眼睛开始诵祷。

“你……”莱娜气急了，说话时竟然喷出了一嘴火山灰，“你这是向你们的神灵祈祷吗？我跟着你爬到这儿来，害得我们这几个人走投无路，你如今倒好，竟然找什么子虚乌有的山中神人求助来了？”

达沃卡不作理会，依然闭目吟诵。

莱娜打算狠狠地摇一摇罗纳女人，但又想到对方可能动怒甚至出手还击，如此一来，斯莫林非杀了达沃卡不可，不管能不能成。所以当夜幕降临，她只能站在原地干瞪眼，气得跟这座火山一样直冒烟。

“她不是在求神，公主殿下。”艾文好奇地瞧着罗纳女人，“她在计数。”

“我估计还有三百码远。”索利斯盯着下方的森挞，长弓在手。山坡笼罩在橙红的光芒之中，火山喷出的炙热气息撞上了灰云，又涌向大地。他从箭袋里取出一支箭，搭在弦上，瞄也不瞄，拉弓便射。莱娜目送那支箭画出一道弧线，飞向紧追而来的森挞，落在他们当中，看样子并没有造成任何死伤，也没有拖慢他们的速度。

艾文走到他左边，两名宗会兄弟从容地拉弓射箭，动作不疾不徐。莱娜高兴地看到，森挞扬起的烟尘明暗不定，看来至少有一两人翻倒在地。然而，他们追击的速度丝毫不减。

“我不能被他们活捉，领军大人。”她对斯莫林说。

达沃卡停止计数，站起身来。“森挞不要你活着。”她答道，然后招呼索利斯和艾文，“别浪费箭了。用不着。”

“他在哪儿呢？”莱娜累得连发火的力气都没有了，“那位伟大的罗纳火神——”

大山突然摇晃起来，力度之大前所未有，将他们全都掀翻在地。一股浓浓的黑烟从火山口喷薄而出，不到五十码之下，多达十几处裂口有岩浆涌出。一条条灼热的岩浆奔流向前，然后汇聚成烈焰之河，汹涌的火舌吞没了森挞，大山惊天动地的怒吼盖过了他们的惨嚎。

达沃卡举起双臂，沐浴在滚滚热浪之中，她用罗纳语背诵道：“六月第三天，日落计数两百廿，尼沙柯动嘴，护佑山南边。知之记之，尼沙柯最慷慨无私。”

他们从尼沙柯之嘴的北边下山，几乎走了大半夜。这里的山坡没有南面那么多尘土，而且莱娜发现路好走多了，不过，当炙热的高温不再，寒冷便逐渐滋长，令她怀念起那身厚重的骑行装。

倾盆大雨忽然袭来，山脚的崖壁有一截突起的岩石，正好可供他们避雨。这么多天来，达沃卡从来不准他们生火，今天终于破了例，拔了些冒出石头缝的金雀花灌木作柴火。莱娜挨着火堆躺下，可依然冻得睡不着觉。达沃卡守第一班，男人们先睡觉。两位宗会兄弟安静得可怕，斯莫林则时不时浑身颤抖。罗纳女人坐在崖边，长矛搁在伸手可及之处，两条长腿晃来晃去，脚下是百尺深渊。

“很抱歉，我先前发那么大火。”莱娜冷得牙齿打架，话也说不清了，“我说了些蠢话，其实不是有意要侮辱你信奉的神灵。”

达沃卡耸耸肩，用罗纳语回答：“你所谓的侮辱对尼沙柯没意义。他从古至今居住于此，永远也不会离开。罗纳黑姆需要火便可以找他。”

“我——我感到遗憾的是，你的……”莱娜抖得厉害，费了好大劲儿才挤出来，“……妹妹。那种死法，谁……都不希望那样。”

达沃卡扭头看着她，关切地眯起眼睛。罗纳女人起身走来，跪在莱娜身边，握住她的双手，又用指节试探前额。“好冷，女王。”

她脱下身上的兽皮背心，裹住莱娜的肩膀，然后把她拉了过来，紧紧地抱着。莱娜虚弱得没法反抗。

“我妹妹如今已不是我妹妹了，勒娜，”达沃卡低声说，“但她还活着，我可以感觉到。她正在黑暗之中发怒呢。她现在跟丢了我们，但她很快就能追上来。不管占据她身体的是什么，总之很走运，她的能力确实非常强大。”

“占——占据她身体？”

“她并非从小就是这样子。她以前……根本不是战士，而是狩猎技术非常高超的猎人。柯拉尔在古语里是野猫的意思。她有追踪猎物的天赋，有人说她受到了神灵的祝福。但她从来不主动求战，也没有对付过你们的族人。

“后来有一天，她在西山遇到了一头巨猿。那时正是繁殖季，它们为了保护幼崽，脾气相当暴躁。柯拉尔伤得很重。她苟延残喘了好几天，看情形，巫医已无能为力。玛莱萨允许我暂时离开，守着她走完最后一程。我坐在她身边，看着她没了呼吸。她死了，勒娜，我亲眼所见。令我羞愧的是，我从来不掉眼泪，却为妹妹哭了，因为我很珍视她。结果她竟然能说话，她明明死了，却说道，‘玛莱萨的护卫岂能掉眼泪。’我看到她的眼睛确实是活生生的，但那不是我妹妹，从此以后再也没有见到她的影子。”

“等她再来……你……会跟她打吗？”

“如有必要。”

“那你……会杀她吗？”莱娜的头慢慢往后仰去，眼神涣散，看来已经撑到极限了。

“不！”达沃卡猛烈地摇晃她，莱娜哼了两声，“现在不能睡。要是睡过去了，天亮就醒不过来。”

天亮就醒不过来……真有这么糟吗？话说回来，她如今又算什么呢？一个傻国王的妹妹，待字闺中，无儿无女，甚至一无是处，却铤而走险，豁出性命，企图证明不可能证明之事。娜莎死了，赫维尔兄弟死了。*莫非我就不该死？*

“勒娜！”达沃卡捧住她的脸，使劲地晃动，“别睡。”

她猛地一抬头，眨了眨眼，因为寒冷而溢出的泪珠掉了下来。“你爱你的丈夫们吗？”

达沃卡的眼里闪过一丝欣慰的神色，继而大笑起来：“那是你们的说法。”

“那罗纳人是什么说法？”

“Ulmessa.”伟大而深沉的爱。对血亲之外的人的好感。

“你对他们有这样的感觉吗？”莱娜问。

“偶尔有吧，只要他们不干男人常干的傻事。”

“很多年前我也有，一直都有。那个男人只看到我坏的一面。”

“那他就是傻瓜，你摆脱了他算你幸运。”

“他不是傻瓜，是英雄，可他并不知道。我和他本可以依从父亲的安排，共同统治疆国。一切原本可以非常简单。”

“你父亲是梅利姆赫的首领吧？”

“是的。雅努斯·艾尔·尼埃王，阿斯莱领主，征服了整个疆国。”

“那你为什么不尊重他的意愿呢？为什么不接受你喜欢的男人，他当国王你当女王？”

“因为我不能杀死我哥哥，就像你不能杀死你妹妹。”

索利斯兄弟翻身站起，悄无声息，他一眼看到半裸的达沃卡抱着疆国公主，当即愣住了。

“女王太冷了，”达沃卡对他说，“去捡些柴火来。”

早晨，她终于恢复了大半体力，跌跌撞撞地跟着达沃卡上路。他们走到一座山谷的最低处，继而往北行去。她知道罗纳女人故意放慢了脚步，还时不时回头探视，神情紧张不安，似是担心她随时倒地而亡。斯莫林和艾文轮流帮忙，抬着她涉过溪流；在她支撑不住、摇摇欲倒的时候，他们又搀扶着她继续前进。今天的休息次数不少，尽管时间短暂，莱娜仍然备感宽慰。达沃卡和索利斯每次都逼她啃干牛肉，还有宗会兄弟带的枣子，但她完全没有食欲。

“她必须找个地方歇息，”时近黄昏，斯莫林说，“我们不能这么拖着她走。”他圆睁双眼，神情坚定，语气里却透出一丝恐慌。

“别为我说话……”莱娜刚一开口就猛烈地咳了起来。

达沃卡向索利斯投以询问的目光。宗将不大情愿地点点头。

“往这边走两三里，”达沃卡用矛尖指着东面，“有个村子。我们去那儿歇脚。”

“安全吗？”莱娜嗓音沙哑地问。

达沃卡扭过头，没有吭声，但她警惕的眼神已经回答了这个问题。

村子坐落在大峡谷内的梨形山丘之上，有几十间石头房子，外面是一道结实的围墙。有一条湍急的河流由北向南穿过峡谷。达沃卡领着他们来到山丘底下，找到一块石碑，旁边有条坎坷难行的碎石路，通往城墙上的大门。她倒提长矛，搁在地上，矛尖朝前，然后等待回应。

“这里住的是哪个部落?”索利斯问她。

“灰鹰，”她答道，“对梅利姆赫恨之入骨。灰鹰部落里有很多人成了森挞。”

“那你还指望他们帮忙?”莱娜问。

“我指望他们不要质疑山中之言。”

等了大半个钟头，门开了，三十多人骑着矮种马出了村子，向山下疾驰而来。“别碰武器。”眼见罗纳人越来越近，达沃卡告诫几个男人。

领头的骑手一扯缰绳，在不远处驻足，他抬手示意，其余的人也都照做。此人身材魁梧，外罩一件棕熊皮背心，裸露在外的刺青覆盖了前额、脖颈和胳膊，尽是些难以辨认的复杂标志，数量之多，莱娜前所未见。他坐在马上，面无表情地打量他们，然后策马慢行，来到达沃卡面前。他的腰带上挂了一根战棍和一把短柄斧。

“圣山的仆从。”他向达沃卡致意。

“艾尔特克。”她回道，“我需要借你们的房屋避一避。”

壮汉一抖缰绳，策马经过达沃卡，行向莱娜。她瘫坐在随行的包裹上，感觉到斯莫林和宗会兄弟们异常紧张，正拼命克制拔剑的冲动。

“你是梅利姆赫的女王，”壮汉对莱娜说，他的疆国语还算能听懂，“我听说你伤了伪玛莱萨。看来那是胡说。”他坐在马鞍上探身向前，瞪圆了乌黑的眸子。“你太弱了。”

莱娜拼命站了起来，忍住咳嗽。“我确实伤了她，”她用罗纳语回答，“给我一把刀，我也能伤你。”

壮汉的脸部微微一抽，他直起身子，哼了一声，然后掉转马头，朝向村子的方位。“我家大门永远向圣山的仆从开放。”他对达沃卡说，然后双腿一夹，疾驰而去。

“你的回答好极了，女王。”达沃卡说，言语之间充满敬意。

“除了历史，”莱娜答道，“外交是我最爱的功课。”话音未落，她突然猛烈地呕吐起来，接着昏死过去。

第八章　瑞瓦

世界之父，我恳求您，千万别抛弃这个可怜的罪人。

瑞瓦选择了顶楼的房间。其实是一间阁楼，屋顶有个相当大的破洞，她笨手笨脚地用木板钉好了，然后坐在一张小床上——这是房间里唯一的家具——拿起砥石磨刀。黑刃在楼下和妹妹吵架，应该说是妹妹在吵他，嗓门老大，怒气冲冲，他则始终柔声抚慰。瑞瓦没想到艾罗妮丝还会生气。她是那么和蔼、大度，麻烦缠身也没能泯去灿烂的笑容，这样的人怎么会生气呢？

醉醺醺的诗人在窗外的院子里唱歌，每到夜里他就这么干。瑞瓦听不出来是什么歌，只知道调子哀婉，唱的是一个少女在湖边苦等爱人。她原以为诗人对歌唱的热情会因为围观者众而有所收敛，可在殿前侍卫控制的禁区之外，那帮目瞪口呆的白痴反而使他来了劲儿。

“谢谢，谢谢。”听口气，诗人肯定向人群鞠了一躬，“艺术家最需要观众捧场了。”

“你说得倒轻松，哥哥！”艾罗妮丝的喊声透过了地板，“这又不是你家！”只听房门“嘭”的一响，然后楼梯那儿传来一阵急促的脚步声。她慌张地望向阁楼的木门。*我怎么挑了一间没锁的房呢？*

她又低头看着在砥石上来回磨砺的刀刃。真是一把好刀，也是她所拥有过最值钱的财物。牧师告诉她，这把刀是阿斯莱工匠锻造的，但并不妨碍她加以使用。圣父不恨阿斯莱人，只是他们迷信异端邪说，从而恨圣父罢了。她必须精心爱护、勤加打磨才是，因为她要用这把刀完成圣父交付的任务……

房门突然打开，艾罗妮丝闯了进来。“你知道这事吗？”她问。

瑞瓦磨刀的动作没停:“不，但现在知道了。”

艾罗妮丝深吸一口气，按捺住怒火，来回踱步，双手不断地握拳又松开。“北疆。信仰啊，我去北疆干什么?”

“你要准备皮衣,”瑞瓦说,“我听说那里冷得很。”

“我不要什么该死的皮衣!”她在屋顶上那扇既小又破的窗户前站定，重重地叹了口气。“对不起，这不是你的错。”她走过来坐到床上，拍了拍瑞瓦的腿,“对不起。”

世界之父，我恳求您……

“他就是不明白,”艾罗妮丝接着说,“他这辈子没完没了地打仗。没有房子，也没有家。他完全不懂，离开这儿，对我来说跟丢了魂儿没两样。”她扭头望着瑞瓦，明眸含泪。“你懂吗?”

我的家是一间谷仓，如果我持刀的姿势不对，牧师就会打我。

“不懂,”瑞瓦说,“这地方就是砖头和灰泥，还是快要倒塌的砖头和灰泥。”

“这是我的砖头和灰泥，再破也是我的。多亏我亲爱的哥哥，熬了这么多年，这里真正属于我了。可是刚刚归我，他就让我放弃。”

“你打算拿这儿做什么?这地方这么大，你又……这么小。”

艾罗妮丝笑了，目光低垂。“我有想法，其实也是做梦吧。有很多像我一样的人，他们都希望拥有本瑞宗师的本事，学习他所在宗会掌握的知识，但因为性别或是不同的信仰，他们学不成。我想等我学好了，就在这个地方教他们。”

瑞瓦看着艾罗妮丝搁在她腿上的那只手，隔着布都能感觉到热量，烫得厉害……她收刀回鞘，从床上站起来。世界之父，千万别抛弃这个可怜的罪人。

她走到窗边，透过脏兮兮的玻璃，看到禁区外的人们举着火把。一大帮信仰之蠢徒。诗人这样称呼他们，难得他说出这么智慧的句子。

“来的人越来越多，”她说，“两天前才六个，现在有五十多个了。他们都来找你哥哥寻求支持，希望他说上一两句，对他们表示认可。但你哥哥什么也不说，迟早会惹恼他们，等他去执行国王的任务了，他们的怒气就会撒到你身上。”

艾罗妮丝扬起一边眉毛，哈哈一笑。“有时候听你说话觉得你年纪好大，瑞瓦，比他还老。你在他身边待的时间太长了。”

*我知道。我等了太久，只为完成他们的交易。*她也沉默了太久，骗自己说是因为希望在剑术上更进一步，学到更多的东西，好等到合适的时机对付黑刃。这种谎言存在了太久，她也蒙蔽了自己太久。日子一天天过去，她感到圣父之爱越发遥远，还常常梦见牧师的呵斥，那是往死里揍她的时候，唾沫四溅、怒不可遏的狂吼。*罪人！我知道你心底有多么卑劣和肮脏。我看见过。为圣父所不齿的罪人！*

“你哥哥说得对，”她对艾罗妮丝说，“你非走不可。我相信你还能找到别人教。据说北方有很多奇观，那样你画画也不缺素材了。”

艾罗妮丝久久地看着她，眉头微微皱起，在光滑的额头上格外显眼。“你不去吗？”

“去不成。”

“为什么？你说有很多奇观。我们一起去看吧。”

“不行。我还有……别的事要做。”

“别的事？和你信奉的神有关吗？维林说你特别虔诚，可我从没听你说起过神。”

瑞瓦正想开口反驳，忽然发现对方说的是事实。她从没对艾罗妮丝提起过圣父之爱，也没说起过那种爱给予她的温暖，以及促使她完成使命的力量。为什么？她还来不及否认，答案自动冒了出来。*因为你有眼前的人相伴，不需要圣父之爱。*

为圣父所不齿的肮脏的罪人！

“山谷深又宽，”外头传来诗人的声音，他又起了新调子，“兄弟们跟我翻……”

瑞瓦走到窗前，吃力地推开，冲着黑暗大喊：“别唱了，醉鬼！”

艾卢修斯安静下来，人群中响起一阵低语，看样子都松了口气。

“我们明天出发。”艾罗妮丝柔声说。

“我跟你们走一段路，”瑞瓦强颜欢笑，“你哥哥还有答应我的事没办。”

国王赐了马匹和盘缠，有一大袋子钱币，艾尔·索纳给了她一些。“没钱可完成不了神圣的使命。”他笑道。

瑞瓦瞪了他一眼，接过钱，趁他们收拾打包的时候溜走了。避开人群很容易，只用蹚着河水走一小段，再沿河岸走几百码即可。她到市场买了新衣服，其中有一件做工精致的斗篷，上过蜡可以防雨，还有一双结实的靴子，由鞋匠调整到适合的大小，那鞋匠说她有舞者的脚趾。从他苦恼的表情来看，这话似乎不是恭维。她问了接下来要去的地方怎么走，鞋匠指了方向，言语中却带有一丝怀疑：“舞者去那儿做什么？”

“给我哥哥买礼物。”她答道，又多塞了一点钱，堵住对方的嘴。

铸剑师店铺门前的院子里，铁锤敲击声不绝于耳。铺子里的人年纪很大，枯瘦如柴，不过前臂肌肉粗壮，布满褪色的疤痕，足以证明他干了一辈子铁匠。“你哥哥懂剑吗，小姐？”

*我可不是什么小姐。*她很想反驳，这种虚情假意的奉承再讨厌不过了。她的口音和明显不够华丽的衣着清晰地表露了身份，对方只是尊重她腰带上鼓胀的钱袋。“很懂，”她答道，“他喜欢仑法尔式样的剑，就是士兵常用的那种。”

铁匠和善地点点头，走进店铺里头，出来时拿了一把外观寻常的剑。剑首是未加雕琢的木头，剑柄则是一根粗铁条。剑刃约一码长，剑尖平浅，不见分毫刻纹和雕饰。

“仑法尔人更擅长打盔甲，”铁匠对她说，“他们的剑没有美感，不过是开了刃的铁棍子。不如我给你看看更好的货。”

更贵的吧，她心里想，目光却不离剑。铁匠拿来的一把与先前的差不多，就是花哨些。

她朝铁匠点点头：“也许你说得对。实话说吧，我哥哥比大多数人的个子都小，跟我差不多高。”

“啊，那么标准重量的剑就不合适他用了？”

“轻一点的更好。最好是同样牢固。”

他略加思索，抬手示意她稍等，又走进铺子里，很快就出来了，手里拿着一个约一码长的木盒。“这把剑也许比较合适。”

他打开盒子，露出一把弯刃武器，单边开锋，宽不过一寸，比阿斯莱标准式样的剑短了一掌。护手是青铜质地，造型不大熟悉，剑柄缠有紧密的皮革，抓握感极强，其长度也足够双手抓握。

“这是你打的？”她问。

老铁匠讪讪一笑：“可惜不是。这把剑来自极西之地，他们有特殊的办法打造铁器。看到剑刃上的图案了吗？”

瑞瓦凑近看，发现剑刃上整整齐齐地布满了暗色的漩涡。“这是字吗？”

“只是锻造工艺形成的。你瞧，他们在锻冶过程中再三折叠剑刃，待其冷却后用黏土包裹，所以剑的强度增加，重量却不变。”

瑞瓦伸手摸向剑柄：“我可以试试吗？”

老人一点头。

她拿起剑，从柜台前退开，耍了一套艾尔·索纳教的招式，是刚学不久的，旨在狭小空间内招架多名对手的进攻。剑只比她往常练习用的棍子重一点点，平衡感很好，划过空气时发出轻微而悦耳的啸叫。招式不多，但动作剧烈，有好几次挺身突刺，最后脚尖点地，身子一旋，收势。

“漂亮，”她举起剑，映着天光细瞧，“多少钱？”

铁匠神情怪异地盯着她，令她回忆起那些观看艾萝娜跳舞的人。“多少钱？”瑞瓦又问了一遍，略有不悦。

铁匠眨了眨眼，粗声粗气地答道：“再耍一遍，我就免费送你剑鞘。”

她没多久就回去了，晃到院子里，正撞见艾尔·索纳向酒鬼诗人道别。“你可以跟我们一起走。”他说。

艾卢修斯漂亮地鞠了一躬，谢绝了好意。“孤独、寒冷、常受野蛮人的威胁，还没有甜美的葡萄园，诸如此般的前景确实美妙迷人啊，大人。然则，还是别算上我了。再者，没了我，我父亲也无人可恨。”

他们握了握手，艾尔·索纳走向自己那匹马，一眼瞟到了瑞瓦绑在背后的剑。“贵吗？”

“我还了价。”

他指了指拴在井边柱子上的一匹灰色母马，鞍已备好。牧师教过如何骑马，她驾轻就熟地滑进母马的鞍内，解开绳子，策马行到艾尔·索纳身边。瑞瓦看见艾罗妮丝正与艾卢修斯拥抱，不由心里堵得慌。艾罗妮丝眼中泪花闪耀，诗人轻轻替她拭去，温言细语地说着暖心的话。

“你应该知道酒鬼诗人爱她吧？”瑞瓦压低声音问艾尔·索纳，“所以他每晚都过来。”

“一开始并不知道。我认为国王是要我妹妹专心于艺术，不牵扯旁的事情。”

“他是探子？”

“之前是的。他父亲失了势，料他也别无选择。如此一来，是我错看了麦西乌斯，现任国王真的很像雅努斯。”

“那你还允许他老来这儿?”

“他是好人，跟他哥哥一样。”

“他是酒鬼，是骗子。”

“也是诗人，有时候还是战士。一个人可以拥有多种身份。”

围观人群中忽然出现骚动，侍卫们举起战戟以示警告，只见一个身披黑斗篷的人骑马行来。她听见艾尔·索纳呻吟了一声，神色惊惶。来人在卫队前面勒住缰绳，开口说话，嗓音洪亮，官威十足。侍卫队长硬生生地摇了摇头，一伸手，示意他离开。瑞瓦注意到，人群外围出现了不少身披黑斗篷、腰佩刀剑的人，侍卫们个个神情紧张。

“来，”艾尔·索纳说着轻夹马腹，往前走去，“带你见一个跟你志趣相投的人。”

骑马之人瘦得几近憔悴，眼窝凹陷，颧骨突出，有一头稀疏的铁灰色短发。他恭恭敬敬地向艾尔·索纳点头致意，神情专注得可怕，犀利的目光阴森骇人，像是要扒了黑刃的皮，窥见深藏其中的灵魂。侍卫们与黑衣人警惕地相互对视，人群则默然无声，静观事态变化。

“兄弟，”瘦削的男人说道，“看到你平安回到我们身边，我满心喜悦，所有的真信徒都满心喜悦。”

艾尔·索纳的回应咬字清晰，语气却不带感情，亦无敬意。“滕吉斯宗老大人。”

“大人，我已经说了，这儿不欢迎他来。”侍卫队长说。

“兄弟，他为何这样说?”瘦削的男人问，“来的是侍奉信仰的兄弟，你岂能拒之于门外?”

“宗老大人，”艾尔·索纳说，“不管你想要什么，反正我给不了你。”

“并非如此，兄弟。”宗老厉声说道，同时双眼圆睁，神色异常坚定。瑞瓦发现，他是故意提高音调，好叫周围的人都能听见。“你可以与我们共事。贵宗不欢迎你，可本宗欢迎你。”

瑞瓦不安地挪了挪身子，调整剑鞘的位置。这人肯定疯了，她断定。他是异教信仰的疯子领袖，在谎言中迷失了自我，没有一丝理性可言。

“我已不是宗会兄弟，”艾尔·索纳淡淡地对宗老说，“我也不愿再成为宗会的一员。我奉国王之命，担任北塔的守塔大臣。”

“国王！”滕吉斯嘶声叱道，“那家伙是绝信徒女巫的傀儡！”

“宗老，说话注意点！”侍卫队长警告道，侍卫们立即双手握紧战戟。黑衣人纷纷伸手拔剑。

“够了！”艾尔·索纳高声喊道，那语气不容商量，制止了双方进一步的动作，就连围观的人也惊得鸦雀无声。不过瑞瓦注意到，有一个人并未受其影响。他是黑衣人中的一员，人高马大，身材魁梧，满脸横肉，畸形鼻子尤其引人侧目。他正偷偷地在斗篷底下摸索什么。

“你表达了意愿，我也给了答复，”艾尔·索纳对宗老说，“你可以走了。”

“你变成这种人了？”滕吉斯咬牙切齿地说着，他怒目圆睁，瞪了一眼艾尔·索纳，又看了看瑞瓦，胯下的马感知到主人的情绪，也焦躁不安地踏起了蹄子。“成了为国王效命的无信之徒，还不知廉耻地带着崇拜邪神的妓女——”

瑞瓦的小刀瞬间出鞘。她起身离鞍，往前一送，小刀脱手而出，此时距离宗老不过五尺之遥。她这次的掷刀动作相当笨拙，因为只能在马背上旋身，那把小刀凌乱地翻滚了几转，擦过宗老的耳朵，扎进歪鼻子男人的肩膀。他发出凄厉刺耳的惨叫，当即跪倒在地，已装填箭矢的十字弓刚刚抬起，就“啪嚓”一声掉落在鹅卵石地面上。

侍卫队长高声下令，侍卫们平举战戟，向前逼近。黑衣人纷纷拔剑，但宗老喝止了他们。眼看要爆发流血冲突，不少围观者四散而去，还有人一边退却，一边张望事态的变化。

艾尔·索纳催马趋前几步，走过大个子兄弟身边时，低头打量那人。他呻吟着，把瑞瓦的小刀从肩部拔了出来，一边痛得直喘粗气，一边神色惊恐地瞪着血淋淋的刀。“我该不会认识你吧？”艾尔·索纳问。

“你令本宗蒙羞，伊尔提斯！”宗老呵斥倒地不起的兄弟，然后对艾尔·索纳说：“此人的举动并非我的授意。”

“当然了，宗老大人。”艾尔·索纳笑着望向倒霉的伊尔提斯兄弟，“他还有债要还，我知道的。”

“兄弟，我恳求你。”滕吉斯抓住黑刃的前臂，“信仰需要你。回到我们当中来吧。”

艾尔·索纳一扯缰绳，策马回行，挣脱了宗老的手。“没有什么回不回去的。你我之间的纠葛到此为止。”

瑞瓦翻身下马，取回小刀，侍卫们立刻按住伊尔提斯兄弟，将其拖走。“我不是他的妓女！”她朝渐行渐远的滕吉斯大喊，一众兄弟跟在宗老身后飞奔，“我是他妹妹！听到没有？”

“这叫志趣相投？”

艾尔·索纳耸耸肩，笑了：“我以为你俩容易相处。他献身信仰，而你献身圣父之爱。”

“那人是神智错乱的异教徒，走火入魔了，”瑞瓦正色道，“我不是。”

艾尔·索纳又微微一笑，策马前行。他们此时在北边的大道上，已出瓦林斯堡一英里左右，艾罗妮丝闷闷不乐地夹在一整队骑卫之中。显然，黑刃的国王希望确保他安稳抵达上任地。

又走了一英里路，他们看到了一座阴森森的灰岩城堡，论高度不如她见过的库姆布莱城堡，内墙只有三十英尺，但占地很广，墙内面积多达数十亩。塔楼上不见三角旗，瑞瓦顿感好奇，不知哪位阿斯莱贵族可以负担得起如此宏伟的城堡。前头的艾尔·索纳勒住缰绳，她一踢小母马，来到他身边。“这是什么地方?”

艾尔·索纳的目光始终不离城堡，脸上流露出悲哀的神情，她从未见过黑刃如此感伤。“你等在这里，”他说，“转告队长，我一个钟头后回来。”

他踢了踢马肚子，向城堡外墙的大门稳步行去。到了门口，他翻身下马，敲响挂在旁边柱子上的铜钟。不过片刻，一个身穿蓝色斗篷的高个儿身影出现在门口。距离太远了，瑞瓦看不清他的模样，但能感觉到此人面带微笑迎接黑刃。高个儿男人拉开大门，艾尔·索纳走了进去，他俩很快就消失在视野里。

“他第一次走进那扇门时，也是我父亲最后一次见到他。”艾罗妮丝的坐骑在几码之外，她一边说，一边疑虑重重地打量那座城堡。

“这就是第六宗总部?”瑞瓦问。

艾罗妮丝点点头，动作娴熟地下了马，显然不是生手。她举起什么东西塞进马嘴，白鼻母马满足地嚼了起来。“糖块最能讨马儿的欢心。”她说着拍了拍母马的侧腹，然后取下鞍包，“我们俩还有很重要的事情。”

那不是我。

画在羊皮纸上的女孩非常漂亮——除了鼻子有一点点歪——乱蓬蓬的头发富有光泽，眼睛明亮动人，顾盼生辉。尽管带有艺术夸张，但在艾罗妮丝的笔下，瑞瓦气势逼人，甚至略显冷酷。她心里暗叹，只用炭笔和羊皮纸就能达成如此奇妙之事，艾罗妮丝赋予了它们生命。

“但愿北疆也有帆布和颜料。”艾罗妮丝说着，在瑞瓦优美至极的下颌弧线上加了几笔，“这幅画绝对值得上色。”

她们坐在城墙外稍远处的一棵柳树下。艾尔·索纳已经去了将近两个钟头。“你知道黑刃为什么来这儿吗？”她问艾罗妮丝。

“我现在才明白，我可能永远无法理解我哥哥的行为。”她抬头问道：“你为什么喊他黑刃？”

“这是我的族人给他起的名字。《第四经》里预言了一名可怕的异教徒战士，他使的剑有黑巫术加持。”

“你相信这种蠢话吗？”

瑞瓦脸一红，扭头望向别处：“圣父之爱可不是蠢话。你认为信仰蠢不蠢？你们假装祖先有灵，向他们的影子鞠躬。”

“我从来不鞠躬。我的父母非常虔诚地信奉至上信条，追求通向完美和智慧之路。要达到这种境界，就得按正确的顺序组合字词，比如一首诗或一首歌，从而解开灵魂的秘密，甚至世界的奥义。他们常常拉我一起参加集会，那时候都是秘密举行的。我们在地窖里背诵信条。每当我边背边笑，娘就会发脾气。我认为那净是胡说八道。”

“因为你乱说话，她打了你？”

艾罗妮丝眨巴着眼睛：“打我？当然不会。”

瑞瓦再次扭过头，知道刚才想错了。

“瑞瓦？”艾罗妮丝把炭笔搁到一旁，走过来坐在她身边，搭着她的肩膀问：“你是不是……难道有人……”

为圣父所不齿的肮脏的罪人！“别！”她挣脱开来，起身走到柳树的另一头，牧师的话萦绕在耳畔。“我知道你的心里糜烂透顶了，丫头。我早就看见过，你瞧她的眼神……”每说一个字，山核桃木杖就落下来一次，她只能站在那儿，双手垂落，不能动，也不能哭喊。“你玷污了《理经》！你玷污了《法经》！你玷污了《审判经》！”牧

师的最后一击打中了她的太阳穴，她应声倒在谷仓地板上，头晕目眩，鲜血染红了干草。“按理说我应该杀了你，但你的血统救了你的命。圣父亲自交付的使命救了你的命。但既然要完成使命，我先要打掉你身负的罪孽。”牧师说到做到，最后她已没了知觉，任由黑暗吞噬。

她跪在草丛中，紧紧地缩成一团。为圣父所不齿的肮脏的罪人。

艾尔·索纳从第六宗所在的城堡回来时已是傍晚时分，夕阳正在西沉。他什么都没说，也未作停留，挥手示意侍卫们列队。一路上，他始终沉默不言。夜幕降临后，队伍就地扎营，他们吃了一顿谈不上美味但还算丰盛的行军餐。瑞瓦坐在艾罗妮丝对面，埋着头，一口一口地只顾吃。太久了，她禁不住想。和黑刃相处了太久。和黑刃的妹妹也相处了太久。

一阵皮靴与路面刮擦的声响传来，她抬头看见艾尔·索纳站在前方。“该完成我们的交易了。”

他们离开了火堆旁的艾罗妮丝，找了一处远离营地的草丛。这儿的野草高大而茂密，甚至蔓延到了路边。瑞瓦盘腿坐下，艾尔·索纳蹲在一旁，神情专注地与她对视。“关于你父亲的死，你知道多少？”他问，“不是你猜测的，而是真正知道多少？”

“《第十一经》里记载了他是如何召集人手，死守凌绝堡，抵抗你们的进攻的。你率队突袭，使用黑巫术找到了进城的办法。效忠世界之父的真刃没能敌过强势的敌人和黑巫术的力量，他最终光荣牺牲。”

“换句话说，就是你什么也不知道。既然他手下没有幸存者，那么撰写《第十一经》的人肯定不在场。他没有召集人手。他只是等在那儿，还挟持了一名人质，是我生命中很重要的女人。他利用人质逼迫我弃剑投降，以便杀了我。而且，他死得并不光荣，他临死前神志不清，精神错乱，他被迫弑父是出于同样的缘由。”

瑞瓦摇摇头。牧师提醒过很多次，当她与异教徒相处时，必然出现这种情况。他们赢了，所以他们可以随意编造故事。可刚才那番话仍然刺痛了她。尽管不大情愿，但她也承认，黑刃所说的确有实情。他深藏不露，隐瞒了很多事，不过，他本性诚实。另外，她完全不了解父亲，而黑刃说的话是可以亲耳听到的。“你撒谎。”她尽量用斩钉截铁的语气说。

“是吗?”黑刃的目光一动不动地攫住她，“我相信，你知道我说的是实情。我也相信，你早就明白，关于你父亲的故事是谎言。”

她挪开视线，闭上双眼。这正是他的力量，瑞瓦心想。这正是他施放的黑巫术。厉害的不是他的剑，而是他的言语。真是高明的把戏，利用信任、透过真相传播谎言。“剑。”她嘶声说道，嗓音低沉。

“我们当时在凌绝堡的领主议事厅内。我的兄弟扔出一把斧头，正中他的胸口。他当场毙命。我记得他的剑掉进了房间的阴影处。我没有拿，也没有看见我的兄弟或是手下拿到。”

“你说你知道去哪里能找到。”

黑刃尚未回答，她就知道了答案，但当真正听到，依然心如刀割，比被牧师用手杖抽打还要痛苦。“我先前撒谎了，瑞瓦。”

她闭上眼睛，感到从头到脚都在剧烈地哆嗦。“为什么?”她只说得出这一句话，声音极轻，几不可闻。

“你的族人说我有黑巫术。不过呢，曾经有个绝顶聪明的人告诉我，只有无知的人才这样称呼它。它就像歌声，始终引导我的歌声。它引导我找到了你。第一天夜里，我本来可以任由你消失在林中，但歌声要我等你。它告诉我，要把你留在身边，那些派你来找我的人没有教给你的知识，由我教给你。

“你从来没想过吗，为什么他们只教你使小刀，不教弓箭和剑术，不教一种令你更有机会对付我的武艺呢？他们只使你具备一定的实力，足以威胁到我，从而引诱我杀了你。真刃的血脉断绝于黑刃之手。又一个殉道者诞生了。你来找我的那一夜，还有别人藏在暗中。歌声发现了你，也发现了他们。有人跟踪你，他们等待着，观察着。他们是见证者，渴望为《第十一经》书写新的篇章。”

她站起身，黑刃也随之起立。背后的剑缓缓游移，如同蓄势待发的毒蛇。“为什么？”她问。

“你父亲的追随者需要我的存在。他们需要一个强大的异教徒死敌。没了我，他们只是一群疯子，只能无止境地膜拜一个疯子的鬼魂。他们派你来寻找根本找不到的东西，就是希望我杀了你，为已有的仇恨添柴加薪，为神圣的使命火上浇油。对他们来说，你唯一的价值就是你的血脉和你的死。他们不在乎你的死活，可我在乎。”

长剑遽然出鞘，犹如利箭脱弦，直直地射向黑刃。他纹丝不动，不闪躲，不回避，仍然静静地站在原地。当剑尖刺抵衣衫，触及肌肤，他依旧面不改色。瑞瓦感到有泪珠划过脸颊，孩提时代的痛楚依稀浮现，那时牧师刚刚抓到她，残忍地抽打她。“为什么？”她流着泪，咬着牙，用力挤出几个字。

剑尖划破了衣衫，没入皮肉一寸之深。她只需往前轻轻一顶，黑刃就要承受永恒的折磨，而那是他罪有应得。

“正因为如此，我违背歌声的指示，尽管它催促我不要再管你。”他的神情和语调都不含一丝恐惧，“正因为如此，你不会杀我。”他抬起手，缓缓地伸过来，轻抚瑞瓦的脸颊。“我回来是为了寻找妹妹。现在我有两个妹妹了。”

“我不是你妹妹。我不是你朋友。我寻找真刃之剑，联合圣父的爱众。”

他失望地轻声叹气，摇头道：“你所谓的世界之父不过是流传千年的神话故事罢了。如果他真的存在，他的代言人必然会说，他厌恶你们的所作所为。”

瑞瓦先前只是哆嗦，此时突然浑身一抖，手里的剑也微微颤动。再往前轻轻一顶……她猛地抽回剑，跌坐在地。

“和我们走吧，瑞瓦。”他恳求道。

她挣扎着爬起来，穿过影影绰绰的草丛奋力奔跑，双臂拼命摆动，利剑寒光闪闪。泪水奔涌而出，她使劲按捺住呜咽声，听见身后传来哀伤的呼唤：“瑞瓦！”

第九章　弗伦提斯

种子会长大……

于神庙杀死老人后的第二天清晨，他身上有种痒痒的感觉。弗伦提斯醒来时，发现女人赤身裸体地贴在身边酣睡，神色安详而满足，几绺黑发搭在她面前，在轻柔而平稳的呼吸中微微颤动。勒死她的渴望太强烈了。昨夜一番云雨，女人激动到难以自持，指甲掐进他后背的皮肉，双腿紧紧夹住他的腰部，身体上下耸动，气喘吁吁地用倭拉语说了些不知所谓的话。“我们……终于拥有了世界……爱人……让我们的盟友玩他的游戏去吧……很快我也有游戏可玩了……而你……”她忽然停止动作，笑靥如花，亲吻弗伦提斯的前额，汗珠从高耸的双峰滴落到他伤痕累累的前胸，“你将成为赢得此局的重要棋子。”

他仰面躺着，任由阳光透过钉着板条的窗户一道一道打在身上。他企图挪动胳膊，摸到女人的喉咙，可即便调动了全部的意志力，胳膊仍躺在身侧，安然不动。尽管她还在沉睡，或许正做着噩梦，但束缚之力丝毫没有松懈。

他心不在焉地望着装饰精美的旅店天花板，这时感觉到身上发痒。在他身体一侧，位于胸骨底下，极其轻微，隐隐约约。他推测是某只虫子引起的，在帝国的这一角落，各种蚊虫无处不在，避无可避。可是那种痒感竟有节奏似的，轻微且持续不断地抓挠，虫子使坏不可能这么有规律。

女人微微一动，翻身躺平，继而睁开眼睛，嘴角挂着懒洋洋的微笑。“早上好，亲爱的。”

弗伦提斯没说话。

她眼珠子一翻："噢，别生气了。那种人完全不值得你费心可怜他，相信我。"她起身下床，一丝不挂地走到窗边，透过板条的缝隙观察街道。"看来我们引起了小小的骚动。可以想见。这群傻乎乎的可怜虫，发现他们信奉的神灵连自家神庙被烧也束手无策，当然有强烈的反应了。"

她扭过头，打了个哈欠，揉了揉乱糟糟的头发。"起来穿衣服。我们的名单长着呢，路途也够远的。"

他回到自己的房间，却在走廊上撞见了一名女招待，对方瞪大眼睛，深吸一口气，臊得满脸通红。他把女招待关在门外，开始穿衣服。那地方还是痒，此时他有了活动手脚的自由，便摸索着胸骨底下的皮肤，可什么都没有，除了一道从腰部延伸至胸骨的粗硬疤痕……等等，似乎有个极其细微的变化，疤痕的外表略有不同，原本粗糙不平，如今却光滑了些。尽管凭肉眼看不出什么区别，但手感完全不同。难道……疤痕可以治愈？

他回想起昨天，当女人看到老头的血沾在他脸上时，那种万分警惕的神情，那种强烈到无以复加的束缚之力，那双密切关注他分毫变化的眼睛，还有老人吐出的临终遗言。种子会长大……

束缚之力颇不耐烦地增强了，他赶紧穿好衣服。不管疤痕能否治愈，女人还是一如既往地紧紧控制着他。

他们来到码头，付过钱，上了一艘前往十二姐妹群岛的小商船。船长年纪不小，原是老水手，他疑虑重重地看了看弗伦提斯，对女人说了什么，令她开怀大笑。"他说你像北方人。"女人用倭拉语说，又用阿尔比兰语回答了船长。对方似乎满意了，于是在中层甲板上的一堆鸡笼子和香料桶之间圈了块地儿。商船将在一个钟头内出港，乘着西北风扬帆起航。

“我真是讨厌大海、船只和水手。”女人一脸痛苦地望着远方的滚滚波涛，“我有一回出海到极西之地，跟一帮奴隶和蠢货挤在船上，没完没了地在海上颠簸。航行途中，我唯一能做的就是忍耐，不把那帮人杀个干净。”

船上忽然有人喊了一声，他们回头一看，右舷船首处有个年轻水手指着前方，兴奋地叫嚷着。弗伦提斯和女人走了过去，一帮船员也挤到扶手边，用阿尔比兰语七嘴八舌地交谈。他一开始什么都没看见，不知道众人为何这般激动，随后发现约两百码之外的海浪在翻腾，水面露出一条巨大的鱼尾，犹如船帆。弗伦提斯估摸着这种动物是鲸。他以前在仑法尔的海岸见过鲸，确实是庞然大物，但对于水手来说并不算稀罕。

海浪翻腾得愈加猛烈，浮沫中现出一抹血红，然后冒起来一颗尖尖的大脑袋，巨嘴张开，露出两排亮闪闪的牙齿。它随即又沉入海里，须臾，巨大的鱼尾浮将起来。它身长超过四十英尺，背部呈深灰色，有一条条淡红纹路，腹部则是乳白色，滑溜溜的躯体在阳光下闪耀。那条巨尾左拍右打，最后消失了。染红的海水很快平静下来，只有一串串泡沫不断地从幽深之处漂到水面。

“红鲨，”女人说，“在离岸这么近的地方很少见。”

船员叽叽喳喳地交谈了一阵子，然后各自散去。看来是个好兆头。

“他们说海神欧尔比斯赐了一头鲸给鲨鱼，满足了它的胃口，所以我们此行得以平平安安。”女人扭头望向大海，依然掩饰不住那一抹傲慢的冷笑，“要满足我的胃口，一头鲸是远远不够的。”

四天后，陆地映入眼帘，晨雾之中出现了一座大山。随着海风助力，他们愈来愈近，弗伦提斯发觉大山的色彩异常灰暗，他很快明白过来，那是因为林木过于茂密，从山脚覆盖到了山顶。女人又带他来到了一处丛林。

他们所乘的小船驶进岛屿南岸的天然海港，停靠在一处狭小逼仄的码头。十二姐妹群岛仿佛一截截断裂的桥梁，镶嵌在大陆与海洋之间，此岛位于最东边，女人称其为乌尔彭娜。弗伦提斯跟着她出了码头，走进一个颇具规模的镇子。比起倭拉河岸边那个摇摇晃晃的奴隶市场，这个坐落在丛林里的镇子显然历史悠久，别有一番古典气质。这里的房屋全用木料建成，大多为双层建筑，每家门廊都有精美的木雕，而且造型各异。

“各房各屋都有特定的神灵，”女人再次读出了他的想法，“各家各户都有特定的守护者。”

他们在一家酒馆歇脚吃饭，享用了炖鸡肉，味道虽好，可惜调味过重。女人主动找招待他们的男人聊天，弗伦提斯的阿尔比兰语忘得差不多了，但还是听到了“律法”和“房子”等字眼。

“没有卫兵，”等那人走后，女人对他说，“这里的治安官倒是平易近人，据说相当受欢迎。没想到还有这种当权者。”

他们在酒馆逗留到日落时分，才出门上路。镇内仅有一条既干又硬的红土小路，通向丛林密布的山坡。他们沿路走了一个钟头，女人带他拐进岔道，穿过密林，来到一座漂亮的三层大宅跟前。这座大宅坐落于山腰的崖壁边，窗户大开，夜晚的海风透过窗叶灌进屋内。

“只用料理治安官。”女人嘱咐弗伦提斯。他脱掉衣物和靴子，只剩一条紧身裤，然后往裸露的皮肤上抹泥巴。“他有一个妻子和三个孩子，不过你无须理会他们。”女人轻轻一拧他的鼻子，“我是不是很体贴？快去吧，爱人。”

从酒馆打听到的消息很准确，这儿真没有卫兵。宅子后面的小花园里仅有一个仆人在干活儿，门廊还有一个仆人点灯。弗伦提斯匍匐而行，穿过浓密的灌木丛，等距离南墙不到二十尺时，他停止了行动，躺在厚厚的植被上。天一黑，他接着向前爬行。上墙尤其轻松，托修宅子那人的福，手扶脚蹬之处比比皆是。

他攀上顶楼露台，看见了一扇打开的房门。房内有张大床，有个孩子睡在里头，铺盖里拱出小小的人形。他蹑手蹑脚地穿房而过，踏进走廊，发现这一层楼还有两间房，而且里面都有小孩睡觉，他便从楼梯走了下去。下面有两间房，其中一间堆满了书，估计是书房，不过里面没人看书；另一间是卧室，铺盖整整齐齐，随时备用。他正要返回，忽然听到一楼有人说话。

他往下走的时候，楼梯嘎吱作响，幸而脚步极轻，没有人注意到。说话的声音来自宅子靠前的房间，房门紧闭，一男一女正在里头交谈。弗伦提斯伏在一处阴暗的角落里等待。

他感到今天痒得越来越厉害，已经到了无法忽视的程度。束缚之力并不是很强，他可以伸手去挠，虽然丝毫没能缓解，但又一次摸到了发生质变的伤疤，原本粗糙的皮肤愈加光滑……

此时房门打开了，他赶紧抬头一看，只见一个女人走出来，扭头对里面说了些什么，房内的灯光照亮了她的面容。女人四十来岁，五官标致，秀发束起，身着浅蓝色丝袍，脸上挂着轻浅的笑意。敞开的房门内有男人说话，她咯咯一笑，走上了楼梯，完全没有注意到弗伦提斯的存在。

弗伦提斯耐心地等待，刚一听见女人走进楼上的卧室，他就起身走向那扇房门。女人出来时并未关紧，一眼便能看见里头的男人。那人坐在一张桌子前，面朝一扇遥望大海的窗户，手拿卷轴，边看边哼着小曲儿。他中等个头，身材肥胖，头发几乎掉光，残留的也大多灰白。弗伦提斯希望知道他的名字，但小刀已从背后出鞘。

“就一刀。”女人说这话的时候，他们正往山上爬。先前他们在丛林里藏了一夜，观察着宅子的动静，等待尖叫声传来。一听到治安官妻子的哀号，他们便动身爬山，远远地离开道路和镇子——凶案的消息不胫而走，可能已经有人在盘查最近来镇子的人。“干净利落，”女人说着，毫不费力地往上爬，“我允许你痛痛快快地赐他一死，你不打算感谢我？”

弗伦提斯只爬山，不说话。

当太阳升至头顶，他们也到了山巅。女人面朝西边，张开双臂：“荣耀归于十二姐妹。”

十一座丛林密布的岛屿耸立于海面，向浓雾弥漫的远方延伸。“长达数百年间，即便是最勇敢的人也没胆量在这儿生活，”女人接着说道，“据说当时发生了可怕的灾变，摧毁了我们与现在阿尔比兰帝国所在大陆之间的陆地桥。灾变因何而来，没人知道，但有千百种传闻。阿尔比兰人说，是众神与无名者作战，神之怒撼天动地，陆地桥坍塌入海；南方的部落说，有燃烧的火球从天而降，造成了巨大的破坏；倭拉帝国也有古老的传说，一个强大却愚蠢的魔法师，召唤出他无法驾驭的怪物，那怪物摧毁了陆地，继而挟惨呼之声，把他带去了虚空。不管真相如何，灾难过后，陆地桥就成了你现在所见的十二姐妹群岛。有很多故事都提到，破坏虽然已经结束，但邪恶之力和魔法依然存在于此地，野兽可以说人话，而人更像野兽。当最早的一批阿尔比兰探险家登上海岸时，他们肯定目瞪口呆，因为这儿除了恶臭扑鼻的丛林，什么都没有。”

她往西边走去，开始下山。“没时间欣赏风景了，亲爱的。我们最好在日落前离开这块大石头。你会游泳吧？”

乌尔彭娜与邻近岛屿之间的海峡最窄处有五英里宽。海滩上横七竖八满是轻木，女人又要他到丛林里砍了几根藤，做了个小筏子，用来放置他们的包裹。他推着筏子，双腿蹬水，如此慢慢前进。他的游泳技术向来不错，但只在宗会围墙外的布宁沃什河里试过身手。这儿可完全不一样，海浪无休止地翻涌，日落后的海水漆黑如墨，他脑子里浮现出巨大的红纹鲨鱼吞食鲸的血腥场景。

女人大笑起来，翻过身子，悠闲自在地躺在海面上，慵懒地踢着水。“别担心。我们太瘦了，还不够给红鲨塞牙缝的。不过，它倒是有体型小一些的亲戚。”女人再次放声大笑，游到了他前面。弗伦提斯的心瞬间提到了嗓子眼。

最终他们平安无事地抵达了对面的海岸，不过弗伦提斯可以发誓，海水里有什么动物蹭过了他的腿，感觉粗糙不平，似有鳞片。他收集来浮木，堆放在一起。女人抬手一指，伴随着痛苦却又愉悦的呻吟，一道火焰喷向木柴堆。女人的鼻子当即出了血，虽然她只是用拇指一扒拉，漫不经心地擦掉，但弗伦提斯看得出女人正极力忍耐那种痛楚——当火苗趋于稳定，她颤颤巍巍地松开五指，双肩止不住地抖动。*万事皆有代价，我的爱人。*

他们坐在火边烤干衣物，此时夜色渐深，半轮月亮高挂天空。

“你会唱歌吗？”女人问，“我一直都渴望坐在月光下，听爱人唱歌。”

弗伦提斯头一回不假思索地回答：“不会。”

她不悦地皱起眉头：“你要明白，我可以逼你唱。”

弗伦提斯盯着火堆，不再说话。

“你想知道他是谁，”女人说，“他为什么上了名单。”

痒感又来了，甚至有种烧灼的错觉。他强忍着没有扭动身子，双手仍搁在膝上。不知道女人是否知情，反正她的言行不见异常，一边说话一边把干燥的树枝丢进火里。“很遗憾地告诉你，他不是坏人，和我所熟悉的那些人完全不一样。他是一位公正而博学的法官，刚直不阿，两袖清风。老百姓都信任他，无论穷人富人。危难之际，他是能够力挽狂澜的人物。”她把最后一根树枝扔进火里，抬头看着弗伦提斯，悲伤地笑了笑，“这就是他上榜的原因。是他的价值使他丢了命，而不是你。这是个相当长远的计划，而你只是工具罢了。”

女人站起身，走到他旁边坐下，然后张开双臂搂住他的胳膊，头靠在他肩上。他知道这幅画面一定很美——年轻的情人依偎在洒满月光的沙滩上。可当女人再度开口，那嗓音丝毫不带美感。那是令人难以忍受的嘶声低吟，那是疯婆子失去理性的胡言乱语。

“我知道你很痛苦，”她说，“我记得那种痛苦，爱人，虽然那是好几个轮回之前的事了。你认为我残忍，但你知道什么是真正的残忍吗？老虎猎杀羚羊是残忍吗？红鲨捕食鲸是残忍吗？你的疯子国王派你们打一场毫无胜算的仗是残忍吗？你错把达成目标的方式归为残忍二字，而我自始至终都是有目标的。我不是糊涂的人。我向你保证，等这张单子上的事情办完了，我们就写一张自己的单子，到时候你每勾掉一个名字时，感受到的不是痛苦，而是喜悦。”

她紧紧地依偎着弗伦提斯，发出满足的叹息声……奇痒无比的感觉如火烧灼一般。

他们在十二姐妹群岛又杀了两个人。一个在艾尔彭娜，是商人的雇员。那人喝了夜酒，正在小巷子里找地方撒尿时，女人上前勒死了他。还有一个在阿斯滕娜。那女孩是酒馆的招待，弗伦提斯在她眼前把玩一枚银币，令其蝴蝶穿花般游走于指间，如此将她诱至客房内。女孩傻笑着跟他上楼，傻笑着看他在房门口侧身鞠躬，傻笑着等他进了房，点亮一盏灯，然后用胳膊紧紧地搂住她。女人再一次允许他速战速决。

他们于日出前找到一条船，借着早晨的潮汐出海了。四天后，船停靠在底奈尼斯，这是一座比米尔泰斯还要大还要热闹的港口城市。此时他们已经抛弃了贵族小姐和护卫的伪装，又扮演起丈夫和妻子的角色，不过这次她胆小如鼠，而弗伦提斯专横霸道，喜欢夸夸其谈。他的身份是梅迪尼安商人家的宝贝儿子，来这儿检查父亲的生意状况。在底奈尼斯，单子上的人名又划去了一个。那人是个胖乎乎的旅店老板，弗伦提斯吵吵嚷嚷的非拉着他喝酒，他招架不住，去了他们客房的阳台。他们走时，他仍在原地，神采尽失的双眼瞪着港口，空酒杯搁在滚圆的肚子上。

一路向北的旅程极其单调乏味，只是沿路寻找名单上的人。诸多名字毫无规律可言，至少弗伦提斯看不出门道：底奈尼斯十英里外的一个洗衣妇，两天后又是一个魁梧的农场工，再过一天是一个半瞎的聋子老头。若非亲眼见到那个口音似曾相识的男人把名单交给了女人，弗伦提斯肯定会以为，这一切都是她神经错乱的产物，是幻觉导致她随意杀人。可女人显然是有意为之，她在赫维利斯杀死那个老人的野蛮做法实在令人倒胃口，如今却异常高效，毫不拖泥带水。由此，弗伦提斯判断，这个任务确非消遣。无论女人是亲自动手，还是逼迫他动手，均是视情况而定。他们观察受害人的举动，等待机会出现，一旦下手，即便不算干净，但也绝对利落。等杀人案引起了注意，他们早已溜之大吉。

瓦瑞什的一个木匠。拉瓦尔的又一个治安官。盘踞西边丘陵的一个强盗头子。

“嗯，这个蛮厉害。”女人低头看着强盗的尸体，甩掉短剑上的污血。

弗伦提斯闪身避开对方的长矛突刺，那是最后一个强盗，其余五人全都躺在自己的营地里，血肉模糊，毫无生气。强盗的营地非常难找，他们在岩石遍地的丘陵中寻摸了好几天。等他们终于找到，女人不愿再等天黑，决定直接进去杀个精光。“我们没有时间要花活儿了，亲爱的。”

强盗头子极为顽强，可惜没能抵抗多久。见他暴毙当场，喽啰们竟然没有一哄而散，证明这帮恶棍之间确有真情义。

残存的强盗满头皆是长辫，双眼和嘴巴周围密布错综复杂的疤痕。他吐出一连串不知所谓的阿尔比兰话，恶狠狠地咒骂弗伦提斯，然后以更为凶悍的力度，挥动长矛发起最后一击，结果用力过猛、幅度太大，带倒勾的矛刃远远偏离目标，令他空门大开。弗伦提斯一脚正中他的下颌，他当即昏死过去，倒在脏兮兮的石头地里。

“他看清了我们的脸。”女人说。束缚之力驱使弗伦提斯的剑，刺向强盗的脖子……

……痒感再起，如火焰般猛烈而耀眼，他甚至怀疑那光芒会透过衣衫，闪瞎女人的……

……剑刃割破皮肉，切断脊柱。强盗抽搐了一阵，死了。

他们牵走了强盗们的马——矮小敦实，四蹄粗壮，只比矮种马稍大些——艰难地向北骑行。他们连夜赶路，累得两匹马精疲力竭，但女人并不打算歇脚，次日早晨它们就死了。二人步行两天后，抵达了帝国首都阿尔比拉。

“壮观吧？”女人说，“他们的道路修得狗屎不如，可竟能修起这样一座城市。”

阿尔比拉城方方正正，内有不计其数的房屋和塔楼，外边是五十英尺厚的斜面城墙。看见如此宏伟的景象，弗伦提斯本应大为震撼，但先前那一幕杀人的场面始终盘旋在脑海里——那个农场工笑呵呵地放开犁杖，挥着手走过来，还以为他们是问路的旅行者，弗伦提斯的匕首一下子划开了他的脖子，两人看着他倒地挣扎，直到生命气息消逝无踪。

“看到了吗?”女人指着一处地方说，“皇宫的圆顶。”那圆顶反射着午后的阳光，犹如银白色火焰。“外边贴满了银子。真想看看它烧起来是什么样子。”

他们在附近的丘陵扎营歇息。日暮时分，夜影渐长，城内点亮万家灯火，纵横齐整，酷似一张人为织就的蛛网。

女人从包裹里取出一张上过蜡的羊皮纸，打开后飞快地瞟了一眼上头的名字，然后将其扔进火里，羊皮纸瞬间卷曲起来，逐渐变得焦黑。“你还没想明白，对吧?”她问，“这一切都为了什么?”

弗伦提斯看着最后一小片纸消失在火中，不说话。

“你知道占卜吗?”她并未罢休。

他不想理会，但又希望知道，女人为何逼迫他杀了那么多人。如果他真能获知其中缘由，也许那些残酷的画面可以不再折磨他。

“我听一个兄弟说起过，”他说，“凯涅斯兄弟，他知道很多事情。”

“那好。这位凯涅斯兄弟是怎么解释占卜的呢?”

“是黑巫术。一种预见未来的方法。”

“正是如此。但这种天赋极为罕见，而且结果远远谈不上精确。数百年来，议会致力于在帝国内外搜寻拥有这种天赋的人，唯一的目标，就是预测我们发动进攻时的情况。经过几十年的占卜——当然大多都是动用了酷刑——才完成了我们的名单。每一个名字都反复出现在预言者的幻觉中，乌尔彭娜的治安官届时会集合起一支武装商船队，骚扰我们的补给线；商人的雇员则注定在海战中成为伟大的战略家，缔造辉煌的胜利；而酒馆的娼妓有使用弓箭的天赋，她在射杀我们的舰队将军之后成为传奇人物。余下的想必你也能猜到了。我们的名单上全是英雄，亲爱的。除掉他们，就能确保倭拉帝国的伟业和永恒的荣耀。”

他的笑声是从胸腔里挤出来的，磨得喉咙生疼，以前从未有过——与其说是笑声，不如说是愉悦而刺耳的咳嗽。女人不禁眯起眼睛：“爱人，我的话很好笑吗？”

见女人动怒，他笑得更厉害了。束缚之力猛然收紧，他立刻噤声，身体前倾，十指痛苦地弯曲变形。“你不该嘲笑我。你亲眼见过，先前那个嘲笑我的人，被我喝了血。别忘了我的能耐。”

令他惊讶的是，女人给了他说话的自由。“你不会这么干的，”他嘶声说道，“你就是个疯婊子，你打心眼里爱上我了。”

女人僵住了，双拳紧握，面目扭曲。“看来你很懂什么是残忍嘛，出乎我的意料。”她缓缓地挺直身子，松开拳头，“我先前问你笑什么。”

这一次，束缚之力不许他保持沉默。“这个帝国的人口有百万之众，”他说，“不是奴隶，是自由民，多到不可计数。雅努斯派出了疆国历史上最庞大和精锐的军队，结果区区三座城市也只守了几个月。你认为我们杀了名单上的这些人，帝国就唾手可得了吗？你认为百万人之中，就没有可以替代他们的人吗？我倒是希望你那卑鄙无耻的族人放马来试试，我只求活得久一点，亲眼看看你们的末日。”

她哈哈一笑，带着渴求的口吻说道：“噢，我的爱人，你哪里知道你是多么天真懵懂，想法是多么浅显无知。你提到了攻占帝国，议会那帮傻瓜也确实只有这么一点点追求，像低贱的婊子一样卖身给盟友。他们想要整个帝国，随他们的便。我要的不止如此，而且我一定可以得手，只要有你在我身边。”

痒的感觉消停了大半天，此时突然来袭。这次没有那么痛苦，而是一种持久不息的悸动。

“不过首先，”女人说着站起身，掸掉衣衫上的尘土，“我们还有最后一个名字要划掉。既然你觉得我很可笑，我就让你陪他们玩一会儿吧。那是个孩子，孩子天性爱玩。”

那座公馆坐落在城西的一块高地上，呈马蹄铁状，分上下两层，包括马厩、劳作场，以及装饰奢华的主楼，周围种植着整齐而茂密的合欢树和橄榄树。身披白色罩袍的卫兵两人一组，四处巡逻。弗伦提斯从可见的人数推断，这儿至少有一整队驻军。

他们经由高地南边斜坡的一条裂缝向公馆靠近。即使在白天，这一路攀爬也是危险重重，夜间行动几乎是不可能完成的任务。他心里清楚，多亏了女人，他才能如此灵活地攀岩而上，毫无偏差地找到手扶脚踏之处。不知为何，女人可以通过束缚之力将其技能临时赋予他，连同满腔的愤怒。痒感持久不绝，他始终为此提心吊胆，万一分神，或有失足踏空的危险。不过，女人的束缚之力和黑巫术连一点出错的余地也未给他，他们平安无事地抵达了高地边缘。

两名卫兵经过弗伦提斯头顶，他正用十指扣住边缘，浑身冒汗地悬挂在女人旁边。但他抓得极稳，身子纹丝不晃，恐怕只要女人乐意，他永远吊在这里直到饿死也未尝不可能。女人等卫兵的声响渐渐消失，便把身子拉了上去，冲进花园当中，弗伦提斯紧跟在十英尺开外。他们动作迅疾，却悄无声息。此时，他们躲在树下阴影处，等巡逻的卫兵走过去。他俩通体黑色棉衫，剑柄和刀把全用煤灰擦黑，以避免反射寒光。这儿的卫兵警惕性很高，相互之间极少交头接耳，他们眼珠乱转，四下搜寻可疑的动静。此地的住户显然拥有尊荣的身份，受到了皇帝所能提供的最高级别的保护。

将近一个钟头后，他们来到主楼后方。一楼的窗叶全都关严了，墙面平整光滑，几乎没有可以着手的地方。女人从腕底的丝袋里取出一个小物件，两边各有木头把手，中间是一根亮闪闪的、长约十英寸的金属丝，正是绞索。在十二姐妹群岛时，弗伦提斯见她在商人的雇员身上使用过。她选了一扇窗户，匆匆察看过窗叶上的马蹄状铁挂锁，然后把金属丝紧紧地缠在上头。她的双手飞快地来回移动，先前习惯了万籁俱寂，眼下金属丝与铁锁的刮擦声犹如尖厉的号叫。弗伦提斯负责观察周围的动静。远处，可以看见两个白色罩袍的影子在庭院里晃动，依照固定的线路，从左到右，再从右到左，一步步靠近主楼。他和女人躲在马厩投下的阴影中，但是等两名卫兵走到三十步之内，这儿也难以藏身了。

“啪”的一响，接着是“咔嗒”一声，锁头脱离了窗叶，没等落地，女人就伸手接住。她拉开窗叶翻了过去，弗伦提斯紧跟着进屋，然后关好窗叶。他们进的是厨房，炉火尚未燃尽，昏暗的光线中，一排排悬挂的铜壶闪闪发亮。女人抽出剑，摸向门口。

夜已深，仆人大多回到公馆侧楼的房间里歇息了，但还有几个在主楼处理晚间杂务。他们看到一个老人在走廊点灯，对方完全没有觉察到他们接近，女人一剑从背后洞穿了他的脖子。还有一个漂亮的年轻女仆，正挥动扫帚自下而上地打扫大厅的台阶时，一眼看到他们，惊得目瞪口呆。弗伦提斯扔出的匕首正中她胸口。他们拾阶而上，他顺手拔出匕首。这时，痒感变成了轻微的刺痛，令他的侧腰部极为不适，要不是有束缚之力的控制，他恨不得大呼小叫地跪在地上。

到了二楼，他们又干掉了三个仆人，干净利落，悄无声息。女人推开一扇又一扇门，最终找到了猎物。当走廊的灯光洒进房间，那个男孩半坐起来，打着哈欠，揉了揉眼睛。他大约九到十岁的模样，一边口齿不清地咕哝什么，一边好奇地瞪着他们，眼神竟然毫无惧意。

“我们可不会出现在你梦里，小子。”女人说，然后朝弗伦提斯一点头，“带走。”她一转身，顺着走廊找到了另一扇房门，刚刚推开，里面有个女人发出了惊呼。

弗伦提斯走进男孩的房间，挺立在对方面前，伸出手来。男孩看了看他的手，又看了看他，忽然回过神来，眼里睡意尽消，惊恐万状。抱歉。弗伦提斯很想说。在束缚之力和腰部刺痛感的折磨下，他的理智已经到了崩溃的边缘。真的对不起。

男孩垂着脑袋，拉住弗伦提斯的手，由他带领，拖拽着一件丝绸睡衣，走出了自己的房间。他们走进女人刚刚打开的房门。

他发现房内有名女子被绑在椅子上，脑袋耷拉着，一头黑发荡来荡去。女人扯下窗帘拧成绳子，正在捆她。捆好后，女人揪住她的头发往后一拉，露出一张美丽动人的面庞，只有受到供奉的阿尔比兰神像才有这般容貌。被绑的女人身着白色丝袍，绳子深深地勒进棕色皮肤，留下一道道红印。女人开始掌掴那张漂亮脸蛋，一次，又一次。打过第二次，被绑的女人猛地睁开眼睛，明亮的绿色眸子惊惶地转动。

“亲爱的，”女人用疆国语说，“请允许我为你介绍，这位是艾梅伦·奈萨·厄勒斯夫人，阿鲁兰·麦克斯托·塞尔瑟斯皇帝曾经的养女，死去的‘希望’——塞利森·麦克斯托·阿鲁兰的遗孀。”

艾梅伦夫人深吸一口气，头往后仰去。

“敢叫出声，这孩子就没命了。”女人说。

艾梅伦闭上眼睛，紧咬牙关，呼出的气息穿过齿间，嘶嘶作响。“不管你们是谁……”她说的是疆国话，虽不地道，但流畅自如。

“请原谅，”女人说，“我近来疏忽了礼数。当然了，你理应知道我们的身份。这个英俊的小伙子是我的爱人，很快就会成为丈夫，弗伦提斯兄弟，曾经隶属联合疆国信仰之第六宗。至于我，很多年没用过名字了，不如称我为效忠倭拉帝国的仆人吧，暂时如此。”

弗伦提斯看得出来，艾梅伦夫人正在紧张地思索。她的目光从女人身上移向弗伦提斯及其手中血迹斑斑的匕首，又落在沉默无言的男孩身上。只有看到男孩时，她眼中才流露出真正的恐惧。

他腰部的悸动犹如铁钉打进皮肉，一次又一次……

“既然你知道的这么多，”艾梅伦临危不乱，镇定地说道，“那么你应该知道我在帝国没有权力可言。我在皇帝眼里无足轻重。我的死于他无害。”

“我们的目的并不是害你们的皇帝。”女人回答。她走向那张大床，坐到柔软的垫子上弹着玩儿，双腿垂在床边来回摇荡，像个贪玩的小姑娘。“或许你愿意知道一点事，”她说，“与你近来到梅迪尼安群岛的旅行有关。如果你的阴谋诡计得逞了，将给我们带来多么巨大的帮助，你可知道？我们已经放弃了占用艾尔·索纳的想法，如今我们只要他死。每一次占卜都有他，每一个预言者的幻象里都有他。他无休止地妨碍我们的事业：我们要杀的，他救了下来；我们要保住的，他却杀了。比如你念念不忘的丈夫。”

艾梅伦瞪了她一眼，目光中有恐惧，亦有愤怒。

“噢，是的，”女人接着说，“那些幻象再清晰不过了。如果他遇见艾尔·索纳却得以幸存，塞利森·麦克斯托·阿鲁兰就会策划刺杀行动，谋害你们的皇帝，并将此事栽赃给联合疆国的使节，挑起又一场战争。这场战争将持续数年，耗尽帝国的力量，而他会变成怪物，成为阿尔比兰帝国历史上最著名的暴君，给人民带去深重的灾难。等我们的军队登陆，你们的帝国将无力招架。”

“我的丈夫。”艾梅伦夫人咬牙切齿地说，“是好人。”

“你丈夫贪恋男人的肉体，根本不想碰你。”女人的目光转向弗伦提斯身边的男孩，“不过他还是给了你一个孩子，真让人吃惊。话说回来，责任常常迫使我们做出最卑劣的举动。比如把我亲爱的未婚夫带到这儿。我也知道，我要他做的事情必定令他极为痛苦，可我非做不可。因为既然是爱人，那么教养他便是我的责任。你瞧，他不爱我。爱一个男人，却得不到回应的感受……”她叹了口气，悲哀地朝艾梅伦笑了笑。“好吧，我想你深有体会。你儿子的血，当着母亲的面流出来，可以使他的灵魂更加黑暗，使我们的关系更加亲密。我们每一次联手杀人，关系就更进一步。我相信他感觉到了，歌声告诉了我。”

弗伦提斯看见女人的脸颊流过一滴泪，还满怀爱慕之情地望着他。一种令人反胃的恐惧感攫住了他的心脏，令他深为害怕。“先割下他的手指，爱人。慢慢来……”

……悸动持续不断地冲击，难忍的刺痛一次次袭来，几不停歇……

弗伦提斯猛地一拽那男孩，逼他跪在地上，继而发力迫使他伸出手指，匕首对准他的小拇指关节……

楼下忽然传来一声巨响，接着有人用阿尔比兰语高呼。

“海弗伦！”艾梅伦夫人拼尽全力尖叫一声，然后死命挣扎起来，脖子青筋暴起。

房门敞开着，可以听见雷鸣般的靴子声席卷而来。

“唉，真麻烦！”女人叹了口气，起身离床，拔出佩剑，向房门行去。“到底还是没时间玩，亲爱的。我下楼去。务必两个都杀了，别磨蹭。”

女人走了，弗伦提斯抓住男孩的头发，往后一拉，将匕首横在他暴露在外的喉咙上……

他腰部的悸动突然爆裂，一大波难忍的剧痛扩散开来，烧得他脑子一片空白，也淹没了束缚之力的影响。他摇摇晃晃地松开了男孩，痛得蜷缩起身子。

男孩跑向母亲，拉扯绑住她的绳子。“Unteh！”艾梅伦疯狂地摇着头，朝儿子大喊，“Emmah forgalla. Unteh！UNTEH！”

弗伦提斯看着那男孩死命地扯绳子，心想，他不会逃走的。

这时，弗伦提斯惊讶地发现自己可以动了，尽管从头到脚都痛得不行，但他真的可以动了。他走了一步，这是出于自身意愿走出的一步。束缚之力还在逼迫他割开男孩和母亲的喉咙，还在体内发挥作用，不过比起爆发的剧痛，那只是小小的刺激罢了。

楼下传来打斗的声音，怒喝、挑衅、刀剑相击、金铁交鸣，然后是“呼啦”一声巨响，仿佛一颗火星飞进了浸透浓油的火葬堆。紧接着惨叫连连，浓烟在门外的走廊上弥漫开来。

弗伦提斯跌跌撞撞地朝艾梅伦和男孩走去。他企图战胜疼痛，控制住身体，四肢却因此剧烈颤抖。他终于跌倒在艾梅伦面前，发出一声痛苦的呼号，气息喷到了她脸上。她惊惧交加，厌恶地扭动身子，见弗伦提斯颤颤巍巍地伸出匕首，又吓得尖叫起来。男孩冲向弗伦提斯，拳打脚踢，乱咬乱啃。他感觉不到男孩造成的疼痛，只是集中全部的意志力控制住匕首，迫使抖动的刀尖对准艾梅伦胸前的绳子。肌肉又一阵痉挛，他终于做到了，绳子断开，散落在地。匕首从他手里滑落，掉进艾梅伦的膝间。他躺倒在地，疼得全身抽搐。

又一波束缚之力在体内强劲地蔓延开来，腰部的疼痛慢慢地减弱了。还不够。他心里想着，咬紧牙关，倒地挣扎。种子尚未长大。

他知道艾梅伦站在旁边俯视，手里拿着匕首，那表情显然出离愤怒，却又迷惑不解。“抱——抱歉……”他说话时唾沫飞溅，“真的……很抱歉……”

她拉着儿子的手，目光却始终不离弗伦提斯。“Entahla！”

弗伦提斯很想大喊出声，要她赶紧逃走，但束缚之力卷土重来，他的行动再次受到限制。艾梅伦失望地看了他一眼，终于转身抱起男孩，逃了出去。她没忘记拐向左边，避开了通往会客室的楼梯。

束缚之力犹如巨掌，严严实实地裹住了他，迫使他站起身，并发出不容抗拒的命令：快去帮忙！

他抽出长剑，冲下楼梯，刚到会客室，就看见女人正与一名身披白色罩袍的卫兵缠斗。会客室的墙壁爬满了火舌，浓密的黑烟遮蔽了天花板。女人咆哮着，使尽浑身解数攻击对方，嘴唇上血迹斑斑。但那名卫兵显然是狠角色，手里的军刀快若闪电，一一化解了攻势。乍一看，此人有些面熟，皮肤黝黑，身材高大，一头胡椒色灰发，瘦削的脸庞饱经风霜，是老兵无疑。看到弗伦提斯出现，他神色一凛，侧身跃起，摆脱了女人，径直冲向楼梯。

弗伦提斯挡开突刺而来的军刀，顺势划向卫兵的双目，可对方反应奇快，身形一矮，头顶几乎贴着剑刃躲了过去，然后跃上几级楼梯，转身与他们对峙。他与弗伦提斯目光交接，那双明亮的眼睛饱含绝望与愤怒，看得出他满心纠结，不知是要接着战斗，还是先去确认夫人及其儿子的情况。

他们没事了，弗伦提斯很想说，束缚之力当然不准他开口。

这时女人高喊一声，弗伦提斯扭头望去，又有两名卫兵逼向了她。敞开的大门已是烈火熊熊，竟然没能挡住他们。灰发人见机会来临，一刀刺向弗伦提斯。眼看这一击势在必得，他勉强扭身旋转，堪堪避开，刀刃割破了黑色棉衫，在弗伦提斯后背划开一条浅浅的伤口。

弗伦提斯一脚踹向卫兵的前胸，靴子猛地撞上胸甲，对方当即仰面翻倒。可惜女人急需摆脱战场，他已没时间穷追猛打。弗伦提斯冲过去挡住两名卫兵，女人则收剑回鞘，伸出双拳对准附近的那面墙。她厉声嚎叫，两条火龙激射而出，撞击墙面，炸得尘土四溅。拳头上的火焰熄灭了，与此同时，她的鼻子、耳朵、眼睛和嘴里全都流出汩汩鲜血。她再也支撑不住，身子一软，失去了平衡。

不等女人倒地，弗伦提斯一把扶住，扛到肩上。他挡开卫兵的最后一次突刺，闪身钻进墙上的大洞。

公馆外边浓烟弥漫，一片混乱，卫兵们四处奔忙。弗伦提斯往屋子后面跑去，打算找到马厩，一路上惟愿见不着艾梅伦和那个男孩，因为他很清楚，束缚之力届时绝不会放过他们。马厩里挤满了卫兵和仆人，因为主楼已然陷入火海，他们希望保住这儿的马。弗伦提斯看中了一匹高大的公马，有个马房小子想来牵它，它却扬起前蹄以示警告。他一拳打中那小子的后脑勺，将其撂倒，然后抓住缰绳，把女人掀到马背上安顿好，再翻身上马。公马不等招呼就奋蹄狂奔，不顾一切地远离满是火焰和恐惧的地狱。

转瞬间，他们冲出了浓烟，向西边疾驰而去。身后，公馆在大火中化为废墟。

第二部

历史上有冰雪部落北侵之战一说，那个大举迁往北疆的族群，其起源至今仍是一个谜。他们的语言和风俗全然不同于疆国人，也与抵御他们侵略的俄尔赫人和瑟奥达人迥异。冰雪部落在平原地区溃败后惨遭屠戮，大部战死，只残余极少数人逃回冰原。因此，后代学者仅能通过疆国亲历者的回忆，获取有关冰雪部落的社会图景，而那些描述不可避免地存在偏见、歧视和夸张的成分，比如有关黑巫术的传闻以及超乎想象的战争巨兽。通过研究部分史实，有两点是可信的，一是冰雪部落对待外人残暴无情，不分男女老少；二是他们拥有操控动物的神奇技艺，并于战场上大规模使用。

——奥利拉·努壬宗师，于北疆第三宗驻地

历史概况，第三宗档案

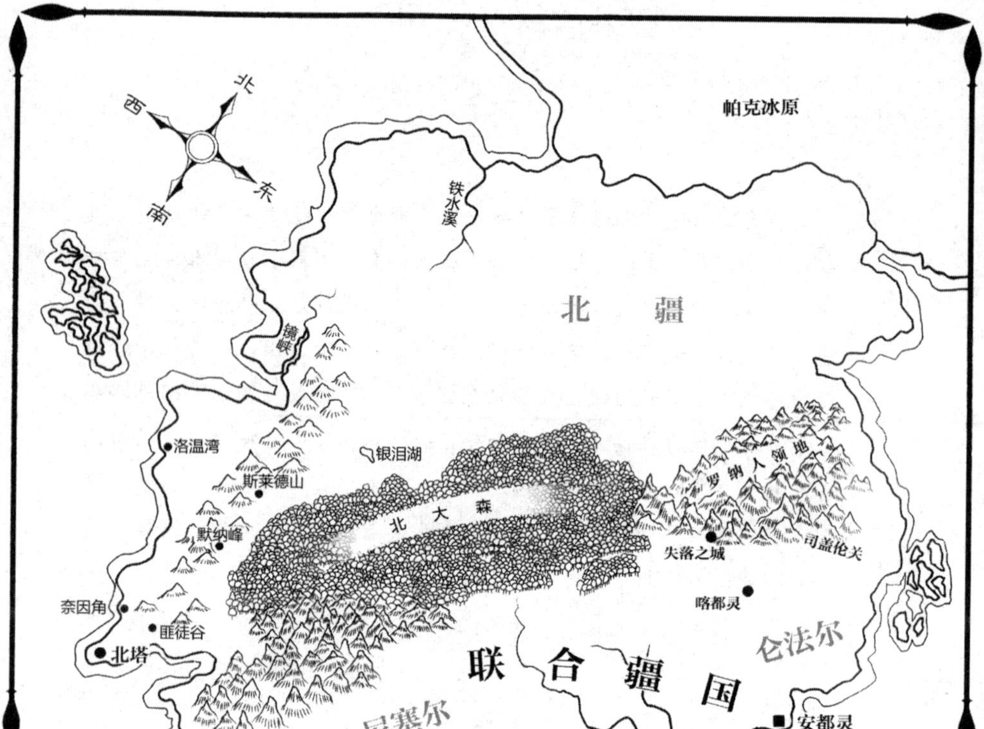

北
西
东
南
帕克冰原
铁水溪
北疆
镜峡
洛温湾
银泪湖
斯莱德山
北大森
罗纳人领地
默纳峰
失落之城
司盖伦关
喀都灵
奈因角
匪徒谷
北塔
仑法尔
联合疆国
尼塞尔
安都灵

佛尼尔斯的记述

那臭气熏天的男人劈头盖脸地发问，吓得我背靠船舷，缩成一团。

“我不知道。”我说。

那人不知从哪儿抽出一把刀。肯定是藏在衣服里面的，因为他登船的时候，我明明见他手无寸铁。那把刀以不可思议的速度抵住了我的咽喉，他伸出另一只手揪住我的头发，扯得我仰面朝天。他说话时，腐臭的气息喷在我脸上。“抄书人，快说他在哪里！”

“在——在北疆，”我结结巴巴地回答，“他回疆国后，麦西乌斯王就派他去了那边。”

“这我知道。”他一发力，刀尖紧紧地压住我的皮肉，灼烧感随之而来，“他眼下在哪里？关于他的事情，战争大臣跟你说了什么？你给他送了什么消息？”

“没——没有！我发誓。战争大臣根本就没提过他，而且好像还挺讨厌他的。”

臭男人靠过来，仔细观察我的表情，无疑是确认我有没有说谎。

“我相信你会赔偿我的一切损失，”将军说，“这家伙对我很有用处。”

臭男人哼了一声，放开我，走到旁边去了。我有气无力地靠着船舷，费了好大劲儿才站稳。瘫倒在甲板上是对主人的侮辱。将军妻子走过来，递给我一块丝织手绢。我脖子上破了皮，拿起漂亮的绣花巾稍稍一按，立刻沾上了斑斑血渍。

“你已经依照指示，审问过俘虏了吧？”那人问将军。他站在桌边，自顾自地斟了杯酒，一仰脖子喝得精光，红色的液体流过下巴，浸湿了本已污秽不堪的衣服。

“是的。”将军眯着眼睛，不悦地打量眼前这个脏兮兮的家伙。他语气生硬，勉强应道：“关于黑刃的奇闻逸事到处都是，看来他很招人恨。没什么有用的消息。至于黑刃会来帮助他们，他们认为这种假设实在荒唐可笑。”

“是吗？”男人的目光又一次投向我，“过来，抄书人。”

我颤颤悠悠地走到桌边，不敢与他对视。

“你曾经和他一同前往群岛，”男人说，“依你看，他来拯救这帮对他恨之入骨的人，算是荒唐可笑的假设吗？”

我回忆起艾尔·索纳在航行途中给我讲的故事，那些改变他人生的审判和战争。但我记得最清楚的莫过于决斗那天，海盾昏倒在地，艾尔·索纳收剑回鞘，走出竞技场。我自有理由恨他，我仍旧日夜思念塞利森，然而仇恨就在那天淡去，虽永不会消亡，却不再似往昔那般炽烈。“恕我冒昧，主人，”我对将军说，“只要有可能，他一定会来找您的麻烦。即便不是来这儿，也会在别的地方。”

“那是当然。”男人又喝干了一杯酒，然后扔掉杯子，残留的几滴酒落在精美的地图上。他迈开大步，走向来时搭乘的小船。

“你没有搞到什么情报吗？”将军喊道。

男人扭头答道：“没有，别想得那么容易。”他毫不费力地跃过船舷——这个年龄的人几乎不可能有如此矫健的身手——落到小船上，厉声命令奴隶开船。小船顺着来路，驶向岸边，那人立在船头，一动不动。隔着这么远的距离，我似乎还能闻到那股恶臭。

佛奈娜低声念叨了一句，是我书中写到的句子，出自《金与尘之诗》第三篇——《探索政治之根本》。“‘见其盟友，知其国事。’”

攻城战于正午开始，运载数千瓦利泰和自由剑士的几百艘船驶过河面，向埃尔托的城墙靠近，迎接他们的是守军的一批批箭雨。暴风骤雨般的箭矢杀伤了大量桨手，有些船根本没办法靠岸，随波漂走了。在士兵们纷纷跳船、企图列队冲锋的过程中，又有不少人死伤。将军自认为有保护士兵的良策，同时也强烈要求我记录在册。

“把几块木板钉在一起，由两三个人高举起来，”他说，“到时候对付他们威力强大的长弓，可谓简单又有效。”

尽管有他所谓的良策，我粗略地数了数，第一营登陆时已损失两百多人。装载投石机的战舰移到距离埃尔托城更近的位置，现在发射的是浸了油的大捆破布，先用火把点燃，再向城内抛去。从冒起的滚滚浓烟判断，城内已有好些地方大火肆虐。“火是猛将的结拜兄弟啊。”将军打趣道，我不禁好奇他到底提前准备了多少这类妙语佳句。见将军妻子翻了翻白眼，我估计数量不少。

城墙豁口处的激战差不多持续了一个钟头，箭雨之下，倭拉军队前仆后继，却进展甚微。将军见时机已到，指示令旗官打出旗语，柯利泰随即发起进攻。一个营高举攻城梯，飞快地冲过堤道。尽管将军的推断是正确的，大多数库姆布莱守军集中在豁口处，但柯利泰依然遭受了猛烈的箭雨攻击，在抵达城墙、架起攻城梯之前，就有二十多人当场毙命。依我的观察，他们在爬梯子时至少又损失了一半人手，每隔一两秒就有人摔下梯子。不过，总算有一群人登上了城垛，他们身着黑衣，身处库姆布莱的绿衫之海，似乎随时有可能被冲下城头。将军手持小望远镜观察了一阵子，高声指示令旗官：“后备军出动!”

两个营的自由剑士高举攻城梯，冲过堤道。死在库姆布莱弓箭之下的人比先前少了些，因为柯利泰吸引了城墙上守军的注意力。自由剑士兵分两路攀爬城墙，许多守军又无暇顾及柯利泰，后者趁势杀出一条血路。这时，库姆布莱守军阵营忽然一阵骚乱，然后开始撤退，不多久就在城墙上消失了。倭拉军的大队人马突破了其中一处豁口，爆发出胜利的欢呼。

“结束了。”将军故意不动声色地说道。他把小望远镜递给身边的奴隶，然后走到一旁坐下，若有所思地摸着下巴。“倭拉史上最伟大的攻城战，说来也就是依靠合理的战术和几个钟头的战斗罢了。”他眼角的余光扫向我，看我有没有逐字逐句地记录。

“或许议会允准你给这座城市命名，”佛奈娜说，“叫托克瑞亚如何?”

将军老脸一红，故意不作理会。

“其实叫灰烬之城更合适。”她望向城里冒起的滚滚浓烟。

“我们会重建!”将军厉声说道。

她遥望埃尔托城，脸上没有胜利的喜悦，只有一丝忧郁和厌恶。“除非你那帮士兵饶过一些奴隶，不然哪儿来的劳力。”

又过了两个钟头，将军仍在等待攻陷埃尔托城的捷报。时间一分一秒地过去，他越发焦躁不安，在甲板上踱来踱去，其间只要有奴隶水手做事出了一点点差池，他就命令督头往死里打。终于，一条船从岸边驶过来，船上的人身披校尉专属的黑甲。此人登船后，只见其满脸倦色，烟尘遍体，上臂扎有绷带。他向将军敬礼，又朝夫人鞠了一躬。

“怎么样?”托克瑞急切地问道。

“我们已经占领了城墙，将军大人。”军官汇报战况，“不过库姆布莱人似乎根本没打算守住城墙。他们拆掉了房屋，在城内建起街垒，堵塞道路，到处布置弓手，清出了一片屠宰场。我们在街巷里损失的人手比攻城时还多。”

“什么街垒!”托克瑞啐了一口，“还值得你特地跑来找我抱怨!拆掉不就行了，饭桶!”

“将军大人，一个钟头前，我们突破了第一道街垒，结果发现前面一百码处又有一道。城内所有的人都在抵抗，不分男女老少，我们只能逐房逐屋地战斗。而且，他们的女巫好像无处不在。”

将军的声音忽然沉了下来：“再说什么女巫，我就把你剥皮示众，以儆效尤。”

他走到船头，眺望埃尔托城。

“也许应该鸣金收兵，整军再战。”佛奈娜说。听她的语气，我知道这不是提建议。“先保住现有的战果。”

托克瑞的身子僵住了，我看见他背在后面的双拳捏得很紧。他扭头对校尉说：“停止进攻，重整部队，然后尽全力搜刮灯油。我们等天黑再动手，届时，我们不用逐房逐屋地战斗了，全都烧干净。听清楚了吗？”

是夜，埃尔托城仿佛戴上了一顶巨大的橙色王冠，火光直冲天际，群星也黯然失色。将军命我留在甲板上记录这一盛况，他则带了一个从岸上抓来的床奴——那女孩最多十五岁——回了房间。佛奈娜仍在甲板上，紧紧地裹着披肩。不知道舱内传出的声响有没有影响她的情绪，反正她的表情不见半点异样，只是与我并肩立在船头，神色阴郁地望着埃尔托城。

“这地方的历史有多久？”她问我。

“差不多等同于库姆布莱封地的历史，女主人。”我回答，“至少四百年。”

“那两个尖塔是他们的神庙吧？”

“那是世界之父的大教堂，女主人。据我了解，是他们至高无上的圣地。”

“你认为那是激励他们拼死抵抗的力量源泉吗？为了保卫神灵的

家园而战斗，自感无比荣耀？”

“这我说不好，女主人。”或许他们意识到了，一旦战败，你们只会带来奴役和折磨，所以宁愿拼死抵抗。

“今天那个人，”她说，“那个臭气熏天的家伙。你不想知道他是谁吗？”

“我的身份不配提这样的问题，女主人。”

佛奈娜扭头对我笑道：“情有可原，尽管你只当了几个星期的奴隶而已。你对生存的欲望肯定无比强烈。”她转身背对埃尔托城，倚着船头抱起双臂。“要是我说他根本不是人，有没有吓到你？他只是一具躯壳，内里的魂灵比那臭气还要肮脏污秽。”

“我……对此闻所未闻，女主人。”

“那是当然。这是一个鲜为人知的秘密，只有议会和极少数人知情，比如说我，因为实在太重要了，不能泄露出去。那么肮脏，那么无耻的秘密啊。”她说话时双目失神，似是勾起了不愿回想的往事。

她眨了眨眼，又轻轻地摇摇头。“跟我说说这个艾尔·索纳吧，”她说，“他到底是什么人？”

第一章　维林

“我也想她。”

正在雕木头的艾罗妮丝抬起头，乌黑的眼睛射出凌厉的目光，四个星期以来都是这样。本来这次远行就有悖于她的意愿，对于增加兄妹俩的亲密度毫无裨益，而瑞瓦的消失更是雪上加霜。“你都没去找她。”她说。

虽说她明显是在苛责，但维林依然倍感欣慰——自从那天早上她发现瑞瓦不见了，就几乎没跟哥哥说过话。骑马穿越尼塞尔、乘船驶向北疆的漫漫旅途之中，除了必要的应答，艾罗妮丝始终拒绝与他交谈。

“我有什么选择？”维林问她，“莫非把她捆起来，绑在马上吗？”

“她就一个人。”艾罗妮丝接着雕木头，手里的短弯刀削出片片木屑。从登船的头一天起，她就开始做木雕了，以避免晕船——从霜港出发后的最初几天，她常常俯身往船舷外呕吐。一周过后，胃里不再翻江倒海，怒气却未消退，她拿着小刀飞快地削木头，手腕抖个不停。“她不认识别人，”她轻声说，“除了我们，没人帮她。”

维林叹了口气，回头望向海面。北方的海面远比艾瑞尼安海澎湃起伏，波涛汹涌，寒风刺骨，无休无止地呼啸。这艘双桅战船名为莱娜号，以表达对国王妹妹的敬意，其船身狭小，约八十掌长，载满了奉命跟随维林一年的骑卫。队长名叫奥文·艾尔·梅尔纳，是一位身材健硕的年轻贵族。对于维林的大臣身份，他毕恭毕敬，丝毫也不敢怠慢，表面上完全服从命令，实则执行的是看守之务——国王要确保维林不改心意。

“你对她说了什么?”艾罗妮丝来到他身边，她的神色依然戒备，但没有前日那般凶狠，“你肯定说了什么，她才会离开我们。”

这件事已经困扰了维林好一阵子——究竟怎么向她解释，准确地说，是编造什么样的谎言？我对谁都撒过谎，骗骗妹妹又有何不可呢？艾罗妮丝信任他，也不知道他是骗子，他可以说，瑞瓦之所以逃跑，是因为由敬神而生的羞愧之心——瑞瓦接受他的指导，又对艾罗妮丝产生感情，这在主教们眼里都是重罪。这样一来可以自圆其说，还夹杂了一点令人尴尬的细节，足以阻止妹妹刨根问底。

维林张嘴欲答，却发现什么也说不出来。艾罗妮丝依旧气鼓鼓地瞪着他，目光中却不带猜疑。她看到的哪里是我啊，根本就是那个人——说起来，父亲有没有骗过艾罗妮丝呢？“瑞瓦说过有关她父亲的事吗?”维林问。

然后他和盘托出，毫无保留。从他被送到第六宗的那一天，到他返回父亲家中的那一晚。与他在去群岛的船上对阿尔比兰学者讲述的版本不同，这一次的讲述不仅完整，而且未经修饰，包括所有的秘密、所有的死亡，以及血歌的所有曲调。维林讲了很久很久，因为艾罗妮丝提了很多很多问题，整整一周过后，在北疆海岸浮出水面的那天早晨，他终于讲完了。

“你可以通过歌声看到她?”艾罗妮丝问。他们所处的舱房，是本船大副让给守塔大臣及其妹妹的。她盘腿坐在铺位上，膝间搁着接近完成的木雕。这段时间，她一边听维林讲故事，一边精雕细琢，木头一天天成形，可以看出雕的是一个胡须满面的瘦高男人。她找船上的木工借了一点儿清漆，用小貂毛刷子涂抹在木雕上，使其光泽温润，犹如青铜铸造。“我是说谢琳，无论她在哪儿你都能看见?”

“我刚学会如何歌唱的时候是的。”他回答，“但随着时日渐久，幻象也慢慢地消失。最后一次感觉到她的存在，已经是三年多以前的事了。”

“可你后来试过吗?”妹妹神情专注，目光依然充满信任，只是在哥哥第一次透露血歌的秘密时，她本能地表示过怀疑。但维林借鉴了阿姆·林学徒时期的经验，让妹妹拿走自己佩在腰间的刀，藏在船上某处，而他留在舱房里不出来。几分钟后他就找到了，原来塞在货舱里的两桶麦酒之间。艾罗妮丝又试了一次，找了个水手帮忙，藏到了瞭望台上。维林并没有爬上去找，只是叫瞭望员扔下来。妹妹没有再试，完全相信了他的话。

“有一阵子没试了，”他说，“聆听歌声和歌唱完全是两回事。歌唱相当费力，如果我用力过猛，甚至有生命危险。”

“巴库斯兄弟体内的那头怪物，你找过它吗?”

“我偶尔可以看见。它仍在世界的某处活动，欺骗、杀戮，执行幕后黑手的命令。不过画面极其模糊。我怀疑它有什么办法掩藏行踪，不然它怎么可能潜伏在巴库斯体内那么久?只有在它想到我的时候，我才能看见它，它的恨意是那么强烈，藏也藏不住。”

“它还会来杀你吗?”

“我想是的。它一定会想尽千方百计找到我。”

“你回宗会那天发生了什么事?”

维林又一次忍不住想要骗她，上回拜访宗会所获知的消息令他备感苦涩，不大想说出口。但他终究没有说谎，只是有所隐瞒。“我见到了宗老。”

“这我知道。他跟你说了什么?”

“不只见到了阿尔林宗老。我还见到了第七宗的宗老。不行，我不能告诉你此人是谁。这是为了保护你。”他身子前倾，攫住妹妹的目光，“艾罗妮丝，你必须时刻小心。身为我的妹妹，你可以说是众矢之的。正因为如此，我才带你在身边，而且讲给你这么多事。北疆比国内安全些，但我有种预感，那怪物和它的爪牙如果真要找，一样可以找到这儿来。”

“那我可以相信谁?”

维林垂下目光。到目前为止，我都没有骗她，此时又何必撒谎呢?“老实说，谁都不要信，”他说，“很抱歉，妹妹。”

她看着手里的木雕。“父亲去世时，你有没有……”

“只有回音。我以歌声寻找你们时，他已经过世。你和你母亲在火葬堆旁，那时天上在下雪，别无旁人。”

“不，”她微微一笑，“你也在。”

两天后，北塔出现在视野里。那是一座宏伟的建筑，下粗上细，高约七十英尺，周围环绕一圈仅及塔腰的石墙。高塔的外观令维林回忆起在库姆布莱见过的古城堡——没有尖锐的棱角，也不见雕像与装饰，那种风格完全属于另一个时代。毕竟，北塔伫立在此已有一百多年。

港口内挤满了渔船和商船，当莱娜号威风凛凛地驶进码头时，各船的水手们纷纷收起缆绳和木桨为其让路。奥文队长命令骑卫率先走下踏板，站成左右两列，擦亮的盔甲熠熠闪光，与码头另一端身披墨绿罩袍的人形成了鲜明对比。那二十个人站成一排，高矮不一，盔甲也样式各异，大多是硬皮甲而非铁甲，虽然不至于衣衫褴褛，但也谈不上整洁干净。身披墨绿罩袍者大多肤色较深，显然是阿尔比兰帝国南部流民的后代，一眼望去身高均不低于六英尺。队列前面的人同样披着墨绿罩袍，个子尤其高大，旁边有个娇小玲珑的黑发女人，一身素净的黑衣。

“我看起来怎么样?”维林站在踏板顶端问艾罗妮丝。他身穿由御用裁缝定制的精美套装，上身是领子绣有雄鹰的蚕丝衬衫，下身是手感极好的棉质紧身裤，外罩一条深蓝色黑貂皮镶边长斗篷。

“很有贵族风范，”艾罗妮丝认真地说，“如果佩在身上，而不是这样拿着，就更好了。”她指了指维林手里的帆布包裹。

他微微一笑，转身走下踏板，径直迎向黑发女人和高个儿男人，两人规规矩矩地向他鞠躬致意。

“维林大人，”女人说，“欢迎您来到北疆。”

“达瑞娜·艾尔·默纳小姐，”维林鞠躬回礼，“我们以前见过，不过你可能不记得了。”

“那天的场景我终生难忘，大人。”她一板一眼地应道，那张俊美的罗纳人面庞完全不带表情。

“国王陛下命令我转达他最热情的问候，”维林接着说，“他诚挚地感谢你为王室管辖此地。”

“陛下仁爱无疆。”达瑞娜小姐应道。她扭头望向身边的高个儿男人：“请允许我介绍北疆戍卫军的指挥官，阿达尔·泽努队长。”

队长的态度更是不冷不热，丝毫没有欢迎的意味：“见过大人。”

维林扫了一眼那排参差不齐的队伍：“这该不是你麾下的全部人马吧？”

“北疆戍卫军有三千人，”队长回答，“大多数受雇于别处。我认为没必要召集那么多人，也不大合适。”他与维林四目相对，略一停顿，继而补充道：“大人。”

“很好，队长。”维林朝艾罗妮丝招了招手，“这是我妹妹，艾罗妮丝·艾尔·索纳小姐。请给她安排合适的住处。”

“我来负责。”达瑞娜小姐说。令维林欣慰的是，她向妹妹鞠躬时总算露出了些许笑意。“欢迎，小姐。”

艾罗妮丝稍显笨拙地鞠躬回礼——她仍旧不大习惯贵族礼仪。“谢谢。”她又草草地向队长鞠了一躬，“谢谢你，先生。”

队长极有修养地鞠躬回礼，相比先前对待新任守塔大臣，语气也热情许多：“非常欢迎您的到来，小姐。”

维林抬头望向黑压压直插云霄的高塔，只见鸟群在塔顶盘旋。血歌奏响，那温暖的调子出乎意料，饱含熟悉和安稳的意味。他有种感觉，高塔是在欢迎他回家。

塔底围绕着一大排彼此相邻的石头房子，有马厩和维持城堡运作的各式作坊。维林骑着他们带去的马，穿过正门，行至庭园，塔内的仆人在此列队迎接。他翻身下马，勉强讲了几句，结果回应寥寥，有些人的眼神明显不怀好意。

“这帮边疆居民真是友好啊。”他们走进高塔内部时，艾罗妮丝咕哝道。维林拍了拍她的胳膊，强颜欢笑地面对路上遇见的每一个人，脸颊的肌肉备感酸痛。

领主议事厅位于一楼，内有一张样式简朴的橡木椅子，置于高台之上，俯瞰宽敞的环形房间，另有一条倚墙而建的石阶盘旋而上。“真气派，”艾罗妮丝出神地四处张望，毫不掩饰赞叹之情，“真想不到，没有柱子还可以撑起这么大的天花板。”

“墙内有粗大的铁梁，小姐，”阿达尔队长解释，“从地基延伸到塔顶。每一层都搭建在铁梁上，均衡的力度使得它们不会垮塌。”

“我竟不知我们的先辈有如此高超的建筑技术。”维林说道。

“并非如此，”队长回答，“其实这是第二座北塔，是我们的族人在此避难时修建的。第一座北塔仅有现今的一半高，后来还倾斜了。”

悬挂在领主宝座后方的巨大挂毯吸引了维林的目光。挂毯长约十二英尺，高五英尺，绣的是战争场面：一群身披各式盔甲、手持各种兵器的战士，进攻另一群兽皮裹身的男女，这群男女全都是野蛮人的样貌，身边所带的大猫生有匕首般的獠牙，头顶还有盘旋的猛禽，体形比鹰还大，却是陌生的种类，它们张开利爪，作势扑向不同族群的联军。

“对抗冰原部落的大战？”他问达瑞娜。

“是的，大人。”

他指着画上的鸟类：“这是什么鸟?”

“我们称之为矛鹰，它们虽是鹰的后代，但专为战争而饲养。冰原人使用它们，正如我们使用弓箭。”

他凑近观看，找到了前任守塔大臣梵诺斯·艾尔·默纳，那个虎背熊腰的壮汉手持战锤，直指冰原人。站在他身边的小个子引弓搭箭，一头长长的黑发。“这是你?”他吃惊地问。

“我当时在场，”达瑞娜回答，“阿达尔队长也在。我们都在，只要是身在北疆的疆国人，到了一定的年纪，拿得动武器的，全都和俄尔赫人以及瑟奥达人一起战斗。部落不管你是战士还是平民，我们需要所有人齐心协力把他们赶出去。”

“尤其是当时疆国没派援军。”队长补充道。

维林的目光在冰原部落之中的战猫身上逗留许久，血歌响起，带领他的思绪飘向西北方。看来，他们终于在这儿找到了容身之所。

达瑞娜突然呼了口气，维林一抬头，发现对方正瞪大眼睛望着他。

他扬起眉毛：“小姐，怎么了?”

她脸颊泛红，移开视线：“我带您去房间，大人。”

“有劳。”

往上爬三层楼便是寝室，如此高度足以将镇子和周围的村庄尽收眼底。房内靠墙摆了一张铺有毛皮毯子的大床，朝南的窗前是一张结实的书桌。一沓文件堆在桌角，旁边有一支鹅毛笔和一满瓶墨水。

“我整理好了请愿书和报告，请您过目，大人。”达瑞娜伸手示意那些文件。此时房间里只有他们两人，队长陪同艾罗妮丝去楼上的寝室了。“系有红丝带的文件是需要紧急处理的。您或许可以先看看造船行会的信。”

他看了一眼，发现文件堆最上面有一封系着红丝带的信。“感谢你这么细心，小姐。”

“那好。请允许我告退。”她鞠了一躬，转身走向门口。

“说吧？”没等她出门，维林忽然问道。

达瑞娜一愣，犹犹豫豫地转过身：“大人要我说什么？”

“你的天赋。”他坐在桌前的椅子上，双手搁在脑后，“我知道你有，不然你刚才不可能发现我有。”

达瑞娜那张面无表情的脸忽然笼罩了一层恐惧的阴影，随即又怒容满面。“大人，您说什么天赋？我不明白您的意思。”

“是吗，我想你明白。”

他们无声地对视，达瑞娜的眼里闪过一丝忿恨，他知道积怨已深，势难化解。“我去哪里能找到我兄弟？”见对方不肯回答，维林换了个问题，“是个金发小伙子，带着漂亮的妻子，还有一只战猫。”

达瑞娜小姐既好气又好笑：“她说你自己就能知道，而且对你说谎毫无意义。”

“她说得对。她有没有跟你说不必怕我呢？”

“说了。可她认识你，我不认识你。你为你那位国王统治的人民，也不认识你。”

“你是说我们的国王吧。”

她闭了一会儿眼睛，按捺住怒气，叹道：“正是，大人。是我口误了。瑟拉和她丈夫住在奈因角，西北方十二英里外的居住地。我相信他们会很高兴见到你。”

他点点头，拿起最上面的信件：“那些造船工有什么要求？”

“商贸行会降低了维护船只所应付的薪水。他们声称由于阿尔比兰战争，贸易量下降，导致他们的收益大幅减少。造船工请求国王主持公道，恢复原先的价钱。”

“商人们说的是实话吗？”

达瑞娜摇头道：“某些货物的交易量确实有所下降，但青石的价格在战争期间翻了倍，不光拉平了整体的交易量，反而赚得更多了。”

“据我推断，青石价格上涨是因为物以稀为贵吧？雅努斯王曾告诉我，矿层一年比一年薄。”

达瑞娜皱起眉头：“我不明白我们的先王为何这样说，大人。这么多年来，矿场的产量是稳定的。不仅如此，我父亲还有意减缓了开采速度，以防价格跌落。价格翻倍是因为疆国的货船不能直接开进阿尔比兰港口。”

维林暗自苦笑。看来老阴谋家编织的蛛网里头，又多了一根谎言之丝。他打开信，费力地签上名字，同时能感到达瑞娜的目光落在他的手上。“同意造船工的请求，”他说，“你还有什么需要给我看的？”

达瑞娜从歪歪斜斜的签名上移开视线，望向那厚厚一沓信件。“嗯，”她走到桌边，打开了另一封请愿书，“阿达尔队长需要为北疆戍卫军购置一批新靴子……”

当晚，他们在领主议事厅为维林举行了欢迎宴会，气氛隆重而又紧张，出席的人有镇子里各大行会的会长，各家宗会派遣到北疆驻地的较为年长的兄弟姐妹，还有大批商人。商人们最为活跃，一有机会就找新任守塔大臣谈话，个个都请求有空私聊。达瑞娜已经告诫过维林，她父亲无论会见何人，都安排有证人在场，以避免别有用心之人大做文章，所以他每每回应商人的请求时都要提起此事，认为这种明智的做法应当传承下来。

与维林一样坐在上席的，全是信仰之宗会的代表。北疆只有第二宗、第四宗和第五宗的驻地。第六宗从未在这里设立驻地，因为依据国王命令，本地的安全由北疆戍卫军负责。据达瑞娜所说，公开宣称的理由是第六宗的任务极为繁重，其中保卫疆国的安全是重中之重；但她父亲始终怀疑，是因为雅努斯强烈要求他们远离青石产地。

令维林吃惊的是，来自第四宗的霍伦兄弟是信徒之中最爱攀谈的。这个生性快活的胖子永远眯着一对近视眼，详细地讲述北疆的历史，以及他在宗会负责的事务，即精确记录本地贸易，尤其是青石的贸易情况。“您知道吗，大人，”他一边说一边凑近维林，其实毫无必要，可能只是希望看清守塔大臣的面貌，“这镇子里三家钱庄一个月的资金流动，比整个瓦林斯堡全年的资金流动还要多哪。”

“我还真不知道，兄弟，”维林回答，“你跟滕吉斯宗老多久通信一次？”

“这个嘛，”黑袍兄弟耸耸肩，“差不多一年来一封信吧，通常是提提建议，如何确保年轻的兄弟在困难时期仍保持坚定不移的信仰。我们驻扎在这么远的地方，也不大指望宗老费心关照我们，而且我敢说，他还有更紧要的事情得操心呢。”

第二宗的韦茹拉姐妹则没那么健谈。她年纪不轻，身材苗条，看样子性格有几分孤僻，说起话来轻声细气，抱怨个没完，因为她打算去俄尔赫的游牧部落执行任务，可阿达尔队长拒绝派人护送。“就因为缺乏意志力，他们整个族群都不能接受信仰的洗礼，兄弟。”她似乎不知道如何称呼维林，“我敢肯定，本宗宗老对此极为不悦。”

“姐妹，”达瑞娜不耐烦地说，“上次前往俄尔赫的那批传教士，全被五花大绑，堵了嘴，扔在高塔门外。我父亲在秋季马匹集市上提起此事，对方的回复再明白不过了——他们不喜欢听你们讲死亡是多么坏。”

韦茹拉姐妹闭上眼睛，默默地背诵了一段信仰教义，然后接着喝汤。

第五宗的代表是凯兰兄弟，一个五十多岁的男人，神情严肃，始终疑虑重重地打量维林以及周围的人。

“不知道我的判断是否正确，兄弟，”他问医师，“你是在北疆服役时间最长的宗会成员？”

“是的，大人。”凯兰答道，顺手给自己的杯子倒满了酒，“三十多年了。”

“凯兰兄弟随我父亲一同北上，”达瑞娜一边说，一边深情地抚摸他的衣袖，“从我记事起，他就是我的老师。”

“达瑞娜小姐的医学知识非常丰富，”凯兰说，“近来与其说我是她的老师，不如说她是我的老师，因为她从瑟奥达带回了不少药物，药效特别好。”

“小姐，你去过瑟奥达?”维林问她，“我怎么听说他们不准外人进入他们的森林。”

“她是例外，”凯兰说，“说实话，我认为她在北疆的任何地方都可以往来自如，绝无禁忌。”他探过身，盯着维林的眼睛，杯子里斟满的酒泼了些出来。“这便是她在北疆的威望和影响。”

维林和善地点头应道：“这是毫无疑问的。”

“达瑞娜小姐，瑟奥达人很凶吗?”艾罗妮丝问。她坐在维林左手边，几乎整晚没说话，显然是陌生的环境令她不大适应。“我对他们的全部了解都来自历史上的传说故事。”

“不比我更凶，”达瑞娜回答，“我就是瑟奥达人。”

“我以为小姐是罗纳血统。”维林说。

“没错。但我丈夫是瑟奥达人，所以，依据他们的风俗，我也是。”

“你嫁给了瑟奥达人?”艾罗妮丝问。

“嫁过。”达瑞娜低头看着自己的酒杯，露出悲伤的笑容，“我们是在部落南下入侵时相识的，我父亲请求瑟奥达人的帮助，有几千人前来救援，他是其中之一。和他相识的那天，我就想要嫁给他，但父亲坚持让我等到成年。我们结婚后，我在他的族人当中生活了三年，后来……”她叹着气，抿了一口酒。“罗纳人与瑟奥达人的战争从不曾间断。在你的族人迁来之前，两边就打了很久，再打个几百年也难消停，好多丈夫抛弃妻子而去。”

“我很遗憾。”艾罗妮丝说。

达瑞娜微笑着拍了拍她的手：“爱过便是永恒，这是瑟奥达人的说法。”

达瑞娜眼中的悲伤，勾起了维林的回忆：那天，他把爱人交到阿姆·林怀里；那天，他在岸边驻足良久，目送那艘船载着她消失在远方。当年谢琳的模样依然清晰地印在他的脑海……

“请允许我冒昧问一句，大人明天有什么安排？”霍伦兄弟的话打断了维林的思绪，“我有好几个月的财务档案需要守塔大臣的签名。”

“我有事要去奈因角一趟，”维林回答，“我打算介绍我妹妹给几位故友认识，据说他们住在那儿。等我回来再看档案，兄弟。”

韦茹拉姐妹听到这个地名，浑身一激灵。“我没听错吧，兄弟，你打算拜访黑巫沟？”

维林皱起眉头望着她：“姐妹，黑巫沟是什么？”

“愚蠢的谣传罢了，大人，”达瑞娜说，“世俗所不理解的人免不了受这类流言的困扰。北疆向来是流放者的避难所，居住着拥有不同信仰和风俗的人，他们在家乡都是法外之徒。在守塔大臣的领地内，这是长久以来的传统。”

“而且是不经仔细斟酌，就不该推翻的传统。”凯兰兄弟说着，又斟满了酒杯——这可能已经是第六杯了，“我们需要新鲜血液充实自身，梵诺斯常常这么说。你应该记牢了才是。”

维林颇有些厌恶此人的强硬口吻，即便只是酒后胡言。“兄弟，如果效命于我使你如此不满，你可以离开这儿，赶早回到疆国去。”

“回疆国？”凯兰涨红了脸，气冲冲地站起身，达瑞娜仓促间没能拉住他，“这是老子的地盘，老子的家。你算什么东西？不过是个自吹自擂的杀手，为疯子国王打了场败仗！”

“兄弟!”阿达尔队长上前抓住医师的胳膊，拉到了一边。“你胡说什么。这家伙酒喝多了，大人。”他对维林说。

“你知不知道你妄想取而代之的人物有多么伟大?”凯兰挣脱了阿达尔的挟持，怒气冲天地嚷道，“你知道这里的人当年是多么爱戴他吗?如今又是多么爱戴她吗?”他指着达瑞娜说道，后者静坐不动，绝望地闭着眼睛。“这儿不需要你，艾尔·索纳!没人要你!”阿达尔和一名戍卫军士兵把他推出议事厅时，他还在放声咆哮，众人则鸦雀无声，气氛尴尬。

“我还以为今晚的宴会肯定没有乐子呢。”维林说。

这话激起了一阵轻浅的笑声，气氛终究有所缓和，谈话声又起，只是略为低沉。

“大人。”达瑞娜凑过来，话音很轻，但语气诚恳，“凯兰兄弟很难接受我父亲的死。他拼尽全力也没能治好我父亲的病。从那以后，他就变了个人。”

“他那番话就是叛国，”韦茹拉姐妹得意洋洋地说，“他说雅努斯王是疯子。我可听见了。”

达瑞娜咬紧牙关，没理会她，接着说道：“他为这片土地奉献的心血，无人能及。经他之手拯救的生命……”

维林按摩着太阳穴，突然感觉疲惫不堪。“我完全可以原谅一个伤心欲绝之人的酒后胡言。”他迎上达瑞娜的目光，“但是下不为例。”

她点点头，勉强笑了笑：“大人仁慈。这种事绝不会再有第二次，我保证。”

“很好。”他双手一推，椅子滑到后边，然后站起身，“感谢你今天费心照顾，小姐。请允许我告退，我实在是需要休息了。”

“俄尔赫人给它起的名字是奔蹄流火之神驹，因为它鬃毛的颜色。”马房主管抚摸着马儿的侧腹说道。这匹马体形俊美，肌肉厚实，虽不如疆国良种马那般健壮，却也高大威猛，马背及肩，通体深褐色，唯有鬃毛微微泛红。“俄尔赫人起的名字向来长得要死。我就叫它赤焰。”

“它年纪很轻。”维林边看边说，他检查了马儿的牙齿，发现鼻头不见灰毛。

“可是快如闪电哪，而且训练有素，大人。”马房主管信誓旦旦地说。此人自称波如恩，三十来岁，身材魁梧，左眼戴了眼罩，听口音是尼塞尔人。看见一大清早拜访马厩的维林，他立即殷勤地致以问候，反而令新任守塔大臣不大习惯。

“从俄尔赫人手里交易来时，它还是小马驹呢，”波如恩说，“原本是艾尔·默纳大人的预备坐骑。达瑞娜小姐认为理所当然归您骑。”

维林挠了挠赤焰的鼻子，马儿心满意足地打了个响鼻。至少它不咬人。“帮我装好马鞍，再给我妹妹找匹马。”

“交给我了，大人。”

等几匹马都被牵到院子里，艾罗妮丝出现了，她打着哈欠，紧紧地裹在毛皮里。即便是夏天，北疆的深夜依然寒冷。“有多远?”她睁着通红的眼睛问道，维林怀疑她头天晚上灌了太多酒。

“一般情况下，骑几个钟头就到了。”达瑞娜说着，翻身上了马，“但我们首先要去个地方。我希望带您看一个矿场，不知大人是否愿意?”

“当然可以。”维林望向艾罗妮丝，一歪头，示意她赶紧上马。她又打了个哈欠，嘀嘀咕咕地爬上马鞍，还有气无力地呻吟了一声。

与他们同行的除了奥文的卫兵，还有阿达尔队长及其两名手下，一行人向北骑行，进入石楠遍地的丘陵地带。这条路显然经过精心维护，碎石铺设紧密而齐整，来往的车马也不少——他们好几次为满载货物的马车让道。

“我父亲最初接管此地时，这还是一条狭窄的土路。”见维林对路况表示满意，达瑞娜说道，“石头必须用驮马才能运到码头。他花国王的钱修了路，又凭借国王之令要求商人出资维护。”

他们俩并肩骑在队伍最前面。昨天达瑞娜脸上的木然和愤怒多少缓和了些，可维林依然能感觉到对方的言行有所戒备。或许还在为醉酒闹事的医师担心吧，他心想。

“你没打算留下来，对吧？”他问。

达瑞娜用余光扫了他一眼。维林知道，她以为被血歌看透了心思，其实刚才的说法仅仅源自细致的观察。“我考虑过，我还是回森林里去，”她说，“在那儿住一阵子。”

“真遗憾，我本打算给你封个头衔。”

她饶有兴味地扬起眉毛：“头衔不是国王所赐的吗？”

“我代国王在此行使权力。北塔首席参事，听起来如何？”

她笑出声来，见维林神情肃然，便又收敛了笑容：“您希望我留下来？”

“我相信北疆人民必定因此欢欣鼓舞。我也一样。”

她皱眉深思，默默骑行，两人一时无话。“等您看过矿场之后，再问我一次吧。”她说完，策马奔向前方。

这儿便是矿场了——低矮丘陵的一侧挖出了豁口，由木头支架撑着，附近木屋环绕。矿工大多是健壮结实、肤色苍白的男人，头上的皮带里绑有蜡烛。工头大呼小叫，要求他们列队迎接守塔大臣，可他们只是敷衍了事地向维林鞠了一躬，对达瑞娜的态度却要敬重许多。

“一帮没礼貌的山民！”工头咆哮道，不过维林感到他的愤怒并非全然发自内心。工头的个子比矿工们高些，脸面也干净些，说话带有浓重的仑法尔土腔。“您原谅他们，老爷，”他说，“就这么点儿出息。”他提高了嗓门：“这帮没用的，成天不是搞山羊，就是抽五叶！”

“还搞过一只山猴子，欧廷！”不知道是谁喊了一句，听声音很疲惫。

欧廷老脸一红，按捺住怒火。“全是我的错，老爷。我太纵容他们了。不说这个，欢迎您来匪徒谷。”

“维林大人想看看矿场里的情况。”达瑞娜对他说。

“当然可以，小姐，当然啦。”

他点亮一盏提灯，领着他们走向矿场的入口。艾罗妮丝只看了一眼黑咕隆咚的深井，便当即表示她要留在地面上，然后拿出随身携带的羊皮纸和炭笔，去寻找有趣的景致了。达瑞娜和维林跟在欧廷后面，顺着深井走下去，潮湿的井壁在灯光的照耀下微微闪亮。有几对矿工推着满载矿石的车子与他们擦肩而过。往下走了不过两百码，温度却一再升高，空气也变得浑浊，令人恍然以为前方是地底深渊。维林甚至有点后悔没跟艾罗妮丝一样临阵脱逃了，好在他们很快停下了脚步。

“到了，老爷。”欧廷举起提灯，照亮了一处洞穴，十几个矿工正用凿子敲击洞壁，还有人来来回回地忙碌，把敲下来的石头堆在一起。“这是北疆存量最丰富的矿层，石头的成色也是最好的。反正您别信默纳峰那帮骗子的鬼话。”

维林走到洞壁前面，只见一颗小小的青石镶嵌其中，仿佛灰色石海中闪耀的碧色明珠。“我有过一颗，跟我的拳头一般大，”他喃喃念道，“我拿去雇了一艘船。”

“还有一事，欧廷，”达瑞娜说，“那个东西也给维林大人看看。”

维林扭过头，发现欧廷正以询问的目光望着她。达瑞娜点点头，他随即领着他们走向旁边的一条小隧道，出了洞穴。一路走去，隧道越来越窄，足足走了一刻钟，才到尽头。欧廷手里的提灯照亮了一段约二十码长的石坡。见工头一脸期待，维林走到石坡前，发现除了裸露的岩石，还有一条粗大的淡黄色纹理贯穿首尾。他探询地看了一眼达瑞娜。“这是……”

“黄金，”她接道，“欧廷总管是行家，他向我保证，这些是纯度最高的金子。”

“正是，老爷。”欧廷伸手抚着那条淡黄色纹理，“我打小在仑法尔西部的金矿干活，从没见过哪个地方有这么多这么纯的金子。”

维林眯起眼睛端详矿层：“看起来不算很多嘛。”

“您误会了，老爷。我说的地方是指北疆，不仅仅是这个矿场。”

“还有？”

达瑞娜轻轻地拍了拍工头的胳膊：“欧廷总管，请让我跟守塔大臣单独说几句。”

他微微颔首，点亮了头带上的蜡烛，把提灯递给达瑞娜，然后回到了隧道里。

“我们发现了很多这样的矿层，”等欧廷的脚步声消失了，她对维林说，“这四年来，我们挖得越深，发现得越多。”

“我必须承认，麦西乌斯王从未提起过北疆有这么好的财运。”

达瑞娜撇了撇嘴。“对他来说是财运，对这片土地来说是灾难。”她说。

“你父亲知道吗？”

“正是他下的命令，禁止将此事泄露给国内。如今知情的人只有矿业行会、凯兰兄弟和我。”

“整个行会都知道，还能守口如瓶？”

“山民们都是一诺千金的人。在第一批阿斯莱人乘船登陆之前，他们早已居住在此。他们知道如果这种消息传遍疆国，会有什么后果。”

“疆国目前动荡不安。这么大一笔财富，可以有效地缓解局势，更别提还能实现我们国王的诸多野心。”

“有这种可能，大人，但也会像瘟疫一样横扫整个疆国。青石和黄金不是一回事。这种深藏在矿场里、俯拾皆是的黄色金属，最能勾起人们的欲望，诱惑他们干出蠢事。到时候一切都会改变，但是请相信我的判断，我们应该留住这片土地和生活在此的人民。”

“发誓也没用，这么大的秘密不可能永远保守下去。只要出一点点意外，有人动一点点心思，秘密就泄露了。”

“我并不是说要永远保守秘密，只是限制它的影响力。国王可以拿到金子，修建桥梁和学院，想怎么花就怎么花，但不能一次性拿到手。”

这是叛国的言论，看她说话时紧张的神色，想必她也清楚这一点。

“你太相信我了。”维林说。

达瑞娜耸耸肩：“你……和我原先想象的不一样。此外，如你所说，这种秘密瞒不了你太久。”

他望向矿层，黄金在灯光下闪耀着暗淡的光芒。贪欲从来不是他的软肋，他甚至难以理解贪欲的威力所在，但又不可否认其对世人的巨大影响。他寻找血歌的踪影，却不见一丝痕迹，既不警示，亦未认可。或许，这个决定貌似非常重要，实则无关痛痒。

“达瑞娜·艾尔·默纳小姐，”维林回头看着她说，“我正式请求你接受北塔首席参事一职。”

她缓缓地点头：“乐意之至，大人。”

“很好。”维林动身回到那条狭窄的隧道，“等我们回到高塔，我需要你的协助，给国王写一封措辞谨慎的信，告诉他，我们幸运地发现了新的金矿，但存量非常稀少。”

当他们走进晃眼的阳光底下，发现阿达尔队长手拿卷轴站在外边。还有一名刚刚赶到的戍卫军士兵，他正在卸马鞍，那匹马儿已累得筋疲力尽。队长神色严肃地把卷轴递给维林：“报告来自我们最北边的前哨，大人。这是三天前的消息了。”

维林低头一看，卷轴上的笔迹潦草难辨：“你能不能……”

“是的，大人，这字写得也太夸张了。”身后的达瑞娜接道，她看了看，顿时瞪大了眼睛：“消息属实吗？”

阿达尔伸手一指刚刚抵达的士兵：“莱穆军士亲眼目睹了全部经过。他这人向来实话实说，不会添油加醋。”

“什么经过？”维林问。

达瑞娜拿过卷轴，从头到尾细细地读了一遍，双手微微颤抖，这令维林深感不安。“部落，”她低声说道，“他们又来了。”

第二章　莱娜

她醒来时，发现床边坐着一个小女孩，瞪大了蓝汪汪的眼睛瞧着她。她头痛欲裂，像是有个小人儿拿根大棒子在脑袋里猛敲，嗓子也干得厉害，只能操着罗纳语嘶声问了个好，就说不出话来了。小女孩歪着脑袋，仍是望着她不言语。

"她是在看您的头发，女王。"达沃卡坐在相邻的床边，全身近乎赤裸，只在腰间缠了布，"罗纳人没有金发。"

莱娜掀开毛毯，双腿一摆，坐了起来，同时忍不住发出了一声呻吟——疼痛阵阵袭来，从后背牵扯到了脚趾头。达沃卡起身拿起一个木头杯子，倒了水，递到莱娜的唇边。衣衫尽去，达沃卡更显风姿，浑身的肌腱、疤痕和刺青令人叹为观止。等莱娜喝光了水，她把杯子放到一边，伸手摸莱娜的额头："烧退了。很好。"

"我们在这儿有多久了？"

"三天。"

莱娜扫视了一圈房间，四面都是石墙，覆盖着精制的山羊皮和样式复杂的皮挂帘，以及人模兽样的木雕，有的极为抽象，难以辨识。

"这里是女厅，"达沃卡不知不觉换成了她的母语，"用来接生。男人禁止入内。"

莱娜感到有人动她的头发，转头看见那个小女孩正拨弄着一绺金发，眼睛依旧睁得老大，一脸迷醉。"你叫什么名字？"她微笑着用罗纳语问道。

小女孩昂起头答道："Anehla ser Alturk. "是艾尔特克的女儿。

"她还没有名字。"达沃卡一边解释，一边轻轻地打了一下小女孩的手，想要轰走她。她跑到房间的一处角落，坐在地板上，依然目不转睛地盯着莱娜。

达沃卡从包里取出一个酒壶递给莱娜。“红花。”她闻出来了。

“带走疼痛。”

莱娜摇摇头，把酒壶递还回去：“饮红花者，必成其奴隶。”

达沃卡皱着眉头瞧她，继而哈哈一笑，举起酒壶喝了一小口。“女王对待自己很严厉。我明白了。”

莱娜起身离床，试着往前挪了几步。空气中有一丝凉意，令她裸露在外的肌肤微微刺痛。“索利斯兄弟他们呢？”她问。

“他们没事，就是不能进村寨。只有艾尔特克跟他们说话，他也是迫不得已。”

“他是这些人的领袖吗？”

“灰鹰部落的酋长。他统治着二十多个村寨及其战队。势力之大，仅次于玛莱萨。”

“你相信他吗？”

“他以前从未质疑过山中之言。”

莱娜察觉出达沃卡的语气略带犹疑：“以后也不会吗？”

“他多次带队袭击过你的族人、你那些憎恨神灵的宗会兄弟，害他流过血，也失去过亲人。我们打从出生起就接受仇恨教育。”她冲着角落里的小女孩点点头，“你以为她不恨你？她来这儿很可能就是为了监视我们，把我们说过的话告诉她父亲。”

“但玛莱萨还是盼望和平。尽管有可能导致你们内部分裂。”

“山中之言不容置疑。”达沃卡抓起一个陶罐子扔向小女孩，吓得她飞身逃了出去。“把这话告诉你父亲！”达沃卡冲着小女孩的背影喊道。

她回过头，打量莱娜赤裸的身体：“太瘦了，女王。要吃东西才行。”

接下来的三天，女厅只有她们两人。莱娜每天吃达沃卡做的饭菜，体力慢慢地恢复了些。她得到允许，可以在村寨大门附近散步。这儿有两名罗纳战士站岗，他们绷着脸，沉默不语地打量她，无论莱娜怎么打招呼，他们都不作理会。达沃卡则全副武装，如影随形，寸步不离。村寨的另一头，索利斯正与艾文兄弟练习一套剑招，他们身后的小石屋里人声鼎沸，少说也有十来人。莱娜挥了挥手，宗将随即收势，观望片刻，然后举剑行礼。艾文兄弟也跟着行礼，不过更像是炫耀那把亮闪闪的长剑。她笑着躬身还礼。

尽管达沃卡赶了好多次，但艾尔特克的女儿还是每每跑来，那双湛蓝的大眼睛闪动着坚毅的神色。莱娜拿出可怜人娜莎的那把玳瑁梳子，教她如何用梳子梳头，她特别喜欢，乐此不疲。

“你有兄弟姐妹吗?”莱娜问身后的小女孩。此刻，她们俩正坐在床上，小女孩伸出小手握住梳子，梳过她刚刚洗过的、湿漉漉的长发。

“Kermana.”女孩回答。意思是不计其数。“十个母亲。”

“母亲很多呢。”莱娜说道。

“以前有十一个，但有一个成了森挞，所以艾尔特克杀了她。”

“这……真让人难过。”

“不，才不是呢。她打我打得最多。”

“肯定是她的生母，”达沃卡插话，“生母最喜欢打孩子。”

“女王，你有几个母亲?”女孩问莱娜。和达沃卡一样，她没法理解女王与公主这两种称谓之间的区别。

“只有一个。”

“她打你吗?”

“不。我很小的时候她就过世了。我不太记得她。”

“是因为打猎还是打仗?”

“都不是。就是生病了。”*我父亲也是，不过母亲死得太早，而他死得太晚。*

一个女人出现在门口，尽管年纪轻轻，那凶狠的模样却丝毫不逊于外边的战士。达沃卡提到过她是艾尔特克的长女，负责给她们送食物和柴禾，她每次来都一言不发，神情冷漠。“今晚你带梅利姆赫去塔莱萨的火堆。”女人对达沃卡说完，目光流转，忽然发现自己的妹妹正在为莱娜梳头。她呵斥了一声，向小女孩招招手，小女孩不高兴地扮了个鬼脸，但还是顺从地溜下床，慢吞吞地挪到她身边。

“丢掉。”看见妹妹手里还拿着梳子，年轻女人命令道。

“她可以拿走，”莱娜说，“这是……女王送她的礼物。”

“艾尔特克的血脉不要你的礼物!”女人吼道，一把从小女孩手里夺下梳子，小女孩痛得哼了一声。

“我说了，她可以拿走!”莱娜站起身，迎上那女人的目光。

罗纳女人气得浑身颤抖，慢慢地摸向腰带上那把鹿角柄小刀。

“别忘了山中之言。”达沃卡淡淡地提醒。

女人忍了好一会儿，抬手把梳子扔给妹妹，那双冒火的眼睛却始终瞪着莱娜。小女孩看了看那把梳子，突然甩在地上，提脚就踩。“梅利姆赫全都软弱无能!”她冲莱娜嚷道，然后转身跑了出去。

年轻女人轻蔑地一笑，也跟着走了。

“你在这儿不是女王，”达沃卡说，“千万别忘了他们恨你。”

莱娜低头看着已经粉身碎骨的玳瑁梳子。“他们是恨我，”她应道，然后抬头望着达沃卡，无力地笑了笑，“可你不恨我，姐妹。”

不出所料，艾尔特克的住处是村寨里最大的，围在石墙内的空间直径达二十步，上头盖有倾斜的石板屋顶。达沃卡带莱娜进来的时候天色已黑，只见地面正中央的大坑里堆满木炭，熊熊火焰缭绕其间，端坐在火坑后边的正是酋长。除他之外，只有一个年轻人站在他身边，抄着胳膊，看莱娜的眼神与外头的人一般无二。还有一只大猎狗蹲坐在酋长脚边，正在津津有味地啃鹿骨。

“我听说，”艾尔特克说的是疆国话，显然认为没有寒暄的必要，“我的长女冒犯了女王。”

“没什么。”莱娜对他说。

“不管有没有什么，她没能严格执行玛莱萨的命令，这是软弱的表现。我亲自鞭打了她。”

“我们感谢你的关心。”莱娜还没来得及说话，达沃卡就用罗纳语对他说。

他点头以示接受谢意，继而上下打量起莱娜：“你恢复得不错，可以上路了。”他的语气毫无商量的余地。

“我们明早就往东北边的小路走。”达沃卡说，“我需要矮种马和护卫，一支满员的战队就够了。”

站在艾尔特克旁边的年轻男人轻蔑地笑了，酋长扭头一瞪，他立即收住笑声。“矮种马给你们，但没有战队去护送你们。”艾尔特克说，“我派出了全部兵力追捕森挞，余下的人必须守卫村寨。”

达沃卡一抬下巴，听她的口气，显然按捺着怒火：“我数过了，村寨里起码有两百战士。”

艾尔特克耸耸肩：“森挞的势力很大，你妹妹又嗜血无度。灰鹰还指望塔莱萨保护，我不能背弃他们。”

“你这是要背弃山中之言了。”

艾尔特克站起身来。尽管他手无寸铁，但气势汹汹，足令人心惊胆战。“玛莱萨没有命令我召集人马一路护送你们。我已经遵从山中之言，接济了你的金发贱娘们，只有下了崽儿的母猴子才有你这么矫情。”

达沃卡愤怒地大吼一声，长矛扬起，与此同时，年轻的罗纳男人手中多了一根战棍。

“住手！”莱娜抬起一只手，上前挡在达沃卡前面，“别这样，姐妹。这只会坏事。”

罗纳女人扭头望向别处，鼻孔一张一合，极力克制住战斗的欲望，最后缓缓地放低了长矛。莱娜转过身，对艾尔特克说：“塔莱萨，感谢你的热情款待。我，联合疆国的莱娜·艾尔·尼埃壬公主，来日必报此恩。明早我们就出发。”

骑着灰鹰部落提供的矮种马，莱娜无比怀念惨遭屠杀的黑貂。如今的坐骑脾气暴躁，常常自作主张地乱跑，受一点点刺激就扬蹄直立以示抗议。另外，这匹马的脊背瘦到吓人，莱娜也算长了见识，外加罗纳人的马鞍就是一层薄薄的山羊皮，根本不能为她的臀部提供缓冲，那感觉就像乱石堆里铺了一条毯子。斯莫林看来也深受坐骑的折磨，离开灰鹰村寨的时候，他时不时扭动身子，但索利斯和艾文丝毫不受影响，达沃卡当然也很轻松，她胯下的矮种马像是与她相识多年。达沃卡领着一行人策马快奔，期望在天黑前多赶些路。当他们来到峡谷最东边，爬上一处坡地时，莱娜最后一次回望村寨，心里想的是艾尔特克的女儿能否找到她藏在女厅里的一束金发——她深深地塞进石墙的缝隙里，那儿只有小手才能够到。

“我相信你们都受到了善待，好先生们。”渡过一条浅溪时，莱娜对他们说。

“回公主殿下，还好，只要沉默不算折磨。”艾文回答。

“对你来说就算。”索利斯低声说道。

“没时间闲话了，”达沃卡对大伙说，“日落前必须赶到河滩。”她一踢马腹，矮种马奋蹄奔跑，后面的人只好跟了上来。

和过去一样，莱娜感觉坐在马鞍上实属煎熬，令她心烦意乱，但也没有以前那么痛苦不堪。背部和腿部没有那么疼，大腿似乎也经得起反复的摩擦。她还发现自己的骑术有所精进，过去一旦策马疾驰，她就要费很大的劲儿稳在马鞍里，如今她可以随马而动，当蹄子如鼓点般敲过地面，长发随风飘扬，她甚至享受起风驰电掣所带来的一丝快感。或许我也变成了罗纳人，她这样想着，不觉咧嘴笑了。

傍晚时分，他们抵达了河滩，此处水流湍急，河面约五十步宽，目力所及，不见首尾。达沃卡带领他们往东走，顺着岸边找到了一处渡河点，水流稍缓，但深不见底。

“从这儿涉不过去。”索利斯观察了一番。

“矮种马可以游泳，”达沃卡说，“我们也行。”

“呃。”莱娜含糊地应道。

“这儿的水流还是太急了，”索利斯不同意，“我们应该继续往前走，找更合适的地方。”

“没时间了，”达沃卡说着翻身下马，牵着马儿走到河边，“森挞应该摸到我们的踪迹了。我们游过去。”

“我不行。”莱娜望着河面上翻滚的漩涡说。

“没有别的选择，女王。”达沃卡做好了跳进河水的准备。

“我说了我不行！”莱娜大喊。

罗纳女人回过头来，一脸诧异。

“我不会游泳。”莱娜闷闷地说，语气明显带有防备性。

“一点儿也不会吗，公主殿下？”艾文问。

“请原谅，我不是在你们宗会长大的，兄弟！”她反唇相讥，“我的老师犯了弥天大罪，竟然没有教我游泳，众所周知，这种技能对公主来说大有用处。”

听到如此激烈的言论，艾文自是不敢顶撞，却没能忍住笑意：“嗯，眼下还真是有用处。”

“说话注意点，兄弟！”索利斯厉声呵斥。

“我们必须过河。”达沃卡说。

“那好，我同意索利斯兄弟的意见。”莱娜抄起胳膊，尽量用命令式的口吻说道，“我们应该找到一处更容易渡河的地方，水没有这么深……”

她说话的声音忽然变小，因为达沃卡气势汹汹地大步走来。“不要！”莱娜尖声警告。

达沃卡一弯腰，把莱娜扛到肩上，转身走向河边。“山猴子会游泳，也没人教它们。你照样可以。”

“索利斯兄弟，我命令你……”莱娜气急败坏地吼道，话还没说完，突然感到身子腾空飞起。河水冰冷刺骨，转瞬之间，从头到脚都麻木了。有那么一会儿，她什么也听不见，只能看到无数泡沫，紧接着她挣出水面，大喊一声，拼命地吸气。正如索利斯所判断的，水流异常湍急，转眼工夫，足足把莱娜向下游冲了二十步之遥。她竭尽全力地向岸边扑腾，连蹬带踢，双脚终于触到了滩底的石头。她从水里爬起来，浑身颤抖，不断地干呕。斯莫林急忙上前，小心地搀扶起她。“你这是侮辱我们公主！”他冲着大步走来的达沃卡怒吼。

“瞧，”达沃卡仿佛没看见斯莫林，对莱娜说，“你这不游得挺好——”

她一拳打向罗纳女人的脸。莱娜使了全力，可拳头刚刚碰到对方的下巴就弹开了，看不出有什么效果，她那只手倒是痛得火烧火燎。

斯莫林一手按住剑柄，空气瞬间凝固。莱娜疼得直甩手，达沃卡则揉了揉下巴，那儿出现了一小片瘀伤。她哼了一声，嘴角隐隐掠过笑意。“抱住马脖子，”她说着便转身走开，“没事的。”

结果渡河并没有索利斯担心的那么危险，尽管途中斯莫林和他的坐骑被激流冲散了，导致他顺水而下，幸而艾文救了他一命——年轻的兄弟正在旁边，一把揪住了领军将军的外衣。矮种马在急流中扑腾时，莱娜紧紧地抱住马脖子，不敢松手。矮种马似乎根本不怕水，但鼻息异常粗重，看来并不喜欢挂在身上的累赘。一个钟头后，五个人都安全地抵达了对岸，个个浑身湿透，或轻或重地感到疲乏。

“不能休息。”达沃卡爬上马背，策马向北疾驰。

大伙儿紧随其后，跑了十里地，钻进一片茂密的松树林。达沃卡在峡谷里寻到了一处浅浅的洞穴，他们轮流睡觉直至天明。莱娜又一次冻得浑身颤抖，但还赶不上尼沙柯之嘴那次虚弱到晕厥的程度。她早晨醒来时周身酸痛，不过体力恢复了不少，可以接着赶路了。

此时，达沃卡正蹲伏在洞口，警惕地观察峡谷外面的崖壁。“有什么情况吗?”莱娜走过去问。

达沃卡摇摇头：“没影子，没气味。他们肯定在找我们，但这片林子里没动静。”听她的口气，这也不算什么好消息。

“很抱歉，我打了你。”莱娜说。

达沃卡皱起眉头看她，茫然问道：“抱什么?”

莱娜搜肠刮肚地寻找罗纳语，结果没有合适的词儿。“Illeha.”她最后说。是遗憾或内疚的意思，取决于重音的变化。

“罗纳黑姆一天到晚打来打去，”达沃卡耸耸肩，答道，“除非你拿刀对着我，那就不一样了。”她起身走回洞穴，见男人们还在熟睡，便踢了踢他们的脚。“起来了，软鸡鸡。该出发了。”

不到午时，他们走出了森林，疲惫不堪地向东北方骑行。此前一路上群山连绵起伏，相对而言，这边的乡野少有峰峦，多是辽阔草原。莱娜凭借大有精进的鞍上技术，紧跟在达沃卡身后。两人齐头并进，疾驰了好一阵子，达沃卡突然扯住缰绳，目光落在西边某处。莱娜循着她的视线望去，只见远方的地平线升起了一团烟尘。“是森挞?”她问。

“还能是谁?”艾文说。

“公主殿下!”斯莫林踩着马镫站起，手指从南边升起的又一团烟尘。

莱娜扭头一看，达沃卡正举目远眺北边的大山，无疑是在估算路程。

“太远了。”索利斯说着取下弓箭。听他的语气并不惊惶，却有一丝认命的味道。

“女王可以走，”达沃卡说，“我们拖住他们。”

莱娜望向西边的烟尘，数了数其中的黑点，数到五十便放弃了。“他们人太多了，姐妹。”她说，“但我还是谢谢你。”

达沃卡迎上她的目光，那眼神里头一回充满困惑，以及不愿接受现实的无奈。莱娜断定她从未尝过失败的滋味。“我很……抱那个什么，勒娜。”达沃卡说。

莱娜的脸上露出了真诚而随和的微笑，连她自己也没想到。“这是我的选择。”她说，然后看了看护在身边的三个男人——艾文和索利斯长弓在手，斯莫林拔剑以待。“好先生们，感谢你们为我效命，带你们参加这趟疯狂的旅行，我对此深感遗憾。”

索利斯哼了一声没说话，斯莫林庄重地鞠了一躬，艾文则说：“公主殿下，若您能赐一个吻，我必定无怨无悔地前去往生。”

莱娜盯着他不放，看到对方面红耳赤方才满意。“我道歉，公主殿……”他结结巴巴地说。

莱娜策马近前，探身一吻，印在他的唇上，停留了好一会儿才抽身回去。“可以了吗?”她问。

艾文终于也有了无言以对的时候。

“Sekhara ke Lessa Ilvar!”达沃卡一声大吼，吸引了莱娜的目光。我们活在众神的注视之下。这是表达对神灵赐福的感谢，通常是指意料之外的好运。

罗纳女人死死地盯着从南边滚滚而来的烟尘，那帮骑手已现出真容。最前面的是一个身穿熊皮背心的大汉，手持一根粗大的战棍。是艾尔特克！

一时间，莱娜以为酋长也是来这儿杀他们的，其实这种想法很奇怪，他先前明明有大把的时间，可以随心所欲地伤害他们。艾尔特克没有停留，带领他的战队往西边疾驰，五百多灰鹰战士全速冲刺，挡在了莱娜一行人与杀过来的森挞之间。

两百步之外，两支战队迎头撞上。寒风凛冽，驱散了飞扬的尘土，厮杀的场景清晰可见：双方的罗纳战士使用战棍、短柄斧和长矛展开恶斗，战号与矮种马的嘶鸣此起彼伏。她看见艾尔特克身处最激烈的战场，战棍和短柄斧狂飞乱舞，前方的敌人一个接一个倒下。

达沃卡大喊一声，策马飞奔，很快就消失在混乱的战场之中，莱娜只依稀瞥见那支长矛在人丛中旋转突刺。

三名森挞脱离战场，向他们猛冲过来，战号嘹亮刺耳。两位宗会兄弟的箭矢分别射落了其中两人，斯莫林冲上前对付第三人，他俯身躲过对方的长矛，一剑扬起，砍中了其坐骑的侧腹。骑手滚落在地，艾文跟着射出一箭，结果了那人的性命。

这场战斗来得快，去得也快，幸存的骑手们接连扯住缰绳，灰鹰部落的战士纷纷下马，砍死那些倒地不起的伤兵。艾尔特克策马奔来，插在腰间的短柄斧和手里的战棍鲜血淋漓。上次见面时站在他身边的年轻男人，如今仍骑马跟在一旁。

“女王，”艾尔特克向莱娜点头致意，“你受伤了吗？”

她摇摇头：“看来我又欠了你一份情，塔莱萨。不过要是在我们出发前，你把计划说出来，那样就更有礼貌些。”

艾尔特克唯一的表情就是微微抿起嘴，莱娜看不出他这是得意还是轻蔑。“没有诱饵，陷阱就不成其为陷阱。”

这时他身后传来一声怒号，只见达沃卡带了一名俘虏走出尸横遍野的战场。那女孩双手被缚，脖子上还拴着一根绳子。

达沃卡一扯绳子，妹妹狼狈地趴倒在地。“你要带她进山?”艾尔特克问道。令莱娜惊讶的是，塔莱萨的口气居然有一丝关心的味道，尽管有些勉强。

“她将由玛莱萨审判。”达沃卡回答。

“我看到她杀了我五个人。”艾尔特克盯着那个伤痕累累的女孩，“我要她血债血——”

“你的要求提得太晚了。”达沃卡打断他的话，瞟了一眼艾尔特克身边的年轻人，又看着酋长说：“而且你自己还要审判呢。”

艾尔特克脸色一沉，黯然点头：“的确如此。”

年轻人眉头一皱：“父亲……”

艾尔特克一挥战棍，正中他的脑袋，他当即翻身落马，不省人事。酋长召来附近的两名战士：“把这个瓦利希捆起来，我们今夜就审判。”

达沃卡的肩膀有一道深深的伤口，索利斯正熟练地替她清洗缝合，与此同时，罗纳女人一边啜饮红花，一边紧咬牙关忍住疼痛。他们和灰鹰战队一同在草原上扎营。尽管大获全胜，他们却仿佛为阴影所笼罩，营火四周也没有庆功的欢歌与喧嚣。原因当然是那个年轻人——他已被五花大绑，跪在艾尔特克的火堆前，作为儿子，等待着父亲的审判。眼下日头西沉，暮色四合，他早已闹腾了许久，对从前的部落同胞极尽嘲讽和羞辱。“你们背叛了罗纳黑姆……迟早害我们成为梅利姆赫的奴隶……让我们的地界形同虚设，任由他们拿走我们拼死保卫的一切……他们会玷污我们……害我们变得软弱……变得跟他们一样……玛莱萨根本就是假的，她说的话不是神谕……”

没人去制止他胡言乱语，也没有人因为他大逆不道的言论施以惩罚。他们仿佛充耳不闻，任由罪人耗到精疲力竭。这就是瓦利希的下场，莱娜心想。

“你怎么知道是他背叛了我们?”等索利斯处理完伤口，她问达沃卡。

“他父亲也是通过这种方法知道的。除他以外，没人知道我们的路线。”她说完看了一眼那个俘虏。女孩被捆得结结实实，绑在一根深深插进土里的铁棍上，那条由莱娜亲手留下的伤疤从下颌划至眉头，在火光的照耀下血红刺目，写满仇恨。自从被捕后，她就没有说过一句话，带到哪儿就倒在哪儿，神情惊恐不安，还有一丝懊恼。

等到月上中天，艾尔特克站起来，手持战棍，走到儿子身边。他举起双臂，灰鹰们便聚拢过来。“我召集你们，与我并肩作战的兄弟，来见证此次审判。”酋长说，“跪在这儿的卑劣小人，曾是我那不争气的儿子。他背弃山中之言，口出忤逆之辞。这不是罗纳黑姆该有的做法。所以，他将受到审判。”

围拢的战士们窃窃低语，纷纷表示赞成。当艾尔特克走向儿子，气氛逐渐紧张起来。可他并未操起战棍痛打儿子，反而扔到一边，跪在儿子身旁。“正如他理应受审，你们也要审判我，因为是我的软弱，造就了今日的他。正因为我软弱，多年以前，这个不成器的东西被梅利姆赫的大恶人打败，我却为他求饶；正因为我软弱，回到部落后，我只字不提他的罪孽，任凭羞耻蒙蔽良心。为了保住他的狗命，我软弱到无以复加的地步，而这就是我所求来的结果，这就是软弱的下场啊。我，艾尔特克，灰鹰之塔莱萨，请求你们审判我。”

起初，莱娜以为这不过是演戏罢了，部落首领痛心悔悟，走走过场而已。可人们交头接耳，话音越来越大，群情逐渐激奋，如此种种，说明这一幕绝对不是演戏——艾尔特克讲的是真心话。他希望受到审判。

有一个人从战队里走出来，看年龄应是经验相当丰富的战士，此人精瘦如鞭，个头不高，但显然颇有威望——他举起战棍，众人立即噤声。他望着跪地不起的酋长，神色忧郁，满眼遗憾之情。“我们的塔莱萨请求审判，”他说，“根据他亲口交代的事实，审判成立。我，马斯戴克，从他能够骑马作战之日起，就是他的兄弟。他从未在战斗中畏缩不前，从未在面临艰难抉择之时逃避责任，我也从未见过他几时软弱……直到现在。”年迈的战士闭了一会儿眼睛，喉结滚动，费力地挤出几句话：“我裁定他软弱无能。我裁定他不适合再担当我们的塔莱萨。我裁定他应该和跪在他身边的瓦利希同一命运。”他扫视着整支战队。“谁对我的判决有异议?”

无人应答。在莱娜看来，他们脸上没有愤怒，只是漠然地认同了判决。此情此景，她是能够理解的，这些人受传统礼数的约束，正如疆国人受律法的约束。这儿不是伸冤报仇的地方，而是法庭，最终的判决已然通过。

一阵刺耳的笑声打破了沉寂，在草原上空回荡。柯拉尔睁着明亮的大眼睛，满心愉悦地瞧着可怜的酋长，笑得银牙外露，身子抖个不停。达沃卡忽地站起来，冲过去猛扇耳光，要她闭嘴。可这样没用，笑声经久不绝，似乎每挨一次巴掌，她反而笑得越发欢乐。最后达沃卡往妹妹嘴里塞了一团破布，又用绳子紧紧地绑在她脑后。笑声确实没有了，但柯拉尔并没有就此消停，她翻来覆去地打着滚，乐得泪水四溢。她瞧见莱娜正在看自己，便眨了眨眼，瞳孔里映射出火光。

莱娜回过头，看到马斯戴克双手紧握战棍，走到前任塔莱萨身边。“我用刀送你走吧，艾尔特克。”他说，“以纪念我们并肩作战的岁月。”

艾尔特克摇摇头：“杀我，但别羞辱我，马斯戴克。”

战士一点头，扬起战棍。

“等等!”莱娜站起身，穿过三五成群的灰鹰战士，走到艾尔特克和马斯戴克之间。

那年迈的战士瞪着她，眼神既惊又怒。“这儿轮不到你发言。”他低声斥道。

“我是梅利姆赫的女王。”她提高嗓门，好让所有人都能听见，“我受玛莱萨的召唤，前去与她本人谈判，诸位必须保我平安往返，待我以应有的礼遇。”

达沃卡忽然出现在一旁，焦虑不安地扫视着人群。“这样做不明智，女王。”她用疆国话低声劝告莱娜，“这儿不是你们疆国。”

莱娜不作理会，凌厉的目光始终不离马斯戴克。“为了保护我，灰鹰部落的战士抛头颅洒热血，忠诚地履行了山中之言。”她一指跪在地上的艾尔特克，“全凭此人坐镇指挥。因此他有恩于我。根据我族的传统，有恩不报，可谓奇耻大辱。如若不等我报恩，你们就杀了他，那便是令我蒙羞，而你们也违逆了玛莱萨之言。”

“我不需要你为我说话，女人！”艾尔特克咬牙切齿地说道。他低着头，巨手如钩，深深地插进土里。“我的耻辱之井还不够深吗？”

“他是瓦利希，”莱娜对马斯戴克说，“这是你们战队所裁定的。无论他说什么，对罗纳黑姆而言都没有意义。”

马斯戴克缓缓地放下战棍，眼里的怒火并未消退，但莱娜见其双肩微微一沉，知道他松了口气。“你想怎么样？”

“把他交给我，”莱娜说，“我带他去见玛莱萨。只有她可以清算我们之间的恩怨。”

“那这家伙呢？”马斯戴克扬起战棍，指向艾尔特克的儿子。

莱娜低头看了看那个满脸憎恨的年轻人。他冲莱娜啐了一口，然后拼命地挣扎着，企图站起身来，结果被周围的战士压住，重又跪倒在地。“软弱！”他狂吼道，“你们都成了这个梅利姆赫婊子的狗！”

莱娜回头对马斯戴克说：“我不欠他的情。”

他唱起了死亡之歌。战士们从他被缚的双手之间牵出一根绳子，拴在马斯戴克的矮种马身上。艾尔特克的儿子面对东升的旭日，语调轻快地唱起了一首罗纳挽歌，歌词多是古语，莱娜听不懂，但其中重复出现了“众神的复仇”这一句。马斯戴克一踢马腹，带着他飞奔起来，战队簇拥着他们，向南边疾驰而去，歌声渐行渐远。达沃卡说，她见过有人被矮种马拖着跑，足足坚持了一整天。艾尔特克望着曾经的族人消失在视野里，默然无声。

莱娜走到自己的矮种马旁边，检查它的蹄子有没有受伤的迹象，然后打理起乱糟糟的鬃毛。她察觉到索利斯的目光始终如影随形。“你有话要说吗，兄弟?”她问。

索利斯的表情仍是那么难以解读，但语气显然不同以往，过去多是不满，如今取而代之的似乎是尊敬。“公主殿下，我刚才在想，罗纳人或许没有说错。”他说，“我们跟随的是一位女王。”他略一颔首，走向自己的坐骑。

他们接着向北而行，又闯进了山区。此处的大山巍峨雄壮，峰峦高耸，云雾缭绕，比起司盖伦关有过之而无不及。一条条羊肠小道盘绕于山腰，越走越窄，险象环生。这是头一个没有森挞追击的夜晚，他们选了一处悬崖扎营，据艾文估算，崖深约五百英尺。暮色降临时，湿漉漉的雾气如毯子一般将他们裹挟其中。

艾尔特克不和他们在一起，他独自坐在崖边，默然无语，纹丝不动，既不吃东西，也不管生火。莱娜打算过去陪陪他，但见达沃卡用力地摇摇头，也只好作罢。她转身走向柯拉尔，坐在女孩对面。达沃卡在尽可能远的地方另生了一堆火，把柯拉尔安置在那里，连双腿也绑了起来，因为这儿没有松软的地面可供打桩。女孩斜倚在石头上，兴味索然地望着莱娜，活脱脱就是一个闲极无聊的小姑娘。

“疼吗？”莱娜指了指她的伤疤，问道。

柯拉尔皱起眉头说：“我不讲你们的狗话，梅利姆赫母狗。”

莱娜心里苦笑，看来不是什么开场白都有用，“我留给你的伤疤，”她说，“疼不疼？”

女孩耸耸肩：“疼痛对战士是常有的事。”

莱娜看了达沃卡一眼，罗纳女人正盯着她们俩，神色异常警惕。“我朋友认为你已经不是她妹妹了，”莱娜说，“她认为你占据了她妹妹的身体，真正的你根本不是她心爱的妹妹。”

“我姐姐盲目地效忠于伪玛莱萨。她本应看到真相，却轻信了谎言。”女孩的脸上没有异样的表情，而且语调平淡，就像孩子在背诵信仰教义。

“那真相是什么？”她问。

“伪玛莱萨企图消灭罗纳黑姆的灵魂，转移众神的目光，要我们在火堆边再无故事可讲，也无死亡之歌可唱。先与你们讲和，再与瑟奥达人讲和，那我们成什么样了？跟你们一样埋在土里生蛆吗？跟你们一样奴役女人吗？跟你们一样做牛做马到死吗？”依然是那么平淡的语调，如此疯狂的谩骂，竟然透露不出一丝一毫的激情。

莱娜朝艾尔特克的方向一点头，他壮硕的身影在雾气中是那般落寞。“你可知道我为何救他一命？”

“梅利姆赫全都软弱无能。你的心太软了，你所谓的恩情纯属自以为是的幻想。他听从的是伪玛莱萨之言，你根本不欠他的情。”

莱娜摇摇头，目光在女孩的脸上游移：“不，我之所以救他，是因为我看见你想他死。为什么？”

可惜她回答时没有一丝犹豫和慌张，根本不露马脚：“他长年迫害森挞，我为什么不想他死？”

从她身上找不到证据，莱娜心想。女孩确实性格古怪，有可能精神失常，但很难证实达沃卡的判断。她站起身，向众人所在的大火堆走去。

“我听说过一件有关梅利姆赫女人的怪事。”莱娜刚一起身，柯拉尔就开口说道。

“什么?”

女孩的脸上终于有了些生气，嘴角掠过恶毒的笑意：“依照传统，她们在结合之前不能与男人亲近；结合之后，她们也只能有一个丈夫。是真的吗?”

莱娜微微点头。

“可是你，女王，尚未结合。”她贪婪地打量莱娜，那种眼神完全不似少女，即使罗纳少女也不可能如此猥琐，“你没有碰过男人。”

女孩纵声大笑，笑声极为刺耳，充满嘲讽的意味。莱娜一言不发，仔细观察女孩扭曲的面容。“我有个提议，女王，”她说，“我可以诚实地回答你的任何问题，只要让我尝尝你两腿之间那颗纯洁的桃子。”

来了吗？莱娜心想。莫非我终于找到了证据？“你到底是什么东西?”她问。

过了一会儿，女孩的笑声渐渐平息，她靠着石头，又换上那副闲极无聊的面孔。“我是黑河部落的柯拉尔，罗纳黑姆的真玛莱萨。”她移开目光，愣怔怔地盯着火堆，一动也不动，脸上不见任何表情。

莱娜走到大火堆旁，坐在达沃卡身边。罗纳女人不敢看她的眼睛。“我不能杀她，勒娜。”沉默片刻后，她带着歉意说。

莱娜拍拍她的手，躺了下来：“我知道。”

又跋涉了两天，他们看见了圣山，也就是玛莱萨的家。这儿最高的两座大山之间有一道小小的峡谷，它就从谷底拔地而起，从宽阔的基座到尖细的顶端足有三百英尺之高，宛如一柄石制长枪刺破苍穹，在阳光中熠熠生辉。等走近了，莱娜发现其表面有无数露台和窗户，全是从石头里开凿出来的。通过风化程度推断，这应是真正的古代建筑，形制奇异，匪夷所思，仿佛来自未知的世界。

“这是罗纳黑姆建造的吗?”她问达沃卡。

她摇摇头：“大灾难结束之时，圣山就在此地等待我们。这是众神关爱罗纳黑姆的证据。不然还有谁能创造这样的奇迹?”

他们钻进一条隧道，抬头看去，石制拱顶的造型极为优美。而且这儿没有卫兵，他们得以畅通无阻地向圣山内部行进。大约走了一百多步，隧道前方豁然开朗，出现了一方宽敞的大院，条条走廊环绕四周，阳光透过不计其数的圆窗洒满了院子。一群女人静候在此，有些人手持兵器，装束与达沃卡类似，其他人则身着朴素的黑袍或灰袍。她们年纪各不相同，有老有幼，而这帮不速之客似乎也没有惊扰到她们，但当柯拉尔现身，那些全副武装的女人立刻投以凌厉的目光。

“看来你这趟旅行很有意思。”一名面容硬朗的矮个儿战士走来，接过达沃卡坐骑的缰绳，“相信你又有故事可以在火堆边讲了。”

“多的是呢。”达沃卡翻身下马，绽放出热情的笑容，“奈斯塔，给我们安排住房。”

“早就安排妥当了。”奈斯塔扫了一眼，目光定格在莱娜身上。“女王，”她微微颔首，“玛莱萨说了，你到了就即刻去她那里。”她又神色冷峻地看了看柯拉尔：“这人也一起去。”

莱娜以为玛莱萨住在圣山的上层，结果达沃卡领着她走向房中的楼梯井，石阶旋转而下，消失在黑暗之中。

“不行!”看见斯莫林和两个兄弟打算跟来，达沃卡大吼一声，“就在这儿等。男人不许见她。”

斯莫林正要抗议，莱娜抬手制止：“恐怕你的剑在这儿也帮不上忙，领军大人。等我回来。”

他鞠了一躬，又退了几步，端端正正地立在原地，仍是从前那位忠心耿耿的卫队长。尽管他没有了那套盔甲，也没有了那身华服，只剩下佩剑，即便是他有意保留下来的长靴，也已不复平日的光泽闪亮。这么多天来，莱娜第一次意识到自己的形象已经不堪入目：貂皮长袍没了，剪裁合体的骑马装也没了，只有耐穿的皮衣和结实的靴子，而且久经磨损，满是尘土。至于头发，倒是有了罗纳人的风格。

“求你了，姐姐!”

莱娜回头望去，柯拉尔正拼命挣扎，达沃卡拽着她的皮带往下拖。她那张先前毫无表情的面孔，如今因为惊恐过度而五官扭曲，乍一看像是戴着面具。“求你了，”她嘶声哀求道，“如果你还当我是妹妹，就杀了我吧！别带我去见她!”

达沃卡一把揪住她，强行拉下台阶，柯拉尔不断地恳求，不断地挣扎。当她们俩的身影为黑暗所吞没，她的求饶声顿时化作绝望的惨叫。这不是对死亡的恐惧，莱娜心想，在底下等着她的，比死亡还可怕。

她拍了拍破旧的衣衫，掸掉满身的尘土，然后跟着她们走了下去。

第三章 瑞瓦

她不停地跑，肺里火烧火燎，双腿酸痛难忍，她仍不停地跑。远离道路，远离他，远离那些谎言，跑过高高的草丛，跑进茂密的树林。她跑到精疲力竭，斗篷和佩剑彼此纠缠，害她摔了个狗啃泥。她狼狈不堪地爬起来，东张西望寻找路标，胸膛剧烈地起伏，内心充满了恐慌。他肯定在追我，要抓住我，逼我听那些谎言……

她还要跑，可刚迈开腿就失去平衡，原来是无力的双脚绊到了树根。她跪倒在地，呜呜抽泣起来，牵扯起阵阵疼痛，思绪也纷乱无章。如果他真的存在，他的代言人必然会说，他厌恶你们的所作所为……他们派你来寻找根本找不到的东西，就是希望我杀了你……又一个殉道者诞生了……

“骗子！”喊声在林间狂野地回荡。然而，除了大风摇摆枝条的声响，林中并无回应。

她颓然坐在地上，抬头望天，张大嘴巴吸气。她知道艾尔·索纳没有追来，凭他的能耐，找到这儿易如反掌，可此时此地，只有她一个人。她还记得从身后传来的呼喊，其中有绝望，也有挫败……我违背歌声的指示，尽管它催促我不要再管你。

黑刃，遵从歌声的指引吧，她心想，我也要做自己的决定。

她伸出颤抖的手，抚着长长的头发，那是放荡无度的阿斯莱发型。为圣父所不齿的肮脏的罪人……

牧师！牧师可以戳穿这些谎言。她可以回去找牧师，获知事情的真相，而世界之父将再次以大爱赐福于她，证明她没有被厌恶，证明那罪孽已被逐出体外，证明她有资格背负神圣的使命……更有资格佩带父亲的剑。

剑。没有剑就回去找牧师，还要求他解释黑刃的谎言，太荒谬了。话说回来，如果她真能带剑回去，牧师的表情也足以透露出一切必要的真相。剑就是真相。

她睁开眼睛，望着点点繁星，认出了雄鹿座。她知道，雄鹿的前蹄差不多指向正南方，那个方向是库姆布莱、灰峰……以及凌绝堡。也许剑还在那里，孤零零地躺在领主议事厅的黑暗角落里，等她去取。如果那儿没有，找到的希望也就很渺茫了。

她正要起身，一个念头突然冒了出来，仿佛脑海里有人不怀好意地低语，但稍纵即逝。*回去吧。他们会欢迎你。*

“用谎言欢迎我！”她嘶声怒吼。

还有爱。牧师何时给过你？

“我不在乎他的爱，也不在乎别人的爱。我唯一需要的是圣父之爱。”

她站起来，掸掉沾满衣衫的浮土，向南走去。

这把浅黄色的弓是用榆木制成，弓臂光滑亮泽，显然经常使用，两端各有雕饰，一头是雄鹿，一头是苍狼。她跑掉的那天没有带艾尔·索纳制作的楞木弓，而眼下这把有所不同，弓身既长又粗，射击力自然更强，攻击范围也更广。

弓的主人躺在草地上，倚着一截老树桩，这儿离大路少说也有好几英里。他双目紧闭，睡得正香，花白的胡须沾了些红色的液体，膝上搁着一个空荡荡的陶土酒罐。他旁边有一只无所事事的牧羊犬，身上的毛乱蓬蓬的，它神色忧郁地望着瑞瓦，一点儿也不防备她。见她轻手轻脚地凑过去，从醉鬼怀里抽出那把弓，牧羊犬只是好奇地歪着脑袋，观察她的举动。箭袋死死地压在那人背后，瑞瓦只好放弃了。

箭矢比弓好做多了。

她走出二十步远，又站住了，仔细端详弓臂上的雕饰，比先前匆匆一瞥所见更显精美。上头的雄鹿低垂鹿角，摆出战斗的姿态，下头的苍狼作势欲扑，龇牙咧嘴地咆哮。雕工极其精湛，由此推断，这件兵器价值不菲。

*剑是一切。*牧师如是说。*寻剑途中所犯下的任何罪行，圣父皆可宽恕。*

瑞瓦叹了口气，折回去，又把弓放到醉汉怀里，坐在一旁等他醒来。过了一会儿，牧羊犬走过来，鼻子嗅了嗅，呜咽着索要她头天吃剩的兔肉。她扔了一块过去，牧羊犬感激地吠了一声，老头当即惊醒。

“啥!”他猛地抓紧了弓，到处摸索箭袋，“你要干啥，小婊子!”

他半天也没能从箭袋里抽出箭矢，只好弃弓不用，转而抽出藏在靴子里的小刀，再一抬头，发现瑞瓦掌心里有一块金子，不禁目眩神迷，两眼发直。

“真是把好弓。”她说。

伴随一声锐响，箭矢扎进树干约一掌之深。这并非真正的箭矢，只是一截被风吹断的楞木，长约一码，前端削尖，没有箭镞和箭翎，靶子则在二十步开外。

老头自称牧羊人，可方圆数里之内，连羊群的影子也没见着。据他所说，这把弓来自一场史书并未记载的与库姆布莱人的战争，他那时候年纪还小，领主老爷派人抓他去当兵，他可怜的母亲怎么哭也无济于事。瑞瓦觉得这故事不大可信。虽说这把弓制作精良，但并非库姆布莱的式样。她认为要么是这牧羊人偷来的，要么是赌博赢来的。不管怎样，对方这么费心地编造来历，无非是急于拿到价值不菲的金子。老头迈着蹒跚的步伐，提着酒罐子，走过没有羊群的草场，神色忧郁的牧羊犬尾随而去。

瑞瓦跟随雄鹿所指的方向一路往南，已走了约莫两周。她始终远离大路，夜晚宿在林地的暗处，饿了就忍着，一有机会便打猎充饥。旅途中人烟稀少，醉酒的牧羊人是她这么多天来遇到的第一个。这儿距离大路非常远，少有机会碰见旅行者和歹人，但她始终保持警惕，以防强盗出现。

当天傍晚，她射杀了一只雌红松鸡，然后拔毛，开膛破肚，日落前就煮熟吃了。她知道先前跟着艾尔·索纳饱食终日，导致自己软弱了许多，从而深受饥饿的折磨。每晚她都感谢圣父，使其远离黑刃的谎言，同时为过去的放纵忏悔，祈求圣父的原谅。

吃完晚饭，她抽出小刀，揪住越来越长的头发，打算割掉。这成了一种每晚都会上演的仪式，其实她从来没有割掉过，每当刀锋触及那一团团放荡无度的发卷，原有的决心便逐渐软化了。她安慰自己说，这是必要的伪装，没有哪个阿斯莱女人留短发……而她即将跨越库姆布莱的地界。这件事与虚荣心无关，但艾罗妮丝确实不止一次地说过，她喜欢瑞瓦的头发沐浴在阳光中的样子。

她收刀回鞘，蜷缩在斗篷里准备睡觉。骗子，牧师的话回荡在耳畔，为圣父所不齿的虚伪的罪人……

又走了一周，透过远方淡蓝色的山岚，灰峰的轮廓依稀可见。她越往南走，地势越高，覆盖丘陵的林木也越茂密。猎物日渐稀少，她打了一只落单的松鸡，还有一只上了年纪的野兔，它腿脚不灵便，没能躲过疾射而来的箭矢。两晚后，她估摸着最多再走半天就算是进山了。瑞瓦不清楚凌绝堡的具体位置，不过世易时移，当年库姆布莱人都不敢提起那个地方，但她父亲的殉难已改变了这一状况。她知道库姆布莱与阿斯莱的界河边有一座村庄，牧师曾说过，朝圣者可以去那儿寻求帮助，而所有的真刃之子都必须前往凌绝堡，缅怀圣父最荣耀的仆人。

她寻到了一汪水潭，上有瀑布凌空落下，于是脱得精光，钻进水帘里沐浴。等洗完了，她又搓净衣裤，摊开来晾干，然后靠在石头上晒太阳，望着变幻万千的流云。和往常一样，当她任由思绪飘远，便又想起艾尔·索纳教的剑术、艾罗妮丝画的画儿，还有醉醺醺的诗人语不成调的歌声。这样不对，她知道，这是放纵自己犯罪，于是她又祈求圣父宽恕。然而每天都有那么一阵子，她都随心所欲地沉浸在回忆中，等待那个不怀好意的低语声响起：*此时不晚。回头往北走。坐船去北疆。他们会欢迎你……*

练剑是她自我惩罚的方式，剑招越使越快，直到头晕目眩，气力竭尽，步履蹒跚为止。待天光尽敛，她拢来一堆蕨草当作床铺，倒头便睡。这一次她没再费心拿小刀比划头发，其实头发已经长到该修剪了，只是没遮住她的眼睛而已。

尖叫声惊醒了瑞瓦。她翻身伏地，剑已出鞘，握在手中，双眼在黑暗的林间搜寻敌人的踪影，可什么都没有……等等。

鼻子先有感知，是微风带来的烟味，紧接着树丛中闪过黄色的光芒，那是熊熊燃烧的大火。尖叫声再次传来，惨厉，刺耳……是女人。

*肯定有歹人，*她站了起来。*但不关我的事。*

又有尖叫声传来，随后是语无伦次的求饶声，然后戛然而止，林中一片死寂，令人窒息。

瑞瓦想起先前在兰斯米尔干掉的歹人，奸尸的凯拉及其同伙，他们的死一点儿也没有搅扰她的清梦。

她收剑回鞘，寒光顿消。然后她挎上箭袋，拿起弓，向前走去，用的是艾尔·索纳打猎时教给她的步伐——脚板仅稍稍离地，弓腰伏背，碎步移动。等她摸到近前，只见林中有片空地，一堆木柴烧得正旺，火苗蹿得老高，人影憧憧，隐隐有说话声，听来煞是凶恶。

距离火堆不足三十步时，她伏下身子，左手持弓，弓弦搭在胳膊上，慢慢地匍匐前进。不大工夫，她目光一凛，停止了动作。只见一个虎背熊腰的男人背朝火堆而立，目光如炬，来回扫视，捕捉林中的风吹草动。他背上佩有长剑，手挽一把蓄势待发的十字弓。此人是哨兵。强盗不可能如此尽职尽责，也没有这么精良的武器。

瑞瓦避着对方的视线，又缓缓地爬近了些，她小心翼翼地拨开地面的树枝和枯叶，以及任何可能造成响动、泄露行踪的杂物。她终于看清了，哨兵身披黑色斗篷，是第四宗的兄弟。

在如此之近的距离，说话声清晰可辨，说话的人也出现在瑞瓦的视野内。他面黄体瘦，同样身披黑色斗篷，一边朝着他的右手边打手势，一边喋喋不休地叨念："……你们生为绝信徒，也将为绝信徒而死。你们的灵魂无处安放，不能立足于逝者之林，误信伪神令你们苦度此生，死后亦孤寂永恒……"

等哨兵的目光转向左侧，瑞瓦尽可能支起身体，循着黄面人手舞足蹈的方向看去。那儿有四个人，全被五花大绑，嘴也堵死了，其中有一男一女，以及一个不超过十岁的小女孩和一个身板结实的少年，看样子比小女孩大五六岁。两名身披黑色斗篷的宗会兄弟手持长剑，立在他们身后。少年是四人之中最活跃的，仍在挣扎扭动。除了缚住手足的绳索，还有一块木板插在他的双肘之间，紧紧地绑在背后，勒得胳膊上瘀伤累累，他嘴里咬了一截六英寸长的木头，且被麻绳牢牢地捆住。少年发狂时涎水四溢，眼里饱含怒火，但并没有瞪着慷慨激昂的黑袍兄弟，而是越过那人，望向熊熊燃烧的篝火。

瑞瓦仔细一瞧，发现火堆里有一样黑乎乎的东西，通体焦黑，隐约可见人形，散发出一股血肉焦煳的恶臭。

“你！”黄面人气势汹汹地指着四人中的成年男子，他与少年不同，耷拉着脑袋，默然无声地跪在那儿不动，似乎已经认命。“你诱导孩子误信伪神，用绝信徒的肮脏思想玷污他们，如今你要见证你带给他们的命运了。”

一名黑袍兄弟揪住男人的头发，用力一扯，说来奇怪，他的脸上没有恐惧也没有愤怒，当黄面人念念有词地走过来时，他眼中含泪，却并不害怕。

“好好看着，绝信徒。”黄面人嘶声说道，火光映红了那张扭曲的面孔。他抓住小女孩，把她提得站了起来。“看看你干的好事。”

小女孩尖叫着，拼命地扭动身子，但黄面人轻而易举地将她悬空提起，朝火堆走去。那健壮的少年嘴里咬着木头，只能呜呜地叫唤，同时挣扎着企图站起来，结果背后的兄弟一棒子把他打翻在地，又用剑柄狠狠地戳他的后背。

转瞬之间，瑞瓦已将一切尽收眼底，那个演说家，俘虏身后的两名宗会兄弟，外加一名哨兵。她看见的就有四个人，肯定还有她没看见的，而且个个全副武装，都不是喝醉酒的山贼。获胜的希望几近渺茫，况且这本非她的任务，作何选择，再清楚不过了。

第一个死的是哨兵。瑞瓦从黑暗中走出来，一刀划过去，他只吭了一声，捂着破开的喉咙，脸朝下扑倒在地。瑞瓦收刀回鞘，引弓搭箭，射中了演说家的后背，当时那人刚把小女孩举过头顶。他颓然倒地，逃出魔掌的小女孩一阵胡踢乱蹬，想要挣脱束缚。

余下的两名兄弟终于回过神，在他们拔剑冲过来之前，瑞瓦还有时间再射一支箭。她选择了距离最近的那个，正是他强迫被俘的男人目睹亲生女儿受死。此人动作灵敏，瑞瓦一箭射向他的胸部，他飞快地向左闪躲——可惜还不够快。箭矢扎进肩膀，他当即翻倒在地。瑞瓦拔剑迎向另一名兄弟，半路经过中箭不起的伤兵时，顺手抹了他的脖子。

死者的同伴从俘虏们背后杀将过来，抬起了手里的十字弓。壮实的少年突然怒吼一声，肩膀猛地撞向那人，随着清脆响亮的肋骨断裂声，黑袍兄弟跌进了火堆里。他惨叫着拍打周身缭绕的火焰，疯狂地就地翻滚，不断发出撕心裂肺的哀号。

忽然有人大喊大叫，瑞瓦循声望向左侧，只见三名宗会兄弟手端十字弓，从暗处杀了出来。瑞瓦瞟了少年一眼，他跪坐在地，虽然口不能言，但那双饱含哀求的眼睛睁得老大。

她转身冲向林子，半路上还弯腰拾起先前丢下的弓，一支箭矢呼啸而至，擦着头发飞了过去，随后她便消失在黑暗中。

瑞瓦跑了二十步之遥，然后转身蹲下，深吸两口气，纹丝不动地伏在黑暗里，等待对方的报复。三名黑袍兄弟气急败坏，对少年拳打脚踢了一阵子，以宣泄怒气，然后聚在一起察看烧焦的兄弟，交头接耳地讨论接下来的行动。他们站成一排，火光勾勒出他们的影子。

希望也不是那么渺茫嘛，瑞瓦一边想着，一边拉弓瞄准。

少年名叫阿肯，妹妹是鲁阿拉，还有母亲埃丽丝和父亲莫达尔。火堆里的尸体是莫达尔的母亲叶尔娜，鲁阿拉和阿肯管她叫奶奶。瑞瓦没兴趣询问唯一幸存的兄弟姓甚名谁，只称他为演说家。

“拜神的女巫!”那人靠着树干喊瑞瓦，他的两条腿绵软无力地搁在面前。那一箭穿透了他的脊椎，导致腰部以下全都瘫痪了。遗憾的是，他说话没受影响。“你肯定施了黑巫术，才能这样屠杀我的兄弟。”他伸出颤抖的手指，给瑞瓦定罪。演说家的皮肤苍白而湿冷，眼神越发呆滞。杀他实属仁慈之举，可之前在夜里，莫达尔不准她动刀子。

“他打算活活烧死你女儿。”瑞瓦提醒他。

“什么是仁慈?”他绷着长脸，神色哀伤，却依然不见愤怒。问这句话时，他挑起眉毛，似是诚心诚意地求解。

“什么?”她皱着眉头反问。

“仁慈是最甘甜的酒水，也是最苦涩的艾草，”身为母亲的埃丽丝说，“是善人的奖励，也是罪人的耻辱。”

“知识教理。”阿肯告诉瑞瓦，他搬起一名黑袍兄弟的尸体，丢进了火里。他的语气略带不满。“她明显是库姆布莱人，父亲，”他对莫达尔说，“十有八九没兴趣听你说教。”

教理?“你们是信徒?”瑞瓦大感意外。她原以为这一家人信仰某种乱七八糟的教派，因为自从宽容法令颁布后，许多教派都公之于众了。

“真正的信仰。”莫达尔说，“不是深受蒙蔽的信徒所追随的歪理邪说。”

演说家唾沫横飞地骂了句什么，听上去像是“绝信徒骗子!”

“疼就说。”瑞瓦伸手拔出了他背上的箭矢。不疼，因为他感觉不到。

烧伤的那名兄弟也逃过一劫，但终因伤势太重，没能熬到日出。他的惨叫声持续了很久，当瑞瓦打算让他安静下来时，莫达尔又一次拦住了她。她大惑不解，只好去帮阿肯，两人忙着把尸体搬进火堆里烧掉。

“这家伙很厉害，”她抬起尸体的双腿，此人在兄弟之中个头最高，也是最后一个倒下的，“我认为他在加入第四宗之前曾是疆国禁卫军的一员。”

“没你厉害，”阿肯说着，抬起尸体的肩膀，“我很高兴你让他在死之前遭了罪。”

当时真是这样吗?瑞瓦确实要了他一阵子。别人接连中箭倒下，他却俯身躲过，逃进林子里以求掩护。两人各持长剑，在林间空地的边缘对上了。他行动迅捷，经验丰富，知道很多花招。然而，瑞瓦知道的更多，速度也更快。她故意延长了交手时间，在一次次格挡与反击之中，她感觉到剑术有所精进。她在对手的脸上、胳膊上划出一道道伤口，与艾尔·索纳教授剑术时的举动如出一辙，只不过这次是玩真的。当瑞瓦发现小女孩还躺在那儿哭泣，嘴巴被堵着，身子也不能动，便一剑刺进那人的胸膛，结束了这场较量。

原谅我的放纵，世界之父。

火苗越蹿越高，莫达尔讲了几句话，他召集家人，感谢叶尔娜一生的奉献，怀念她的善心和智慧，怜悯那些选错了道路，最终丧命于此的人。瑞瓦站得远远的，擦拭剑上的污血，她发现莫达尔讲话时，阿肯脸色阴沉，虎视眈眈地瞪着父亲，似是怀有恨意。

是夜，瑞瓦睡得并不安稳。清晨，下起了淅淅沥沥的小雨，演说家的说话声吵醒了她。此时，篝火已经熄灭，仅剩一堆灰黑色的余烬，经过雨水的冲刷，露出一堆骨骸。

“噢，我牺牲的兄弟们！”演说家喊道，“你们死于黑巫术。愿逝者洁净你们的灵魂。”

“不是黑巫术，”瑞瓦打着哈欠对他说，“就是小刀、弓和剑，还有相应的武艺。”

演说家本想回应，喉咙却呛住了，猛烈地咳了一会儿。“我……渴。”他沙哑地说。

“喝雨水。”

宗会兄弟们留下了几匹好马、数天的干粮，以及不少钱币。瑞瓦挑了其中最高大的一匹灰色公马，它脊背宽阔，精力充沛，显然是养来打猎用的，其余的马儿都放走了。昨晚，由于莫达尔的坚持，他们把宗会兄弟的武器全都扔进了火里，阿肯气得直哼哼——他早就拿了一把剑据为己有，可父亲走过来，动作轻柔却毫不犹豫地从他怀里抽了出去。

他们的牛车依然完好，拉车的公牛也在，只是车内一片狼藉，物品损毁严重。看到自己心爱的娃娃被扯得稀烂，鲁阿拉伤心地哭了起来。

“我们去南塔，”阿肯说，“有家人在那儿。据说只要到了南海岸，有守塔大臣的照顾，宏信徒不用担惊受怕。”

“他们追杀你们。”瑞瓦说。

阿肯点点头：“父亲热衷于宣扬宽容教义，只要有人愿意听他就说。他希望在南边找到更多传教的机会，而滕吉斯宗老不想看到这种情况。”

瑞瓦发现莫达尔正在整理马车后厢，他把杂物扔到旁边，清出一块空地，铺好了毯子。“你这是干什么？”她问。

“安置受伤的兄弟，”他解释，“我们必须帮他找个医师。”

瑞瓦凑到他耳边，以极轻的声音低语道：“要是你打算让你女儿跟这坨屎一起坐车，我就砍下他的脑袋丢进河里。”

说完这番话，她死死地盯着莫达尔的眼睛，确保对方听明白了。莫达尔双肩一沉，垂头丧气地招呼家人上车。

“往东边走几英里地有一个村子，”瑞瓦说，“我要去那里，不介意的话，我们结伴走一段。”

莫达尔本想抗议，他妻子却抢先应道：“非常欢迎，亲爱的。”

瑞瓦骑上灰色猎马，慢慢地跑向演说家倚靠的那棵树。

“女巫……你要……杀我吗？”他吃力地吐出几个字，乌黑的眼珠子嵌在蜡白的脸上，宛如两颗煤球。

瑞瓦从猎马的鞍上取下沉甸甸的水壶，扔到他膝上。“我为什么要杀你呢？”她俯身向前，意味深长地看了一眼那双松弛无力的腿，“我希望你可以活得很久，兄弟。当然了，只要没有狼或是熊发现你。”

她调转马头，跟上了辘辘行驶的牛车。

这个村子实在古怪，库姆布莱人和阿斯莱人住在一起，说话带有奇异的口音，似乎是两大封地的方言相互影响的结果。对于川流不息的旅行者和车马客来说，这里是极为重要的驿站。物资在此汇聚，酒水北上，钢铁和煤炭南下。还可以看见一队疆国禁卫军，他们驻守在车马来往的十字路口，疏散交通，治理拥堵，保障贸易活动顺畅进行。路口南边有一座世界之父的神庙，对面是第五宗的驻地。

“宗会有专治刀伤的药膏，”瑞瓦对莫达尔说，“你最好说是遇到了强盗。他们抢完东西就跑掉了。没必要惊动卫兵。”

莫达尔凝重地点点头，流露出戒备的神色。他根本没有杀手的概念，瑞瓦心想。人家躺在那儿奄奄一息，他竟然打算去照料。这种信仰何其可笑。

“我们的感谢与你常在。”瑞瓦扯动缰绳的同时，埃丽丝说话了，她的目光真诚而热切，“欢迎你明天再和我们一起上路。”

“我要去灰峰。”她回答，“但还是谢谢你们。”

她策马向村子行去，回头一看，阿肯正坐在马车后厢目送她，迟疑地挥手道别。瑞瓦也挥了挥手，骑马离去。

旅店的三间房是村子里最矮小的建筑，挂在门口的牌子写的是“车夫歇脚地”。店内挤满了旅行者和牲口贩子，大多数人双手空空，看到她别在腰间的刀子，无不避而远之。她在角落里寻了张凳子坐定，等女招待过来招呼。“这儿管事的是辛道尔？”她问。

女孩警惕地点点头。

瑞瓦递给她一枚铜币：“我要见他。”

辛道尔是个精瘦的男人，嗓子粗哑，脾气暴躁。“你给我带的什么玩意儿？”当女招待领着瑞瓦走进后屋时，他正坐着数钱，“害我忘了数到多少，就为这个瘦不拉叽的婊……”他抬头看到瑞瓦的模样，忽然闭口不言。

她伸出大拇指按在胸前，也就是心脏上方的位置，往下滑了一次，又一次。

辛道尔以难以察觉的幅度微微颔首。“上酒！”他朝女招待大喊，“还有吃的，馅饼要实在。”

他拉过一把椅子请瑞瓦坐在桌边，然后目不斜视地看着她取下佩剑，脱掉斗篷。等女招待进进出出的忙完了，他才轻声说话，语气虔诚：“就是你了吧？”

瑞瓦猛啃馅饼，又咕咚咕咚直灌麦酒，听到这话，她挑起眉毛以示不解。

辛道尔越发压低了声音，凑到跟前说：“真刃的血脉。”

瑞瓦吃了一惊，差点笑出声来。此人一本正经的样子实在有趣，却也使人有些紧张。他眼里神采飞扬，令瑞瓦回想起聚集在艾尔·索纳家门口的白痴异教徒。“真刃是我父亲。”她说。

辛道尔倒吸一口气，兴奋得十指交握。“牧师传话说，我们很快就会有你的消息，是足以撼动异教徒统治根基的重大消息。可我真的没有想到，做梦都想不到，我有幸亲眼见到你本人，更别提我以旅店老板的身份在这间屋子里见到你。”

牧师传话……“他说了什么？”瑞瓦尽量用轻松的口吻问道，似乎只是出于好奇，随口问问。*是不是说我很快就会死？然后你们就有新的殉道者可以膜拜了？*

“牧师的话非常简短，而且意思模糊，这也合情合理。如果讲得一清二楚，中途却被封地领主或是异教徒国王截去，那我们只能前功尽弃。”

她点点头，接着吃喝。馅饼风味极佳，松软的面皮里夹有浸过酒的肉排和烤蘑菇。

“恕我冒昧，”辛道尔接着说，“我不敢贸然打听你的任务，不知你完成了没有？我们最终的解放是否指日可待？”

瑞瓦淡淡一笑：“我要去凌绝堡。牧师说，去那儿的朝圣者都由你负责安排。”

“正是，”他低声说，“你想去朝圣是理所当然，只要我们还有时间。”他起身走到灯光照不到的角落里，弯腰搬起一块砖，从里面抽出一样东西。

“画在绸子上，”他递来一块长不过六英寸的方巾，“方便藏在身上，必要时可以吞进肚子。”

方巾上画的是地图，线条简单，倒也很容易识别。从一堆可能代表村庄的符号里，牵出了一条线，弯弯曲曲地穿过山脉与河流，终点处有一个黑色的图案，形状酷似矛尖。

“从这儿出发要走六天，”辛道尔说，“最近朝圣者没有那么多了，所以路上比较安全。那里有我们的朋友，为了隐蔽身份扮成乞丐的模样。”

“没有驻军？”她大为讶异。她设想过各种各样的办法，为的就是躲过封地领主的卫兵，神不知鬼不觉地潜进要塞。

“真刃牺牲后就没有了。看来埃尔托城里那个风流醉鬼很乐意任由凌绝堡化作废墟。”

瑞瓦吃光了馅饼，又灌完了麦酒。“我要一间房过夜，”她说，“还要给我的马在马厩里寻个位置。”她给钱，辛道尔不收，直接领她去了楼上。房间不大，床铺狭窄，不算特别干净，但自从离开黑刃的家之后，瑞瓦头一回看到床，便也打消了一切疑虑。

“我见过他一次，”辛道尔没有立即离开，目光依旧停留在瑞瓦脸上，“我是说真刃。那之前不久，他挨了强盗一箭，圣父保住了他的性命，我看到他的时候，伤疤还很新鲜，血红如宝石，在清晨的空气中闪亮。他站在那儿发表演讲，说的话……一听就让人觉得句句在理。我当时就意识到，我听见了圣父的召唤。”他目光如炬，嗓音低沉，令瑞瓦想起瓦林斯堡的铸剑师。他又说："你有他的眼睛。"

瑞瓦把斗篷和剑放到床上："疆国禁卫军去灰峰巡逻吗?"

辛道尔眨了眨眼，然后摇摇头。"只在平地的大路上有，强盗常常在那种地方出没。山里没有见过，我估计是因为太冷了。"他在房间里唯一的桌子上摆了根蜡烛，然后走出门外，"早铃是五点钟开始敲。"

"那时我已经走了。感谢你的照顾。"

他离开前最后看了瑞瓦一眼，意犹未尽地说："亲眼看到你的样子，就是给我的最好回报。"

她以前没来过灰峰，发现此处山势险峻，令人心惊胆战。目力所及，全是刀削斧砍的峭壁，随着她越走越深，悬崖也越来越高。天气常年阴冷，外加细雨和浓雾频繁造访，越发寒凉刺骨。路的尽头是一条宽阔的大河，水流湍急，向东而去。她沿着河岸走，依据绸缎上的地图所示，从这儿去凌绝堡是最近的。当她策马踏上碎石遍地的浅滩，灰色猎马打起响鼻以示抗议。

"响鼻，"她一边抚摸马脖子一边说，"以后就这样叫你了。"

这时，身后忽然传来马蹄声响，她坐在鞍上扭头一看，只见路的尽头出现了一人一马。瑞瓦等在原地，看着那个身材魁伟的少年骑着一匹小马慢慢行来。

"是你偷的吗?"等阿肯走到面前，她问道。

"宗会兄弟的钱。"他干咳了几声，回答道。马鞍显然过于狭小，他坐在里面扭来扭去。

瑞瓦盯着他不说话，少年满脸通红，又干咳了几声。

"我要是再多待一天，肯定会忍不住杀了他，"他开口道，"再说你有恩于我。"

半空中隐隐传来雷鸣，瑞瓦抬头望去，一大团乌云自西边飘来。“我们最好离开河岸，”她一踢响鼻的肚子，“下雨的时候可能会发洪水。”

“他就是个车轮匠人，”阿肯说，“手艺不赖，懂的比镇上大多数人多一点点，信仰也虔诚些，可说到头还是个车轮匠人。有一天，第二宗的宗老到驻地视察，父亲找她请教教理，从那以后，一切就变了。”

他们在崖壁边找了一处狭窄的岩缝避雨。尽管此处躲开了暴雨的冲刷，但潮湿过度，无法生火，他们只好缩在斗篷里，依靠马儿的鼻息取暖。

“一有时间就跟愿意听的人讲啊讲，”阿肯接着说，“一有钱就造模子印传单，免费送给愿意要的人，我和妹妹每回站在路边好几个钟头，他也不管不顾。最见鬼的是真有人停下来听他讲。我恨这些人。要是没人听他讲，或许他就放弃了，第四宗也不会来抓我们。你们信的神，没有宗会侍奉吧？”

“这个世界是由唯一圣父的意愿造就的，”她说，“所以我们要认识他的爱。世界独一无二，圣父独一无二，教会独一无二。”尽管已腐化堕落。

阿肯点点头，打了个喷嚏，鼻尖上挂了一颗水珠。

“他们会来找你吗？”瑞瓦问。

他略显沮丧：“应该不会吧。话都说出口了。”

“说出去的话又不是射出去的箭，说了还可以反悔。”

“他要我什么都不做！”阿肯紧咬牙关，捏紧了斗篷底下的拳头，“他们骑马从林子里冲出来的时候，他坐在那儿一动不动，只知道默念狗屁教理。这是什么人啊？”

虔诚的人，她心想。“他到底说了什么，惹得那帮人发那么大的火？”

“说信仰失去了方向。说我们都犯了极其严重的错误，说掐脖红扭曲了我们的灵魂，导致本该相爱的我们，如今彼此仇恨，导致应该由我们拯救的人，却遭受我们的杀害。还说对无信者的迫害，在生者与逝者之间筑起了一道高墙。有一天，一个第四宗的兄弟找到我们家，送来一封他们宗老写的信，信里写得还算客气，但态度很坚决：不准再传道了。父亲把信撕得粉碎，扔到他脸上。两天后，店子被烧了。”

响鼻扬起前蹄，在岩石上踢踏，不耐烦地摇头晃脑。瑞瓦逐渐摸清了它的脾气，响鼻最讨厌站着不动。她起身走过去，从鞍包里掏出一根胡萝卜，递到响鼻嘴边，它嘎嘣嘎嘣地嚼起来。“你不欠我什么，”她对阿肯说，“跟我一起旅行只会……很危险。”

“你错了，”他说，“有恩就要报恩。再说我也不怕什么危险。”

他的眼神异常坚毅，还有一点儿羞涩。终究还是孩子。瑞瓦心想。不用理会他的心思。“我正在找一样东西，”她说，“帮我找到，我们就算两清了。到时候，你只管走你的路。”

他点点头，微微一笑：“就这么办。”

瑞瓦从鞍袋里掏了什么东西出来，扔给他：“你父亲忘记搜走演说家的武器了。”

他握住刀柄，抽刀出鞘。这是一把精钢打造的长刃兵器，刀身轻重均衡，乌木手柄的抓握感极强。“我不知道怎么使。小时候，父亲连木剑都不准我碰。”

瑞瓦回头张望，发现风停雨住，只有蒙蒙细雨仍在飘洒。她牵起响鼻的缰绳，走出岩缝。“我来教你。”

说是练剑，倒像是陪孩子玩，只不过这孩子的个头比她还高半英尺，体宽一倍。动作太慢了。瑞瓦心里想着，她矮身躲闪，随后阿肯跌跌撞撞地冲了过去，那把未出鞘的刀偏了足有一臂之遥。她翻身跃到阿肯的背上，手里的刀抵住了对方喉咙。“再来。”她说完便跳了下去。

阿肯转过身来，面色微微泛红，情绪有点激动，举刀的动作略带迟疑。不是因为丢脸。瑞瓦明白了。我不能再跳到他身上了。

接下来的四天，瑞瓦每天早晚各花一个钟头，希望教他学会刀的基本用法，却发现这是几乎不可能完成的任务。他人高马大，身强体壮，但速度和敏捷不足，连瑞瓦最慢的动作也应付不来。于是，她叫阿肯把刀丢到一边，专心练习徒手搏击。这下好多了，他相对轻松地掌握了拳打脚踢的基本套路，还在简单的对打练习时，一拳击中了瑞瓦的胳膊，力道之重，胳膊顿时起了一块瘀青。

“对不起。”看见她摩挲胳膊，阿肯气喘吁吁地说。

“对不起什么？是我太——”瑞瓦忽然身形一矮，突破了他的防御，猛地一掌扇在他脸上，没等他反应过来，又旋身退开。“——慢了。今晚就到这里。我们吃东西。”

她心里清楚，允许阿肯留下来，是又一次的放纵。自从与艾尔·索纳分开，她就渴望有人陪在身边。另外，阿肯还担负起仆人的责任，任劳任怨地生火、做饭、照料马匹，夜夜如此，动作麻利堪比行军的士兵。这不公平。瑞瓦一边想，一边看着他切好腌肉，扔进锅里。我根本不需要他帮忙。还有他看我的眼神……并无欲望，也没有眉目传情的意思，只是充满渴求。终究还是孩子。

第二天他们看见了凌绝堡，远远望去，高耸入云的巅峰参差不齐。她听过很多传说，以为凌绝堡极其高大雄伟，是一座配得上他父亲英勇殉难的传奇要塞，但当他们越接近，就越觉得毫无美感可言：城墙破了大洞，城垛也裂开豁口，仿佛有巨人来过，照着石墙啃了几口。一条沿斜坡而上的土路通向大门，砌门的石头已破烂垮塌，成了一群长角山羊的窝，它们啃食着冒出石缝的野草，毫不理睬走过去的两人。

“太壮观了！”阿肯兴奋地喊道，此时他们站在大门前，仰头望着笔直向上延伸的城墙，“从来没见过这么高的塔。”

忽然有尖锐的铁器摩擦声响起，来自大门内侧的一扇小门。他们循声望去，只见阴影之中出现了一张苍老的面孔。“这儿没东西可偷了。”那人说。

瑞瓦比画出代表真刃的手势，神秘面孔上的敌意随即消散。“快进来。”他说完便消失在阴影之中。

瑞瓦走进去时，老人退到一旁。她发现很难猜测此人的年龄，从那张皱纹密布、皮肉松弛的面孔来看，七十多岁或许比较接近。老人裹着一条旧毯子，衣服相当破旧，很可能是长久以来在石头上搓洗的缘故。他有根一人高的手杖，瞧他拄着杖子的情形，与其说是武器，不如说是支撑身子之用。“我叫万提尔，”他自报家门，“我应该知道你是谁。”他又冲着牵马站在外边的阿肯一点头：“至于他，我不认识。”

“我信任他。”瑞瓦说。

对万提尔来说，似乎有这句话就够了。他步履蹒跚地走上一段陡峭的台阶。“你应该想先看看那间房吧。”

“是。”瑞瓦感到心跳加速，比面对演说家和那帮宗会兄弟时更紧张，“我想看看。”

房间没什么特别。相比起他们一路上经过的房间，无非是宽敞些，却一样年久失修。除了冰冷的石头和阴影，以及正对房门的一把高背座椅，再无他物。她要万提尔取来火把，照亮阴暗的角落，火光从墙壁上游走到柱子后面，又跳跃至椅子底下。

“你不想在椅子前祝祷吗？”万提尔显然对她的举动感到不解。

瑞瓦没有理会。她搜索过整个房间后，又从头开始找寻，一遍又一遍。借着火光，每一个角落，每一个可能藏东西的地方，每一处阴影，全都仔细筛查过了。一无所获。

“你来这里多久了？”她问万提尔。

“真刃牺牲后不久就来了。”

“你肯定知道我为什么要来。”

老人耸耸肩：“为真刃祝祷。在他殉道的圣地，向圣父——”

“他有把剑。他死的时候剑就在这个房间里。如今去哪儿了？”

万提尔茫然地摇头：“这儿没有剑，城堡里有什么我再清楚不过了。如果不是黑刃那帮杀手拿走的，那就是封地领主的家丁捡去了。”

“黑刃没有拿。”她喃喃道，“封地领主的人什么时候来的？”

“他们每年都来，确保这儿没有朝圣者。他们来的时候我们就躲进山里。上次是两个月前。”

一路千辛万苦，却一无所获。既然不在这儿，艾尔·索纳的人又没有拿，那就只可能在封地领主手里，必须去一趟埃尔托。

“今晚有没有地方供我休息？”她问万提尔。

“这儿欢迎真刃的血脉，你想住多久都行。”他有些焦躁，手杖在石头地板上敲了好几次。“要祷告吗？”他问。

瑞瓦最后扫了一眼：一把空椅子，一间空房子。没有真刃的一丝痕迹，连一块可供凭吊的血迹斑斑的石头也没有。*他想过我吗？*瑞瓦心想。*他是否知道我的存在？*

“圣父知道我有多爱真刃。”她边说边走向门口，“还需要给那小子一张床。”

第四章　弗伦提斯

他爬上公馆几英里外的山丘，在坡顶的一堆岩石里藏身，这儿视野极好，周围灌木丛生的荒漠一览无余，而且树林茂密，不仅可供生火，还能遮掩行踪。他松开公马的缰绳，猛地一拍，催它向南疾驰，希望借此吸引追兵。第一晚，女人流血不止，鼻子、耳朵和眼睛源源不绝地涌出浓稠的红色液体，连裤子也湿透了，说明浑身都在出血。弗伦提斯脱光了她的衣服，不停地擦血，慢慢地，血越流越少。她赤身裸体地躺着，肤色苍白，不省人事，呼吸轻浅，既没有呓语，眼珠也未滚动，看来并未做梦。弗伦提斯以为她永远都不会醒来了，若是如此，他很可能要永远坐在这里，看着女人的尸体，度过残生。束缚之力一如既往的强烈，痒感却消失了。尽管女人毫无还手之力，尽管他是那么渴望一刀又一刀捅穿她的胸膛，弗伦提斯终究受制于她。讽刺的是，他还在照顾她，为她保暖，抵御夜晚的寒冷。第三天早晨，她突然睁开眼睛。

看到弗伦提斯，她笑了，眼里满是感激："我知道你不会丢下我，爱人。"

弗伦提斯一言不发地瞪着她，惟愿对方看到自己眼里的恨意。

女人掀开盖在身上的斗篷，伸了个懒腰，活动着手脚。她比先前瘦多了，但身子依然柔软且结实……仍是那么漂亮。为此，弗伦提斯的恨意更深了。

"噢，别生气，"她呻吟了一声，说道，"杀他们是必要的。对盟友如此，对我们也一样。到时候你自然会明白。"

她看到浸透污血的衣服，面露不悦之色，但还是毫不犹豫地换上那身黑衣黑裤。“我们还有吃的吗?”

他近来只弄到了一条岩蛇，是昨天抓住的，已经剥了皮，切成段。他把蛇肉挂起来，用小火慢慢熏烤，发现味道出奇的好。

女人津津有味地吃着剩下的蛇肉，一边细嚼慢咽，一边满足地直哼哼。“你这小子真令人惊喜不断，”吃完后，她的两片嘴皮油光锃亮，“当丈夫是再好不过了。”

趁着天气还没有热到完全无法赶路，他们朝着东北方向出发了。岩石堆里有个积满雨水的浅坑，为他们提供了充足的水源，不过这几天缺少食物，旅行仍旧相当辛苦。经历一天半的艰难跋涉，他们终于穿越灌木丛，看到了海岸。女人判断，他们目前位于阿尔比拉北边二十英里外。

“简奈利斯的码头在北边，半天路程，”她说，“我们要偷点东西了，现在我们简直就是乞丐，穿得太破烂了。”

自从结束了在瓦林斯堡街头当扒手的生活，弗伦提斯就再没偷过值钱的东西了。虽说后来在宗会里，偷窃是受到鼓励的行为，但那与偷窃钱财根本不沾边。如今看来，少时的技术并未完全生疏，他在简奈利斯的街上晃荡了几个钟头，就搞到了两个鼓囊囊的钱袋和一大包珠宝，足够他们买新衣服，以及在上等旅店订一间好房。他们又一次扮演夫妻，新婚燕尔，恩爱有加，打算坐船到北方港口探亲访友。旅店老板推荐的是一艘商船，次日清晨前往玛贝里斯。

“我原以为动静会很大。”当晚，女人躺在他身边若有所思地说。女人这回要得没那么激烈，而且头一次亲吻了他，似有假戏真做的企图。束缚之力强迫他予以配合，把浑身战栗的女人拥在怀中，不断亲吻爱抚。完事后，他们的腿仍然纠缠在一起，女人的指头来回摩挲他结实的腹肌。

“‘希望’的遗孀和儿子，死得那么惊天动地，”她说，“居然没人提起这事。”

弗伦提斯怀念发痒的感觉，希望重温那种美妙的痛苦，从而自由地支配身体，成为救人者而不是杀人犯。他尽量不去回想事情的真相。为了掩盖前次任务的执行情况，他唤醒了那些残酷的记忆，沉浸在内疚与绝望之中。农场工，旅店老板，从床上坐起来盯着他的小男孩……

“或许是皇帝封锁了消息，”她琢磨着，“以免造成民众恐慌。先是‘希望’死了，现在又出了这样的事，恰巧在他打算宣布新皇储的时候。皇储可不是谁都可以当的，结果这个婊子死了。”她咯咯一笑，察觉到了弗伦提斯的惊讶。“我没告诉你实话，亲爱的。名单上的人不是孩子，而是他的母亲。杀那孩子，只是教训一下你。没错，她才是目标，必须划掉的是她的名字，艾梅伦·奈萨·厄勒斯，皇帝钦定的新的‘希望’，阿尔比兰帝国未来的女皇。”女人把头靠在他肩膀上，睡意袭来，说话声随之越来越轻，“他再选谁都没关系了，一切希望都没了……”

前往玛贝里斯的航行花了八天时间，在船员面前，两人始终扮演着恩爱小夫妻的角色。这帮水手特别喜欢对他们开些低俗的玩笑，尤其是不问自答地建议弗伦提斯如何履行丈夫的职责，不过他不太懂阿尔比兰语，只能尴尬地笑笑。每到晚上，两人在舱房里办完了事，他可以使用仅有的一点点自由，摸索曾经发痒的伤疤。伤疤的变化是确定无疑的，光滑的手感越发明显，而且面积似乎也有所增加，可就是不痒，再没有突然迸发的痛感。快快生长吧，他一次次祈求，同时藏起内心的挫败感，唯恐女人察觉。

商船借着清晨的潮汐，停靠在玛贝里斯的港口，告别的时候，水手们又闹哄哄地拿他们好一顿取笑，最后才放他们走下踏板。“好了。”女人望向码头前方的玛贝里斯城，“该去找些人渣了。”

与所有的港口城市一样，玛贝里斯也有那种聪明人避而远之的街区。在瓦林斯堡，整个西区都不要涉足，而在这儿就小多了，只是环绕仓库区的一条窄街，里头的门廊一个紧挨一个。他们一路走过，破裂的门廊和斑驳而焦黑的墙壁，无不清晰地刻下了疆国禁卫军占领过的痕迹。喧嚣的码头上人来人往，证明玛贝里斯在战后恢复了许多元气，但在最贫困的角落里，依然留有战火肆虐的伤疤。

“听说城破之后，上千个女人遭到强暴，”女人说话的时候，他们正走过一间空荡荡的房屋，不知曾是谁的安家之所，“很多人受辱后被割了喉咙。你们就是这样庆祝胜利的吗?”

我当时又不在。他本想说，但没有出声。是否在场，无关紧要。不管是谁，只要参加过雅努斯发起的战争，灵魂都受到了污染。

“啊，为他人的罪行而内疚。”女人冲他摇起手指，“没有意义，爱人，毫无意义。”

他们在最阴森的巷子里找了家酒馆，女人亮出钱袋子，要了瓶红酒，然后坐在一张朝门的桌旁等待。没过多久，几个衣衫破旧、不修边幅的老主顾陆陆续续起身离开了，酒馆里只剩下他们俩和一个坐在隔间里的男人。那人叼着烟斗，青烟在黑暗中飘荡。

“找坐在那种地方的人总是没错的，”女人笑靥如花，向隔间里的人遥遥举杯，“他有一双善于发现机会的眼睛。”

男人又抽了一口烟斗，然后站起身，踱着步子向他们走来。他个头矮小，身材精瘦，模样酷似打手，一脸阴郁的笑容，露出来的牙齿明显缺了几颗。弗伦提斯判断此人来自北方，可他操阿尔比兰语跟女人说话。

“我说疆国语，”她应道，“另外，我不需要五叶，多谢。”

那人一歪脑袋：“啊，这么说你是要红花了。”他口音很重，听起来耳熟，是尼塞尔人。他拉过一把椅子在桌边坐下，自顾自地倒了一杯酒。“有的，但价钱不便宜。这儿不比疆国。皇帝认为红花非常邪恶。”

“我们没打算买这种……消遣的玩意儿。”她神秘兮兮地四下张望一阵，压低声音说：“我们要去疆国。”

瘦子靠着椅背，乐得直哼哼。“祝你们好运。阿尔比兰的船不能再停靠在那边了。你们大概也听说了。没错，打仗嘛，总有这种小问题。”

女人凑近了，轻柔而坚定地说：“我听说可以……雇到别的船。不受皇帝控制的船。”

他收敛了笑意，眯起眼睛：“陌生人讲这种话，胆子很大啊。”

“我知道。”她说话极轻，几近耳语。“我们要离开这儿。我丈夫……”她示意弗伦提斯，“他是疆国人，我们是战前认识的。那时候可没这么麻烦，我们的结合得到了我父母的祝福，但是现在……”她露出悲伤的表情。“战争爆发后，我们的日子就不好过了，处处躲避家人和邻居。也许去了疆国，情况会好些。”

瘦子扬起眉毛，久久地审视着弗伦提斯：“来自疆国？具体是哪里？”

“瓦林斯堡。”

“啊，确实是那儿的口音。因为什么来了帝国？你看起来像当兵的，不像商人。”

“是水手，”他说，“在街上混不下去，就去当了船侍小弟。不跑路不行了。”

“为啥混不下去？”

“独眼。”

“啊。”瘦子喝干了酒，“这名字我听过。你应该知道他几年前死了吧？”

“知道。我可没哭。”

他的嘴角掠过隐隐的笑意：“我可以告诉你们一两个名字。不过得花钱。”

“我们有钱。”女人接过话，然后掏出鼓囊囊的钱袋给他看。

他摸了摸下巴，仔仔细细地思考了一会儿，点点头：“在这儿等着。九点敲钟时我会回来。”

女人目送他离开，又回过头，扬起眉毛瞧着弗伦提斯：“独眼？”

他喝了一口酒，没说话，但束缚之力迫使他回答。“我的伤疤，”他强忍疼痛，嘶声说道，“就是他给了我这些伤疤。我的兄弟因此杀死了他。”

“这么说，”她喃喃道，束缚之力稍有放松，“你曾经属于过一个信使。”她语气沉重，看来并不喜欢这一事实。与神庙那次一样，她审视弗伦提斯的目光是那般强烈，不过这次未再施加折磨。片刻过后，女人眨了眨眼，摇了摇头，拍着他的手说：“原谅我的疑心，爱人。几百年了，我学到的教训是凡事小心为妙。”

她起身离桌，整了整藏在斗篷底下的短剑。“我们最好换个地方等我们的恩人。”

他们爬上一间屋子的房顶，从这儿可以俯视小巷内的情形。距离九点敲钟还有很长时间，瘦子就回来了，带着四个膀大腰圆的汉子。他们匆匆钻进酒馆，很快就又走了出来。四人之中块头最大的壮汉恶狠狠地教训起瘦子，嘴里骂骂咧咧的，一记重拳打在他胸前。

“一个都不杀，”女人耳语道，“别把酒馆那人打晕了。”

根据弗伦提斯的经验，块头越大、越好斗，战斗力就越弱。那些彪形大汉，尤其是受人指使干坏事的，往往擅长吓唬人，而非实战。因此对方没能躲开他的拳头完全在意料之中，只听那人的下颌“咔嚓”一响，身子轰然坠地。另一个块头更大的同伙目瞪口呆，也没能躲开他的飞踢，脑袋重重地挨了一下。第三个家伙是四人当中块头最小的，他企图拔出刀子，女人一拳打中了他耳后的经脉。第四个反应最快，操起棒子挥打女人，她沉身躲过，一脚踢碎了对方的髌骨，又一拳打中太阳穴，结束了战斗。

她拔出短剑，冲向那个瘦子。此时，那人正瑟瑟发抖地靠着墙，举起双手，不敢抬眼看他们。女人用剑尖挑起他的下巴，逼他仰起头来。“现在就把名字给我们。”

“你们这是玩的哪一出?”走私贩低下头，一脸嫌弃地看着遍体鳞伤、满身血污的瘦子，眼神却饶富兴味。经过一番“劝说”，瘦子带着他们，来到一间貌似只有茶叶箱子的仓库。在一面不是墙壁的墙壁后头，走私贩和几个水手正扔骰子玩。此人虎背熊腰，说话带有梅迪尼安口音，军刀搁在一旁，触手可及。他的同伙也都佩有刀剑。

“以儆效尤。”女人说着，扔给走私贩一个鼓囊囊的钱袋，“这是不遵守约定的下场。”

走私贩掂了掂钱袋，照着瘦子的后背就是一脚。“这家伙带了四个人过去，他们人呢?”

“他们困了。”女人又拿出一个钱袋，以及弗伦提斯偷来的一大把宝石手镯，“等我们到疆国后，全都归你。这家伙说你有办法躲开国王的税收官。只当我们是加到船上的货物吧。”

走私贩把刚刚赚到的钱放进口袋，挥手召来两名手下，又冲那瘦子一点头。他们将其拉起来，拖到仓库深处的黑暗之中。“我很高兴和你们做生意，可他不该说出我的名字。”

“我已经忘了。”女人向他保证。

走私贩的船只比弗伦提斯儿时记忆中的河上驳船大一点点，不过船体更深，船帆更高。除开船长，只有十个船员，全都默不作声地认真干活儿，没人像商船上的水手那样开些下流的玩笑。对方指给他们靠近船头的一小块甲板，并说除此外哪儿也不准去。饭菜定时送来，没有一个人跟他们聊天。于是，这次航行可谓沉闷乏味，女人说个不停也没能有所改观。出海第四天，艾瑞尼安海已渡半程，迎接他们的是浓浓的雾气。

“我只去过你们疆国一次，”女人说，“肯定有，呃，一百五十年了。占卜师认为，有一个小贵族很可能在几年之内，利用阴谋诡计登上王位。我记得杀他相当简单，那人就是一头猪，压根经不起撩拨，我只用扮演妓女就行。当然，不等他摸到我，我就杀了他。对准胸膛正中，一拳完事，这招我花了好些年才精通。奇怪的是，几十年后雅努斯崛起时，盟友并没有下令杀死他。看来你们的疯王正合我们的计划。”

第七天傍晚，雾气逐渐淡去，船首左舷几英里外的海面上，露出了一片黑乎乎的陆地，那是疆国的南海岸。船长下令改变航向，小船向西驶去。弗伦提斯死死地盯着雾气迷蒙的海岸，终于看见了熟悉的地标——小小的港湾里，挺立着一根无所依靠的石柱子。

“看到什么有趣的了吗？”女人感觉到了他的异样。

“乌拉崖的老人柱。”他说。

“什么意思？”

“我们在南塔东边三十里处。”

“可以在这里登陆吗？”

奔狼赶赴南塔集合之前，曾沿着这条海岸追捕走私贩，忙活了好几个月。他很清楚，老人柱周围的海峡太窄，不适合普通的船只通行，但走私者的小船不在话下。他点点头。

“你先对付船长，”她说着，走向通往底舱的楼梯，“我负责甲板底下。”

尽管船长性情残酷，体格健硕，但打起来根本不堪一击，只用军刀勉强挡了一下，就被短剑刺穿了胸膛，一命呜呼。大副比较难缠，挥舞着船钩撑了几秒钟，一边高声呼喊船员来帮忙，一边用弗伦提斯听不懂的语言咒骂。骂归骂，胆大归胆大，最终也不能改变他的命运。他拼命反抗，但还是死了，所有的船员也都死了。

“为什么这里叫乌拉崖？”女人问。他们正站在断崖上俯瞰港湾，小筏子就丢在底下满是卵石的海滩上。越过老人柱之后，走私者的船径直驶向断崖下方的岩壁，女人早已将舵柄牢牢固定在了合适的位置。

“从来没问过。”这是谎话，但弗伦提斯不介意她是否有所察觉。凯涅斯给他讲过这个故事，小港湾的名字是为纪念一个女人，因为她的丈夫受国王的征召出海作战——至于是哪朝哪代的国王，早已为历史所遗忘——她害了相思病。每天她都攀上险峻的老人柱，站在最高处眺望丈夫回家的身影。几周过去了，几个月过去了，无论风霜雨雪，她日日如此，从不懈怠。终于有一天，丈夫坐的船出现了，当她看见丈夫站在船头挥手，便纵身跃下老人柱，摔死在底下的礁石上。因为丈夫出海前曾不忠于她，她要丈夫亲眼看着她死掉。

他们目送那艘小船载着死去的船员冲向岩壁，“哗啦”一声巨响，船体四分五裂，桅杆倾斜，扯着随风抖动的船帆没入海水。他们走的时候，小船已沉了一半。夜幕迅速降临，海风强劲而冰冷，刺痛了他们的脸庞。

“南塔有人认识你吗？”女人问。

这一次他据实以答："我认为没人还记得我。"当年国王集结大军准备侵略帝国，军中有维林·艾尔·索纳，谁还会记得第六宗的其他兄弟？弗伦提斯怀念与维林共度的岁月，但只要站在他身边，就明白无人问津的滋味。

他们整夜赶路，向南塔前行，女人不愿在发生海难的地方多作停留，因为不久就会吸引人来打捞。当太阳升到镇子的屋顶上，他们才放慢了脚步。南塔四面全是城墙，相比起周围的房屋，它可谓鹤立鸡群，名副其实，宛如一杆带有锯齿的长枪直插清晨的天空。他们从西门进城，仍扮演一对夫妻。看样子女人已经不再使用别的身份进行伪装，弗伦提斯估摸着她已经假戏真做了。

城门处的卫兵仔细搜过他们全身，没有发现武器，因为他们把剑藏在一英里外的草堆里，只带了足够进城花销的钱。其中一名卫兵盘问起女人奇怪的口音，弗伦提斯说她来自北疆，卫兵便没再说什么了。卫兵放他们进了城，同时严厉地警告他们，城内不许游荡，如果晚上十点尚未找到住处，就必须离城。

六年前，弗伦提斯从南塔启程时，还记得当年码头的喧嚣和繁忙，到处都是满载军队、准备横穿艾瑞尼安海的船只。如今这儿安静了许多，街道上也没有他记忆中货物满仓的马车和小贩，底下的港口最多泊着十几艘船。没有丝绸，没有香料，集市里也没有了各种各样的色彩和气味。雅努斯害我们失去的不只是鲜血和生命。

他们在高塔不远处找了一家旅店吃饭，上菜的是个胖女人，老是热情洋溢地围着他们忙活，此时也没有别的客人需要招呼。"你说北疆啊？"她唾沫横飞地和女人闲谈，"离家很远啊，亲爱的。"

女人紧握着弗伦提斯的手，指头爱怜地抚过他的手背。"只要他开口，走到天涯海角我也情愿。"

"哎哟，你们俩好甜蜜哦。为了我那个冤家，我最多从房间这头走到那头。"他们深情感人的故事，换来了免费赠送的苹果派，房费也打了折扣。

那晚女人没有要他，只是一动不动地坐在床上，默然无语。他则站在窗前观察街上的情况。她的眼神格外警惕，那种紧张感前所未见。她对接下来的事没有把握，弗伦提斯心想。

女人看出来了，狠狠地瞪了他一眼，但没有使用束缚之力惩罚他。如今女人很少伤害他，自从玛贝里斯酒馆那次过后，就再也没有那么凶巴巴地审视过他了。她认为我已经完全属于她了，弗伦提斯猜测。就像一条狗饱受鞭笞之苦，已经惟命是从。他又一次摸索着伤疤，感觉那光滑的皮肤已经愈合，破坏了那些图案。他竭力按捺住内心的狂喜，默不作声地祈求道："快生长吧！"

月亮攀上树梢之时，一条影子掠过鹅卵石街道，影子的主人从容不迫地行来，却看不清其样貌。弗伦提斯转身望向房门，女人则站了起来。他终于想起两人如今身无寸铁，不知道是意外还是有心这样安排。

门外传来轻轻的叩门声。女人朝弗伦提斯点点头，示意他去开门。站在门口的男人与弗伦提斯身材相当，不过至少大上十多岁，容貌英俊，棱角分明，一头黑发梳到脑后，露出光滑的前额。他身着朴素的衣裤，结实的靴子，从磨损程度来看，走了不少路。和他们一样，此人没带武器，但弗伦提斯轻而易举地看出对方是战士——从他双肩摆放的姿态，还有一眼将屋内情形尽收眼底的习惯。那双绿眼睛先打量了一番弗伦提斯，又盯着女人看，立刻辨别出了谁才是最危险的人物。

"请进。"女人说。

男人缓步走进房内，足足与女人保持了两臂之遥，然后站在了窗前。

"他怕我们，爱人。"弗伦提斯关门的时候，女人说道。

那人俊朗的面庞掠过一丝怒气。"我天不怕地不怕，只怕失去圣父之爱。”他接受过良好的语言教育，但显然带有库姆布莱口音。

女人嫌恶地叹了口气，语气却不带一丝嘲弄：“你有名字吗？”

“我的名字只有圣父知道。”

弗伦提斯听过这套说辞，那时他们在尼塞尔追捕一帮拐带小孩的狂信徒。这帮人的头领是一个牧师，他因为宣扬异端邪说遭到世界之父的教会的驱逐，但他自认为还是牧师，狂妄地叫喊着祈祷之词，直到邓透斯一箭射中他的眼睛。

女人感知到他在回忆往事，便扭过头，扬起眉毛瞧着他。“他是牧师，”他对女人说，“他们加入教会时弃用了父母所给的名字。教会给他们起了新的名字，只有他们的神和教会才知道。”

女人鄙夷地撇了撇嘴角，然后强颜欢笑地对牧师说：“我想已经有人对你许诺过了吧，只要你帮我们，好处绝对不少。”

“没有许诺什么。”男人激动得面红耳赤，“只是证明了一样：你为世界之父办事。难道不是吗？”

弗伦提斯看见女人正强忍笑意。“当然了。我只是试探一下你，请原谅。不过凡事小心为妙嘛。怎么说呢，世界之父的仆从有很多敌人。”

“面貌各不相同。”牧师轻声低语。

“我听说你有情报，”女人接着说，“关于艾尔·索纳的下落。”

“一个月前他出现在瓦林斯堡。异教徒国王派他去北疆担任守塔大臣。”

“按我的理解，其中必然有诈。即使不是致命的打击，也可能造成重大伤害。”

“是的。结果确实……出乎意料。”

“每次都与他有关。”

“这一步已经迈出了。北疆不算远。”他拿出一个小皮包，放到床上，又退回原位。

女人拿起皮包，翻开看了看里面。“名单的事办完了，”她说，“我还要去瓦林斯堡见个人。”

“还要增加一个名字。尽管这个任务在我能力范围内，但信使坚持留给你去办。南海岸的守塔大臣养了一帮家丁，不是省油的灯，但总有下手的机会。”

女人从皮包里抽出一张纸片，是一幅黑底白焰的版画。弗伦提斯非常熟悉，奔狼所追捕的狂信徒在杀害信徒的父母、抢走他们的孩子后，就用这样的东西玷污信徒的家：所谓圣父之爱的净火。

“我奉命转告你，仅仅封地领主是不够的，”女人说，“妓女也必须死。”

牧师的双目精光暴射，满怀敌意地打量了她一番，然后理直气壮地沉声说道：“所有的妓女都必须死。”

她身子一晃，以迅雷不及掩耳的速度出现在牧师面前，双手张开犹如鹰爪，两人的脸相距不过数寸之遥。

牧师下意识地退了一步，才稳住身形。

“等下次见面，”她说，“或许我会安排你见见那个让你五体投地的神。”

牧师的目光在他们俩之间来回跳跃，弗伦提斯对他们俩所表露出的危险程度有所察觉：一人狂怒，一人沉静。*牧师不知道我们是谁。*他心想，*也不知道这场交易背后的真相。*

牧师沉默地走出门，没再说一句话。

“去宰了楼下的母猪，”女人下令，“我们留给她的印象太深了。”

“你们疆国真是个疯狂的地方。”次日早上，女人一边说，一边看着南海岸的守塔大臣及其夫人给穷人布施。他们身边只有两名南岸戍卫军的士兵，乞丐却难以计数，从高塔的大门一直排了出去。

“在倭拉，”她接着说，“没人挨饿，挨饿的奴隶没有用。如果自由民太懒了，或是缺乏头脑，不能赚钱养活自己，就卖身为奴，为自由民创造财富，他们自己也就不愁饿肚子了。可在你们这儿，所有的人受自由的束缚，自由到饿死，找富人乞讨。真让人恶心。”

这么多乞丐并不常见。他心想，却没说出口。我也曾是其中一员，只是我从不乞讨。

码头边的一条小巷子有两个烂醉如泥的流浪汉，他们穿的破衣服派上了用场。女人和弗伦提斯把这些臭不可闻的衣服披在外面，又往脸上抹了几团泥巴，用破布遮住。胖老板娘的厨房里有两把精钢厨刀，最近才打磨过，他们拿来藏在破衣烂衫底下，没人看得出来。

守塔大臣旁边的桌子上堆着一摞干净衣服，他面带微笑地招呼每一个点头哈腰的可怜人，说着和善的话，挥手回应他们的感谢。他的夫人负责接待孩子，给他们发糖果，如果孩子有母亲，她就领着母子到另一条队伍去，队伍最前头是两个身着灰袍的第五宗兄弟。

生长吧。当他们排在队伍当中，一步一步接近守塔大臣时，他祈求痒感快些出现。可身体没有任何感觉，不仅现在没有，昨晚他拿起枕头捂死睡着的胖女人时也没有。

“你管卫兵，”女人低语道，“做慈善的家伙归我。我最看不起伪君子了。”

快生长吧！

守塔大臣的模样有些眼熟，但弗伦提斯怎么也想不起他的名字。是不是在打仗时见过？是不是哪个疆国之剑躲过了战场屠杀，回到家乡升官晋爵，转而大做慈善？问候那些可怜人的时候，他并非敷衍了事、说些冠冕堂皇的场面话，笑容也不虚伪，他甚至能喊出某些人的名字。“阿克尔！你的腿怎么样了？……迪梅拉，你应该戒酒了吧？”

生长吧！

他的手伸到破衣服里，抓住厨刀的檀香木柄。

“啊，新人，”当他们来到最前头，守塔大臣笑道，“欢迎新朋友们。我怎么称呼你？”

快生长吧！

“汉提斯·穆斯托尔！”女人大声说道，周围的人全都能听见。

守塔大臣皱起眉头：“我不……”

女人的第一击故意没有取他的性命，就是希望震慑住周围的穷人——这既是刺杀，也是做戏。刀子扎进守塔大臣的肩膀，他大吃一惊，痛得倒抽一口气，女人抽出刀子高喊：“以真刃的名义！”然后挥刀再刺。这一次，刀锋直取心脏。危急之中，这位显然在军中服过役的守塔大臣抬起胳膊，及时挡住这一刀，刀刃深深地砍进了前臂。

两名卫兵很快回过神，平举战戟冲了过来，弗伦提斯的厨刀疾射而出，正插中前面那人胸甲和脖子之间的缝隙，对方仰面翻倒。弗伦提斯大跨两步，抓起地上的战戟，扫向第二名卫兵的头顶。不过那人迅速闪开，凭借丰富的经验撩起战戟，反戈一击，差点刺穿了弗伦提斯的大腿。他侧步躲开突刺，手中战戟顺势扫向卫兵的双腿，对方当即倒地不起。

身后忽然传来一声大喊，他扭头看见女人杀向守塔大臣。守塔大臣已然转过身，吃力地迈动双腿，企图逃离现场，身上的两处伤口都在汩汩流血。

“去死吧，异教徒！”女人尖叫着举起刀，“这就是与圣父为敌的下——”

一双瘦弱的胳膊突然抱住她，把她往后拉。是一个衣衫褴褛的乞丐，染上酒瘾的女人，守塔大臣知道她的名字——迪梅拉。

女人猛一仰头，撞上迪梅拉的脸，对方崩掉了几颗牙齿，满嘴鲜血淋漓。女乞丐惨号一声，却并不松手。这时有好几双手伸出来，抓住刺杀守塔大臣的女人，一个老头抱住她的双腿，一个瘸子挥舞拐杖打中她的肚子，人越来越多，最后衣衫褴褛、邋遢不堪的人群完全淹没了她。

快啊！弗伦提斯内心祈祷。快死吧！

然而束缚之力汹涌澎湃，前所未有的强烈。帮她！

他照着卫兵的铁皮脑袋狠狠一踢，然后冲向围殴女人的穷苦百姓，战戟挥舞如风，左劈右砍，企图杀出一条血路。片刻工夫，已有四人倒地。他多么希望束缚之力突然消失，任由乞丐们夺走女人的生命。

他冲到半路，人群中忽然发生了爆炸。一时间热浪翻滚，汹涌的火焰在人群之中烧出了一个大洞，人们吓得慌忙后退。浓烟四溢，到处都是惨叫和呼号。

弗伦提斯挤进茫然不知所措的人群，发现女人跪在地上，如他所料，鲜血流遍全身，因为使用了偷来的天赋，也因为方才遭受的暴打。她满脸是血，怨愤交加。在她身后，迪梅拉的尸体倒在地上，四肢扭曲，衣服和皮肉烧得焦黑。弗伦提斯一把将女人拉起来，两人逃之夭夭。

“一百七十二年了，”她若有所思地说，尽管话语轻柔，眼里却怒气未消，“距离上一次失败已经有这么多年了，爱人。”

弗伦提斯当年特别熟悉下水道，那儿是最好的藏身处，还可以借此在瓦林斯堡的街道底下快速穿梭。后来，他又通过堆满污物的下水道，帮助维林拿下了尼莱什城。目前他们所在的下水道是最干净的，宽敞无比，砖块砌得整整齐齐，还有可供歇息的平台。不过里面的恶臭，仍与记忆中一模一样。

逃到空旷的野外无异于自杀，南岸戍卫军肯定在四处搜捕他们，所以他依着混迹街头的本能，把女人拉进了下水道。他们顺着水流的方向来到港口，静待暮色降临，借着夜晚的潮汐游出去。

“一百七十二年啊。”女人望向他，渴望得到回应。束缚之力放松了，他可以自由说话。

她需要安慰，弗伦提斯心想。为她刺杀失败寻求慰藉。女人心智错乱的程度，一而再、再而三地突破他的预期。

“两者之间是有区别的。”他说。

女人困惑地摇了摇头，摆摆手，示意他接着说。

几周以来，弗伦提斯第一次展露笑容：“饥饿的乞丐和吃饱的奴隶。”

第五章 维林

“我们的巡逻队估计，他们约有四千人，正越过冰原而来。”阿达尔队长伸手点了点桌上的地图，“他们向着西南方前进。”

“上次他们直接攻向北塔，”达瑞娜说，“一路上见人就杀。”

“四千人，”维林坐在椅子上说，“规模不小，但还不是整个部落的兵力。”

“只是先头部队，这一点毫无疑问。”阿达尔回答，“看来他们上次学到了一些教训。”

“据我所知，经过上次的战斗，部落已经被打得七零八落。”

“有些人活了下来，”达瑞娜说，“几百人吧，都是女人和孩子。父亲放他们走了，尽管很多人主张处死他们。我们始终没搞清楚的是，他们到底有没有后备力量，是不是还在冰原那边伺机而动。”

阿达尔直起身子，面对维林，一本正经地说道：“大人，请您准许我发布集结令。”

“集结令？”

“凡达到战斗年龄的北疆男子都要参军。五天之内，算上北疆戍卫军，我们的兵力可达六千人。”

“还要传话给俄尔赫和瑟奥达，”达瑞娜接过话头，“如果他们和以前一样做出响应，我们这边的人数就能超过两万。但整军备战需要数周之久。这段时间，部落的主力军足以杀过来了，而他们的先头部队已经可以对北边的居住地造成严重破坏。”

维林弯下腰研究阿达尔画在地图上的路线。他们一路策马狂奔，日落前就赶回了北塔，阿达尔在领主议事厅里挑了一张绘制精细的北疆地图。此时外头人马喧嚣，北疆戍卫军和奥文队长的士兵们正打磨刀剑，整备马鞍。他曾希望研究地图、制订作战计划的日子一去不再复返，在北疆不必有血腥的屠杀，然而战争仍如影随形，一如既往地没有放过他。多少使他感到安慰的是，血歌的调子难以置信的柔和，虽不是全无警戒之音，却没有那般急促刺耳——想当年，他计划偷袭莱伦绿洲的时候听过那种调子，最终邓透斯在战场上送了命。

“上次部落来袭时，他们有多少人？”他问。

“我们只能估计，大人，”阿达尔说，“他们是一大群同时杀过来，不列阵型，也没有编制。霍伦兄弟在正史中记录的数字超过十万人，包括老人和孩子在内。与其说他们是一支军队，倒不如说是全民皆兵。”

“北边的居住地已经派人通知了吗？”

达瑞娜点点头：“我们刚收到消息就快马传信。他们会自行组织防御，但毕竟寡不敌众，如果没有援军，肯定坚持不了多久。”

“很好。”维林起身下令，“队长，发布集结令。挑选精兵强将，负责招兵买马、守备高塔和镇子，以防对方攻城。我们带领北疆戍卫军和国王的军队去北边，尽我们所能援助居住地。”

“我手下的戍卫军超过半数分布在北疆各地，”阿达尔说，目光移向达瑞娜，“所以我们目前还不到一千五百人。”

“那更好。”维林拿起桌上的帆布包，走向楼梯井，“我们要拼命赶路了。达瑞娜小姐，我知道，或许你希望留在这里，不过我要求你一同前往。”

她吃惊地皱起眉头。维林知道她不愿留下来，正准备为此争执一番。“我……当然乐意与您同行，大人。”

他们快马加鞭，直到夜色渐黑，在高塔北边约二十英里外的山麓扎营歇息。在塔内的楼梯上与艾罗妮丝道别时，她火冒三丈，但维林不为所动。“战场不是艺术家该去的地方，妹妹。”

“那我该做什么?”她说，“整天干坐着，担心你的死活吗?”

他握住艾罗妮丝的手：“留下来的人也不太可能有时间闲着。”他轻吻妹妹的额头，然后走出去，接过卫兵手里的缰绳——赤焰已整装待命。“还有，”他翻上马鞍时说，“我需要你抛头露面。看到守塔大臣的妹妹，民心才不会乱。当然了，很多人会向你提问。告诉他们，一切尽在掌握。”

“真的吗?”

他策马行来，俯下身子，轻声说：“我不知道。”

北疆戍卫军扎营的本事令人叹为观止，不过转眼的工夫，生火、拴马、卸鞍、打桩，根本不需要阿达尔队长下令或做出什么指示。御林骑卫们也不逊色，熟练地生起火堆、搭好帐篷，奥文队长例行视察，还惩罚了两名没有擦亮胸甲的士兵。

“在这儿打仗和沙漠大不相同，大人，我没说错吧?”奥文队长说着，走到维林和达瑞娜、阿达尔所在的火堆边。他不知从哪儿找来一块狼皮，紧紧地裹在肩上，不断呵气暖手。

“你也去了猩红山丘?”维林问。

“是的。其实那是我第一次参战。最后一次冲杀时，算我走运，一个阿尔比兰人的长枪刺中了我的腿，随后医师送我去了乌恩提什，在那儿上船返回疆国。不然的话，城破之时，我肯定还跟在国王身边。”

“除他之外，所有人都被杀了吧?”达瑞娜问。

“是的，小姐。我是我们兵团唯一的活人。”

“看来阿尔比兰人跟部落一样野蛮，”阿达尔说，“我们这儿的人也有不少故事，说的都是他们怎么遭受皇帝的压迫。”

“他们不野蛮，”维林说，“只是愤怒。可以理解。”他扭头问达瑞娜："我要知道部落的有关情况。他们是谁？到底想要什么？"

"血。"阿达尔说，"只要是部落之外的人，就要他们流血。"

"这是他们的信条？非我族类，不留活口？"

"这是他们的做法。至于信条，我们完全搞不清楚。他们的语言难以理解，在我们听来就是叽里呱啦、狂呼乱吼，而且我们抓到的俘虏都非常顽固，活不了太久，根本没有利用价值。"

"我听说他们带有战争野兽，"奥文说，"大猫和鹰。"

"的确如此，"阿达尔说，"幸运的是，他们带的战猫也就几百只。说实在的，列队迎接这些怪物的冲击，那滋味真不好受。至于矛鹰就不一样了，他们养了数千只，头顶上的啸叫声不绝于耳，一不留神你的眼珠子就被挖了。即便到了现在，戴眼罩的人在北疆也是随处可见。"

"那你们怎么对付他们？"维林问。

"大人，您说说，别的仗都是怎么打赢的？无非是胆子大，刀剑利，"阿达尔笑着看了达瑞娜一眼，"再就是有关敌方兵力配置的准确情报。"

维林扬起眉毛瞧着达瑞娜："准确情报？"

她装模作样地打了个哈欠，起身说道："先生们，失陪。我要休息了，明天还要赶路。"

骑行两天后，他们抵达了第一个居住地——在山的背阴处聚集了一批房屋，四面围有栅栏，南面的山坡则布满了矿洞。站在栅栏门口迎接他们的，是一名北疆戍卫军军士和一个愁容满面的镇长。

"小姐，有什么新的消息吗？"镇长开口便问达瑞娜，汗津津的双手握紧又松开，反反复复。"他们什么时候打到我们这儿？"

"目前我们还没有发现他们的踪迹，伊迪斯。"达瑞娜肯定地说。

她的语气干巴巴的，明显有些厌恶。然后她抬手示意维林：“你还没有见过守塔大臣吧?”

“噢，那是那是。”镇长匆匆向维林鞠了一躬，“失礼了，大人。欢迎来到默纳峰。我们非常高兴见到您。”

“别的居住地有什么新的情况吗?”维林问他。

“没有，大人。我很担心他们。”

“那我们就不耽搁了。”维林掉转马头，正要出门，镇长忽然伸手拉住缰绳。

“可是大人，您千万别丢下我们不管。我们只有两百个矿工带剑，外加十来个北疆戍卫军的士兵。”

维林默默地看着那人紧抓缰绳的手，等他自行松开。“说得好，先生。”他抬头望向那名军士，“集合人马。跟我们一起走。”

军士看了看阿达尔，见队长微微颔首，便去召集部下了。

“您这是置我们于死地啊!”伊迪斯喊道，“我们在部落面前形同赤身裸体。”

“那我准许你去北塔避难，”维林说，“我们这一路都没有危险。不过，如果你关心这座镇子以及生活在此的人，或许你愿意留下来，为他们而战。”

话音未落，伊迪斯骑上一匹快马，向南边狂奔而去，一路扬起滚滚烟尘。

“矿业行会的会长同意接管镇子。”一个钟头过后，达瑞娜走出大门，向维林汇报，“经过我的劝说，他们答应给女人分发兵器，这样一来，守镇子的武装力量就有三百五十多人了。”她翻身上马，与维林四目相对。“伊迪斯是胆小鬼，贪生怕死的缩头乌龟，但他想的确实没错。如果部落打过来了，这地方最多能撑一个钟头。”

“那要看我们能不能挡住部落了。”他一挥手，带领一队人马向北疾驰。

接下来的两天，他们去了默纳峰北边的三个居住地，发现各处只有忧心忡忡的矿工，不见部落的踪影。谢天谢地，矿工们的头儿比伊迪斯勇敢多了，防御工事也已准备就绪。每到一处，维林就建议他们前往默纳峰，聚少成多，积弱为强，但他们都拒绝了。

“我们在这儿开凿石头差不多有二十年了，老爷。”斯莱德山的镇长说，这个健壮的尼塞尔人背后绑了一把巨斧，“上次那帮冰蛋子来的时候，咱们就没跑，这次咱也不跑。”

他们不停地赶路，进入平原地带，肆虐的寒风犹如万千铁箭，洞穿铠甲，刺透衣衫。

“信仰啊!”奥文紧咬牙关，挤出几个字来，狂风如鞭，抽得他眼泪都流出来了，“一年上头都是这样吗?”

阿达尔笑了：“这还是温暖的夏日呢，队长。你应该等冬天再来试试。”

“现在我们和冰原之间没有大山阻隔，”达瑞娜解释，“俄尔赫人称这风为黑风。”

他们赶了十英里路，然后扎营歇息。维林派出斥候分别去东、西、北三个方向侦察敌情。入夜，斥候先后返回，依然没有摸到部落大军的踪迹。

“这不对啊，”阿达尔说，“他们现在早该进山了。”

达瑞娜突然直起身子，扭头望向西边，明亮的眼睛饱含期待。

“怎么了，小姐?”维林问。

“看来我们有客人了，大人。”

他听到了，那是隐隐的雷鸣，持续不断，越来越响。

“备马!”他一边大喊，一边大步走向拴着赤焰的地方，众人手忙脚乱地都去牵马。

“没必要，”达瑞娜喊住他，“部落不骑马。来者另有其人。”

西边腾起滚滚烟尘，越来越近，雷鸣也渐渐震耳欲聋。第一批骑手已极目可见，他们骑着毛色各异的高头大马，人人臂挽长枪，鞍上还绑着角弓。从烟尘中现身的人马越来越多，维林已经数不清了。他们拉缰止步，停在不远处，待尘埃落定，可见对方约有两千余人马，有男有女。他们面色苍白，梳着乌黑的辫子，酷似维林多年前见过的那个鹰钩鼻瑟奥达人。这些人大多身着深棕色皮衣，颈挂骨头或鹿角制成的项链，静默无言，连坐骑都没有打一声响鼻。

有一名骑手策马而来，径直朝维林行去。他停在几步开外，低下头，凌厉的目光射向维林。此人个子不高，但显然强悍有力，他的脸庞爬满皱纹，却又有几分清癯，难以推断年龄。

“你叫什么名字?”骑手嗓子粗哑，说的是不太正宗的疆国话。

“看我怎么选了，”维林回答，“不过瑟奥达人称呼我为伯纳尔·沙克·乌尔。”

“我知道森林的子民如何称呼你，以及为何给你这个名字。”鞍上的男人微微躬身，眉头深锁，“平原上鲜少有渡鸦的身影。如果你想要我们给你起名，你只能自行争取。”

“当然，我乐意之至。”

骑手冷哼一声，倒转长枪，挥手掷向维林脚边。尽管地面相当硬实，铁枪头仍深深地插进土里，枪杆受到强劲的冲击，剧烈地颤动着。“我，俄尔赫的赛恩李希·珀塔，携我长枪，前来响应守塔大臣的召唤。”

“非常欢迎。”

达瑞娜面带笑容，上前迎接俄尔赫酋长。“我就知道你们会来找我们，平原兄弟。”说着，她握住酋长的手，十指紧紧缠绕。

“我们本来希望先找到兽人，”他回答，“取他们的脑袋，作为礼物献给你们。但我们根本没有找到他们的踪迹。”

"我们也没有找到。"

骑手似乎大惑不解："你也没有吗，森林姐妹？"

她防备地看了一眼维林："我也没有。"

当晚，他们与俄尔赫人一同以干麋鹿肉为食。尽管这种干粮硬实难啃，但味道相当不错，尤其是稍加火烤，再就着浓稠的白浆吞下——这种液体散发出辛辣的芳香，喝起来很有劲儿。

"信仰啊！"奥文忍不住高呼，刚喝了一口他就龇牙咧嘴地做鬼脸，"这是什么啊？"

"用麋鹿的奶酿制的。"达瑞娜说。

奥文强忍呕吐的冲动，把皮袋子还给了那个年轻的俄尔赫女人——先前众人围着火堆坐下时，她主动坐到了身边。"多谢，小姐。我不喝了。"她皱起眉头，耸耸肩膀，用土话说了句什么。

"她想知道你打过多少只麋鹿。"达瑞娜翻译。

"麋鹿？没有，"他微笑着，冲年轻女人点点头，"但打过很多野猪和鹿。我的家族拥有很大一片领地。"

达瑞娜翻译了他的回答，对方显然疑惑不解。

"她不知道领地是什么意思，"达瑞娜解释，"俄尔赫人无法理解，一个人怎么可以拥有土地。"

"他们也不理解，他们世代居住的平原为何归国王所有，"阿达尔插进话来，"也正因为如此，他们认为没必要抵抗疆国的第一代移民。人不能拥有不属于他们的东西，所以有什么好争的？"

"英莎·卡·佛纳。"年轻女人对奥文说，然后拍了拍胸脯。

"意思是月光寒铁，"达瑞娜微微一笑，说道，"她的名字。"

"啊，奥文，"队长也拍了拍胸脯，"奥——文。"

随后年轻女人又和达瑞娜交谈了几句。"她想知道这名字的含义。

我告诉她，这是传说中一位伟大英雄的名字。”

“但事实并非如此。”奥文说。

“队长……”达瑞娜沉吟片刻，忍住笑意，“一个俄尔赫女人愿意把自己的名字告诉一个男人，这对你可是极大的肯定。”

“噢。”队长朝英莎·卡·佛纳露出灿烂的笑容，对方也报以微笑，“那我该怎么回应呢？”

“你已经回应了。”

不多时，达瑞娜就向大家问候晚安，起身离开火堆，走去摆弄那个精巧的发明了。从北塔出发时她就随身带着这东西，表面上看起来不过是一大包麋鹿皮和几根木头，只需几分钟的操作，就变成了一个小巧却实用的帐篷，和御林骑卫们搭的帐篷差不多。北疆戍卫军中也有人携带类似的东西，不过大多数人更愿意幕天席地，裹一张毛皮就睡了。

维林稍坐了一会儿，起身去找她说话。这一路走来，他的疑问有增无减，为了寻求答案，他已经耽搁了太久。

“小姐。”见达瑞娜坐在帐篷外，他打了声招呼。

她没有回答。维林看见她双目紧闭，长发在寒风中飞舞，纷乱搅扰，她似乎毫无察觉。

“您现在不能跟她说话，大人。”阿达尔队长出现在帐篷旁。火光给他乌木般黝黑的脸膛勾上了红边，神色尤显戒备。

维林又看了一眼达瑞娜，见她面容沉静如水，双手纹丝不动地搁于膝上。血歌奏起熟悉的调子，那是识别之音。

他友好地冲队长一点头，走回火堆旁。

“铁水溪，”第二天早上，达瑞娜说，“东北方向，距离此地四十英里。他们那么多人从冰原南下，一路上只有那儿可提供充足的水源。既然我们没有发现他们的踪迹，那么推断他们驻扎在铁水溪是合乎情理的。”

“只是合乎情理的推断吗？”维林问，“小姐，还有没有别的情报来源？”

达瑞娜避开他的目光，气鼓鼓地回击道：“没有，大人。您当然可以不考虑我的提议。”

“是吗，如果我无视新任首席参事的提议，那也太失礼了。就去铁水溪吧。”

他们兵分三队，维林率领北疆戍卫军和奥文的士兵走中路，两侧是俄尔赫人。他听过不少有关俄尔赫人骑术精湛的传闻，如今看来，果然名不虚传，在平原行进的路途中，骑手与马匹的配合堪称天衣无缝，浑然一体。他发现俄尔赫人有意放慢了速度，以配合守塔大臣这批人马的步调，而且还有一人混进了他们的队伍之中——英莎·卡·佛纳与奥文并肩骑行，胯下的花斑公马比队长的坐骑还要高上一掌，她的辫子迎风飞扬，神色有几分骄傲。

临近傍晚，他们遭遇了冰雪部落。铁水溪东岸有一大片营地，火堆不计其数，青烟袅袅升起，很快消失在寒风中。距离营地两百步时，维林命令全军停止前进，两翼的俄尔赫人向外散开，亲率的疆国军队摆出战阵。他从鞍上解下帆布包，伸手摸向最大的绳结，只轻轻一拉，绳结随即松开。他知道这把剑今日定将无比闪耀，划破长空的声响必将奏起又一曲血歌，那是他最擅长的乐章。自从与海岛之盾对决过后，长剑始终藏在鞘里，裹于布中，从未见过天日。他并不喜欢那天拔剑出鞘的感觉，手握寒芒……是那般神清气爽。

“大人！”是阿达尔队长的喊声，他抬头望向营地，只见一个孤零零的身影向他们走来，此时，营地边缘聚集了一群人，或许因为光线和距离造成了错觉，他们看上去格外憔悴，瘦得皮包骨头，面无血色的脑袋探出兽皮，直愣愣地盯着眼前的敌人，神情麻木，全无愤恨。

“没看到那家伙带兵器，大人。”奥文说。

“肯定有诈，”阿达尔斩钉截铁地说，“冰雪部落玩的花招教人防不胜防。”

维林看着那个一步步走近的人。他个头偏矮，和其他人一样体形消瘦，但年纪很大，步伐缓慢而坚定。他拄了一根奇形怪状的大棍子，再靠近几步便能看清，那是一根长长的腿骨，不知来自于何种野兽，上面刻满了错综复杂的雕纹和符号。

“是萨满!”阿达尔长弓在手，嘶声惊道，“大人，请准许我首战立功。”

“萨满?”维林问。

“他们操纵战争猛兽，”达瑞娜解释，“负责驯养，并带领它们参战。我们根本搞不清楚他们是如何做到的。”

“他好像没有带什么野兽在身边。”维林一边观察一边说，那矮个儿男人走到二十步开外便停下了脚步。

“那他就太蠢了。”阿达尔说着引弓搭箭。

“住手!”维林厉声喝道，那语气饱含不容置疑的权威，震得众人一惊。

阿达尔目瞪口呆地看着他，弓弦未收。“大人?”

维林并不拿正眼瞧他。“你听我指挥。服从命令，不然我撤你的职，外加军法惩治。”

他歪着头，仔细端详起那矮个儿老人，一旁的阿达尔怒不可遏，幸而有达瑞娜极力安抚。萨满双手握住骨杖，举在面前，在黑风中抖抖索索地摇晃。

维林立刻感觉到了，血歌的调子传达了天赋者的问候。达瑞娜的身子顿时僵住，搁在阿达尔肩上的手慢慢地滑下来。维林朝着萨满的方向一偏头：“小姐，看来他们是请我们去谈判。”

出于恐惧，达瑞娜双目圆睁，脸色苍白，但还是点了点头。两人策马行至萨满面前，翻身下马。凑近再看，他的消瘦程度令人心惊肉跳，裹在脸皮里的头骨苍白可怖，简直像是包在湿纸当中的牲畜残骸。灰黑夹杂的长发垂至双肩，蓬乱肮脏，还挂了些暗淡无光的护身符。维林发现，他浑身颤抖不是因为害怕，而是由于饥饿。于是，一个残酷的真相摆在了眼前：他们来这儿不是打仗，而是送死。

“你有名字吗？”维林问他。

萨满没有回答，把骨杖插在土里，双手扶在顶端，犹如捕食的猫头鹰，死死地盯着维林的眼睛。目光攫住了他，渐渐将他拉近。突然有异物侵入脑海，令他一时间深感不安。肯定有诈，阿达尔如是说。然而血歌依旧摆出欢迎的姿态，他便也任其自由发展。那异物似是一段回忆，来自未知年代的被遗忘的画面，但并不属于维林。

有裹着兽皮的人，还有野兽。那体形庞大的白毛巨兽——熊，也在暴风雪之中艰难跋涉。好多人身受重伤，好多孩子。骑手们忽然自风雪中现身，黑衣黑甲，手起剑落，枪花朵朵……鲜血染红了雪地……好多好多血……骑手们肆意冲杀，放声大笑，越来越多的骑手冲出风雪，裹着兽皮的人们四散而逃。有一个人举起巨大的骨杖，熊群发起冲锋，熊掌的重击杀死了一批又一批骑手……可是还有骑手出现……源源不绝……

幻象消失了，骨杖的顶端之上，萨满面如止水，一语不发。

维林望向达瑞娜，见她满脸惊惧之色：“你看见了？”

她点点头，藏在兽皮中的双手止不住地颤抖，身子稍稍向后退缩。维林感觉到她想要逃走，眼前的矮个儿老人手无寸铁，只有一根骨杖，却吓坏了达瑞娜。不过她终究没走，大口大口地吸着气，拒绝移开视线。

维林回过头，问萨满：“那些骑手追杀你们，你们逃掉了？”老人皱起眉头，显然一个字都听不懂。维林叹了口气，扭头瞟了一眼队列齐整的疆国军队和俄尔赫人，然后开始歌唱。只是小小的调子，不至于引起流血。他唱出了疑问，并将萨满先前的幻象混杂在其中。

老人挺直身子，瞪大眼睛，点了点头。他又迎上维林的目光，很快，脑海中出现了不同的幻象。

只见黑压压的一大群人正穿越冰原，白熊庞大的身躯在人海中起起伏伏，他们一路向西逃亡，远离那些骑手……没时间休息……没时间打猎……只能拼命地逃……或是掉队等死。先是老年人，然后是年幼的孩子，在跨越一望无际的白色荒原的路途中，这支部落的生命力慢慢地流失。白熊因为饥饿而发疯，摆脱了萨满的控制。战士们只好杀了它们，分食其肉，这些坚强的人流下了眼泪——没有了熊，他们又算什么？等平原出现在眼前，他们知道全族灭亡的时候到了……他们什么都不要，只求平静地死去。

幻象消失了，达瑞娜泪如雨下，哭得喘不上气。“我们这帮麻木不仁的蠢货。”她低声叹道。维林再次歌唱，歌声中有悬挂在高塔里的挂毯——画的正是部落以及他们操纵的可怕野兽。

萨满厌恶地哼了一声，以幻象回应维林。战斗异常激烈，残酷而血腥：战猫和白熊发疯似地相互撕咬，天上流云翻卷，矛鹰遮天蔽日，羽毛纷飞，洒下一片血雨，战士们手持长矛和骨棒奋力厮杀。血色的一日结束了，熊人让猫人明白，在冰原上开战是何等荒唐。他们彼此再未相见，猫人自行离开，去了南方的平原，因为他们欺软怕硬，期望找到容易捕获的猎物。

这些是熊人。维林抬头望向营地，只看见面黄肌瘦的男男女女，以及几个孩子，没有老人，更没有野兽的踪影。他们失去了白熊，从而也失去了名字。

他收回目光，看着萨满，最后一次歌唱，唤回那些黑衣黑甲的骑手形象，以疑问的调子作为终结。熟悉的疲惫感袭来，他知道自己不能再唱了。

萨满终于张口说话，他的嘴唇扭曲着，吐出了或许是他唯一会说的外族词语："倭拉嘶嘶。"

维林命令北疆戍卫军上交一半补给，只留下十二人，余下大部返回原来的岗位。阿达尔队长——随着时间流逝，他的怒火越烧越旺，脾气越来越坏——受命南下，终止集结令，同时派人通知瑟奥达人，他们的战士可以回家了。

"猫人也好，熊人也罢，"离开前，他扯着嗓子对达瑞娜说，故意叫维林也听见，"终究是属于冰雪部落的。不能相信他们。"

"你不明白，阿达尔。"她摇摇头，低声说道，"我们现在唯一需要担心的，就是任由他们全都死去之后，我们如何面对自己今日的选择。"

"没人欢迎他们，"阿达尔队长警告，"甚至会有很多人找他们寻仇。"

"我父亲向来只做正确的选择，不管别人能否接受。"达瑞娜沉默片刻，维林感觉到她的目光投了过来，"如今很多事情都没有改变。"

当晚，俄尔赫人走了。离开之前，赛恩李希・珀塔向维林抬手致意。"艾文苏拉。"他说。

"我的名字吗？"维林问。

俄尔赫酋长指向北边，一颗明亮的星辰冉冉升起。"一生当中，它只有一个月会如此明亮。据说在它的照耀下，世上从无战火。"

他再次抬手致意，调转马头，带领族人向东边疾驰而去，只有一人除外。

"她不肯走，大人。"奥文队长笔直地立着，不敢看他的眼睛。那边，英莎・卡・佛纳正在给孩子们分发麋鹿肉干，还打着手势，叫他们不要吃得太快。“我问达瑞娜小姐这是为什么。她说我，呃，明知故问。”

“你希望她走吗?”

队长干咳几声，皱着眉头，不知如何回答是好。

“恭喜你，队长。”维林拍拍他的肩膀，走过去找达瑞娜。

她和萨满在一起，正蹲在一个老妇人身边。老妇人倚着草堆，比部落的其他人还要瘦，胸脯缓缓地起伏，嘴巴微张，双目失神。萨满低头看着她，眼中满是深深的孤寂和哀伤，即便没有幻象来解释，维林也知道，这是丈夫在守护临终的妻子。

达瑞娜从背包里取出一个小药瓶，递到老妇人嘴边，几滴清澈的药水滋润了她干渴的舌头。她微微一动，轻皱眉头，闭上嘴巴享受新鲜的水分，眼里恢复了些许神采。萨满弯腰拉着她的手，用他们的语言轻声说话。在维林听来，这种语言以喉音为主，粗糙刺耳，但即便如此，仍能感受到其中的柔情蜜意。萨满说的是，他们安全了，维林猜测。他告诉妻子，他们终于找到了避难所。

老妇人的目光在丈夫脸上游移不定，嘴角微微扬起，似乎想笑，然而表情就此僵住了，眼中神采尽失，胸脯也停止了起伏。萨满一动不动，依然伏在她身边，拉着她的手，与她一样静谧安详。

达瑞娜起身离开老妇人，走向维林。“我有事要告诉你。”她说。

“我的族人称之为灵魂漫步。”他们坐在熊人营地外围的火堆边。四下寂静，冰雪部落的族人默默地吃着送来的干粮，照顾病患伤员，没人欢欢喜喜地庆祝劫后余生。*他们依然认为自己已经死了。*维林心想。*他们失去了名字。*

“很难描述，”达瑞娜接着说，“并不是真的走路，更像是飞翔，高于一切，同时可以看到一块块辽阔的土地。不过我必须离开我的肉身才能做到。”

“你就是这样发现他们的，”他说，“你用这种能力找到了冰雪部落。”

达瑞娜点点头：“一旦获知敌人的行军路线，制订作战计划就容易多了。”

“疼吗？”他想的是，自己若是歌唱太久，就会流血。

“不疼，至少飞翔的时候不疼，但回来之后……刚开始特别兴奋，非常愉快。谁没梦见过飞翔呢？我听说过黑巫术的传说，知道应该害怕才对。但飞翔实在太美妙了，令人无法自拔。第一次发生的时候，我刚满十三岁。我躺在床上，醒着，但并不焦虑，非常平静，一个十三岁的小女孩很难那么平静。然后我漂了起来，往下一看，看见一个小女孩躺在一张大床上。我很害怕，以为在做噩梦。因为恐慌，我想到了父亲，于是我飞到他的房间，他和往常一样，晚上仍在聚精会神地阅读文稿。他伸手拿酒杯，结果碰倒了墨水瓶，弄脏了袖子，他骂了起来。我想起蓝叶，那是我的马，于是飞到马厩看它。我想起凯兰，就飞到他那里，他正在自己的房间里拿着木杵和石臼捣药。这是多么美妙的梦境啊，想到什么，就可以飞过去，可以看见他们，而他们看不见我。不只如此，我不仅能看见他们，还能看到他们的颜色，他们灵魂的光芒。我父亲周身都是明亮的浅蓝色，蓝叶是淡褐色，凯兰似乎在闪烁，一时红，一时白。我往上飞去，越飞越高，俯瞰整个北疆，底下全是闪光的灵魂，仿佛一面巨大的镜子，映射出天上的繁星。

“奇怪的是，我在梦境里觉得有点累了，于是回到身体里去。我感到床有一点点冷，但还是睡着了。第二天清晨吃早餐的时候，我注意到父亲的衣服袖子上沾有墨迹，我知道那不是梦。虽然很害怕，但我并没有就此放弃——那种欢喜难以抗拒。于是我一有空就飞，翱翔在群山和平原之上，观看俄尔赫人追猎大麋鹿，在来自冰原的暴风雪之中尽情舞蹈。有一次，我飞过了西边的海洋，飞了很远很远，希望看见极西之地的海岸。可是时间过了太久，我知道父亲还在等我吃晚餐，于是飞回到身体里，结果就像突然穿上冰衣雪裤，冻得我惨叫不止。我父亲找到我，发现我缩在房间的地板上瑟瑟发抖，像是刚从冰水里爬出来。

“当时我就告诉他了。他并不害怕，也不吃惊。他抱我上床，叫人送来热牛奶，陪着我，直到寒冷退散。然后他拉着我的手，仔仔细细地告诉我，你的族人怎样对待如我这样拥有天赋的人，嘱咐我永远不能告诉别人。”

“然后部落来了？”

“那是两个夏天之后的事。我后来特别谨慎，每次飞行都不超过一个钟头，而且总是在晚上，坐在烧旺的火堆旁。我第一次目睹了屠杀，一辆运送青石的马车从白银谷去往南边，四十来个牲口贩子带着战猫和矛鹰冲过去杀了个精光。战士们拿着刀在死者当中游走，不断地割下战利品，他们的光是黑色和暗红色。我以前从没见过灵魂逝去的样子，大多看起来就像是风吹熄了烛火，但有一个灵魂格外闪亮，越升越高，整个世界似乎都围绕着它，为它扭曲成一个漩涡，把它吸了进去，带到了什么地方……”

她的声音越来越轻，维林凑近了追问：“哪里？”

“我不知道。但有那么一瞬，我看见了漩涡里头的东西。好黑好暗。”她陷入沉默，抱紧胳膊，身子瑟瑟发抖，“很高兴我只看到过一次。”

“你以天赋为名提出警告，从而督促艾尔·默纳大人备战？”

达瑞娜点点头：“我跑过去告诉他这个消息，当着凯兰和阿达尔的面脱口而出。他要他们俩发誓保密，这么多年他们俩始终信守诺言。不过，我相信早有人怀疑过，比如赛恩李希，他似乎知情。”

“俄尔赫人不怕黑巫术吗？”

“他们和瑟奥达人一样，持尊敬的态度，因为他们知道尽管天赋可能被滥用，但除非真有其事，否则他们并不害怕拥有天赋的人。”说完，她扬起眉毛，期待地望着维林。

一个秘密换一个秘密，他心想。

“瑟奥达人称之为血歌。”他说。

她脸上掠过一丝恐慌，和观看萨满给出的幻象时一样。“瑟奥达人告诉你的？”

“一个盲女人。她自称勒苏丝·希尔·霖。我在马蒂舍森林见到了她。”

她越发惊恐，连说话声都在颤抖：“见到她？”

“那是一个隆冬的晴朗夏日。她说那是记忆，困在石中的记忆。她说了我的名字用瑟奥达语如何称呼。”

“伯纳尔·沙克·乌尔，”恐惧变成了迷惑，“是她给你起的名字？”她眨了眨眼，又摇头道：“当然是她了。”

“你认识她？”

“所有活着的瑟奥达人都知道她，但没人见过她……除了我。”

“什么时候？”

“我丈夫死后。”他察觉到达瑞娜的不安，就像有人知道坏消息早晚会来，而预感终于成真的那一刻。“她说的那些话……可是，我相信……他死的时候……”说话声几不可闻，她沉浸在回忆中。

“你丈夫？”维林提醒她。

达瑞娜看他的眼神充满戒备，甚至有些恼怒，慢慢地，又化作浓浓的哀伤。“我要想一想。感谢您诚实以告，大人。很高兴我没有信错人。”她说完站起身，走进了帐篷。

维林扭头望向北方，找到了赛恩李希所指的那颗星辰，此时它已高挂天际，比月亮还要明亮。艾文苏拉……据说在它的照耀下，世上从无战火。

好名字。他笑着想。总算有了个好名字。

第六章　莱娜

她动身往下走，没入黑暗之中。这儿伸手不见五指，只能手扶墙壁，脚踏台阶，慢慢向前摸索，指引她的还有达沃卡妹妹惊惧过度的啜泣声。随着他们越走越深，柯拉尔已不再求饶，只是低声呜咽，时而发出撕心裂肺的哀号。起初，莱娜以为那光亮是失明造成的幻觉，它极其暗淡，只是给达沃卡高大的身影罩了一层浅浅的粉色光晕，但愈往下走，光亮愈盛。等她们抵达最底层，已经完全沐浴在深红色的光芒之中。

此处空间广阔，四面八方皆为圆形，严丝合缝地镶嵌着大理石片。墙壁上有不计其数的隧道口，高度足以供人进出，洞内黑漆漆的，似是通往未知世界。红光来自地面正中央那一口巨大的圆井，冒出来的蒸汽滚滚升腾，钻进顶上另一口尺寸完全相同的圆井。

达沃卡拖着哭哭啼啼的柯拉尔走向井边，莱娜紧随其后。蒸汽温度极高，她们走到距离圆井十二英尺的地方便无法前行。莱娜眯着眼睛，透过灌进顶部圆井的蒸汽看见了湿漉漉的井壁，井筒向上延伸，通向人工改造的山体之中。

“我们最初来这儿的时候，井筒底部还有巨大的铜刀。”

说话的女人站在其中一个隧道口。她满头黑发，穿着朴素的黑色棉袍，胳膊裸露在外，井口蒸腾的热量给她的皮肤染上淡淡的绯红色。“碎石堵塞了井筒底部。”女人说着，向她们走来。

柯拉尔抓着达沃卡的腿，低声念叨：“求你了，姐姐！求求你！”

那年轻的女人完全不理会她，走到距离莱娜不远的地方，笑脸相迎：“在我们脚下三百英尺之深，有一条地下河与尼沙柯的血管相连，源源不绝地产生蒸汽，再通过井筒升腾而上，穿过交叉摆放的四把铜刀。而接在铜刀末端的巨型铁轴，笔直地延伸至塔楼的第三层。真是个耐人寻味的谜团，你觉得呢？”

莱娜看着她沉静的面庞，听着她笃定的话语，为这个年纪轻轻的女人所表现出的自信而惊叹。她的疆国话听不出是哪里的口音，目光淡然，表情略带好奇。

“蒸汽带动铜刀旋转，”莱娜说，“就像风车。”

年轻女人的笑容愈加灿烂。“是的。可惜的是，这么新奇的装置，却因为最早踏足此地的罗纳黑姆而失传了，从他们看到的第一眼起，铜刀就注定变成生活所需的锅碗瓢盆，巨型铁轴则被熔化，做成斧刃。我在下令清理井中的石头时，才明白铜刀的作用。我一次次暗下决心，要造出新的铜刀来，因为我真的好想看到它们再次运转，可我从未做到过。”她的目光投向瑟缩在达沃卡脚边的女孩，“毕竟，总有别的事情需要分心。”

“铜刀旋转所产生的力量，”莱娜问，“是用来做什么的呢？”

“这是一个无法解答的问题。铁轴顶端有一根巨大的榫头，当初所带动的东西不知为何物，在数百年的时间里早已风化成灰。不过据我推测，可能是为我们头顶上的山体供暖之用。”

她静立不动，无言地端详瑟瑟发抖的柯拉尔。须臾，她抬头看着达沃卡，用罗纳语说：“这就是你妹妹的躯壳？”

“是的，玛莱萨。”

“如果我带她回来，她会……发生变化。不仅是伤疤的问题。你明白吗？”

“明白，玛莱萨。我懂我妹妹的心。她一定愿意回到我们身边，无论付出什么代价。”

玛莱萨微微颔首：“如你所愿。带她过来。”

“不要！”柯拉尔厉声尖叫，企图爬开。达沃卡一把将她揪起，拽向圆井。

“你以为这东西害怕我，”玛莱萨对莱娜说，“你错了。真正令它害怕的，是我送它返回虚无后，它将因为失败而遭受的惩罚。”

柯拉尔尖叫着，絮絮叨叨地求饶，又拼命挣扎、吐口水、咒骂，但无论怎么折腾都无济于事。达沃卡把妹妹拖到了井边，两人热得汗水淋漓。玛莱萨走到柯拉尔面前——莱娜发现她身上一滴汗都没出——从井边拿起一个瓶子。瓶子很小，透过模糊不清的瓶身，隐约可见装在里头的黑色液体。

“把她的手递过来。”玛莱萨对达沃卡说着，拔出了瓶塞。只见瓶口冒出一团雾气，一股臭不可闻的气味扑面而来。达沃卡抽出小刀，割开捆住柯拉尔手腕的绳子，强行将她的一只手扭在身后，另一只手拽向玛莱萨。

“所有的痛苦和哀伤都因它们而来。”她对莱娜说，然后拿住柯拉尔握成拳头的手，轻轻地摩挲不断抽搐的皮肤，女孩不再尖叫，早已喊破的喉咙里发出沙哑的闷哼。“或许你以为它们的数量堪以军团计，其实最多的时候也只有三个。这一个是最年轻的，被捕捉和扭曲的时候是女性，也只能夺占女性的躯壳，一次最多操纵一人，直到死亡将其释放。而且，她欺骗的手段也不甚高明。她的哥哥则厉害多了，可以同时操纵几具躯壳，不限性别，甚至可以藏而不露地生活多年，即便是自小与那具躯壳亲近的人，也无法察觉他的真实身份。而她的姐姐，噢，要我说，最好永远别遇见那个女人。一百年又一百年，永无休止的谋杀和欺骗，她从世界的这头到那头，编织起一张恶毒的蛛网，如今又为实现他们主子的巨大阴谋而奔波。他们三个，受困于自身的怨念。但怨念又从何而来？还不是恐惧……和痛苦。”

她倾过瓶子，在柯拉尔的手上倒了一滴液体。

从女孩喉咙中爆发出的呼号，充满极度的痛苦和狂暴，莱娜只好闭上双眼，强忍住胃里翻涌的恶心感。几周以来，她多次濒临绝境，一再目睹惨烈的死亡，或许心肠早已变硬了，但这般毫无人性可言的号叫，犹如医师的解剖刀，切开了新生的那层硬皮。等她睁眼再看，女孩跪在地上，玛莱萨双手扣住她的面庞，两眼圆睁，一眨不眨。

“疼痛是一扇大门，”玛莱萨说，“恐惧是一杆撬棍，用来剔除那个影响她心智、如水蛭般牢牢附着天赋的污秽之物。”柯拉尔浑身颤抖，口吐白沫，胡言乱语。“即便是这种东西，也害怕真正的虚空，若它真有胆量不走，我势必将其摧毁到片甲不存。”

玛莱萨松开手，柯拉尔双目紧闭，身子瘫软下去。达沃卡顺势拥她在怀中，只见她右手的手背上有一块红中带黑的烫伤，仍热气腾腾。

莱娜咽下苦涩的胆汁，走过去摸了摸女孩的脖子，感受到了强劲的脉搏。

“多……多久？”她背后忽然有人含混地问道，有气无力，悲伤莫名。

莱娜抬头一看，发现不是玛莱萨，那个成竹在胸的年轻女人变成了一个惊魂未定的小女孩，纤细的胳膊紧紧抱在胸前，满眼迷惑地盯着她。同样的面孔，同样的窈窕身姿，内里却不是同一个人。

“玛莱萨？”莱娜起身走向她。

女孩吐了口气，像是叹息，又像是发笑，更有几分癫狂。她看到了手里的瓶子。“是啊，噢，是啊。我是玛莱萨。我的力量，伟大而又可怕……”她絮絮叨叨地说到一半，突然哀伤地笑了笑。

“五个夏天了，”达沃卡说，“自从复生以来。”

“五个夏天。”女孩的目光在莱娜身上游移，看过她的头发，又直愣愣地盯着她的眼睛。“梅利姆赫女王。她一直在等你，等了好久好久。那么多的幻象……”她伸出双手，轻抚莱娜的脸颊，“这么美丽……好可惜……究竟是什么感觉？”

“你说什么，玛莱萨？”

“杀了那么多人。而我，只杀了我母亲……”

小女孩忽然不见了，惊魂未定的表情转眼消失，变成了自信满满的神态。莱娜退了一步，捧在脸上的双手自然垂落下来。

“她对你说了什么?”玛莱萨问。

莱娜还想往后退却，旋转而上的楼梯仿佛在召唤她，可她终究忍住了。*你想要证据*。她提醒自己。*证据出现了*。

“她说她杀了母亲。”莱娜尽量以平静的口吻回答。

“啊，没错，多么悲伤的故事。她是一个漂亮的小女孩，心地善良，拥有触体疗伤的能力，但性子也相当暴躁，狂野至极。触体疗伤的能力向来都有负面影响，搅乱拥有者的心智。天赋皆有代价。而她一直幻想自己的母亲被仇恨之神杰沙克所操控。她杀死了母亲，从而在部落中没了容身之地。因为她的天赋，族人没有杀她，所有罗纳黑姆都知道，唯玛莱萨有权审判天赋者。她在山里游荡，达沃卡找到了她并带来见我。她是完美的容器，可以算作我使用过的极品之一。可惜，比起前一个容器，她太容易脱离控制。”

玛莱萨回到柯拉尔身边，握住她触目惊心的右手。女孩抽搐了一阵子，忽然醒转，企图挣脱出达沃卡的怀抱。“我……姐姐?”她目光流转，认出了达沃卡的脸，“我……好冷。”

玛莱萨松开她的手，莱娜情不自禁地喘着气，胸脯剧烈地起伏。那块红中带黑的烫伤竟然消失了，手背上仍残存淡淡的疤痕，可皮肤完整如初。*证据*。

“确实会耗尽人的精力。”玛莱萨活动着手指，光洁的眉头微微皱起，“别的天赋都没有这么费神。或许疯狂便是由此而来，每一次治疗，都会丧失一部分自我。”她再度起身，退到一旁，对达沃卡说：“艾尔特克来了吗?”

“来了，玛莱萨。”

“毋庸置疑，他已迷失方向，心也碎了。一个失去了部落的塔莱萨。若我准许他投进尼沙柯之口，他可能还会好受些。”

“我欠了艾尔特克很大的……”莱娜正要求情，玛莱萨摆摆手，打断了她。

“不必害怕，女王。他太有价值了，岂能在自怨自艾之中浪费生命。”她的目光在柯拉尔神志未清的脸上逗留了片刻，然后移向达沃卡：“一千年以来我最大的收获，便是吸取残酷的教训，切莫忘记反省自身。占据你妹妹躯壳的东西颇有头脑，利用了罗纳黑姆的历史——有关森挞的传说确实经久不衰，富有号召力。你去告诉艾尔特克，他现在是森挞的塔莱萨，真正的森挞，受真正的玛莱萨祝福。他要出山，前往每一个部落，甄选出最强的战士。他们要有一千人，一个不多，一个不少。他们不打猎，不争地，他们千锤百炼只为战争，只听从我的号令。”

达沃卡庄重地点点头：“玛莱萨，请您在森挞之中给我一席之地。我会成为您的千人之眼，千人之喉……”

玛莱萨微笑着摇头。“不，我闪耀的长矛，还有更重要的任务交给你。”她又望向莱娜，“或许你会视其为诅咒。带你妹妹上去吧，她需要休息。女王和我还要进一步交谈。”

达沃卡轻柔地拉起了柯拉尔，女孩看她的眼神半是好奇半是害怕，看到莱娜的时候，显然受到了更大的刺激。“她看见了，”柯拉尔缩起身子，嘴里低声念叨，“她听见了……她知道了……”

“冷静点，小猫咪。”达沃卡安慰她，“这是勒娜，梅利姆赫的女王。她是我们的朋友。”

柯拉尔吞了吞口水，垂着脑袋，满怀愧疚地说：“它想要她……想要伤害她，特别特别强烈……我感觉到那种渴望……”

莱娜走过去，伸手抬起柯拉尔的下巴。“我知道那不是你想要的，”她说，“你姐姐是我的姐妹，所以，我也是你的姐妹。”

柯拉尔盯着她，神情几近敬畏：“它怕你……所以才那么渴望伤害你……你是新的……意料之外的……伊瓦瑞克从未揭露你的本性……”

伊瓦瑞克……这个词听起来是古语的发音，与罗纳语当中的“视野”或者“幻觉”有些类似，但语调特别庄重，莱娜不敢妄加揣测。“伊瓦瑞克，我不懂这个词的意思。”

“带你妹妹上去，达沃卡。”玛莱萨柔声重复了一遍，却是不容置疑的命令式语气。

达沃卡点点头，领着柯拉尔走上楼梯，女孩边走边低语。“它睡着的时候，我见过它做的噩梦……它掐死了亲生的婴儿……”

“请吧，我带你看样东西。”等柯拉尔的低语声消失了，玛莱萨说，“只有罗纳黑姆见过的东西。”

隧道内并没有莱娜想象中那么漆黑，洞壁发出绿莹莹的冷光，不用火把就能顺利前行。“这是来自西边山区的一种粉末，”玛莱萨解释，“可以自行发光，而且永远不灭。他们在雕琢圣山的时候，也运了大量的粉末过来，涂抹在墙壁上。真是高明，你觉得呢?”

“是的，”莱娜同意，“但还是不如你高明吧，玛莱萨?”

女人没有立即作答，莱娜不用看也知道她面露微笑。“此话怎讲?”

“没有诱饵，陷阱就不成其为陷阱。我之所以来，是受你的邀请，而对于你先前驱逐的东西来说，我又是极具诱惑的目标。我敢肯定，你很清楚这一点。”

“的确如此。”

“为了送我来，多少良善之人丢了性命。有我的族人，也有你的族人。”

“良善之人终究逃不过一死。恶人亦如此。为你所追求的东西而死，死得其所。”

“有所追求，又能活着，岂不更好？”

“太多事情由不得我们选择。拿我的族人来说，梅利姆赫登陆海岸，如瘟疫降临，并不是他们的选择。三十年来毫无尊严地东躲西藏，也不是他们的选择。耗尽仅有的一点气力，在冰雪覆盖的大山里开凿出栖身之所，更不是他们的选择。”令莱娜诧异的是，玛莱萨说这番话的时候，并没有宣泄怒火，她的语气平淡而随和，两人像在宫殿里漫步，畅谈艾卢修斯诗中的妙语佳句。

“我无力担负祖先的罪行，”莱娜的语气可轻松不起来，“但对于那些为了和谈而丧命的人，我必须有所交代才是。等我的女官娜莎小姐的父母得知，他们的女儿为你所谓的追求而送命，他们何以求得安慰？”

玛莱萨哂然一笑，轻浅到难以察觉：“他们怕是连难过的时间都没有了。我们也一样。”

她停下脚步，隧道尽头露出一个极其宽阔的圆形大厅，比她们先前所在的房间要大上三倍不止。这儿没有井，唯一的光线来自涂满地面和天花板的绿光粉末，远比隧道亮堂，看书也不成问题。奇怪的是，顶上和脚下都那么明亮，唯有墙壁是黑乎乎的。空气干燥，隐隐可以闻到一股霉味。

“莱娜·艾尔·尼埃壬公主，”玛莱萨走了进去，扬起双臂说，“欢迎你来到罗纳黑姆的记忆殿堂。”

墙上全是书。莱娜跟着她走进去，这才发现从地面到天花板，堆满了不计其数的典籍和卷轴。她立刻就着了迷。有的是极其厚重的大部头，几人合力才能抬起，有的则小到一掌可容。她拿起手边的书，脑海里一闪念，意识到先问过主人再动手才合乎礼数，但这种想法很快就被抛到九霄云外。这本书有皮革包边，封面上有错综复杂的压纹，尽管年代久远，书页却完整无缺，翻起来流畅顺手，而不是轻轻一碰就碎裂成灰。书里字迹优美，配有闪闪发亮的金叶子和色彩艳丽的墨汁，可惜她一个字都看不懂。

“《瑞尔泰慧论》，”玛莱萨说，“他唯一的哲学著作。他研究最多的是天文，是首位计算出月亮周长的罗纳黑姆学者。不过阿基欧认为他的计算结果有大约二十英尺的偏差。”

莱娜抬起头，一脸疑惑，她很难将“罗纳黑姆”和“学者”这两个词联系起来。

“没错，”玛莱萨说，“曾几何时，我们并不是只会打仗的民族。在你的族人到来之前，瑟奥达人还在森林中游荡，与土地交融，迷失了自我。而我的族人学会了观察和思考，创造出伟大的作品，书写出辉煌的诗篇。如今你在这儿看到的，只是沧海一粟，我们所抢救下来的一点遗产罢了。如果世事安稳，或许再过一百年，即便是这座大山的秘密，也能尽在我们的掌握。遗憾的是，以我们高超的智慧，也未能发现炼铁的奥秘。在你看来，也许只是小事一桩，但小事往往决定战争的胜败。”

“你认识他吗?”莱娜扬起那本书问道。

玛莱萨摇头笑道：“即便是我，也没有老到那种地步。不过我倒认识他的一个后代，天知道隔了多少代的曾孙。我亲眼见他辛苦劳作，最后饿死。”

莱娜把书放回原位。“你以前是什么人?”

“只是一个噩梦不断的女孩。如今依然没有摆脱。此时此刻我正在见证其中一个噩梦的发生。”玛莱萨神色肃然地端详着她，眼里闪耀着智慧的光芒，丝毫没有打趣的意思。于莱娜而言，这种感觉已经多年未曾有过——面对着一个与她同样明察秋毫、洞悉谎言的人。令她深感羞耻的是，虽然那么多条无辜丢掉的人命仍是压在心头的重负，可此时她竟有了一丝感激，庆幸自己来了。这张面孔洞察了莱娜的一切。她无处可藏，也不必掩饰，忸怩作态、耍弄心机以逃避审视更是毫无意义。透过这张面孔，她却只能看到封存在万千典籍之中的厚重历史和冰冷理性。这种感觉是那么新鲜，是一种暗含愧疚的欢愉。

“伊瓦瑞克，”她说，“幻象。就是这个意思。”

“在你们的语言当中，意思最接近的词是‘占卜’。你懂什么是占卜吗？”

“一种窥探未来之事的黑巫术。”

“我并不窥探未来。是未来看到了我，我便看到了未来，然后看到了你。”

“我在做什么？”

玛莱萨脸色一沉。“两件事当中的一件。”她走到旁边，从书堆上拿起一根卷轴，递给莱娜：“这是给你的。”

“礼物？”

“是协议。你我之间的战争结束了，和谈成功，请接受我的祝贺。”

莱娜走上前接过卷轴，展开一看，里面有两段工工整整的文字，上面一段用的是疆国语，下面一段的文字与刚才所看的书里一样。“没写条款，”她说，“只作了一份声明，我们之间的冲突到此为止。”

“你还想要什么？”

“按照惯例，我们要讨论边界问题，还有贡品之类的事情。”

“边界变化不定，无休无止。另外，你为我消灭了伪玛莱萨，这算得上是一份厚礼，因此我也要回赠你一份礼物。你带了一把小刀吧？”

莱娜摸了摸挂在颈上的链子：“只是饰物，不能伤人。我根本不会使飞刀。”

“暂时而已。”玛莱萨伸出手来，莱娜注意到她的另一只手还拿着小瓶子，“给我。”

瓶中液体的恶臭难闻和柯拉尔惨号的痛不欲生依然如临其境一般，莱娜稍作犹豫，取下了链子，把小刀放在玛莱萨的掌心里。

“你想知道这是什么东西，”她握住刀柄，拿起瓶子，悬于刀刃之上，“罗纳学者当中，不仅有诗人和数学家，还有化学家。几百年前，他们合成了一种物质，只用小小的一滴，就可以使人产生最纯粹最剧烈的痛感，但又足以承受，不致死亡。”她倾过瓶身，一滴黑色的黏液滴在刀刃上，腾起一团骇人的雾气，莱娜不由自主地掩住鼻子，退了一步。液体流遍刀身，待雾气慢慢消散，黑液消失无踪，如同水滴浸入棉布。

“给。”玛莱萨把刀递给莱娜，“于你无害。与铁器交融之后，见血才会生效。”

“我要这种东西做什么？”莱娜没有接。

“为了做两件事当中的一件。”

玛莱萨显然无意就此深谈。莱娜试探地伸出手，碰了碰刀身，只能感觉到铁器的寒意。

“永远带在身上。”玛莱萨说。莱娜接过小刀，把链子挂在颈上。

“不管怎样，我都会带着它，”莱娜回答，“这是我唯一珍爱的礼物。”

玛莱萨的神色依然严肃，但略显惊讶。“你与我想象中的不一样。伊瓦瑞克描绘的是完全不同的画面。”

“我的个头高些吗？”莱娜轻轻一笑。

“不是，你原本充满野心。这一路上牺牲的人命，你并不在乎，那不过是斗智棋盘上的棋子罢了。此次会面令你暴跳如雷，伊瓦瑞克所揭露的真相使你心生怨恨，看到我给予你的回报，你疯狂地咒骂，撕毁了手中的协议。可你的内心改变了，莱娜·艾尔·尼埃壬。是因为愧疚吗？是伊瓦瑞克没能觉察的一桩罪行？你愧疚到这种地步，连灵魂也改头换面了。”

父亲，我恳求你……“我敢说，”莱娜说，“你账上的罪行远比我多。”

“为了确保我的族人生存下来，我也难免作恶，这是事实。我说过谎，杀过人，施过虐，也有过堕落不堪的经历。为了达到同样的目的，每一桩罪行我都愿意再做一千次。记住了，女王，当你望着冲天的烈焰，千万记得扪心自问：我愿意再做一次吗？”

玛莱萨走过来，拿起莱娜翻过的那本书，递给她。“没人敢动这里的东西，哪怕拿走片言只字都是死罪，不过我可以当你是例外。探讨神学是特别有趣的事。瑞尔泰写了好一通长篇大论，批判教理的荒谬之处。”

“我看不懂。”

“你我都很清楚，你有学习异族语言的才华。协议中的罗纳黑姆语足以供你参考了。而且，我那闪耀的长矛可以帮忙，她认得很多字。”

“达沃卡吗？”

“两国言和，互派使者，也是外交惯例吧？她就是我的使者。”

“达沃卡负责外交……好得很。我自会挑选合适的疆国官员，尽快派他过来觐见。”

“悉听尊便，不必仓促。但贵国使者务必是女性，除非你希望使者向我献上整个疆国。”

“男人这么容易为你的美貌所俘虏？”

“不，是天赋的作用，那个女人已死于三百年前。奇怪的是，这种天赋只对男人有用。”

莱娜接过书：“抱歉，我没什么可以回赠的。”

玛莱萨收回了审视的目光。“你已回赠，”她幽幽地说，“认同这份协议，本身就有重大的意义。”她伸手与莱娜相握。“他们来了，女王，他们要来摧毁一切。你的世界，还有我的世界。当你身负枷锁之时，莫忘了‘魅兽者’。”

“玛莱萨，你说什么？”

可玛莱萨又不见了，变回那个惊魂未定的女孩。她颤抖着手，扬起头，与莱娜四目相对，眼中饱含莫可名状的恐惧。“什么感觉？”她问道。莱娜知道女孩仍在重复先前的问题，根本没有意识到时间的流逝。

“我没有杀过人。”莱娜告诉她。

“噢……”她的目光在莱娜脸上梭巡，“没有……现在还没有……但终究会有。”

“有什么？”

女孩笑了，雪白的牙齿在绿光中闪耀：“你那些伟大的印记啊。”

她走回热气蒸腾的房间，顺着楼梯盘旋而上，来到了地面。她先前在底下待了一个多钟头，抛出一个又一个疑问：“玛莱萨提到的主子是谁？他到底有什么阴谋？谁要来摧毁一切？”

可那女孩魂不守舍，前言不搭后语，莱娜如坠五里雾中。“他潜伏于虚无……饥饿……他是那么饥饿……母亲说我是天底下最仁慈的罗纳黑姆，我拿父亲的刀割开了她的喉咙……”

过了一会儿，她不再胡言乱语，沉默地瘫坐在地上，没精打采，双目失神。莱娜等了好一阵子，希望玛莱萨回来，但又直觉这不可能。*我们再也不会见面了。*

她叹了口气，抚着女孩的肩膀问道：“你有名字吗？”

“海尔莎。”女孩低声回答。治疗者，或是古语中的救世主，取决于重音的变化。

“幸会，海尔莎。”

“你还会回来看我吗？”

“但愿吧，希望哪天还能来。”

海尔莎听了，嘴角掠过一丝笑意，但稍纵即逝，又露出茫然无措的眼神。莱娜捏了捏女孩的肩膀，走进隧道里。她满心悲伤，没有再回头。

等莱娜回到地面，看见两名宗会兄弟和斯莫林仍在原处等待。院子里只有他们三人，来时迎候的那些女人已不知所踪，履行玛莱萨交付的职责去了。

“艾尔特克呢?”她问索利斯。

“他走了，公主殿下。达沃卡跟他说了话，他就离开了。”

“竟然不辞而别，”艾文说，“我好受伤。”

“达沃卡呢?”莱娜问。

“去哪儿照顾她妹妹了，”年轻兄弟说，“她们给我们安排了楼上的房间。”

莱娜点点头，看着手里的卷轴。

“您完成任务了吗，公主殿下?”斯莫林斗胆问道。

“是的。”她强颜欢笑，“非常成功。今晚好好休息，好先生们。明早我们返回疆国。”

不到两周，他们抵达了司盖伦关，达沃卡挑选的路线比来时好走，只是路程较长。莱娜原本提议带上柯拉尔，但罗纳女人拒绝了。“留在山里可以得到更好的照顾。”

“可她刚刚回到你身边。”莱娜不同意，“你不想和她多相处一阵子吗?你随时来王宫找我都可以。”

达沃卡摇摇头，只说了一句：“玛莱萨的命令已下。”

旅途的夜里，她们合作翻译《瑞尔泰慧论》，可达沃卡发现作者的诗化语言实在很伤脑筋。“‘神学之表象为参悟，’”一天晚上，她皱紧眉头念道，“‘其本源系无知。信条如黏土，黏土聚成堆，教理即可成。’”

她抬眼看着莱娜：“我不喜欢这本书。”

“是吗？我觉得还挺有意思。”

早晨，达沃卡教她使用飞刀，北上进山的时候把这事儿耽搁了。艾文兄弟很快也参与进来，他找了一块既薄又大的木板作为靶子，时而抛向空中，以惊人的速度和准头掷出飞刀，正中靶心。

“移动靶子我可没输过，”他说，“同龄的学徒兄弟中，我赢的飞刀最多。只有弗伦提斯有资格跟我比比。”

弗伦提斯。莱娜听过这个名字，哥哥多次提到过。“你认识弗伦提斯兄弟？”

“我们在宗会是同一组的，公主殿下。”

“国王对他的勇气称赞有加。他说要是没有弗伦提斯兄弟，乌恩提什撑不过第一天。”

艾文神色哀伤地笑了笑：“听上去是他的做派。剑术试炼后，他被分派到了奔狼，我则来了这里。说来惭愧，我当初很嫉妒他，觉得他比我幸运。”

日子一天天过去，莱娜的飞刀技艺也有所精进，不脱靶的次数越来越多。她终于明白，达沃卡当初所言是真理：一次又一次地扔，直到扔中为止。然后就知道怎么使飞刀了。

那天早晨，距离司盖伦关仅一天路程时，艾文的木板掉在地上，莱娜的飞刀插在正中。她终于可以说，她知道怎么使飞刀了。

出乎意料的是，当莱娜一行人返回司盖伦关时，竟然有人迎接。除了驻军，还有一个齐装满员的疆国禁卫军骑兵团，他们受国王之命，准备开进罗纳人领地寻找莱娜公主。幸运的是，他们前一天刚刚抵达，还在为这场极不明智的远征做准备，而且远未准备好。

“可您毕竟受到了袭击，公主殿下。”第二天，当莱娜要求领军将军护送她南下时，那人竟然不同意，“那帮蛮子必须接受一点教训，我愿光荣地……”

她举起卷轴：“我们现在与罗纳人讲和了，大人。况且，你们若是真去了关隘以北，接受教训的只能是你们自己。”

不远处，索利斯兄弟从另一个兄弟那里听到了什么消息，浑身一激灵，立刻吸引了莱娜的注意。索利斯兄弟见她有所察觉，便迎着她的目光走来。“疆国传来消息，公主殿下。守塔大臣艾尔·拜拉遭遇了刺客。他没死，但伤势严重。在场的人认为是库姆布莱狂信徒干的。”

莱娜强忍着没有呻吟出声。好容易结束了一场战争，后院却又失火。“国王有什么命令？”

“战争大臣集合疆国禁卫军，前去铲除狂信徒，封地领主穆斯托尔已下令提供协助，但人民是否服从，要另当别论。”

“我明白了。我在此不宜久留。将军大人，我们一个钟头后出发。”

领军将军鞠了一躬，大步走开，高声号令部队。莱娜扭头对索利斯说：“看来我们只能匆匆道别了，兄弟。我知道，不论我赏赐什么，你都不会接受，所以我只能深表谢意，感谢你保全我的性命，顺利地完成任务。”

“这趟旅行……很有意思。”他稍作犹豫，又说：“还有别的消息，公主殿下。艾尔·索纳大人已经返回疆国。”

维林……“回来了？”莱娜忍不住惊呼，她意识到自己有些失态，赶紧干咳了一声，“怎么回来的？”

“皇帝释放了他，说是感谢他效力有功，具体细节尚不清楚。他几周前去了瓦林斯堡。看来他与我们宗会已无瓜葛。麦西乌斯王派他去了北疆，担任守塔大臣。”

北疆……她那愚蠢的哥哥总算做了一次正确的决定，但她打心眼里觉得，要是维林缓一缓再启程就好了。“请替我感谢艾文兄弟，”她对索利斯说，“另请转达歉意，我不能再赐吻了。”

“我认为一个已经绰绰有余，公主殿下。”

“你去哪里？”莱娜问，“这儿已经没有敌人需要你应付了。”

“宗老派我去哪里，我就去哪里，公主殿下。总有用得着我的地方。”他这次鞠躬比以往更深，之后他直起身子，走向关隘最南边的矮堡。

一名疆国禁卫军军士跑到她跟前，手里牵了一匹漂亮的灰色母马。“领军将军大人送给您的礼物，公主殿下。”那人说着递上缰绳，“特意从大人的私家马厩里带来的。”

莱娜回头挠了挠矮种马的鼻子。近来她喜欢管这匹马叫健步，达沃卡似乎觉得这事儿挺有趣，同时又有些莫名其妙——罗纳人有可能宰了马过冬，所以从来不给这种朝不保夕的畜生起名字。“我有坐骑，军士。”她说完爬上马鞍，如今她早已熟悉健步那瘦骨嶙峋的脊梁。“我们可以出发了吗？”

喀都灵城内的街上挤满了欢呼雀跃的人群，高楼之间的无数桥梁挂满了彩旗，市民们把五颜六色的鲜花扔到她所经过的道路上。等她抵达中央广场，城主献上了一段辞藻华丽但稍嫌冗长的演讲，称赞她是和平缔造者和救世主。“公主殿下有何吩咐，本城必定全力以赴。”最后，他夸张地鞠了一躬。

莱娜坐在健步的鞍上稍稍挪了挪身子，全场鸦雀无声，满怀期待地听她发言。“洗澡，先生。”她说，“我很想洗个澡。”

于是莱娜在城主的宅邸里洗了澡，而且洗了两次，然后挑选起衣服来——这些都是城内最好的裁缝制作的，可达沃卡相当不满。“穿成这样不能骑马，”她说，“也不能打仗。”

“我希望骑马打仗的日子就此结束。”莱娜回答。“这件给我。”她指着一条深蓝色雪纺绸长袍对女仆说，然后褪下了浴袍。女孩倒吸一口气，慌忙扭过头，面红耳赤地望向别处。“没见过女王的胸部。”见达沃卡一脸的莫名其妙，莱娜解释道。

她换好长袍，站在一面穿衣镜前，心满意足地欣赏着镜中人的曼妙身段，尽管腰部比她所希望的略为宽松，估计是连续多日骑马的缘故。当她看到自己的面庞，不禁一怔，原以为艰苦的旅行会留下一丝痕迹，多少有些饱经风霜世事的味道，结果与从前一般无二，除了……她的眼睛里有些变化？那是以前从未有过的率真？

“您……真美，公主殿下。”女仆终于回过神来，结结巴巴地恭维道。

“谢谢。”莱娜说着，露出最甜美的笑容，“明早请为我备好骑马装，其他衣物请打包收拾好。”

城主以给莱娜公主接风洗尘之名大摆宴会，她浪费了好些时间，聆听城里的名流政要轮番致辞，忍受夫人们空洞乏味的连篇废话。她唯一一次登台讲话，只是宣读了玛莱萨给的协议，她下令即刻复制多份，送到疆国的各个角落。从人们的致辞和谈话可以看出，在他们的眼中，莱娜是凯旋的胜利者，而不是和平的缔造者，似乎她打赢了一场惊天动地的大仗，而不是经历了一趟危险重重的旅行，带回了一纸文书。看着身边一张张笑逐颜开、醉意渐浓的面孔，她不由回味起玛莱萨的话。*他们来了，女王，他们要来摧毁一切……你的世界，还有我的世界。*

她举起酒杯，暗自叹了口气。*我拿到了证据，然后怎么做呢？*

次日清晨，他们出发了，尽管城主极力恳请她多住几日。“公主殿下您大驾光临，本城备感富足啊。”莱娜估算了一下他们打算赠送的礼物，以及无休无止的庆典活动，心想，若是再逗留一日，他们怕是要破产了。她只接受了一件礼物——玛莱萨那份卷轴的副本，抄写在绢布之上，配以一幅莱娜在城门口骑跨健步、高举卷轴的画像。书记行会显然是通宵达旦地赶工，此时墨迹未干。

从喀都灵城往南走了两天，领军将军手下的一名斥候疾驰而至，带来了新的消息——她一路南行，时时刻刻都在担心这件事。“封地领主达纳尔前来问候公主殿下，大人。”

“是敌人吗，女王？”达沃卡见莱娜如此紧张，急忙问道。

“还记得我对你提起过的那个人吗？”

达沃卡点点头，此时一队骑兵跃入眼帘：“他来了？”

“不，是他的对头。”

多年不见，封地领主达纳尔的面容英俊如故，上次会面是在莱娜王兄的加冕仪式上，他们相互致意，并未交谈。他没有戴头盔，但身披全套铠甲，其上镶满了繁复的蓝珐琅饰纹，胯下是一匹通体乌黑的骏马。一头长长的黑发梳至脑后，露出俊朗的脸庞，俨然一副贵族骑士的派头。高贵是一种谎言，父亲曾告诫她。一种自以为是的，超乎金钱和武力的伪装。傻子也能假扮高贵，到时候你就会发现，女儿，这样做的大半是傻子。

“公主！”达纳尔大人高呼道，他扯住缰绳，翻身落地，然后单膝跪下。他身后随行的五十来个骑士依样照做。“欢迎您来到仑法尔。请原谅我迎候不周，昨天才接到您要过来的消息。”

“封地领主，”莱娜应道，她伸手示意达沃卡，“请允许我介绍，这位是……达沃卡夫人，来自罗纳人领地的使者。”

达纳尔站起身，也斜着眼睛瞧罗纳女人，面露难以掩饰的厌恶之情。“传闻是真的？蛮子们终于投降了。”

莱娜看到达沃卡握紧了手中的长矛，她倒是乐见罗纳女人发泄怒火。达纳尔在玛贝里斯城陷后的所作所为，可谓人尽皆知，一点儿也不讨人喜欢。

“没有投降一说，”莱娜告诉他，“我们签署了和平协议。仅此而已。”

“真是遗憾，拿他们松松筋骨是最好不过的了。我杀的第一个人就是罗纳人，就那种货色，你们也好意思称其为男人。”

“我不能允许你杀他。”见达沃卡放低了矛尖，莱娜赶紧说道。

“您学了他们的语言？”达纳尔哈哈一笑，“好一个可人儿，竟然……”

“大人，你还有事吗？”莱娜打断了他，“我们此行路途遥远，国王还在等我平安返回。”

“还有一件重要的事情，请借一步说话。”

她本想断然回绝，可有那么多疆国禁卫军和骑士在场，先前已有失礼，再来这么一出，恐怕不甚体面。“好。”她翻身下马，用罗纳语对达沃卡低声说：“别离得太远。”

他们走了一小段路，距离骑士们不算太远，莱娜知道有多少双眼睛正盯着他们看戏。“封地上有这么一个人，”达纳尔说，“他图谋推翻我的领主地位，四处散播谣言，玷污我的名誉。我想您一定同意，公主殿下，不忠于我，就是不忠于国王。”

莱娜并未轻易下断言，只提出了问题：“抗议你的人是谁？”

达纳尔厌恶地扭曲着嘴唇，挤出一个名字：“班德斯！”

“修林·班德斯男爵？仑法尔最受尊敬的骑士，从阿尔比兰战争中荣归疆国的为数不多的将军之一。你说这个人是叛徒吗？”

“我以国王之名统治封地，这也是联合疆国赖以存在的基石。”

一个人居然能见识过如此之多，改变却如此之少，她心想。那种东西还在，当初促使她立即违背父亲愿望的东西，仍在他的表情里，他的姿态中——根深蒂固的自以为是，傲慢无度，耀武扬威。他年少时该是多么可怕……如今依然没有长大。“疆国是自由的，”她说，“任何人都可以说出自己的想法，不用担心受到迫害。”

“只要想法不足以引发暴动。那家伙在朝堂拉帮结派，公主殿下。无论贵族还是平民，有事情都去找他，可他在封地内没有一官半职，只是一个乞丐骑士。”

“大人，你要杀乞丐吗？这可有辱骑士身份。”

“不管您听说过什么流言蜚语，但我并不是冷酷无情的人。流放或许是最公正的判决。”

同时也最大程度地避免了平民迁怒于你。达纳尔老奸巨猾的行为令莱娜颇为恼火，如果此人是傻子该多好。

“流放并罚没财产，”封地领主补充道，“当然了，我会安顿好他的家人。”

最后一句话令莱娜微微一怔。报复老对手只是事情的一面，他要的不只如此。“你说的事情，我会转告国王，”她说着，扭头准备走开，“如果没有别的事……”

“还有我未曾熄灭的爱火。”

他言语中的真诚令莱娜深感不安，一如他眼里燃烧的热情。莱娜以前从未注意过，他的双眼竟是如此湛蓝。如果换一个地方，换一个人，她或许愿意沐浴在这样的目光中，但此时此地，她只想赶紧上马，逃得越远越好。

“那件事已成定局……”莱娜压低声音说。

“对我来说不是。”他走近一步说道。毫无疑问，他有拉住莱娜的冲动，但终究没有动手。“没有一天是您说的那样。难道您从来没有想过，我为何始终未娶？我日日咀嚼委屈的滋味，为何忍了又忍，没有召集家丁，烧了班德斯的城堡，而是一心维护疆国的和平？除了他，这片封地上还有不少忘恩负义的家伙。我都是为了您啊，莱娜。也许您可以看清我……”

“我早就看清你了，”她的语气冰冷而平淡，“我也看够了。”

达纳尔低下头，牙关紧咬，微弱的声音带有深深的遗憾：“这就是您最后的答复？”

“我最后的答复，已经在八年前说给我父亲了，我认为没必要再说一次。”

他抬起头，爱意虽未消散，但由于愤怒的缘故，已然淡去了许多。“如果您的王兄死在乌恩提什，您现在就是女王了。看到他平安归来，强颜欢笑的滋味很不好受吧。”

“我向你保证，如果我的王兄不幸身亡，你一定会戴着镣铐，头一个被押回帝国，为你犯下的罪行负责。”

“罪行？”他发出刺耳的笑声，“您说什么罪行，好像打仗是玩游戏，杀人还要讲规矩，仿佛他们跟我们有什么关系似的。莱娜，我看清您了。”他凑过来，乌黑的眼睛仿佛要看穿莱娜。“我知道您的真实面目，朝臣和平民却被蒙在鼓里。而我看到了，因为我在我心里看到了，我知道我们可能拥有的一切。只要我们俩结合，用不着十年时间，整个世界尽在我们手中。”

“什么时候变成这样了？”

他皱眉问道：“公主殿下，您说什么？”

“到底是什么时候，疯狂取代了残酷。”

他像是挨了一鞭子，面如死灰，突如其来的愤怒导致他全身僵硬。达沃卡的矮种马打了个响鼻，缓缓地踱了过来，封地领主已在长矛的投掷范围之内。

“我相信，”达纳尔咬着牙说，“艾尔·索纳已经回了疆国，不再受第六宗的保护。我可以向他发出挑战，他也可以接受了。说说看，您是喜欢他的脑袋，还是心脏呢？”

“你尽管去挑战吧，大人，正合我心意。到时候我喜欢什么，从你的残肢碎肉里挑选就是了。说不定，余下的部分我会送到玛贝里斯，作为战争赔偿的象征。”

他呆呆地立在那儿，气得满脸的肉都在颤抖，好容易才控制住情绪。“公主殿下，我非常希望，”他嘶着嗓子轻声说道，“您记住今天您对我说的话。我希望您长长久久地记在心里。”

“那我遗憾地告诉你，大人，我打算等你一离开我的视线就忘掉。我希望你赶紧这么做。”

达纳尔可以拒绝，莱娜无权命令他离开，只能希望。通常点到为止也就够了，但这个英俊潇洒的疯子吃这一套吗？

他闭上眼睛，轻柔地呼吸着，嘴里吐出轻不可闻的低语。“信仰保佑，我非试不可。”等他再度睁开眼睛，怒气已然消散，连残酷的神色也不见了，只有麻木，似乎已认命。他规规矩矩地鞠了一躬，转身走向自己的坐骑，上马便走，再无多言。

“让我去追他吧。”达沃卡目送着达纳尔和他的骑士们翻过一道山坡，消失在视野里，“今晚就能解决。他的心脏会在睡梦中停止跳动，怪不到别人头上。”

“不。”莱娜说着，走向健步。

“我了解他那种货色，勒娜。我杀了好多，太了解他们了。那人绝对不会收手，他非要你付出血的代价不可。”

莱娜骑上矮种马，迎上达沃卡的目光，坚定地摇了摇头。罗纳女人咬着牙，不再多说。

“领军将军艾尔·斯莫林！”莱娜喊道，骑卫队长立刻策马奔来身前，潇洒地敬礼。“改变路线，大人。我们去一趟班德斯家族的城堡。”

第七章　瑞瓦

最先见到的是大教堂的尖顶，从山巅上冒出了头，此时两人正牵着马儿爬山。“信仰啊!”当他们爬到山巅，阿肯目不转睛地盯着大教堂，轻声叹道。两座尖顶从城中拔地而起，犹如一对箭头。“它们有多高啊?”

瑞瓦引用牧师的话作为回答：“高到足以辉映圣父的荣光。”

埃尔托城是又一处她从未涉足的地方，但牧师给她讲过很多故事，尤其是这座城的命名，取自世界之父第一位也是最伟大的先知。此城是为赞美圣父的荣耀而建，建成之初，满城的大理石华美非凡，堪称奇景，令阿斯莱人的木屋相形见绌。望着铺展于脚下的埃尔托城，瑞瓦不禁怀疑，牧师的讲述有添油加醋之嫌，可能是认定她一辈子都不会亲眼见到。埃尔托城比瓦林斯堡小些，坐落在冷铁河上一座四面围墙的岛屿，没有那么臭，至少目前还闻不到。可她没见到什么奇景，只有一堆乱七八糟的石头房子，上千根烟囱喷出的浓烟厚厚地积在半空中。唯有大教堂例外，她听过牧师的描述后，凭借少女的想象在脑海中勾勒的画面，算是与实景比较接近，但也没有这般烟熏火燎。经过数百年的风蚀，大理石塔尖也变得黑乎乎的。

“你在这儿有家人吗?”阿肯问。近来他的问题越来越多，令人生厌。可瑞瓦发现自己没办法对他撒谎，每次回答虽简短，但全是事实。

“有。”她爬上响鼻的马鞍，开始下坡，“有个伯父。”

“我们去跟他一起住吗?”听得出他满怀期望。夜夜露宿野外，早已磨灭了少年的各种雄心壮志，有吃有住的生活显然更合他心意。

“希望不会，”她回答，“我觉得他见到我不会高兴。”

这天是赶集的日子，城门口的卫兵忙着找小贩们收费，没怎么费心盘查他们。瑞瓦用毯子裹住武器，捆在响鼻的背上，阿肯则把小刀藏在衣服里。他们顺利地进了城，却很快就受困于汹涌的人流，无法前进。由于人味儿过浓，响鼻不悦地翕动鼻孔，甚至抬起了前蹄，瑞瓦只好下马安抚它。“不喜欢是吧？”她说着递了一根胡萝卜喂到它嘴里，“生来就不为进城吧？我也一样。”

他们在人群中推推搡搡了个把钟头才挤出去，又扎进了集市周围纵横交错的街巷。他们没头苍蝇似地乱窜了好久，最后终于找到一家带马厩的旅馆。响鼻以及阿肯那匹名为驼背的矮马——因为它的背部坐着不大舒服——安逸地享受起马房小子的照料，瑞瓦则出了五个铜板要了一间房，与弟弟同住。

“弟弟？”旅馆老板心照不宣地递了个眼色，“长得和你不像啊。”

“只要我五分钟不管他，你连你自己都不像了。”瑞瓦回答，“从这儿怎么去封地领主的庄园？”

那人受到威胁后便老实了些，但说话的时候还是忍不住咯咯笑：“看着尖塔走，就能找到。在大教堂对面。不过请愿要等到费迪安日。”

“我们等。”

他笑得更灿烂了：“那你还要预付两天的房钱。”

瑞瓦把武器和阿肯都留在房里，告诫他说，如果旅馆老板来打探，可别房门大开，然后她就出去找庄园了。她按照指示朝着尖塔的方向走，一路行去，越发震惊于它们的高度，最后她走出了街巷，走进宽阔的中心广场。广场的地面铺的全是花岗岩，一群群鸽子飞来飞去，聚了又散。左手边的大教堂是她这辈子见过的最庞大的建筑，而且如此之高，真不知道是如何保持墙体不倾斜的。对面是一座宏伟的三层大宅，窗户奇多，周围环绕了一圈十英尺高的石墙，墙顶插满铁刺。一对对侍卫正沿着墙边巡逻，还有五人把守大门。她数了数，屋顶至少有四名弓手。很显然，伯父非常在意自身的安全。

她绕着庄园走了几圈，尽量藏在阴影之中，避人耳目。背面的屋顶上又有四名弓手，后门则有四人把守。围墙受到了良好的维护，距离最近的掩体也有二十多码。侍卫们相当警觉，每隔两个钟头就换一次岗。地底应该有水渠，可以经由下水道摸进庄园，但她有理由相信，负责保护伯父安全的人，对于那种地方肯定也是严防死守。

进不去，瑞瓦最后得出结论。她坐在大教堂门口的台阶上，拿了一个刚从旁边的水果小贩那儿买来的苹果。

“来请愿的吗?”她刚咬了一口，那人就问，“不像是城里姑娘，你睁着眼睛到处瞅。”

“我爹死后，继母霸占了他的农场，”她嚼着苹果胡诌，“那母猪不想分给我和我弟弟。”

“愿圣父拯救我们，免受贪婪女人的剥削，”他说，“给你个建议，别找大人请愿，去找妓女。”

“妓女?”

“是，近来大人只有她一个。还是阿斯莱人。大人的事儿都是她帮着出主意，大家都说她挺公道，虽说是妓女，还是异教徒。”

瑞瓦笑着说：“多谢了，老爷子。”

“我没有那么老。”小贩佯作恼怒，“早几年啊，我要是看上你，你不乐开花才怪。”忽然他的目光瞟到瑞瓦背后，立刻收敛起老不正经的表情。“都这个时候了啊。”他说着回到摊贩小车边，单膝跪下。

瑞瓦回过头，看到一支队伍从北边走进广场，所经之处，周围的人纷纷跪下。走在最前面的年轻人身着牧师长袍，迈着沉稳的步伐，高举一面纹有圣父之焰的锦旗。他身后有五人并肩而行，深绿色长袍是主教才有资格穿着的服饰，每人两手里都各有一本书。走在队伍最后的，是一位身穿素净白袍的老者，他目不斜视，沉静自若，气度不凡，就是隆起的腹部有点碍眼。

“快跪下，丫头！”水果贩子轻声呵斥，“你想挨鞭子吗?”

是诵经者，瑞瓦下跪的时候才想起来，此时队伍已走上几码开外的台阶。牧师的指示非常明确，她父亲的剑才是第一目标。糜烂教会的堕落首领，和庄园里那个醉鬼一样，都是出卖圣父的无耻叛徒。

在瑞瓦的注视下，那白袍老人提起长袍下摆拾级而上。他的五官无甚特色，除了鼻子稍带鹰钩，皱纹满面，眼神无光，善恶难辨。教会坚持认为，诵经者每次诵读《十经》时，能聆听到世界之父的圣意。多么可笑的说法啊，现在圣父已明确指示应有十一本经书了。这个大腹便便的老人和一帮跟着拍马屁的家伙称得上最恶劣的异端，他自称可以聆听圣父的言语，不过是害怕失去凌驾于教会的权力。

一次解决一件事。她心里想着。等队伍消失在大教堂里，她又扭头望向庄园。进不去……只能等到请愿日。

接下来的两天，瑞瓦游走于街巷之间，尽可能搜集有关领主庄园内部的情况。

“他坐在大厅高台上的一把椅子里，”旅馆老板说，“人们走过去，说事儿，提出请求，这些全都会记录在案，一周后他再给出裁决，准确地说，是妓女帮他给出裁决。”

“大家不恼火吗?”她尽量只用好奇的口吻问道，“封地实际上由阿斯莱的娼妓统治。”

旅馆老板咯咯一笑——瑞瓦发现他经常这样。“要是她干得不好当然恼火了。我听说和别的封地比起来，我们这儿街道干净，贸易有序，坏人也不敢造次。我敢说，大人的父亲在位时都没有这般光景。”

她从收集来的情况得知，请愿者早晨在大门排队，十点钟正式开始，不过封地领主通常没那么准时到场。请愿过程持续到傍晚六点钟，顺序由抽签决定。按照惯例，封地领主为请愿者提供午饭。“不是宴席，”水果贩子对她说，“但也是蛮体面的大排场，庄园里的所有仆人都要出来忙活。”

仆人……那就有很多人走来走去，有侍从，也有女仆。

当天傍晚，她和阿肯坐在大教堂的台阶上，等待一辆驶向庄园的马车。

“你要找的东西在那里吗？”阿肯半信半疑地说。

“我认为是的。”

“你打算偷出来吗？”

“拿回原本就属于你的东西算不得偷……不过确实是偷出来。有问题吗？”

“从封地领主家偷东西。”他摇着头，面露苦相，“要是被抓住了，他们会杀了我们。”

“不，他们只会杀了我。你不要跟来。”阿肯正要抗议，她抬手制止，“我需要你在外头接应。你牵着马在城门等着。”

“如果你不来呢？”

“那就骑上马，快跑。”

“我不能……”

“这不是传说故事，也不是歌谣，你也不是什么高贵的勇士，可以把我救出来。你说得对，如果我被抓了，我就死定了，你等多久也没有用。到时候你骑上马，带上钱，走。”

一辆满载葡萄酒和各种食物的马车抵达了庄园大门，她的目光立刻移了过去。侍卫打开大门，一群仆人走出来，从马车上卸货，大多是男人，也有几个女人。瑞瓦眯起眼睛，仔细观察她们的装束——淡蓝色头巾包住头发，黑裙子，白上衣。

“我能去哪儿呢？”阿肯问，那口气听起来特别像小孩子。

她目送那群仆人走回宅子里。“去北方，”她说，“北疆。如果你能见到守塔大臣，就报上我的名字，我相信他会给你找个住的地方。”

半晌，阿肯充满敬畏地低声说道：“你认识艾尔·索纳大人？”

她站起身，拍掉裤子上的灰。“当然，不久前我还是他妹妹。”

她买了一件纯白上衣、一条蓝色头巾和两条裙子，一条黑色，另一条绿色。请愿日的头天傍晚，她把两条裙子缝到一起，绿裙在外，黑裙在内。侍卫盘查访客的仔细程度她是亲眼见过的，于是打消了在裙子底下藏刀的念头。万一真有需要，总能找到厨房，那里的刀子多的是。第二天一大清早，她来到庄园大门前，手里捏着卷轴，在请愿书里假模假样地要求继母赔偿。她有点心绪不宁，因为与阿肯道别的场景略显尴尬，少年凑上前亲了她的脸颊，见她吓得往后一缩，阿肯的表情有些受伤。

“记住，不要等。”瑞瓦说，“如果早上城门打开了一个钟头，我还没来……”

“我知道。”他有点闷闷不乐。

瑞瓦紧紧地握了握他的手，但愿这样他会好受些，然后就出发去庄园了。她到得挺早，但前面已经排了十多人，等大门打开时，这条队伍早已不止两百人了。一名家族侍卫顺着队伍走过来，手里提了一条敞口的麻袋，他走过身边的时候，排在队伍里的请愿者就伸手进去取一块木牌。轮到瑞瓦时，她尽量扮出焦虑的样子，也取了一块。

“六号！”看到瑞瓦所抽木牌上刻着的符号，排在后头的老妇人咋咋呼呼地叫了起来。老妇人抽到的是五十九号。“一整天我都要耗在这儿啦，可怜我这双老腿哪能撑得住呀。”

在瑞瓦看来，这个老妇人身子骨挺结实，但她还是假装同情地说：“别担心，老奶奶。我跟你换，喏。”说着递出木牌。

老妇人怀疑地眯起眼睛：“多少钱？”

“圣父赞赏慷慨之举。”瑞瓦笑容满面地说。

“噢。”妇人扭头看了看大教堂，然后递上自己的木牌，“对哦。”

等最后一块木牌抽走了，队伍后方闹开了锅。“这不是我的问题!”提着麻袋的侍卫一边往队伍前面走，一边回头喊道，“下个月早点来。”

他们很快被领进大门内，挨个儿接受检查，确定没有携带武器，才能接着往前走，经过种满果树的场子，以及修剪得千奇百怪的灌木丛，最后进入主楼。请愿者们穿过一条短短的走廊，有几扇门依次排列其中，门上油漆剥落，可见已有多年未经使用，走廊尽头则是他们集合等候所在的大厅。大厅内的高台上摆了一把椅子，前头有一队侍卫警戒。等一百个请愿者全都进来了，一名侍卫抬起手，示意众人保持安静。

“联合疆国最忠诚的仆人，奉国王之命治理库姆布莱的封地领主森提斯·穆斯托尔大人到，各位鞠躬。”

瑞瓦站在大厅靠后的位置，从这儿无法看全那个从侧门走进来的男人。他中等个头，五十来岁，衣着华丽，一头乱糟糟的长发，走路时背部微微佝偻。等他坐下来，瑞瓦总算看清了他的样子，发现那张脸实在是不堪入目：两颊深陷，肤色蜡黄，胡子拉碴，双眼红得古怪，即便醉鬼也不至如此。她原以为能从那人脸上找到与自己相似的容貌特征，毕竟两人拥有相同的血脉，可一点儿也没有，她不禁暗自琢磨，自己可能更像母亲而不是父亲。

这时，侍卫用战戟底部重重地敲击地面，再次通报：“诸位安静，库姆布莱领主的荣誉参事，韦丽丝小姐到。”

登台的女人身着朴素的衣裙，与头一天瑞瓦所观察到的女仆装束别无二致，只是多佩戴了一条黄金项链，吊坠则是一颗青石，很容易将人们的目光吸引到她丰满的胸部。她的头发略呈深棕色，用蓝丝带扎了个式样简单的马尾，再看她的容貌，清秀端庄，嘴唇丰满，脸颊红润，不着粉黛。

“肮脏的妓女。”一个陌生男人凑到瑞瓦耳边嘀咕，他压低了嗓音，侍卫们听不见。

韦丽丝小姐笑靥如花，张开双臂摆出欢迎的姿态，她话音咬字清晰，但低俗的阿斯莱口音立刻揭穿了伪造的贵族头衔。“我代表穆斯托尔大人欢迎诸位的到来。请放心，今天我们会依次听完所有人的请愿，而且经过仔细商议，才会做出裁决。请大家保持耐心，圣父教导我们，耐心是最大的美德。”她再次展露笑颜，露出整齐而雪白的牙齿。

“说得好像圣父愿意看你似的，不怕脏了眼睛。”不知是谁低声咕哝道。

“我们开始吧，”韦丽丝接着说，“一号。请上前，报上名字、住址和情由。”

第一位请愿者是个老头，代表村民来抱怨最近上涨的租子，怪他们的地主老爷太过溺爱儿子。“每个月给他买匹马，大人。这不行啊，大伙都在挨饿，可那十二岁的小少爷非要骑新买的公马。”

“你们地主的名字?”韦丽丝问。

“回小姐，是加文老爷。”

“啊，我记得加文大人的长子死在了绿水滩，是不是?”

老人生硬地点点头：“还有村子里一半的孩子，小姐。他们没有死在滩上，当时已经投降了，答应说优待俘虏，后来全被杀了。”

韦丽丝面露难色，毕竟绿水滩之战是阿斯莱人发动的大屠杀。“正是。”她望向高台一侧，那儿有两名书记官坐在桌前，其中一人抬起头点了点。“你所述情由已记录在案，”韦丽丝对老人说，“我们会尽快商议。”

于是，请愿者们一个接一个，诉说着大同小异的悲哀故事——租子不公、胡乱剥夺继承权、抢夺土地，还有个年轻姑娘请求拨一笔救济金，给爷爷买一条木头假腿，他是在为封地领主某位野心勃勃的祖先效力时残疾的。“我认为这个判决可以立刻下达。”韦丽丝说着做了个手势，仆人上前递给姑娘一个钱袋，钱数是她所请求的两倍之多，引起了一阵骚动，众人纷纷交口称赞。她不傻。瑞瓦心想。伯父选择妓女很有眼光。

上午的最后一个请愿者最是有趣，那人中等年纪，个头比多数男人矮，但身体格外结实，也没有这个年纪的男人常见的圆肚子，衣衫之下依稀可见强健的胳臂。此人是弓手，瑞瓦判断。男人鞠了一躬，开口说道：“我叫布伦·安提什，来自裂头峡，请求召集一队弓手。”

听到这个名字，靠在椅子里的封地领主终于有了反应，他的双眼眯成一条缝。“当时在尼莱什城有一位安提什将军，”他嗓音粗哑，“对不对？”

弓手点头：“正是，大人。”

“据说他救了黑刃的命，”伯父接着说，人群中传来窃窃私语声，“是真的吗？”

安提什的嘴角挂着淡淡的笑意，答道：“我不用那个名字称呼他，大人。根本没有黑刃，那只是哄小孩的故事。”

骚动之中，有人提高了嗓门呵斥道：“异端！经书里有写……”侍卫抬起战戟猛击石板，人群这才安静下来。

封地领主似乎并不在意现场的状况，他抬手擦了擦昏花的眼睛，接着问：“一队弓手是吧？是为了什么呢？”

“如今峡谷的年轻人都变得懒散了，大人，整天喝酒吵架。拉弓射箭可以集中注意力，锻炼身体和精神，他们也有了养家糊口的本事，更能引以为荣。我们那边的林子里有不少鹿，可惜没几个人有本事捕到它们，除非使用十字弓，”他轻蔑地撇了撇嘴，“我可以负责教导年轻人使用弓，让他们继承父辈们的技艺。”

“每个月我还要付你薪水吗？”封地领主问。

安提什摇头道："我们不要钱，大人。我们自己能制作弓和箭。我们只是请求得到您的允许，组建一支队伍，可以自由地练习弓术。"

"如要打仗，这支队伍能不能为我效力呢？"

安提什犹豫不决。瑞瓦推测，他早料到有这样的问题，只是担心对方真的问出来。他回答时，语气异常沉重："我们听候您的调遣，大人。"

封地领主的目光飘向远处，喃喃回忆道："小时候我很擅长弓箭，其实比我弟弟还厉害。我也知道，真是不敢相信，我竟然有一样强过他。我如果不是……因为生活而分心，也许我也有你这么强健的肌肉，将军。"

弓手立刻接话，巧妙地避开了这个敏感话题："如果大人希望重拾弓术，我很愿意教您。"

穆斯托尔微微一笑。"弓术高明，嘴巴也利索。"他扭头看着书记官，提高嗓门说："库姆布莱封地领主在此声明，特许裂头峡的居民召集一队弓手，队长是……"他笨拙地摆手示意。"安提什教头，期限为一年。"他回头看着安提什，"一年后我们再议。"

弓手鞠躬致意："感谢您，大人。"

封地领主点点头，站起身来，满怀期待地望向韦丽丝小姐："开饭吧？"

仆人们抬着饭桌和长凳走进大厅，桌上很快就摆满了面包、鸡肉、奶酪和一碗碗热气腾腾的汤，正如水果贩子所说，食物寻常却很丰盛。请愿者们高高兴兴地落座吃饭，而封地领主和韦丽丝小姐已经离开大厅，单独用餐去了。瑞瓦发现旁边坐的就是排队时那个身子骨结实的老妇人。她已经请过愿，要求前任雇主付清所欠的报酬，但还是等到了吃饭时间。

“我给那个忘恩负义的婊子缝了将近十年的衣服，”她嘴里塞了满满一口鸡肉，“手指头都肿了。有一天她说受够了我说话刻薄，打发我收拾东西滚蛋。行啊，老爷的妓女肯定会处置她的，没错儿。”

老妇人夸夸其谈，瑞瓦礼貌地点着头，只吃了很少一点东西。她观察着仆人进进出出，大多是通过开在东墙上的一扇大门。他们做事效率很高，动作麻利，鲜少交谈，瑞瓦据此推测，韦丽丝小姐容不下懒惰的仆人，而这就意味着她可能认识所有的仆人，即便叫不出名字，也记得住样子。

她等了片刻，喊住一个走过身边的女仆，询问去哪儿方便，女仆指了指开在西墙上的一扇小门。她进了门，发现里面空无一人，便赶紧换装，裙子翻了个面，头发紧束在脑后，再包上蓝头巾。伪装的关键是不出意料，牧师曾教导她。人不会质疑意料之中的事物，只有与众不同才会吸引目光。而在人们的意料之中，女仆就是来回忙碌，少说多做的，于是她照此执行，出了便所就毫不犹豫地甩开大步，来到桌边拿起一摞空盘子，然后走向东边的大门。令她颇为欣慰的是，走过桌边的时候，老妇人只顾着吃，都没有抬头看一眼。

见有别的仆人迎面进门，她便退到一边等候，幸亏他们专心致志地各司其职，无暇注意她。门外是一条长长的走廊，尽头有一截楼梯，可能通向楼下的厨房。楼梯井回荡着嘈杂的说话声，于是她打消了先去摸一把厨刀傍身的想法。她把空盘子搁在旁边的窗沿上，开始寻找藏身之处。走廊上只有一扇门没上锁，打开后发现是杂物间，只有拖把和扫帚之类的寻常物件，幸好有一个大大的柳条篮，堆了满满一篮子脏衣物。她钻进去折腾了一会儿，终于安稳地藏在一堆床单和衣服底下。躲在这儿应该不容易暴露，因为等请愿者走后，够仆人们收拾一阵子的，那么这些脏衣物可能会留到明天再洗。既然没什么需要操心的，她便沉沉睡去了。

一股轻柔的压力惊醒了她，又有脏衣物丢到藏身的篮子里。她依稀听见有人疲倦地说着话，等门关上就完全听不见了。她双手握拳，开始数数，数到一百就停了下来，然后重新开始数，每数一轮就伸出一根手指。当十根手指全部伸出来，又握成拳头，整个过程重复了三次，然后她才钻出洗衣篮。房里伸手不见五指，她摸到门边，打开一条缝，观察着外头昏暗的走廊。什么都没有，没有脚步声，没有说话声。整座庄园都休息了。

她脱掉沉甸甸的双面裙子，露出始终贴身穿着的紧身裤，然后溜进走廊，竖起耳朵，依然什么都听不见。她满意地直起身子，向楼梯走去。厨房宽敞，空无一人，唯一的声响来自搁在铁灶上的几个热气腾腾的汤锅。她很快看到砧板旁有闪着寒光的铁器。刀子整整齐齐地摆在桌上，提供了充足的选择，大到宽刃切肉刀，小到尖细如针的烤肉叉子。她挑了一把寻常的屠夫用刀，刃长六英寸，握持的手感不错，然后插进了脚踝上的皮带里——早在穿裙子之前她就绑在那儿了。

正如她的预料，厨房与另一截楼梯相通，她希望可以直达封地领主的住房，珍贵的物品肯定都摆放在那里。她轻轻悄悄地登上楼梯，落脚非常谨慎，不敢发出一丁点声响。第一间房里有一张长长的餐桌，干净的黑漆桌面反射出油灯的亮光，墙上挂满了织锦和画卷，大多是肖像。尽管有些自责，她仍情不自禁地任由目光在画布上流连，端详一张又一张面孔，期望找到与自己相似的容貌，却一无所获，只看到不少伯父所特有的下巴和宽鼻子。

餐厅旁边是藏书室，三面倚墙而立的架子上堆满了书。房中央有一张写字台，一本书摊开着摆在桌上，书页间有条丝带，旁边搁着几张写了字的羊皮纸。瑞瓦经过时驻足片刻，合上书看了看封面——是邓得里什·亨德拉尔撰写的《国家与财富》。羊皮纸上的字迹相当工整，书写之人必定受过训练。封地的兴衰取决于葡萄酒的定价。她默默地读道。其财富来自于葡萄藤。谁是封地上最重要的人？是拥有葡萄藤的人，还是摘取葡萄的人？

瑞瓦把书还原到先前摆放的页码，接着往前走，在藏书室的尽头又发现了一截楼梯。等她走进另一间房，心脏猛地一跳——好多剑！

这间房没有窗子可透光，只有一个大烛台悬挂于天花板，层层烛火照亮了满满四面墙的剑。地面铺的是木板，走上去可以感觉到脚底的弹力。她走到距离最近的一把剑跟前，这把阿斯莱式样的长剑样式简单，但做工精良。这儿的大多数剑也都是差不多的样子，全都搁在铁架子上，方便拿取。剑架上方的白色石膏像吸引了瑞瓦的目光，尽管已经褪色，但内容清晰可辨，浮雕刻画的男子摆出劈砍撩刺的各种造型。她明白了，这是用来练习剑术的房间。她父亲肯定就是在这间房里学习的剑术。伯父若要收藏弟弟的剑，还有比这儿更合适的地方吗？

她的目光在墙上游移，只见到处都是阿斯莱式样的剑，各种古代的长剑和匕首，没有一把符合艾尔·索纳的描述，也不像铁匠拿给她看的……等等！

对面那堵墙的中间，有一把剑与她在铁匠铺里看到的一模一样，只是……剑柄做工精良，镶嵌有银质纹章——橡树叶子包围着一张拉开的弓，正是穆斯托尔家族的标志。就是这一把吗？她伸手触摸剑柄，端详着残缺不平的剑刃，以及剑身的一道道划痕。这把剑被使用过，有人拿它打过仗。或许是伯父将其从凌绝堡带回来后，重制了剑柄，使得弟弟的遗物多少体面些。

*就是这把剑了！*她想定了，便握住剑柄，从铁架上取了下来。*必须是它。*

她闭上眼睛，拿到面前，将冰冷的剑刃贴着前臂，极力平息鼓点般的心跳。终于……

她缓缓地吐了一口长气，恢复了镇定。只有她和阿肯出了城，这件事才算圆满。她现在要返回杂物间，等到天亮，然后把剑藏进装满脏衣物的柳条篮，在侍卫的眼皮子底下走出大门。

她返回楼梯井，抬眼一瞟……竟然看见转角处有一只手，距离她不过十来级石阶。手掌很小，皮肤光滑而年轻，只是沾了血迹，纤长的手指纹丝不动。

手中的长剑极其笨重，并不趁手，令她怀念起自己那把来自极西之地的剑，但她还是倒握剑柄，剑尖低垂，慢慢地登上楼梯。女孩仰面躺在地上，眼睛瞪得老大，歪戴着蓝头巾，脖子的伤口里流出的血染红了雪白的上衣。血还在流，惨剧刚发生不久。

瑞瓦抬眼观察上方的石阶，发现了一连串血脚印，而且脚印叠着脚印。不止一人。或许不止两人。她忽然意识到一个冰冷可怖的事实。*是圣子，一定是他们。圣子们来了，不是来找我的。*

她本能地想要逃走。这座庄园很快就会陷入混乱，尽管有危险，但她也有机会趁乱逃走，带着刚刚拿到的宝贝……

他们是来杀我伯父的。

这一无可否认的事实竟然令她难以接受。伯父是她唯一在世的血亲，她根本不认识那个男人，从小也很鄙视他，而他如今要带着阿斯莱妓女一起赴死了。这是圣父的叛徒及其异教徒荡妇理所应当的下场。她默诵起早已烂熟于心的经文，试图唤醒那种狂热的激情，结果压根打不起精神。在这一幕惨景的映衬下，经文是如此空洞而虚伪。

*她怎么了？*瑞瓦心想，目光始终没有离开被杀女孩的面庞。*她为何招致这样的厄运？*

她不由自主地走上楼梯，悄无声息地跨过尸体，双手紧握剑柄，横剑于胸前。越往上走，血脚印越淡，但好在仍有血迹指引方向，带领她一路来到顶层。在最后一个转角处，她伏下身子，拿屠夫刀当镜子使用，探出去观察最后几级石阶的情况，只见昏暗的走廊上有黑影移动。他们没有留人守住退路，竟然犯这种错误……除非他们确定事情不会有变故。

她钻出转角，踏进走廊。一共有三个人，全是一身黑衣，面容隐藏在丝巾底下。每个人都提了一把剑，是阿斯莱式样的轻型剑，不似她手中的开锋铁棍那么笨重。他们伏在一扇房门外，透出门缝的昏黄光线勾勒出他们的轮廓。房内有人声传出，是一男一女。女人语调急促，似有些恼怒，男人则疲倦不堪，显然喝醉了酒。谈话声含含糊糊，依稀可以听见“弓手”和“愚蠢”这样的字眼。这时，最靠近房门的人探身握住了门把手。

“你们为何杀那个女孩?”瑞瓦问。

他们不约而同地回过头，准备打开门的男人站起身，碧绿的眼睛直愣愣地盯着瑞瓦，显然是认出来了。她也很熟悉这双眼睛。

她下意识地退了一步，手里的长剑慢慢垂下，忽然有点喘不过气。“我——”她噎住了，慌忙咳了一声，拿起长剑，费力地吐出几个字:“我找到了。瞧!”

碧绿的眼睛眯了起来，透过面纱发出的声音，是那般冰冷、无情和凌厉，犹如他每一次动手打瑞瓦。“杀了她!”牧师说。

离她最近的那人长剑倏地一伸，堪堪刺了过来，剑尖直指咽喉。她本能地发起反击，使用的招数大多是艾尔·索纳所教——只见她后撤一步，抬起重剑，挡开对方的剑尖，接着又矮身躲过一记横扫。那边，牧师踹开房门，举剑杀了进去，激起女人的一声惊叫。

瑞瓦横跨一步，又避开突刺，两指顺势插进对方的双眼，然后抬起重剑猛地一旋，砍中了那人的小腿，剑刃深深地咬进肉里，对方当即倒地，拼命地翻滚呼号。她从那人身上一跃而过，冲进卧房。

牧师的同伙背对着她，正朝床上一阵猛砍，剑刃划开被褥，羽毛漫天纷飞，有人缩在厚厚的铺盖底下瑟瑟发抖。瑞瓦举剑杀去，拼尽全身的力量，把剑尖压进了对方的背心处，剑身穿膛而过，透出前胸一英寸之长。那人佝偻着背，口中鲜血喷涌，当场倒毙。

瑞瓦原以为封地领主已经死了，结果他从躲藏的被褥底下探出脑袋，张大了嘴巴瞧她，只在脸颊上有一道小小的割伤。愤怒的喊叫把瑞瓦的目光吸引到了床的另一边，牧师正与韦丽丝小姐激烈缠斗。她龇牙咧嘴地吼叫着，手持一把短刺剑攻向牧师，每刺一剑就吐出一连串脏话："吃鸡巴的混子！老娘非要你吃了自个儿的卵子不可！"

尽管怒气冲天，但韦丽丝小姐的控制力令人叹为观止，突刺既快又准，而且见好就收，逼得牧师连连后退，离开了床边。牧师挽起一朵朵剑花，轻而易举地化解了攻势，以前面对瑞瓦的小刀，他就是这样格挡的。不管韦丽丝小姐武艺如何，她终究没能占据上风，反被抓住了破绽——牧师佯装刺向她的眼睛，然后一拳砸中脸部，韦丽丝小姐应声倒地。

瑞瓦捡起了死掉那人的剑，站到牧师和床之间。

牧师盯着她，眼里饱含愤怒和挫败。"你这是大逆不道，背弃了圣父之爱！"他瞪着通红的双眼，放声嘶喊，"艾尔·索纳的黑巫之力扭曲了你的灵魂！"

"不，"她低声叹道，眼里流出厌恶的泪水，"不，是你扭曲了我的灵魂。"

"为圣父所不齿的肮脏的罪——"

她一剑刺去，又快又低，剑尖破空而至，咬中了牧师的大腿，抽出来时鲜血淋漓。他哀号着扭身欲逃。

瑞瓦还没来得及乘胜追击，门口忽然传来一声大喊，纷乱的脚步声犹如雷鸣。牧师趁她分神的当儿，举起凳子砸向最近的窗户，顿时窗帘翻飞，玻璃破碎。他回头看了瑞瓦一眼，那双明亮的眼睛饱含恨意，然后飞身跃出空洞的窗框，逃之夭夭。

瑞瓦丢下手里的剑，呆呆地看着窗帘在晚风中翻卷，夜色漆黑，空无一物。长剑出鞘的刮擦声、挑衅的呼喊声充盈了她的耳朵，与此同时，几双强有力的大手抓住了她。

“住手!”有人一声断喝，房里立刻安静下来。

封地领主骂骂咧咧地从铺盖底下钻出来，又跌跌撞撞来到她跟前。可瑞瓦没有看他，依然呆呆地望着挂在窗上的布帘。

“看着我。”封地领主轻轻地托着她的下巴，柔声说道。她看着伯父通红的眼睛，看他又哭又笑，嘴里吐出温柔的低语：“瑞瓦。”

第八章 弗伦提斯

他们在野外逗留了十天，深入南塔以北林木茂密的山丘，远远避开一切道路和巡逻队可能经过的路线。尽管如此，还是有人追来了。南岸戍卫军带着猎犬和追踪者展开大范围搜捕，他们被迫每天挪一次营地，有时候还要伪造出前往库姆布莱边界的踪迹。他们无法在一处久留，导致打猎也成了奢侈的事情，结果饥肠辘辘，只能靠一路上采摘的蘑菇和植物根茎勉强维持体力，晚上则挤在一起取暖，不敢生火。

女人大多时候沉默无言，成天咀嚼着失败的滋味，目光中似有动摇之意。弗伦提斯希望从中寻求慰藉，女人意志消沉便是对他的鼓舞，可惜事与愿违，她眼里酝酿的是更凶恶的计划。他早已熟悉了女人的秉性——尽管他痛恨这一点——知道她无论有什么样的反应，最终只会更为疯狂地杀戮。她非常厌恶他人敬奉神祇的行为，但她自己对于杀戮的狂热尊崇，堪比库姆布莱最走火入魔的狂信徒。

“我不怪你，爱人。”一天晚上，她打破了好几天的沉默，终于开口说话，“别乱想了。我只怪我自己，我现在认识到了。我对你的爱使我忘乎所以，瑞瓦克的天赋又令我自鸣得意，于是我沉浸在无人能敌的幻想之中。这是一次残酷的教训，真正的教训都是这么残酷。”

第十天，他们找到了一座破旧的守林人小屋，这儿荒草丛生，几近坍塌，但还能勉强栖身，也能遮住夜晚的火光。弗伦提斯出去觅食，照例带回了植物根茎和蘑菇，还有一条徒手抓到的鳟鱼。那条鱼在附近的溪流里游荡，可惜离岸太近，被他一把捞起。他去除了鱼的内脏，用牛蒡叶子裹好，放到火上烤熟。女人露出凶神恶煞的表情，狼吞虎咽地吃掉了自己的那份。“饥饿向来是最好的佐料。”她吃完后说道。这么多天过去，她的嘴角终于掠过了一丝笑意。

弗伦提斯吃了自己的那份，一言不发。

“你在担心，”她说着，慢慢挪过来，靠在他身旁，“你不知道等我们到了瓦林斯堡，接下来杀的是谁。不过，我相信你已经知道答案了。”

弗伦提斯更喜欢她深切反省不可自拔的时候，他现在也有足够的自由说出来。如今女人极少约束他说话，似乎想从他的只言片语之中寻求安慰，尽管那些话很可能冰冷无情。*你怎么没死在南塔呢？*他很想说出口，但终究忍住了。他知道他们正在达成某种事情的过程中，不论女人有什么疯狂的目标，他们距离成功的那一刻越来越近。而他如今也有所领悟，知道那意味着什么。“你愿意做交易吗？”他问道。

女人皱起眉头，完全摸不着头脑：“什么交易，爱人？”

“爱人，”弗伦提斯重复她的话，“你一直这样叫我，而且你是真心的，对吧？你活了这么久，可你从未爱过，直到遇见我。”

她脸上没有任何表情，只是眼神隐隐有所戒备。她点点头，可能以为弗伦提斯又要说些伤人的话，或是满腔怨愤地表明什么态度。

“你想要我，要我的整个身心，”他接着说，“你可以得到我。我们可以在一起，多久都行。你也不必再强迫我，我不会再抗拒你。我们走，走得远远的，找一个没人知道的地方，与世隔绝。我们就住在那儿，只有你和我。”

她面不改色，只有嘴唇轻轻一抽，眼睛眨了眨。

“你能解读我的感觉，”他说，“所以你知道这是我的真心话。”

女人说话时嗓音低沉，说不清是愤怒还是哀伤：“你以为这就是我想要的？”

“不，只是我的提议。”

“条件是什么？”

“不走从前的老路，不再杀人。无论瓦林斯堡那边有什么任务，放弃掉。”

她闭上双眼，转过脸去，火光映红了她俊美的脸庞。“我在你这么年轻的时候，只知道仇恨。仇恨和爱情一样，璀璨而辉煌，这样的仇恨与天赋的歌声结合，传到了虚无之中，传到了某个东西的耳朵里，而它也要和我做交易。于是我答应了，爱人。我做了交易，用鲜血的海洋来实现，所以我不能再和你做交易了。”

她睁开眼睛，又回头看着弗伦提斯，脸上流露出深深的哀伤和困惑，令人难以直视。“你说找一个没人知道的地方。根本就没有这样的地方，盟友什么都知道。我们唯一的机会就是完成他的计划，你还不明白吗？给他片刻的胜利，为他宏大的蓝图添上最后一笔，唯有这样，我们才能获胜。到时候，爱人，我向你保证，不用找什么没人知道的地方，不用四处躲藏。我们把他要的胜利给了他，然后连同他一起全部摧毁。”

弗伦提斯扭头望向别处，她又挪近了些，双臂滑到他的腰部，头枕在他的肩上。“我会杀了你，”他说，“你要知道。”

女人亲吻他的脖子，这一次他没有退缩，尽管他有躲开的自由。“那么，爱人，”女人轻声叹道，温热的气息喷在他的脖子上，“你会毁了你自己，也会毁了这世上所有的人。”

他们又躲藏了三天，直到没有了追捕的动静，林间没有了远远传来的犬吠，也没有了火把燃烧的气味。他们向北走去，一路仍保持警惕，避开大路和容易设伏的小道，远远看见几间农舍，也不敢去偷东西。如今女人专心致志地执行任务，不容许有任何闪失。她很少说话，晚上也没有再要弗伦提斯。他们每天就是赶路、睡觉、觅食。

又过了两周，他们来到平原，走上通往布宁沃什河大桥的道路。

此时两人格外消瘦，在野外生活了太久，身上也污秽不堪，女人似乎对此还挺满意。“逃跑的奴隶很难填饱肚子。”进城的前一夜，女人说。他们在距离大桥几英里处的上游河岸宿营，因为没钱交过桥费，也担心引起守桥卫兵的注意。

“我们是在坑里认识的，”她对弗伦提斯说，“他们把两个奴隶扔进一个洞里，指望我们俩生孩子。我还是小姑娘的时候就离开了家人，是被某个凶残的北方部落抢走的。部落名字无关紧要。他们都是相当厉害的战士，好多柯利泰原是北方废物的后代，被抢过来后养大的。我原以为你生性残忍，会蹂躏我清白的肉体以泄欲，结果发现你很善良，于是我们之间滋生了爱意，打算一起逃出去。这趟跨越帝国的旅行是一次可歌可泣的生死考验，最后我们抵达倭拉城，藏在船上一路西行，到了瓦林斯堡的码头，届时会有一位好心的大人认出你来。”

她微微一笑，知道弗伦提斯听到所谓好心的大人时吃了一惊。“这是一个相当长远的计划，爱人，我们的盟友有很多傀儡。”

翌日清晨，他们游泳渡河。旭日东升，河上起了雾气，他们游过湍急的河水，抵达了对岸。驻守西门的卫兵挥手拦停了一辆马车，几个打算进城的旅行者也被推了出去。原因很快就搞清楚了——整整一个兵团的士兵正迈步穿过城门。弗伦提斯认出了那面旗子，一头长着红色獠牙的野猪，是第三十步兵团，在乌恩提什全军覆灭，如今又重整旗鼓。跟在他们后面的是第十六步兵团，俗称黑熊。一个又一个兵团开拔出城，似乎所有的疆国禁卫军都出动了。他们走到一群围观者旁边，听见别人的闲谈中蹦出了几个词——“库姆布莱”和“守塔大臣”。

“也不算太失败嘛。”疆国禁卫军走过时，女人喃喃道。

弗伦提斯数出了十个齐装满员的步兵团和五个骑兵团，紧接着最后一支队伍出现了。和前面的兵团不一样，他们披着深蓝色斗篷，锁甲加身，头戴皮盔，打出的旗子是高塔奔狼。这支队伍的将军比大多数士兵都年轻，尽管体格偏瘦，却有不怒自威的非凡气度。他同样是第六宗兄弟的打扮。

弗伦提斯心念一动，刚要大喊，束缚之力忽然收紧，生生地憋在了喉咙里。女人露出遗憾的笑容，强迫他转过脸去。“还不到兄弟重逢的时候，亲爱的。”

于是他没能目送凯涅斯带领奔狼离开瓦林斯堡，队伍里的老兵也无暇留意人群中那个浑身湿透的强壮乞丐。

西城区和他记忆中的样子差不多，或许干净了些，但孩提时代熟悉的那些街道、小巷和门廊依然如故，只是时隔多年，好像统统变小了。在他小的时候，这是一座巨大的迷宫，前一刻还是大胆小贼的游乐园，遇到帮派火并，转眼就变成了血淋淋的战场。嘲笑街上有一间用木板围挡的小屋，他可以睡在外边。曾经住在那儿的女人有一头乱糟糟的长发，由于过度服食红花导致眼神呆滞，还有一个男人浑身散发尿骚味儿和酒臭气，弗伦提斯当时年纪小，还没记清那人的长相，后来不知道是结了什么仇，他在一家酒馆背阴处被人捅了刀子，血流干了。不久，头发蓬乱的女人也失踪了，据说去了窑子，也有人说她跳河了。至于她姓甚名谁，弗伦提斯从来不知道。

“别担心，”女人捏紧他的手，“很快就不会有了。我的丈夫不用再回忆起这么多残酷的事。”

她带领弗伦提斯来到仓库区，走到一扇做了记号的门前，那是用粉笔画出的同心圆。她重重地叩门，然后原地等待。出来应门的人一身穷苦水手的行头，但弗伦提斯立刻辨别出他是柯利泰，体态和举止一目了然。他向女人点头致敬，然后退到一边，要是在倭拉，他必须深鞠一躬。仓库里堆满木桶，摞得老高，仅有中间的一块空地，十几个柯利泰等在那儿，腰挎带鞘短剑。女人走过去，他们纷纷鞠躬。“这里谁是头儿?”她问。

门口的柯利泰踏步上前：“我是，女主人。”

“一切都准备好了吗?”

“是的，女主人。”

“你们的目标是什么?”

“王宫。等您抵达此处，我们于一个钟头后发动袭击。继而我们到北门集合，袭击第六宗主楼。”

“多少人?”

“所有暗线全部出动，女主人，外加一队自由骑兵。我们的全部兵力应有五百人。”

女人看了一眼弗伦提斯：“还不够。等将军上岸了，告诉他，要三倍的兵力，我说的。”

“是，女主人。”

她四下张望，闻到了仓库里的霉味，不禁皱起鼻子：“这破地方有吃的吗?”

他们拿来了加浆果的燕麦粥，这是柯利泰的标准餐食，弗伦提斯早在坑里就知道了。尽管逐渐滋长的恐惧令他心惊肉跳，但因为太过饥饿，他还是狼吞虎咽地连吃了两碗。他正用勺子刮着碗底，有人重重地叩响了仓库的门。

女人向他们的头儿点头示意，后者打了个手势，派出两名手下。两人抽出短剑，隐入仓库门两侧的阴影之中，然后头儿打开门。走进仓库的男人个子很高，衣着华丽，细皮嫩肉，眉清目秀，可惜有几分惊惶失色，但表情还算坚毅。见他走来，女人站起身，恭恭敬敬地鞠了一躬。“大人。”

那人点点头，直勾勾地盯着弗伦提斯："真的是他？冒牌货的话，国王一眼就能认出来。"

"我可以保证，大人，这就是死而复生的弗伦提斯兄弟，麦西乌斯王英勇的战友，绝无虚言。"

那人的目光始终不离弗伦提斯："国王惯用哪只手？"

弗伦提斯不假思索地回答："他书写用左手，使剑用右手。在他的小时候，他父王逼迫他改掉了左手用剑的习惯，就是担心打仗时成为弱点。"

那人满意地咕哝了一声，女人说："大人，我们为什么要骗您？我们做出了那么多许诺，到目前为止失信过吗？"

他没理会女人的问题，左右张望着问道："你那个助手呢？我认得他的样子。"

"你还会见到的，用不了多久。等城市落到我们手里，一切都安排妥当后。"

"我还有一个条件。"

她轻轻地撇了撇嘴，眉头的皱褶细微到不易觉察，但在弗伦提斯看来，这位衣着光鲜的大人只求速死，倒也如愿以偿了。"大人请讲吧。"

那人一点头，舔了舔嘴唇。他的双手收在貂皮镶边的斗篷里，不过弗伦提斯知道它们在抖。"莱娜公主很快就会返回瓦林斯堡。国王迎接老战友的时候，必然要她陪在身边。不要伤害她，无论如何都别伤害她。我为她担保和负责。我是否继续合作，取决于此。我希望我表达清楚了。"

女人歪着脑袋说："公主以美貌闻名，既然大人您想尝尝额外的好处，我们当然不忍心拒绝。"

那人眼里有怒火闪过。"绝对不能让她知道我参与了……这项事业。我得以幸存和高升，在外界看来必须是一个实在人的明智举动。"

女人笑了，弗伦提斯心想，应该是折磨至死。“条件不少啊，大人。不过无需担心，照您说的做就是了。”女人低眉顺眼地送他走到门口，装得像模像样，犹如奴仆对待好心的主子。“船明后天就到码头。等你认出了弗伦提斯兄弟，再把消息送去。”

最后她又恭恭敬敬地点头致意，替对方打开门。那位大人张了张嘴，欲言又止，匆匆地离开了。当然，他说了也只能导致自己死前多受些折磨。

“爱人，你怎么看?”女人回到弗伦提斯身边，问道，“烧死还是剥皮?”

“按照疆国传统，叛国贼应当被绞死，”他回答，“但我认为烧死更适合他。”

当晚，等女人睡着了，弗伦提斯拼尽全部的意志力，恳求逝者带回发痒的感觉，他们却没有回应。于是他又请他们原谅，转而求助于他记得的所有阿尔比兰神明，老人所侍奉的无名先知、海神欧尔比斯、维林的石匠朋友在尼莱什雕刻的勇气之神玛修尔，可他们通通没有回应。于是他放弃了前去往生世界的希望，向库姆布莱的世界之父恳求起来。*如果你听得到，请释放我，请还给我那种疼痛。我愿意放弃信仰，我愿意离开宗会，永远侍奉你。请给我自由!*

然而，世界之父与别的神明以及逝者一样，对他的乞求充耳不闻。

接下来的两天早晨，每当涨潮，港口的水面徐徐升起之时，他们就爬上仓库的屋顶张望。船只来来去去，女人始终遥望着海平面。

“我的提议依然有效。”第二天，弗伦提斯对她说，语气充满了绝望。他痛恨自己只能这样摇尾乞怜。“求你了。”

她仍然望着大海，一言不发。

十点的钟声响过不久，雾气里出现了一张船帆，紧接着露出了船身——那是一艘中等大小的货船，主桅杆上飘扬着倭拉帝国的旗帜。货船的外表有几分土气，由于常年使用，船帆和木头色泽发暗，船身太沉，吃水很深。

“求——”弗伦提斯刚要说，束缚之力堵住了他的嘴。

“不要再说了，爱人。”她背朝大海，走向搭在屋顶的梯子，“时辰到了。”

他们扮成码头工，戴着宽沿帽子遮住面容，走进了港口，等待那艘货船停靠在码头边。踏板放下后，他们大大咧咧地登上船，又径直下到船舱里，连甲板上的水手都没有注意到他们。一个身材魁梧的中年男人等候在舱内，他身着黑色短装，表明他是这艘船的船长和船主。他向女人深鞠一躬：“最尊贵的市民。”

女人的目光越过他，投向船舱——里头整整齐齐地坐满了人，默然无声。可能有三百人，全是柯利泰。“舰队呢？”她问。

“在远海等待，”船长说，“日落就发起进攻。我们这一路上遇见的船，不是抢了就是烧了，连同船员一起。这些拜鬼的家伙根本不知道我们来了。”

她开始脱衣。“我们要换装。最卑贱的水手穿的那种旧衣服。”

他们丢掉了破衣服，换上薄薄的棉裤和上衣，只比先前的乞丐打扮强了一点点。“不必拘束。”女人对船长说。

“给我下船，你这没用的贱娘们！”他破口大骂，挥舞着鞭子，把他们赶过甲板，“带上这条疆国狗，给我滚！”

女人瑟缩在弗伦提斯的胳膊底下，远远地躲开船长。他们匆匆走下踏板，逃到码头上。“算你们走运，没把你们丢下船喂鲨鱼！”船长在他们身后高喊，“偷渡的就该是那种下场。”

他们彼此搀扶着站在码头上，见船长仍骂个不停，有几个好事的人驻足观望。弗伦提斯惊讶地四处张望。“瓦林斯堡!”他怔怔地说。

女人抱住他，眼里闪耀着喜悦的泪花。“我们真的到了，弗伦提斯！历尽千辛万苦，终于到了。”

一个身披貂皮镶边斗篷的高个儿男人从围观的人群中走出来，原本光滑的眉头拧成了疙瘩，似是认出了眼前的人。“你是……”他吃惊地瞪大眼睛，走上前，恭敬地深鞠一躬，“弗伦提斯兄弟!”他直起身子，扭头向围观的人喊道：“弗伦提斯兄弟回疆国了!”他招了招手，一名仆人立刻小跑上前。“快去王宫。通知卫兵，我即刻带弗伦提斯兄弟觐见国王。”

那人点头如捣蒜：“遵命，艾尔·泰纳大人。”

艾尔·泰纳带他们离开码头时，人们交头接耳，喜悦之情溢于言表，有些人甚至满脸敬畏之色。*他们认为我是英雄。*弗伦提斯心想。有人喊他的名字，他只能勉强地笑笑，却没人能听见他内心无声的呐喊：*杀了我吧!*

第九章　维林

他们和熊人共处了三周，最初几天就是解决饥饿的问题，食物源源不断地从南边运来，偶尔还有俄尔赫人的狩猎队送来的麋鹿肉。熊人们保住了性命，但大多情绪低落，郁郁寡欢，随着日子一天天过去，孩子们的笑声渐渐多了起来。穿越冰原的死亡之旅余韵犹存，仍有人不断逝去，多是老人，第一周便有几十具裹了兽皮的尸体躺在平原上。对于死者，熊人不兴火化，也不土葬，他们知道用不了多久，荒野自会收留那些无用的肉身。

至于萨满的本名，维林费尽唇舌也念不出来，但从对方传递的幻象来看，是熊的凶猛与渊博知识的结合，便称其为智熊。他们大多通过幻象沟通，不过维林发现经常性地传递幻象实在费力，于是在达瑞娜的帮助下，开始教老人学说疆国语。

“熊！”老人重重地拍了拍自己的骨杖，刚才达瑞娜连说带比画，表示她想知道这根骨头取自什么动物。

“这些呢？”她抚摸着刻在骨头上的诸多符号，又问，“是字吗？”

老萨满皱起眉头，似乎没想到达瑞娜如此无知。维林慢慢地明白了，此人掌握的黑巫术知识，是他们望尘莫及的。他好像从不因使用天赋而疲倦，虽说年纪这么大，疆国语水平却是突飞猛进，这也多亏他可以通过幻象诠释他们所教的字词。然而这一次，达瑞娜的问题好像难住了他。

“写字。”维林歌唱了一小段，传递出文字的感觉。

“啊。”智熊先是点头表示理解，然后摇头道：“不是……字。”他抚摸着骨杖上的无数刻纹。“力量。”

到了第二周，他们准备挪窝了，达瑞娜带领熊人往西南方向走。“沿着海岸走五十里左右，有一个内湾，”她解释道，“那儿的森林里有猎物，水里的鱼也多。很多年前曾经是一个居住地，不过那里的青石存量太少，入不敷出，当地人难以熬过冬天。我想这些熊人不会遇到类似问题。”

旅途之中，维林得以拼凑出熊人们背井离乡的故事全貌。根据智熊的讲述，在漫长的岁月里，熊人与冰原西边的猫人冲突不断，而与冰原北边的狼人保持贸易往来。后来猫人忽然变得野心勃勃，情况就变了。他们似乎有新的萨满崛起，控制野兽的能力极其强大。在他的统治下，猫人蠢蠢欲动，觊觎起邻居们所拥有的丰美猎场。当然他们也清楚，虽然豢养了战猫和矛鹰，但仅凭一己之力肯定无法得逞，于是去找冰原南边的铸铁族结盟。一直以来，外族不大理解铸铁族的生活方式，也瞧不起他们。铸铁族一年上头从不迁徙，每到降雪之时便与世隔绝。唯一有用的就是他们打造的铁具，可以交换毛皮。然而最近数百年，情况有所改变，他们的活动范围逐渐向北方扩展，而且并非只为了交易方便。熊人的孩子们经常失踪，有人看见他们戴着镣铐被抓到了南边。熊人当然要寻仇，冰原上没有干戈化玉帛一说，铸铁族死伤惨重，但势力仍在，而猫人的萨满由此看到了结盟的机会。

“可你们打败了他们，”维林传递出猫熊大战的激烈场景，“把他们赶走了，让他们自生自灭。”

“死了……很多人，”智熊说，“很多熊。太多了。”

他们的胜利只是暂时的，而且代价高昂。当倭拉帝国的大军从北方杀过来时，他们寡不敌众，难以对抗。狼人东逃，熊人西窜，冰原从此不再是他们的家园。

内湾名为镜峡，因为这里风平浪静，水面倒映出两边林木茂密的山坡。达瑞娜带着他们来到从前的居住地，这里位于东海岸，如今栅栏摇摇欲倒，木屋爬满蔓藤和苔藓。智熊只扫了一眼，就扭头望向水面。“船。”他说。

“我可以送几艘过来。”维林说，但萨满摇摇头。

“造船。”

他带着一群年轻男女，消失在森林之中，很快，林间回荡起砍伐木头的声响。几个钟头后，他们抬回了若干中等尺寸的树干，着手剥去树皮。清理过树皮，他们又挥起斧头，精准地劈开树干，挖空后，把弧形的木头制成船壳。两天之内，熊人就有了十条小船，还有更多小船仍在海边制造。他们已从内湾打了足够食用的鱼，大多是鳕鱼，还有少量鲑鱼。

他们没有费力气修复居住地，还砍了几间木屋当柴禾烧。他们搭盖了方便拆卸的圆顶帐篷，以扭在一起的枝条作为骨架，上头覆盖毛皮或者树叶。“我们走，”维林问他们打算去哪里建立家园，萨满回答，“家园是人……不是地方。”

当晚诞生了第一个孩子，是女孩，因为孩子母亲决心要生，家人为此也付出了巨大的牺牲，他们忍饥挨饿，保证了孩子母亲的食物供应。萨满从帐篷里钻出来，高高地举起婴儿，她扭动着小小的身子，面朝天空大声啼哭。冰原人纷纷起立，全场肃静，聆听萨满那一大段高深莫测的祝祷之辞。维林感觉到，从遇见熊人那天起，始终弥漫在他们当中的绝望，慢慢地消散了。有些人绽放笑颜，有些人流出眼泪。他们或许失去了名字，但他们已然重生。

第二天早晨，维林走了，承诺两个月后再带些新鲜物资回来，不过考虑到熊人高超的打猎技巧，恐怕这是多此一举。维林与智熊握手道别时，老人热情地感谢他，但也流露出不祥的预感。“倭拉人，”他说，“不会停止。”

“他们不可能找到这儿，”维林说，“如果他们来了，我们一起对付他们。”

萨满神色哀伤，传递过来的幻象带有深深的歉意：一支庞大的军队正越过冰雪覆盖的平原，漫山遍野全是黑衣黑甲的步兵和骑兵，他们的目标是南边的一个港口。“不是……找我们，”他说，“是找你们。”

大半天时间，他都沉默不言，老人灌注到他脑海中的画面令人不悦，但又挥之不去。

“他们给婴儿起名叫黑瞳，”达瑞娜与他并肩而行，“以表达对您的敬意。”

他点点头，心思仍在别处。老人说有一支军队正向疆国杀来，可血歌完全没有发出警告。况且，倭拉帝国远在重洋之外。

“能回家我很高兴，”达瑞娜说，“我有好几年没这么骑马了，恐怕是越来越贪图安逸。”

“我希望在回塔之前先拜访一下朋友，”他说，“不知道你是否愿意陪我去。”

“我愿意，大人。”她沉默片刻，又轻轻一笑。

“怎么，小姐？”

“只是刚刚想到，凯兰兄弟曾说，‘他们给我们送来了一个好战分子。’没想到，送来的是和平使者。”

当晚，他远离达瑞娜、奥文队长和俄尔赫女人所在的火堆，避开那些容易使他分心的声音，独自坐在远处歌唱。他先找到了妹妹，艾罗妮丝正在自己的房间里画画，把颜料涂抹在画布上，描绘出海港的场景，那些船只和水手的逼真程度令人发指。她是那么全神贯注，沉浸于其中，但见她孤单一人，维林感到心疼。

接着是瑞瓦，维林还是第一次寻找她。令他深感欣慰的是，瑞瓦安然无恙，不过满脸怒容——维林尤其怀念这样的表情——对面是一个手握卷轴的丰满女人。她们所在的房间似乎是藏书室，透过窗户可见埃尔托城大教堂的双塔尖。奇怪的是，瑞瓦竟然穿着裙子，一边听女人说话，一边难受地扭动身子，颇不耐烦。话说回来，那女人似在哪里见过。看样子瑞瓦越发恼怒，咬牙切齿地说了句什么，无疑是伤人的狠话。女人只是笑了笑，又取来一个卷轴。

然后是凯涅斯，他和疆国禁卫军在野外扎营，正与奔狼的将官们围坐开会。他们神色紧张，概无例外，这样子再熟悉不过了——那是即将奔赴战场的人特有的表情。疆国内又起了纷争？维林越发不安。或者还有更坏的情况？

凯涅斯还是那样，战火烧到眉毛了也不担心，下达命令异常果决，维林至今难忘。但当他看到自己的兄弟时，血歌曲调哀婉，他知道，他们俩上次有过一番对话后，自己始终无法释怀。

他接着找人，却感到周身寒意蔓延，这意味着他必须赶紧停止歌唱。他拼尽最后的力气寻找起弗伦提斯，却一如既往，没有半点希望。歌声走调了，画面支离破碎，只能看到一片灌木丛生、岩石成堆的沙漠，一座失了火的大宅子，一艘驶向港口的船……最后一幕画面的感觉尤其强烈，尽管只持续了几秒钟，但歌声充满了不祥的调子，只见那艘船乘风破浪而来，船身和船帆旧得发黑……

寒意忽然裹住他，带走了身体的热量，他知道必须停下来。他慢慢睁开眼睛，打算平息歌声，未料歌声不止，画面自行切换到了一条横穿尤里希森林的大路，只见一个年轻的金发女人骑着矮种马，身边有个人高马大的罗纳女人，还有一支骑兵紧随其后。*莱娜*……这些年来，公主愈加楚楚动人，不过最近似乎有所历练，内心深刻的改变甚至超越了美貌。莱娜的举止前所未有的洒脱，她和罗纳女人纵情欢笑，看来两人拥有真正的友情。还有那傲人的智慧，过去她那么小心地掩藏，如今却在眼里闪耀光彩，无拘无束，令人动容。画面未变，血歌渐渐低沉，他满脑子都是莱娜的面容，继而不祥的调子再度扬起，随后那艘破旧的木船闯进脑海，歌声刺耳，犹如尖啸……

他剧烈地咳嗽起来，感到有血黏在下巴上，然后又躺在地上不断干呕，冷得浑身发抖。“躺着别动，大人。”达瑞娜轻声说道，那双温暖的手捧着他的脸，眉头也皱紧了。“看来您干了什么傻事。”

“我和瑟奥达人一起生活时，遇见过一个女人。她个子很小，年纪很老，但部落里的每个人都给予她最大的尊重。”达瑞娜边说边往火堆里添了些柴火，维林裹着斗篷，尽可能靠近火堆。他已经没那么冷了，可身子仍在发抖。

“我感觉到了她的天赋，”达瑞娜接着说，“她也感觉到了我的。瑟奥达人和我们不同，他们公开谈论黑巫术，畅所欲言，极力探索其中的奥秘，即便如此，他们之中最富有智慧的贤者，也无法理解透彻。她告诉了我一些天赋的特性，她说越是强大的天赋，所付出的代价就越大。正因为如此，她极少使用天赋。她的能力非常强大，每一次使用都令她距离死亡更近一步，而她希望看到自己的孙儿孙女长大。我只见她使用过一次，是在一个夏天。盛夏的几个月，大森林里常常失火，因为木头特别干燥，一道闪电就能引燃一片林子。瑟奥达人不怕夏天的火，反而很欢迎，因为大火可以烧掉特别茂密的林子，有利于他们打猎，而且有灰烬作肥料，树木会生长得更加茁壮。但有的时候火势太大，甚至有几处火场汇聚到一起，就引发了可怕的火灾，那就没有什么好处了。而我说的那个夏天非常炎热。

“大火扑过来的速度很快，人根本逃不出去，火焰在树木之间跳跃，犹如饥肠辘辘的巨兽，我们则是它的盘中餐。当时，大火从四面八方包围了营地，我们在中间挤成一团，兄弟姐妹们一起吟唱死亡之歌。这时，小个子老妇人走上前去，她不念咒语，不打手势，只是站在那儿盯着大火。然后那天空……天空变暗了。狂风刮起，寒冷刺骨，接着是一场瓢泼大雨，势如倾盆，雨点把我们打翻在地，我担心最后的结果不是烧死，而是淹死。雨水浇在大火上，顿时蒸汽滚滚，我们周围全是浓雾，等雾气消散，大火已灭，只剩潮湿而焦黑的树桩。那个老妇人躺在地上，就和你刚才一样流血不止。"

维林搓着手，牙齿止不住地打架："她活下来了吗？"

达瑞娜微微一笑，点头道："多活了一季。据我所知，从此以后她再也没有使用过天赋。奇怪的是，那天过后，夏季就结束了，艳阳不再，风雨交加，随后是凉爽的金秋。她对我说，她过度地改变了大自然的平衡，假以时日方能恢复正常。"

达瑞娜向火堆伸出手，摊开掌心感受温暖。"我们的天赋即是我们本身，大人。它们不是从别处降临的，而是您生命的一部分，和您的思想、感觉一样，如同活动需要精力，使用天赋也必然带来消耗，就像这堆火，烧完了就只剩灰烬。"她抽回手，神情严肃，"作为首席参事，我请求您以后使用天赋要格外谨慎。"

"有、有什么东西来了，"他沮丧地咬紧牙关，结结巴巴地说，"我的歌声带来了警告。"

"警告什么？"

莱娜的面容……犹如尖啸的歌声……

他闭上眼睛，驱散了脑海里的画面，若是歌声再起，一曲终了，他只怕连性命也保不住了。"我不知、知道，不过有一个住在天赋者之中的人可能知道，那人住的地、地方，他们称之为黑巫沟……他叫哈力克。"

达瑞娜希望他休息一天再动身，但他拒绝了，强行爬上赤焰的马鞍，全凭意志力稳住身子，好几次多亏奥文队长扶住才没有跌落。守塔大臣这突如其来而且无法解释的毛病，着实把这名骑卫吓得不轻，但他还算聪明，没有胡乱提问。然而英莎·卡·佛纳就没有这么拘束了，一整天都缠着达瑞娜嚼舌根子。维林心想最好还是别请人翻译为好，同时又注意到奥文神色异样，看来他的俄尔赫语已经大有长进。

到了正午，寒意渐渐消散，等到扎营的时候，身子已不再发抖。只是，那画面仍在，满脑子都是公主的面容，挥之不去，实在令人恼火。他被囚禁的那几年，从未使用歌声寻找过莱娜，与其说心怀怨恨，倒不如说是漠不关心。维林对她的愤怒在尼莱什码头的那天就消散了，但也没有增加一分敬意，仅仅和以前一样，佩服她的冰雪聪明。她曾经野心太盛，他们共同犯下的罪行也过于骇人，所以两人不可能成为爱人或朋友。但也有那么几次，他感觉到歌声拽着他，唤回了最后一次看到莱娜的画面——公主孤身一人，暗自饮泣。然而，维林总是抗拒歌声的召唤，专心寻找弗伦提斯，偶尔寻找谢琳。对于前者，他只能匆匆一瞥，什么也看不清；对于后者，他看到的画面越来越模糊。

是不是因为她对我的爱情淡去了？维林常常思索。如今他知道血歌并非全无限制，他只能找到那些他认识的人，触及过他灵魂的人，而且，幻象的清晰度也各有不同。他最初看到谢琳的时候，仿佛透过光洁的玻璃观察对方，画面明亮，纤毫可见，渐渐地，玻璃越来越不透明。他最后一次看见谢琳和阿姆·林一起，是在一座形制陌生的宅子里，谢琳站在院中与一个衣着普通的男人说话，那人虽没带武器，却有战士的气质。维林看到那人有意掩饰自己对谢琳的好感，可目光怎么也离不开她。维林知道自己也有过这样的表情。幻象消失了，徒留伤痛和遗憾。此后约有一年之久，他没再找过谢琳，等再找的时候，他用尽了全力，却只能感觉到清新的空气在很高很高的地方流淌，谢琳似乎站在山巅……还有，她很开心。

他们翻山越岭，花费了一周时间，抵达了韦茹拉姐妹称为黑巫沟、达瑞娜称为奈因角的地方。沿路的几处居住地招待了他们，维林也顺便体察民情，知道那些来北疆讨生活的人过的是怎样辛苦而甜蜜的日子。

“我是四年前北上的，老爷。”一个满口豁牙的阿斯莱船员对他说。这儿是洛温湾，一处专为运输矿石的小港口，矿场位于镜峡南边四十余英里。“打小就在布宁沃什河的驳船上干活，后来舰艇大臣拉我到国王的船上干了三年。现在一半舰队没了，卖掉了，就为打仗欠的债。我也被丢到了码头上，除了一件衣服啥也没有，想办法搭上货船来了北疆。上岸的时候身无分文，现在我房子有了，娶了老婆，生了儿子，还有三分之一艘驳船呢。”

“你不想念国内吗？”维林问。

“有啥好想念的？在那儿，全看出身；在这儿，靠自个儿打拼。还有空气，”船员转过头，深吸一口气，“多么清新，多么甜美。国内可呛死我了。”

奈因角坐落在海角之上，俯瞰一条镰刀状的海湾，那儿波浪汹涌，冲刷着白沙覆盖的海滩。此地约有四十间房屋，石墙厚重，足以抵御海风。他们抵达时天色已晚，一群孩子正从一座大房子里走出来。这里看不到一丝信仰存在的痕迹，也没有卫兵和哨所。

维林策马走向大房子，那边有个满头金发、胡须浓密的男人，正在和一个约莫六岁的金发男孩玩耍。孩子伸出小手，从脚边的石堆上拿起一块块石头，用力地丢过去，金发男人则挥舞木棍，把飞来的石块打开。男孩年纪虽小，臂力却相当强，扔石头又快又准，不过金发男人手中的木棍疾如闪电，石头纷纷弹飞，无一命中男人。这时他看到了维林，动作一顿，男孩扔来的石头正中胸口，疼得他大叫一声。

“打中你了，父亲！”男孩欢呼着，兴奋地蹦了起来，“打中咯！打中咯！”

不等靠近，维林便翻身下马，迎着金发男人走去，那人扔掉棍子，飞奔过来与他拥抱。

“兄弟。”维林说。

“兄弟！”诺塔大笑，“简直就像做梦，可你真的来了。”

维林回身一看，只见那男孩一脸好奇，远处的居民们也纷纷驻足，望着他们的守塔大臣。由于靠近了如此之多的天赋者，血歌高昂地奏起了熟悉的调子。

“阿提斯，”诺塔对男孩说，“跟维林叔叔打招呼。”

男孩盯了维林片刻，然后笨拙地鞠了一躬：“叔叔。”

维林鞠躬回礼，感觉歌声略有降低。这孩子没有天赋。“侄子，你继承了你父亲的臂力。”

“你应该看看他使弹弓的本事。”诺塔说。他向走过来的达瑞娜鞠躬。“小姐。我们一如既往地欢迎你来。”

“老师。”她鞠躬回礼。

“听说部落来了，”诺塔说，“我们这儿的人都很担心。”

“不是部落，”她回答，“只是一群快要饿死的人在逃难。守塔大臣把他们安顿好了。”

“扑了个空啊，兄弟？”诺塔神色一动，“滋味不大好受吧。”

“我愿意消受。”

诺塔的目光投向了维林挂在马鞍上的帆布包。他眯起眼睛，却没说什么。“来，来。”他转过身，牵着阿提斯的手，招呼他们跟上，“瑟拉肯定等不及见你了。”

在一间平房旁边，他们看到瑟拉正把刚洗好的床单晾到绳子上，身边还有个约莫四岁的小女孩，她坐在一只大猫身上，随着大猫蹦来跳去，高兴得咯咯直笑。当大猫露出匕首般的獠牙，马儿们立刻惊惶不安起来。维林和达瑞娜下了马，命令奥文找一处比较远的地方扎营。

瑟拉面带灿烂的笑容走来，热情地伸出戴着手套的手。她仍是记忆中那么漂亮——尽管还挺着大肚子——裙裾随风摇摆。是双胞胎。她见维林注意到了肚子，便打起手语。龙凤胎。男孩的名字叫维林。

“噢，别给他带来晦气。”他说着，握紧了瑟拉的手。

绝对不是晦气。那是祝福。她又向达瑞娜伸出手，后者上前握住。“好久没见了。”

雪舞无声地走来。在失落之城的时候它还小，如今已经长大。它那颗硕大的脑袋顶在维林腰间，任由他抚摸光滑的皮毛，嘴里呜呜的呼噜声犹如远方的雷鸣。它背上的小女孩瞪大眼睛，好奇地盯着维林。血歌扬起相识的调子，他脑海中忽然画面翻滚，玩具和糖果，欢笑和泪水……他呻吟了一声，难受得直眨巴眼。

瑟拉拍了拍手，幻象消失了。小女孩噘起嘴巴，不高兴地看着母亲摇晃手指。抱歉。瑟拉对维林打手语。这是她打招呼的方式，她还不知道不是所有人都能这样。

维林蹲下来，平视女孩的眼睛。“我是维林叔叔，”他说，“你是谁啊？”

他脑海中响起轻柔而羞怯的呢喃。萝伦。

瑟拉又拍了拍手，女孩皱起眉头，闷闷不乐地说：“萝伦。”

“幸会，萝伦。”

“我做过一个梦，”她咧开嘴笑道，“看到你在沙滩上，那是晚上，你用斧头杀了一个人。”

瑟拉牵着她的手，从雪舞的背上拽了下来，又打出食物的手势，拉着女儿走进房子。

“别紧张，”诺塔说，“你应该听听她梦到我干什么了。”

瑟拉给他们做了鱼肉馅饼和洋葱土豆汤，诺塔讲起了他们从失落之城到北疆的经历。“我们走了将近四个月，不是所有人都到了这儿。”

“因为罗纳人？”维林问。

“不是。很奇怪，他们从没找过我们麻烦。是因为寒冷，那年的冬天来得特别早，当时我们还没走出平原。要不是俄尔赫人，我们肯定都饿死了。天赋者可以做很多事情，可他们没法凭空变出食物。俄尔赫人给我们吃的，又带我们去北塔，多亏好心的达瑞娜小姐替我们说话，守塔大臣艾尔·默纳允许我们来到奈因角，暂住在这个废弃已久的居住地。”

“你的母亲和姐妹们呢？”维林问。

诺塔脸色一沉。“母亲在我们抵达北疆的一年前就过世了，至于我的姐妹……”他沉吟片刻，瑟拉握住了他的手。“怎么说呢，不是什么人都能克服对黑巫术的恐惧。你侄女还小的时候，没学会说话，但她可以在你脑袋里发出声音，当然是有一点点吓人的。哈拉嫁给了北疆戍卫军的一名军士，凯岚嫁给了商人。她们就住在北塔，我们觉得还是不去拜访为好。”

维林吃完食物，又换了一个话题：“哈力克还跟你们在一起吗？”

“算是吧，”诺塔回答，“他一个人住在海滩上的小屋子里，从早到晚写个不停。还不让别人看他写的是什么。大多数人都不去管他，除了韦弗。他用他编的篮子交换食物，养活两个人。”

维林起身离席。“我和小姐还要找他谈事，恕我们失陪了。”

*你们今晚就住在我们家吧。*瑟拉打着手语。*我们有房间。*

房子确实够大，可以同时容留好几个客人。据诺塔所说，房子是一个来自阿尔比兰帝国的流亡者建造的，他要继承家族传统，也就是一夫多妻的生活。

“他打一个太太，”萝伦插嘴说，“打得好狠，别的太太都生气了，一起拿刀刺他。”她捏紧手里的叉子，戳向一块小面包。“刺啊！刺啊！刺啊！”瑟拉又拍了拍手，她很不高兴地做个鬼脸，乖乖地停下来。

“我很高兴住在你们家。”维林对瑟拉说，然后望向达瑞娜，“小姐愿意陪我去海滩走走吗？”

“我见识过战争、火灾，还有杀人的暴徒。”达瑞娜说。他们走向哈力克住的小屋，此时夜幕已降临，海浪汹涌，她的黑发在风中飞舞。“可就算全加起来，也不及刚才那个小女孩让我害怕。”

“这种力量必然使人害怕，”维林同意，“随着她年龄增长，这样的天赋更是难以负担。”

“至少现在有了一个同样是天赋者的叔叔来保护她。”

“的确如此。”

“您上次见老师是多少年前了？”

“你为何这样喊他？”

“他就是这样自称的，他所做的一切也都名副其实。孩子们几乎每天都聚集在他的学校里。也有成年人，那些不识字或者不识数的人。他全都教，而且教得很好。就这件事情而言，他也有天赋。”

维林回想起知识试炼之前，诺塔曾耐心地帮助邓透斯，还能让弗伦提斯安安静静地坐着听讲，以及在奔狼训练弓手时也效率惊人。这么多年来，他骨子里就是老师。如果他留在宗会，假以时日，必定能成为弓术宗师。“有八年多了，”他说，“上次见面是在失落之城。很高兴看到他们在这里安顿下来。”

“有人劝我父亲把他们打发走，”她说，“俄尔赫人毫不避讳地提到了他们的能力，导致疆国民众非常害怕他们。”

“但他听了你的意见。”

“其实我觉得，他无论如何都会给他们提供住处的。他心肠很软，没办法不做善事。”

这番话令他想起了谢琳，心里颇有些不痛快，幸好小屋已近在眼前。这间用浮木搭建的房子摇摇欲倒，屋顶铺着石片，一根烟囱伸了出来。小屋没有窗户，半掩的房门里透出烛光。一个肩膀宽阔、身穿无袖短装的男人坐在门口的沙地上干活，海风吹乱了那一头卷曲的金发，他弯着强健的胳臂，用灵活的双手编织着宽叶海草。

“韦弗，”维林问候他，“很高兴又见到你，先生。”

他扬起那张俊俏的宽脸，嘴角挂着隐约的笑意。那双碧蓝的眼睛看看维林，看看达瑞娜，眨了眨，又回到了手头的活儿。“没有受伤。”他说。

小屋的门“嘎吱”一声打开了，开门的男人身材偏瘦，长发灰白，一脸拒人于千里之外的表情。“你要干什么?”他语气生硬，饱含怨愤。可能是因为他们不请自来，也可能是因为上次见面时，维林的言行令他心有余悸。

“和上次一样，兄弟，”维林回答，“我有疑难问题请教你。”

哈力克摇摇头，转身欲走：“我没有你要的答案。别打扰我……”

“依我看，你的宗老可不会同意。”哈力克一听，停下了脚步。维林接着说：“我最近见过他，提到了你的名字。你想知道我们说了什么吗?”

图书馆员紧咬牙关，叹息一声，走回屋内，不过没有关门。维林向达瑞娜鞠了一躬：“小姐，请吧。”

哈力克的小屋里只有一张普通的桌子、一把椅子和一张狭窄的小床。角落里有个铁炉子，搁在架子上的水壶刚刚烧开，冒出了白气。桌上的羊皮纸堆得老高，几根鹅毛笔随处摆放，旁边的墨水瓶大多是空的。不过，小屋里最惹眼的是卷轴，无数卷轴从对面的墙根堆到了天花板，足有二十英尺高。

“一旦你写了下来，”维林问，“你会忘了书里的内容吗？”

哈力克正向炉子走去，闻言发出了一种刺耳的声音，有可能是笑声。

“恕我失礼，小姐，”维林说，“请允许我介绍第七宗的哈力克兄弟，曾是瓦林斯堡大图书馆的学者。兄弟，这位是达瑞娜·艾尔·默纳小姐，北塔的首席参事。”

哈力克向达瑞娜微微鞠了一躬：“小姐，寒舍款待不周，请原谅。我刚泡了茶，请您喝一杯。”

达瑞娜还了礼，面带微笑，婉言回绝：“改天吧，先生。”

“甚好。”哈力克从炉子上提起水壶，“我也只有这一杯了。”他从一个陶土罐子里舀了些叶子出来，倒进瓷杯中，然后泡上开水。

“你的宗老讲了个故事。”维林说，“说的是一片森林和一个死去的男孩。”

出乎意料的是，哈力克搅动茶叶的手丝毫没有颤抖。不过，他警惕地看了达瑞娜一眼。

“我在这位小姐面前没有秘密。”维林对他说。

哈力克叹了口气，摇摇头：“你撒谎，大人。我们都有秘密。我认为这位小姐有一大堆秘密，你肯定也有。”

*他变了。维林心想。不知何故，这家伙无所畏惧。*维林的目光移向墙边的卷轴堆。难道是他读到了什么？

“说吧，”哈力克坐在屋内仅有的一把椅子上，啜饮着茶水，“我的宗老有什么信儿带给我吗？命令我回答你的问题？”

“没有。”维林回答。“但他告诉了我，你并不是因为深受信任，从而到这儿执行什么任务的。你不喜欢他心慈手软。实际上，你活下来算你走运，而这——”他环视了一圈，“这是对你的惩罚。你被流放了。”

“你也一样。”哈力克厌倦地说。他把瓷杯搁在一边，斜靠在椅子上。“如果你是来报仇的，那就快动手吧。我的行为或许是受到了误导，但也出自诚实和无私的动机。”

这么多年来还是第一次，维林感到怒火上涌。“误导？你在尤里希森林安排杀手，企图除掉我，结果杀了我兄弟。一个才十二岁的孩子。他们砍下了他的头。你是不是也在场？你是不是在等着瞧你那无私的动机造成了什么后果？”

“大人。”达瑞娜沉声说道。维林这才意识到自己正双拳紧握，步步逼近学者。

哈力克抬眼瞪着他，无动于衷，眼里闪过一丝好奇。

维林深吸一口气，退了两步，强迫自己松开拳头。“你知道我的天赋？”等呼吸平缓了些，他冷冷地问道。

“《案例收录》第一卷，”哈力克不带感情地背诵起来，“第四节，第一栏。已知瑟奥达人案例，未有多例同时出现之记录。瑟奥达语翻译过来即为‘血之歌’或‘血歌’，取决于音调变化。截至记录时，疆国内已知案例：无。所有已发现案例均已加急向宗老报告。”他迎着维林的目光说：“附录：疆国内已知案例：一。”

“什么时候？”维林问，“你什么时候知道的？”

“怕是比你早。预言的语义非常明确，实属罕见。‘医师和战争大臣所生。’还能是谁呢？”

“预言还说了什么？”

“‘他将在荒漠之月的照耀下，败给伺伏者。恶灵复生，夺占他的歌。’”哈力克又喝了一口茶，“我不要看到这种事情发生。”

“宗老告诉我，其实还有一个预言，并没那么悲观。而你们选择不相信。”

“人总要做选择。有的选择格外艰难。”

“所以你雇佣杀手，阻止预言成真。”

“我怎么可能去雇佣杀手？大图书馆的学者没那么神通广大，况且我也知道，宗老肯定不支持我的做法。不过既然有了这个想法，我就想到了一个人，他绝对有这个本事，而且对他也有好处。我认为，国王的第一大臣需要操心的事情很多，他的手肯定不干净。”

国王的第一大臣……“阿提斯·艾尔·森达尔。是诺塔的父亲雇的杀手？”

“而且一拍即合，真的。他起先假装不情愿，等我透露了一些有关黑巫术的事情，他就来了兴致，当然这也是他的职责所在。另外，如果战争大臣的儿子在宗会里的命运如此悲惨，他也没必要再把儿子拴在那里了。”

“你们的计划失败后……”

“我们费了很大力气，抹掉了我们的痕迹，可你们宗会不肯罢休。他们花了两年多时间寻找真相，最后终于找到了……我的宗老很不高兴。我相信，这件事很快就传到了国王的耳朵里，为此，艾尔·森达尔大人被处以极刑，给他安的是贪污腐败的罪名吧。”

很多年前，雅努斯说过一句话：他偷的不是钱，而是权力。诺塔的父亲被处死，是因为擅自动用权力去杀人，那是独属于国王的权力。

“那晚还有别的人，”他对哈力克说，“杀手提到了。他们非常害怕那人。是谁？”

学者啜了一口茶水。“我不知道还有别人。”他说话时，嘴角微微抽动，鼻孔略张，终于露出了害怕的表情……血歌奏起刺耳的调子。

“你知道我的天赋。”维林提醒他。

哈力克放下茶杯，没说话。维林不由自主地手握成拳，只要愿意，他完全可以打到哈力克说出实话，这家伙表面淡定，实则内心懦弱。“确实有别人。”维林说，“和你有同样的信仰，也是第七宗的人。你不是孤身一人。”血歌确认了此话为真，哈力克却没吭声。“即便到了现在，”维林接着说，“过了这么多年，你还沉浸在幻想之中，认为自己的所作所为是对的。”

“不，”哈力克回应道，“所有的预言都是错的。我现在看透了。那些拥有占卜天赋的人大多是疯子，脑袋里、梦境中充斥着颠倒错乱的幻象。他们看到的不是确切的未来，只是可能性罢了。而可能性有无穷之多。你不觉得吗？但也有可能，此刻站在我面前的是来自往生世界的恶灵，夺占了你的天赋，还成了守塔大臣。命运或许证明了我是错的，但也只是毫厘之差。”

“不是命运，”维林说，“是血，大多是无辜之人的血，沾满了我的双手。”

哈力克微微颔首赞同，然后认命地望向维林：“多谢你让我喝完了茶，大人。”

维林悲哀地笑了笑：“噢，我没打算杀你，兄弟。你或许是个傲慢自大的无耻之人，但我用得着你。你还有很多的债要抵偿。我正式任命你为北塔的案卷管理员。”他朝满屋子乱七八糟的东西摆了摆手，然后走向门外。“收拾好了，准备明早出发。我们回塔后还有很多事情要讨论。小姐，走吧？”

达瑞娜转身欲走，又回头向愣在原地的哈力克鞠躬贺喜，然后跟随维林走出小屋。

“我不喜欢那家伙。”达瑞娜说，此时他们走在海滩上。

维林回望小屋，看见学者清瘦的身影伫立在门前。“恐怕他也不喜欢自——”

血歌的调子骤然升高，犹如重锤猛击。他登时站立不稳，颓然倒在沙子上，感到鲜血从鼻子里汩汩涌出。随着刺耳的尖啸，幻象浮现脑海……火，到处是火焰、痛苦和狂怒……一个男人死了，一个女人死了，孩子们也死了……尖啸不绝于耳……无数火焰盘绕，聚合，形成一颗骷髅，两个漆黑的眼窝嵌于其中，然后面容尽显，貌美绝伦……而且似曾相识……是火焰拼凑而成的莱娜……尖啸无休无止。

第十章　莱娜

修林·班德斯男爵的城堡在距离阿斯莱边界约三十英里处，风格特异，外表极不规整，而且墙面斑驳，新旧不一。城堡四周山丘起伏，森林茂密，鹿群出没其间。他们抵达时已近黄昏，距离主楼还有好一段路程，一队骑士便匆匆赶来迎接——五十多人披盔戴甲，摆出了迎战的阵型。骑士首领掀开面罩，可见一道伤疤贯穿鼻梁，他看到莱娜，当即打消了满脸的疑虑。尽管此人面貌不善，但举手投足颇有骑士风度，说话也极具涵养。

“向您致以最诚挚的歉意，公主殿下。”他赶紧下马，单膝跪地，低着头说道，“我们见您军容壮盛，有所误会。”

“不必在意，大人。”莱娜回答。她向来认为仑法尔骑士的礼仪过于复杂无趣，此时更没有心情容忍这些繁文缛节。“我来找班德斯男爵。他在家吗?”

“回公主殿下，他在。”骑士当即飞身上马，“请允许我护送您去见他。”

班德斯男爵候在家门口，他并未穿戴盔甲，但手提一把未出鞘的长剑。他身后的年轻女人紧紧盯着莱娜，手里牵着一个体形瘦长的少年。少年个头虽高，但年龄不超过十四岁。

“公主殿下。”班德斯单膝跪下，面色淡然，语气也不愠不火，“欢迎您光临寒舍。请您不必拘束。”

“我很高兴在你家过夜，大人。”她说着，从健步的背上滑了下来，然后大步上前，递过纤纤玉手。“但你先要答应我一件事。”

男爵的双眼微微睁大，瞪着莱娜的手——众所周知，公主鲜少如此，若有，便是极大的恩惠——继而亲吻了她的指尖。“答应您一件事，公主殿下？”莱娜退了一步，男爵随之起身。

“是的，不要大摆筵席。”她笑道，“我今晚只想安安静静地吃顿饭，当然要有你作陪。”

据男爵介绍，年轻女人名叫乌丽丝，是他的养女，男孩叫艾伦迪尔，是养女的儿子。他没有提及姓氏，不过莱娜很容易看出班德斯和乌丽丝在容貌上的相似之处，他们眼睛的颜色和形状几乎完全一样。没有继承家族姓氏，说明乌丽丝是没有得到承认的私生女，但观其衣着服饰，仍可见父亲爱女情深。奇怪的是，男孩的容貌只与母亲有些许相似之处，而完全不像外祖父。他的眼睛是蓝色，他们的则是褐色；他满头黑发，凌乱卷曲，垂落及肩，与他母亲的茶色硬发和班德斯稀疏而灰白的板寸头形成鲜明对比。

他们在大厅里吃了一顿美味而俭省的晚餐。侍者每上一道菜，达沃卡都要拿起盘边的古怪餐具，笨拙地切割食物。她仔细观察莱娜的动作，依样画瓢地操作各式各样的餐具，可惜大多数不得要领。

“随意吃就好，”莱娜对她说，“主人不会见怪。”

“你学了我们的习俗，”达沃卡皱起眉头，专心致志地切肉，“我也学你们的。”

“您说罗纳语！”艾伦迪尔大喊道，他呆呆地瞪着莱娜，满脸震惊。班德斯猛地一捶桌子，男孩赶紧加了句：“公主殿下。”

“比我说得还好，有的时候，”达沃卡的嘴里塞满了鹌鹑肉，边嚼边说，“比我识字多。”

“公主获得了伟大的成就，是世人的榜样。”乌丽丝说。她举止拘束，羞于与外人打交道，但她注视莱娜的目光充满羡慕之情。“她带来了几百年都没有的和平。真希望贵族小姐们都能像她这样。”

“我听说关隘以北的环境相当恶劣，”班德斯说，“虽说干掉过不少罗纳人，但我还没去过那边。”他看了看达沃卡，罗纳女人一边嚼着肉一边咧嘴冲他笑。

“谢天谢地，那种日子总算都过去了。”莱娜说。她举起酒杯，摆出敬酒的姿态。“大人，愿意与我为和平碰杯吗？”

班德斯无力地笑笑，但还是爽快地举杯，喝酒。“谁都喜欢和平，公主殿下。”

“没错。你的封地领主也关心这一点。我在路上遇见他了。”

“当啷”一声，乌丽丝手里的餐叉掉落在面前的盘子里。莱娜扭头一看，她慌忙低下头，原本苍白的脸更无血色。

“小姐，你没事吧？”莱娜问她。

“请原谅，公主殿下。”她轻声应道。身边的艾伦迪尔抓住她的手，担忧地望着母亲。

“公主殿下，不如，”班德斯的语气有几分强硬，“用完餐再谈论封地领主。这种话题容易让人反胃。”

余下的时间众人沉默无言，只有达沃卡偶尔询问送到面前的食物是什么。“果冻？”她用勺子戳了戳，那块城堡造型的甜点颤颤悠悠地晃动着，“看上去像鼻涕。”

“我相信，大人，”莱娜说，“用不着我来告诉你，疆国最近有多少麻烦事儿。”

此时大厅只剩下他们两人，还有一对猎狼犬。两只狗儿似乎挺喜欢莱娜，她坐在巨大的大理石壁炉边，它们都把脑袋搁在她膝上。班德斯站在壁炉架前，神情依然戒备，但隐隐透出怒气。“用不着，公主殿下，”他回答，“当然用不着。”

有只猎狼犬响亮地吠了一声，莱娜揉了揉它耳后的绒毛。“守塔大臣艾尔·拜拉遇刺之后，说不定还会出更大的乱子。”她说，“联合疆国之内，要数仑法尔少有罪案和暴乱。我相信你也希望这种情况能够持续下去。”

“我又没有捅娄子，只是保住本属于我的东西。”

“有必要毁掉你的封地领主的名声吗？”

“他的名声多少年前就毁掉了，甚至在战争之前就无药可救了。我只是诚实地说出真相，而且有人问我才说。”

“你有多少次被问到呢？”

班德斯拿起一根拨火棍，又快又猛地捅了捅壁炉里的木炭。“有很多人都认为，接受那家伙的统治有辱他们的荣誉。假如有哪位骑士来找我诚心求教，难道我避而不见吗？”

“你应该维护国家的和平。你在仑法尔封地的地位，甚至在疆国内的地位，都可以说相当之高。再没有骑士如你这般深受敬重。但是，地位越高，责任越大，这是由不得你选择的。”

见他低下头，莱娜想起了乌丽丝，还有她那个没有名分，一头乌黑卷发的亲生儿子。*只是保住本属于我的……*

“你为何不认你的女儿？”她问，“还有你的外孙？”

班德斯直起身子，避开她的目光：“我……我不明白您的意思，公主殿下。”

“你没有娶妻，没有别的孩子。你的女儿，无论是不是婚外所生，毕竟也是你的血脉。看得出来，你非常珍视她。可你却没有赐她你的家姓。”

他从壁炉边站起来，转过身去，背起双手：“这是我的私事……”

“大人，我走了太远的路，也经历了太多的事，顾不上讲究那些鸡毛蒜皮的礼节了。请回答我的问题。”

他重重地叹了口气，转过身来，对上莱娜的眼睛，脸上的哀伤多过愤怒。“乌丽丝的母亲……身份卑微，是一个磨坊主的女儿，我们从小就认识。我父亲一天到晚不是赌博就是嫖妓，根本不管我，所以我可以随心所欲地结交朋友，无拘无束。我成年后，非常想娶卡尔拉为妻。然而，那个从来不管我、不用礼节约束我的父亲，怎么也不肯同意。他的土地和头衔还没有因为赌博嫖妓而挥霍干净呢，而磨坊主女儿的后代必将继承这一切。想都别想。父亲过世后，我指望塞洛斯可以同情我们的处境，可我们的老领主只认正统的骑士血脉，顽固得不亚于侍奉信仰的信徒。于是，我放弃了，回家和卡尔拉过起了夫妻一样的生活，只是没有正式成婚。乌丽丝出生时，她难产而死，我一直没有再婚。”

“那你的外孙呢？”莱娜问，“乌丽丝这么年轻，应该不是寡妇吧。”

班德斯的脸色又阴沉了下去：“公主殿下就喜欢明知故问吗？”

黑头发，深蓝色的眼睛……当然了，我会安顿好他的家人。“达纳尔大人。”

“乌丽丝当时太年轻，”班德斯接着说，“刚刚十五岁，跟我一起去封地领主的城堡。达纳尔和我从来都不是朋友，他见他父亲那么尊敬我，便心生怨恨，因为塞洛斯向来瞧不起他，认为他不成器。他追求我女儿就是为了报复我，但乌丽丝看不出来，她满脑子都是少女的幻想，以为骑士都是英雄。于是，当封地领主那个英俊的儿子求爱时，她又怎会不信以为真呢？后来达纳尔当然抛弃了她。当乌丽丝说自己怀了孩子，达纳尔嘲笑她；当我把这件事告诉塞洛斯，他又嘲笑我。塞洛斯狠狠揍了那小子——这是常事——就在领主议事厅里，当着所有女眷和家丁的面，眼看快要揍死了。遗憾的是，终究没揍死他。第二天，我不再为领主效力，带女儿回家，抚养外孙。几年后，我在夏令集市上找他寻仇，我相信那天您也在场。要不是他的一个家丁拿狼牙棒偷袭我后背，我当时肯定能报仇。”

“达纳尔还没有结婚。”莱娜想了起来。

“也没有别的孩子。至少我们不知道。”

“所以如果你认乌丽丝为女儿，艾伦迪尔就成了贵族。一个拥有封地领主血脉的贵族孩子，有权继承领主宝座。”

“我打完仗回来后不久，达纳尔来了，说他有权要回儿子。我告诉他，他没有儿子。他只带了二十人，全是乳臭未干的小子。他家的老兵都在玛贝里斯送了命。而我手里有五十多名久经沙场的骑士。我最后悔的是，当初没能一劳永逸地解决掉麻烦。”

“他还没放弃这个要求吗？”

班德斯摇了摇头：“他想把继承人掌握在自己手里，不是培养成和他一样的怪物，就是随心所欲地丢弃。但是，如果我赐家姓给艾伦迪尔，就相当于公然争夺领主宝座，如此一来，仑法尔势必燃起战火。”

“感谢你这么克制。”

“分裂仑法尔封地的人绝对不会是我，公主殿下。不过，万一无法幸免，有国王的协助，至少我还能挽救局势。而我们的封地领主只能破坏，什么也挽救不了。”

莱娜忍不住想警告他说话注意些，但这番露骨的言论确有几分事实。“仑法尔不能开战，”她说，“无论如何也不能开战。你明白吗？”

他望向炉火，绷着脸点点头。

“请你务必保持耐心，大人，忍辱负重。明天艾伦迪尔随我去瓦林斯堡，我自当进谏国王，收他进宫。他可以接受良好的教育，届时为国王效力，远离他父亲的触角。如果他母亲愿意，也可以进宫陪他，我也很高兴多个伴儿。”

“这个家是他们的整个世界，”班德斯柔声说道，“而我有幸见过了更大的世界，做梦都希望他们也有机会看一眼。”

莱娜最后拍了拍两只猎狼犬，起身离席，块头较大的那只不满地呜咽起来。“身为贵族的代价，就是我们无法选择何种人生，只能选择怎样度过。失陪了，大人。你还要去告知家人。”

莱娜料到乌丽丝会痛哭流涕，却不知还能收获对方的感激之情。“您真是智慧与善良兼备。”翌日清晨，他们在班德斯城堡外道别时，乌丽丝强忍泪水说道，“愿逝者永远保佑您，公主殿下。”

乌丽丝正欲鞠躬，莱娜急忙拉住她的胳膊：“够了，小姐。我真心希望你跟我们一起进宫。”

“父——男爵需要我。”乌丽丝抹去满脸的泪水，挤出一丝笑容，“我不能留他一个人在这里。儿子要走，母亲应该知道何时放手，您不觉得吗？”

莱娜紧紧地捏住她的胳膊：“我懂。”

“我可以请求您答应我一件事吗，公主殿下？”莱娜还没上马，乌丽丝又说，“当然您所做的一切已经远远超出……”

“说，”见女人吓得脸色发白，莱娜立刻露出笑容，“不必客气。”

乌丽丝凑近了，悄声说：“千万别让封地领主带走他。把他藏起来，送到大海对面去都行，就是别让他落到他父亲手里。”她那羞怯的表情不见了，俨然一位愤怒的母亲。

莱娜拉起乌丽丝的手，吻了吻她的脸颊，凑到耳边低声说：“他胆敢靠近你儿子，我一定杀了那个强奸犯。我向你发誓。”

乌丽丝如释重负地松了口气，走到班德斯身边，向愁眉不展的艾伦迪尔伸出手：“来，跟母亲道别。”

他母亲或许心怀感激，但艾伦迪尔面色阴沉，那是青春期孩子的怨恨。“非要现在走吗？”他闷闷地说，“为什么不能等到冬天，或者明年再说？”

“艾伦迪尔！”他母亲厉声喊道，又往前伸了伸手。

男孩的眉头皱得更深了，似乎还想说什么，外祖父抬起膝盖把他顶了出去。“臭小子，不要磨磨蹭蹭的，对公主殿下太失礼了。”

达沃卡策马跑过来，还牵了一匹漂亮的灰色母马，是领军将军在司盖伦关送给莱娜的。“给。”她一甩缰绳，扔向艾伦迪尔。男孩低头看了看，嘴巴一撇。“我自己有马。”他说。

“有点高，他不好骑吧，”莱娜对达沃卡说，“我们还有适合孩子骑的马吗?”

“我能骑!”艾伦迪尔回嘴。他一脚踏上马镫，熟练地翻进马鞍。“只不过不是我的马。”

乌丽丝走到男孩身边，抓住他的手亲了一下。过了一会儿，班德斯走上前，温柔地拉开了女人。莱娜看见艾伦迪尔满脸通红，扭头望向别处。“男爵！小姐!”她提高了嗓门，确保周围的骑士都能听见，“感谢你们的热情款待。请放心，你们收养的孤儿将在宫里接受最好的教育。”

班德斯环住女儿的双肩，抱紧了她，莱娜则掉转马头，带领兵团离开了城堡。

他们的行进速度很快，三天后就到了尤里希森林北边，并在此扎营。莱娜和达沃卡照旧每晚练习飞刀。罗纳女人又搞到一对小刀，估计是司盖伦关某个兄弟未加防备，让她得了手。于是艾伦迪尔也参与进来，但是明显技不如人。

“从来没学过怎么战斗的孩子。”达沃卡说。艾伦迪尔刚刚掷了一次，飞刀远远偏离了作为靶子的一截破木头。

“我学过!”艾伦迪尔辩解，“我会骑马，还会使长枪和剑。外祖父教过我。从我八岁起，就每天练习。我还有自己的盔甲，就是他们不准我穿。”

“盔甲。”达沃卡嗤之以鼻，甩出的飞刀几乎插在木头正中心，

“铁肚子最容易杀，等他们扎了营再动手就行。唯一不好对付的是他们正面冲过来。”

“等我们回宫，你可以挑一套盔甲。”莱娜对艾伦迪尔说，她掷出的飞刀“啪”的一声插在木头上沿。“王宫里的走廊多到数不清，全都挂满了盔甲，还有一架子又一架子的剑。我总是想不通，我们花了好多钱用来装备疆国禁卫军，为何还浪费这么多剑当装饰。”

“外祖父也有很多剑，还有长矛。是他从沙漠带回来的。”

“他说起过吗？”莱娜问他，“关于那场战争的事情。”

“说过，有时候说起来很伤心。艾尔·索纳大人被出卖，让他特别难受。他说如果他们都知道的话，谁都不会离开，包括库姆布莱人在内，肯定拼死也要阻止阿尔比兰人带走他。”

莱娜觉得自己挺喜欢他，性格率直，不讲礼数，确实讨人欢心，但在朝中特别容易吃亏。至于达沃卡……

“那不是个好地方。”当晚，她对罗纳女人说。

此时她们俩在火堆边，艾伦迪尔早已进了帐篷，睡得正香。达沃卡坐在自己那张狼皮上，伸开两条长腿，用猎刀切下一条条干牛肉，喂进嘴里。“危险吗？”她用疆国语问。莱娜发现她现在经常说疆国语。

“各种各样的危险，而且很多时候你意识不到。那里的人拿谎言当美德。我们俩的亲密关系会引起某些人的怀疑和嫉妒。还有的人会想办法为自己谋利。你说话要当心，不要指望得到别人的信任。”

达沃卡一边嚼牛肉一边咧嘴笑道：“有你的信任就够了。”

“姐妹，你虽然称呼我为女王，但那里不归我统治——在王宫里，我所提出的谏言，参考或采纳与否由我的王兄来决断。我担心，仅凭我的信任，不能在那个残酷的地方保全你。”

“那里是你的家，可听你的口气，好像很讨厌它。”

讨厌？人有可能讨厌一个再熟悉不过的地方吗？那个地方早在我

童年时就失去了神秘感。然而这么多年来，有过无数张面孔来来去去，无数人死于绞索或战争。阿提斯大人虽然是贪图权力的傻瓜，却也有令她钦佩的求真务实的品质。还有胖胖的艾尔·乌恩萨大人和他笨拙的舞步，尽管他是一个贪婪无度的人，但常常逗乐莱娜。还有林登，可怜又可爱的傻瓜林登……以及维林。

“也许是吧，”她承认，“但我没有别处可去了。”

“你哥哥治理国家，非要你的谏言不可吗？”

“他肯定不想要，可我并不愿意放弃他。也许有一天，等疆国安宁些了，我再去找一个家。”

达沃卡咧嘴笑道：“山里地方多着呢。”

莱娜笑了。“恐怕玛莱萨不欢迎我。”但是，北疆可以……

“这片森林非常古老。”达沃卡望着路边茂密的林子，神情有些不安。莱娜早就发现她不喜欢树林，其空间之逼仄，与她熟悉的苔原和山区形成鲜明对比。“我闻得出它的年龄。”

“尤里希受国王的保护，是疆国境内最大的森林。”莱娜说，“至少在这块大陆上，是仅次于北大森的。”达沃卡皱起眉头看着她：“什么大陆？”

“就是我们走过的这片土地。”

“还有别的土地？”

莱娜差点笑出声来，却见达沃卡满脸好奇，没有开玩笑的意思。她的知识很丰富，同时也相当匮乏。“目前已知的有四块大陆，”她说，“我们这里最小。也许还有别的大陆，但没有哪个疆国人去过那么远又能回来的。”

“不对，”艾伦迪尔插嘴，“无信者科尔李斯。据说他两次环游世界，现在正在第三次环游。”

“只是传说，”莱娜说，“神话。”

“不可能，”男孩一口咬定，“凡登大叔叔发誓说见过他一次，大约在三十年前。”

“这位凡登大叔叔是谁呢?”

“外祖父的表兄，是那个年代最威风最厉害的骑士。我喊他大叔叔，是因为他对待我就像叔叔。他已经很老了。”

“多老啊，还能见到那个永远不死的人?”

艾伦迪尔的脸色又阴沉下来。“是真的。大叔叔不会说谎。那是他在北海岸当典狱长的时候，他在追捕走私贩的战斗中受伤了，又和手下失散，独自一人闯进了靠近海边山崖的乱石堆。他跌跌撞撞地走了好久，担心自己的血快流光了，然后发现科尔李斯和一些奇怪的人住在山里。大叔叔那时候快不行了，不过他们当中有个会黑巫术的小男孩，一碰就治好了他的伤。”

莱娜来了兴致：“一碰就治好了?”

“我知道，这听起来太神了，外祖父告诉我，那是老人家做梦时说的胡话。可是大叔叔给我看了他的伤疤，他肩膀上有一块麻麻点点的皮肤，皱得厉害，摸起来很粗糙，但最中间非常光滑，形状是一只手，小孩的手。”

达沃卡不悦地哼了一声，一夹马肚子跑到了听不见他们谈话的地方。“她不喜欢这个话题，”莱娜解释，“你接着讲完。”

艾伦迪尔神色戒备，似乎害怕莱娜是故意寻他开心，不过他只是稍作犹豫，便接着讲了下去：“虽然男孩愈合了他的伤口，但大叔叔很快发起高烧，病倒了。科尔李斯他们带他避开了涨潮的海水，来到岸边生起火堆。那一晚，他浑身发抖，一心等死，科尔李斯就坐在大叔叔身边，亲口讲了那个故事。传说中，他因为不接受信仰，而遭到逝者诅咒，实则不然，是他拒绝去到往生世界，拒绝与他们为伍。所以，他们关闭了一切通向死亡的大门，连无尽虚空也不为无信者敞开。他已经两次环游世界了，大叔叔说。他两次回到这片土地，一边寻找，一边尽力帮助别人。”

莱娜很熟悉无信者科尔李斯的故事，但这些情节倒是头一次听到。科尔李斯这个人物是用来劝诫世人的，他没有亲朋好友，是永世徘徊于凡间的迷途之人，无比渴望获得解脱。他是身不由己的受害者，谈何寻找？“他寻找什么？”莱娜问。

“大叔叔也问了同样的问题。他说可能科尔李斯以为他必死无疑，于是毫无顾忌地对他说了。他俯身凑近我大叔叔，低声说，‘寻找兑现给我的承诺。有一天，这片土地上将出现一个能够杀死我的天赋奇人。等我见到他，自然会认出来。在此之前，我要尽力多救人，因为他或许几年后就出生在我所救的人当中。过几年，这些人的大多数后代要么散去，要么遇难，我就再次动身。这是我第三次环游世界，大人。我不知道还会见到什么。’然后大叔叔就因为发烧而昏睡过去。等他醒来，发现自己居然没死，而科尔李斯和那群奇怪的人都走了。”

果然只是老人家做梦时说的胡话，莱娜心想，与其说是相信这一点，倒不如说她真心希望如此。在玛莱萨那里的所见所闻，不仅搅扰了她夜晚的梦境，连清醒的白日也不曾放过。*我长途跋涉只为了寻找证据，如今证据有了，为何又感到不堪重负？*

他们沿路走了两天，周边的树林日渐稀薄，终于变成了瓦林斯堡城墙外围的草场。他们抵达北门之时，八点的钟声刚刚敲响，都城戍卫军正在点亮悬挂于两侧的大油灯。与喀都灵城的情况不一样，这里没有悬挂彩旗，也没有欢呼雀跃的人群迎接她，看来王兄没打算公开庆贺妹妹谈判成功并安然回家。或许是为了省钱多修一座桥吧，莱娜心想。路旁站了不少闲来无事的看客和支持者，骑兵左右护卫，为她开出通道。一路上虽然也有人高声赞美，喊着欢迎的话，但远不如在北方那般热情。事实上，大多数围观者对达沃卡更感兴趣，有些人一看见罗纳人——况且是罗纳女人——骑马走过都城的街道，立即张大嘴巴，指指点点。达沃卡忍气吞声，神色如常地接受人们的审视，但莱娜发现，每当有人流里流气地评头论足，她的手便握紧了长矛。

到了王宫附近，人群有些拥挤，卫兵们只好推推搡搡地清出一条道，确保莱娜顺利进宫。大门前，有一个膘肥体壮的秃头男人，正满脸堆笑地迎候在那里。“公主殿下。”他深深地鞠躬致意。

“艾尔·登撒大人。”她应道。艾尔·登撒是王室总管，向来处事稳重，波澜不惊，今日似乎有些沉不住气。

“国王没能亲自来迎接您，特命我转达歉意，公主殿下。”胖总管对她说，“今日有一桩大喜事，他实在无暇分身。”

“喜事？”莱娜从健步的鞍上翻身落地，把缰绳递给马夫。

“简直称得上奇迹，公主殿下。弗伦提斯兄弟返回疆国了，他远渡重洋而来，安然无恙。感谢逝者的保佑。”

弗伦提斯？在乌恩提什死了那么多人，哥哥最挂念的就是弗伦提斯。“确是喜事。”她说。

“我真不愿意这个时候麻烦您。”艾尔·登撒说着，取出小小的卷轴递过来，“看来国王陛下心甘情愿为那家伙提供一切方便。”

“谁？”莱娜展开卷轴，但见行文用的是疆国语，字迹工整漂亮，只是某些笔画写得过于花哨。

“是一位阿尔比兰学者，公主殿下。好像是来撰写史书的。国王认为，哄好了他，说不定可以修复两国之间的裂痕。”

莱娜一看见卷轴上的签名，眉毛就扬了起来。“佛尼尔斯·阿利希·苏梅伦。皇帝的御前史官。他人在这里吗？”

“他来过，公主殿下。他请求随同疆国禁卫军前往库姆布莱，国王允准了。不过，您从他的信中可以看到，他非常希望得到您的召见。”

她当然很熟悉佛尼尔斯的著作，尽管从阿尔比兰语翻译过来，损失了一些原文的神韵。如有空闲，莱娜甚至有意亲自翻译他的诗文。一位优秀的历史学家，寻求真相是再正常不过了。他要问的，肯定是我父亲及其发起的战争。“我当然会见他，”莱娜对艾尔·登撒说，“等他回来，你就安排会面一事。”

艾尔·登撒鞠了一躬。“遵命，公主殿下。不过，国王请您即刻去王座厅。就在我们说话的时候，弗伦提斯兄弟及其同伴也在面见国王的路上。”

“同伴？”

“一个倭拉女人。好像他们在一起做过奴隶。具体细节还不清楚，不过我们今天有耳福了，他们的冒险故事肯定精彩。”

“那是当然。”莱娜招呼达沃卡和艾伦迪尔上前，“这位是达沃卡夫人，罗纳人领地的使者。这位是班德斯家族的侍从艾伦迪尔，到时候交由国王抚养。你给他们安排合适的住处。”

“遵命，公主殿下。”

“我先带他们去我房间。转告国王，我即刻就到。”

“弗伦提斯兄弟！”莱娜领着他们穿过无数条游廊，走向位于王宫东翼的公主寝宫，一路上艾伦迪尔兴奋地嚷个不停。“他简直就是跟艾尔·索纳大人一样伟大的英雄。我能见他吗？”

“我认为可以，”莱娜回答，“等你见到国王，记得称呼他‘陛下’。拜访王宫的客人要注意这些小细节。”

寝宫的布置、家具的陈设与她离开时一样。书籍多到难以计数，全都依照她指定的顺序摆满了长长的书架，闪亮的封面落了薄薄一层灰，但无人翻动过。她常用的书桌上放着满满一瓶墨汁和几支新制的鹅毛笔，这是每日清晨所必备的。还有舒适到无可挑剔的床，那么柔软，那么暖和……那么宽大。奇怪，房里的物件似乎都缩小了，唯有床不知为何变大了些。

住在这儿的人是谁？她心里想着，走向书桌，把《瑞尔泰慧论》放在一摞羊皮纸边。*是哪个孤独的老女人住在这儿，没日没夜地写个不停？*

莱娜任由女仆们惊慌失措了一阵子，然后要她们取一套得体的礼服来，再给客人们拿些食物。“我不知道要花费多久。”她对达沃卡说着，脱下骑马装，换上蓝色丝裙和有金线刺绣的束腰外衣。她站在镜子前，女仆拿来一顶小小的宝冠，按在她盘起来的发髻上。“你和那孩子最好留在这儿等我，我明天再安排时间带你们觐见国王。”见达沃卡没应声儿，双眼盯着她不动，眉头微微皱起，莱娜话语一转：“怎么了？”

“你……变了样子。”达沃卡上下打量着莱娜，轻声说道。

“只是换了衣服，姐妹，”她用罗纳语回答，“一种伪装罢了。”还有一样没有换掉，她想着，拨弄起挂在胸前的飞刀。从司盖伦关启程后，她一直公开佩戴，不过现在觉得还是藏起来为好，于是她取了下来，塞进束腰外衣的花边里。*永远带在身上。*

“莱娜·艾尔·尼埃壬公主到！”门口的侍者用高亢的声音通报，手杖在王座厅的大理石地面上重击三次。大臣只敲一次，宗老两次，公主和王后则是三次。父亲为彰显王权，制定了一系列的仪式，此为其中之一。莱娜有一次问他手杖击地的意义所在，结果父亲只是冷冷一笑，未作答复。一切仪式皆为虚无，瑞尔泰这样写道。这位罗纳学者早已辞世，可越读他的文章，莱娜越佩服他非凡的洞察力。

“妹妹！”麦西乌斯迎上前来，与她亲密拥抱，“你这一路远行，为兄深为担忧。”他在耳边低语道。

“我比你更忧心。我们有很多事情需要商量，哥哥。”

“到时候再谈。”他退后几步，伸手指向站在王座厅中央的两个人，那是一对年轻男女，虽衣衫破烂，却掩不住出众的体貌。男人肌肉发达，面色冷峻，但有些消瘦，看样子经常挨饿。那女人也毫不逊色，身段苗条犹如舞者，有一种难以言说的美貌。她似乎被眼前的阵仗吓坏了，紧紧靠在男人身边，警惕地扫视着周围的大臣和侍卫。

“你来得正是时候，与我共享这一欢乐时刻。”麦西乌斯说着，走到年轻男人身边。“弗伦提斯兄弟。”他摇头叹道，“你不知道我有多欢喜啊！”

莱娜走向王座左边她惯常坐的位子，半路上亲吻过王后的脸颊，又悄悄地跟侄子侄女打了招呼。“您给我们带礼物了吗，姨妈？”小德娜问。

“带啦。”她轻轻一拧侄女的鼻子，逗得小女孩咯咯直笑，“送你一匹罗纳小马，还给你哥哥带了一个新的玩伴。我们明天就去骑马。”

“我是……”莱娜就座后，弗伦提斯兄弟犹犹豫豫地说，“我是来，陛下，是来请您……宽恕的。”

“宽恕？”国王哈哈一笑，“宽恕什么？”

“乌恩提什的事，陛下，我没有守住城墙……我的手下……是我的失败导致城池沦陷。”

“乌恩提什沦陷是迟早的事，兄弟。不要为根本不存在的失败求什么宽恕。”

莱娜注意到艾尔·泰纳大人，曾经的国务首相，远远地站在王座厅的另一头。他通常是一副自命不凡的派头，不然就是奴颜婢膝、满脸堆笑，但今天鞠躬的时候，表情却有几分异样的紧张。莱娜听一个女仆说，正是他今天在码头上认出了弗伦提斯，考虑到他久已失宠，这是讨好国王的天赐良机，可他怎么没有一点洋洋得意的表情？她心想。还有平日里递来的眼色呢？那家伙也是一个纠缠她多年的追求者，莱娜拒绝他就跟拒绝达纳尔一样干脆，但他和封地领主一样，热情从未消减半分。

“遭受了这么多年的奴役和折磨，”弗伦提斯兄弟说，“我的愿望之一，就是站在您面前，请求您的原谅。”

“那么我很难过，让你失望了。”麦西乌斯张开双臂走向前，热情地拥抱弗伦提斯，“因为没有什么好原谅的。”麦西乌斯退后一步，双手仍搭在兄弟的肩膀上。“现在讲给我听，你是怎么回来的，还带了一个如此美丽的同伴。”

弗伦提斯微微一笑，颔首应承，突然双手疾射而出，扣住国王的脑袋，再猛地一拉一拧。只听“咔嚓”一声脆响，国王的脖子断了。

莱娜起身之时，飞刀已捏在手里。她不记得是怎么从束腰外衣里抽出来的。一时间，众人惊得鸦雀无声，继而一片混乱，尖叫和怒吼此起彼伏。在王后的惊叫声中，那个身段苗条的女人俯身躲过侍卫横扫而至的战戟，一拳打中了对手的咽喉。与此同时，莱娜的飞刀脱手而出，扎进了弗伦提斯的肋部。他身子一抖，弓着背，喉咙里发出和柯拉尔一样撕心裂肺的惨号，然后颓然倒在地板上，痛苦地抽搐起来。

倭拉女人打死了侍卫后，回过身，看到弗伦提斯翻滚在地，不由惊骇地张大嘴巴。突然，他身子一软，停止了挣扎。女人轻声吐出一句倭拉话：“爱人？”

“杀了她！”王后惊惧万分地大喊，“杀死他们两个！”

守在王座厅各处的侍卫纷纷举起战戟，冲上前来。女人没有理会他们，只死死地盯着莱娜，面容狰狞，充满深深的怨恨。当侍卫们逼近身前，她展开双臂，掌中竟射出两道火焰。

女人旋转着身子，火焰横扫王座厅，吞没了众多侍卫和大臣，一时间热浪滚滚，莱娜震惊得连连后退。她看见小德娜浑身是火，王后亦未能幸免，然后轮到了小雅努斯，转眼的工夫，三人的身体已经焦黑枯萎。莱娜本能地想要尖叫，呛人的浓烟和血肉焦煳的恶臭堵住了她的嗓子，她只有趴在地上拼命喘气的份儿。

“你夺走了他!”女人冲莱娜尖叫道。她晃晃悠悠地走过来，双眼汩汩冒血，犹如浓稠的猩红泪珠。“你夺走了我的爱人！你这个贱人!”

女人抬起双手对准莱娜，这时，忽然有人踉踉跄跄地走出漫天烟雾，按住了她的胳膊。是艾尔·泰纳，莱娜惊呆了。

前国务首相和女人厮打起来，还冲着对方大喊大叫，可惜火势凶猛，呼呼作响，莱娜听不清他说的什么。那女人龇牙咧嘴地咆哮着，手掌按到他的脸上。艾尔·泰纳的鼻子塌陷在头骨里，他踉跄着退了几步，双膝跪地，倒地而亡。

女人跌跌撞撞地靠近了，莱娜只能挣扎着往后缩，眼睁睁地看着火焰喷射而出……她着火了。

第十一章　弗伦提斯

那把飞刀刺进皮肉之中，当即引发了剧烈的疼痛，迅速蔓延至全身。他听见惨号声，也知道是自己发出来的，接着双腿一软。这种滋味，好似一只密布铁刺的巨掌紧紧地捏住了他，疼痛锥心刺骨，令他渐渐失去意识，记忆也化作纷飞碎片。维林、宗会、女人……国王死前的双眼，闪耀着异样的神采——那是一个终日愧疚的人终于获得了解脱。远远的有惨叫声传来，周边热浪滚滚，但痛苦隔绝了一切，他对外界的感知极其迟钝。此时，他的脑子里只残存一个念头：至少我不用活下来背负罪过。

变化随之发生。刀尖造成的痛苦，唤醒了从前的那种疼痛，一粒压抑已久、无法生长的种子，获取了新的生机。种子会长大……铁刺扎身的感觉消散了，取而代之的是更加难以承受的灼烧感，炙热的火焰在他体内冲撞，遍及皮肤，寻到了身上的疤痕。痛感逐渐增强，那些形成奇异图案的伤疤以前所未有的强度猛烈地灼烧……之后消失了。所有的疼痛，一瞬间全部消失……连同束缚之力在内。

他翻了个身，长长地吐出一口气，自由的感觉席卷全身。他抚着胸膛，摸索熟悉的疤痕，却只摸到光滑的皮肤。它们不见了，消失得无影无踪。没了伤疤，也就没了束缚。我可以动了。我可以动了！

他打算起身，感到肋部又有剧痛传来，却是公主掷来的飞刀，依然咬在原处未动。这竟是一把宗会所用的飞刀，他颇为讶异地将其拔出来。伤口很深，血流不止，但并不致命。他挣扎着站起来，发现身处熊熊大火之中。烧得焦煳的尸体随处可见，烟火吞没了四面墙壁，而国王的尸体就在他面前，双目圆睁，与他对视。

忽然左侧有人大喊，吸引了他的目光。只见女人抬起手，火焰喷向趴在地上的莱娜公主，掠过她的头发和面庞，激起一连串惊骇的惨叫。“不。”女人熄灭了手中的火焰，跌跌撞撞地走过去，鲜血不断地淌过脸颊。“太便宜你了。对你，我要日日强奸，来上一整年。对你，我要千刀万剐，每次只割一块肉。对你，我要——”

战戟的尖刃从女人背后猛插进去，戳出了前胸。她仰着身子，嘴里血如泉涌。愣了片刻，她扭过头，看到了弗伦提斯。“爱人。”她深情地笑了笑，露出血红的牙齿。弗伦提斯手里的战戟猛地一转，女人眼里的生命之光暗淡了下去。

公主拼尽全力站起身，惨叫声越发凄厉，双手胡乱拍打着头脸，火焰逐渐熄灭。

“公主……”他走过去，可莱娜吓得退开了。她哭号着冲进浓烟，眨眼间，蓝色长裙已失去踪影。他追上前去，却处处撞上火墙，又被满地的尸体绊倒。等他找到走廊，才脱离了浓烟的笼罩。惨叫声从远处传来，公主仍然在失去理智地乱窜。他追了过去，没跑多远，却看到一具侍卫的尸体。这人喉咙破开，不是烧死的，是被人从背后割喉，一刀毙命。*柯利泰。他们已经来了。计划开始了。*

他捡起侍卫的剑，循着公主的惨叫声往前跑，每到一处转角都发现了尸体，原本光洁的大理石地面已是血迹斑斑。很快，打斗的声响和痛苦的呼号越来越近，淹没了公主的惨叫声。原先潜伏于暗处的柯利泰，已经开始忠诚地执行任务。他经过一处庭院，看见一个女仆站在四具尸体当中，惊骇地四处张望，还抱着一篮子脏衣服。不等他跑到跟前，一个柯利泰从背后拱门的阴影中现身，一剑刺穿了女仆。

那人冲他而来，弗伦提斯抬起手，高举短剑，用倭拉语说：“国王已经解决掉了。我奉命去抓他妹妹。”

柯利泰一愣，手里的剑只是稍稍地放低了一点点，但已足够。弗伦提斯的剑尖掠过对方的铁刃，捅进眼窝，穿透脑袋。他拔出剑，继续前进。

尸体越来越多，柯利泰以可怖的高效不断杀死仆人和士兵，他们人数太多，难以一一应付。弗伦提斯只干掉挡路的柯利泰，无暇顾及其他。手握阿斯莱剑劈砍撩刺的感觉是那么熟悉和愉快，瞬间找回了在宗会受训多年的技艺。*我不再是奴隶。*他想了起来，同时闪开一记突刺，砍断了对方的胳膊。*我是第六宗的兄弟。*自由令他欣喜若狂，不禁脚下发力，加速飞奔。他本应深深地自责——刚刚杀死了联合疆国的国王，还在阿尔比兰帝国夺走了无数人命。但没有束缚之力的感觉太过美妙，根本没有悲伤绝望的立足之地。然而，他心知肚明，这种感觉早晚会来。

*在坑里的时候他们就应该杀了我。*他边跑边想。*我要让他们的侵略变成自身的毁灭。我要他们的军队流干最后一滴血，要他们的帝国一蹶不振。*

他经过一条两边挂满巨幅画作的走廊，看见一名禁卫军军官正与两个柯利泰缠斗，便停下了脚步。从那人所穿的制服来看，应是御林骑卫的领军将军，而且剑术高超，竟能招架住两个强悍对手的同时进攻。不过，柯利泰们慢慢地把他逼进角落，将军逐渐抵挡不住，生命危在旦夕。

弗伦提斯从靴子里抽出公主的飞刀——刃上还沾着他的血——向较近的柯利泰扔了过去，飞刀扎进那人的下颌。另一个柯利泰立刻从将军面前退开，扭头发现了弗伦提斯，然后摆出防御架势——这种姿态他早在坑里见过。将军瞅准机会，一剑刺向对手的前胸。

“不！”弗伦提斯大喊，可惜为时已晚，将军上当了。柯利泰旋身避开剑锋，手中短剑顺势向上一挑，深深地插进了军官的胸膛。

弗伦提斯一跃而起，冲向柯利泰，短剑横扫，弹开对方的突刺，紧接着发起反击，那人本能地挥剑封住。这时，弗伦提斯看清了对方的容貌，发现竟是熟人。是在仓库给他们开门的那个头儿，他想起来了。是柯利泰的队长。那人面无表情，明知对手昨晚就跟在女主人身边，也丝毫没有流露出惊讶的神色，只是机械地做出反应。柯利泰是为战争而豢养和训练的，除了使用药物，还有天知道什么稀奇古怪的黑巫术。他们是精心打造的完美杀手，无所畏惧，也不因挑衅和侮辱而分心。即便如此，死在弗伦提斯剑下的已有不少，无非再杀一个罢了。

接下来攻向柯利泰队长的，是他在索利斯宗师手下学到的一套剑招，招招致命，专用来对付武艺高强的敌人。那一连串令人眼花缭乱的劈砍撩刺，全照着面门而去，逼迫对手抬剑格挡，导致胸腹暴露在外，然后不用剑，用脚。弗伦提斯一脚结结实实地踹在头儿的胸前，骨骼断裂声清晰可闻。柯利泰倚着墙颓然倒下，口吐鲜血，却还有力气发起最后一击。弗伦提斯挥剑挡开，回手割断他的喉咙。

“国——国王……”倒地的将军抬头望着弗伦提斯，语不成句，因为失血过多而面色苍白。

弗伦提斯走到他身边察看伤口，发现是无可挽救的致命伤。“国王死了，”他说，“但莱娜公主还活着。我要找到她。”

“兄弟……弗伦提斯，是你吗？”军官嘶声说道，“我见过你……在奔狼的时候，很多年前……”

“是我，弗伦提斯兄弟。”*我是第六宗的兄弟。*“您呢，大人？”

“斯——斯莫林。”他咳出的鲜血沾满了下巴。

“大人，您的伤……我没办法……”

“别管我，兄弟。去东翼找她……她的寝宫在那边……”斯莫林的眼睛渐渐失去神采，嘴角却露出微笑，“替我转告她……和我深爱的女人一路远行……对我而言何其珍贵……”

“大人？”

将军唇边的微笑消失了，五官松弛，变成一张毫无生机的面具。弗伦提斯捏了捏将军的肩膀，转身走开。他拐了一个弯，向他所认为的东边飞奔而去。王宫的这一带空荡荡的，没有尸体，但仍可以听见远处传来的喊杀声。他经过一扇巨大的窗户，看见城里火光冲天。他驻足观望，只见港口挤满了倭拉战船，远远不止一千艘，无数士兵从中涌出，登上码头，还有满载士兵的小舟，从港口外的大船处源源不断地驶来。他看不到疆国禁卫军，满眼都是瓦利泰和自由剑士，他们列队跑步前进，按照早先的精心部署，慢慢地散布到城内各处。*这是一个相当长远的计划，爱人……*

瓦林斯堡今夜必定沦陷，他心想，然后赶紧挪开视线，接着往前跑去。他必须找到公主，带她出城。再去宗会，警告他们大战在即。

他来到王宫东翼，又发现了尸体——东翼与主殿之间有一方小小的庭院，几具尸体躺在蔷薇花丛和樱花树下。前头的门廊处传来打斗声，有人说着异族语言挑衅对手。是女人的声音。

他冲了进去，发现四个柯利泰正在对付一个人高马大、遍体文身、手舞长矛的女人。只见矛尖飞旋，鲜血四射，一个柯利泰已经倒地，另一人极为鲁莽地向前突刺，女人挥矛刺穿对手的腿，然后迅速闪开，不给其余两人夹击的机会。通过女人的文身以及意义不明的凶狠咒骂，弗伦提斯判断她是罗纳人。在女人身后，有一个体形瘦长的少年，手握长剑，弓背弯腰，瞪大了眼睛，正犹豫不决地在一旁观战。令弗伦提斯惊讶的是，他居然没有逃跑。

他走到受伤的柯利泰身边，一剑抹了脖子，又刺向另一人的后背，弹开第三人的劈砍，随即后撤一步，看着罗纳女人的长矛刺进对方的肚子。她一脚踩断那人的脖子，旋身面对弗伦提斯，长矛平举。“你是谁?”她用疆国语问。

“我是第六宗的兄弟，”他回答，“来找莱娜公主。”

“你没有披斗篷。”她怀疑地眯起眼睛。

“弗伦提斯兄弟?”瘦高的少年走上前盯着他，“你是弗伦提斯兄弟吗?”

“是我，”他说，“公主在这里吗？”

罗纳女人放低了长矛，但仍未打消疑虑。“这地方到处都是谎言，”她对男孩说，“别轻易相信人。”

“可这是弗伦提斯兄弟，”他说，“你也看到了他刚才的举动。如果连他也不相信，那就没有人可以相信了。”

“公主。”弗伦提斯重复道。

“她不在这里，”男孩说，“自从她去见国王，我们就没看到她了。我是艾伦迪尔，这位是达沃卡。”

“你离家很远。”弗伦提斯对罗纳女人说。

“我是使者，”她回答，“这里发生什么事了？”

“国王遇刺，王后和孩子们也死了。莱娜公主逃了出来，但身受重伤，我们必须找到她。”

罗纳女人惊怒交加，急忙问道：“受伤了！怎么受的伤？”

“被火烧了。那刺客……有操纵火焰的黑巫力量。”

达沃卡扬起长矛：“刺客在哪儿？”

“被我亲手杀死了。我们现在没时间细说。此时此刻，倭拉大军已在港口登陆，都城很快就会沦陷。”他环顾空荡荡的寝宫，知道公主肯定不在这儿。“我们得走了，”他说，“去宗会。”

“不能丢下女王。”达沃卡说。

“如果还不走，你们就死定了，一样找不到她。”他指了指男孩手里的长剑，“你会使吗？”

男孩抓紧剑柄，点点头。

“那么，下次要帮忙，别干站在一旁。”他向庭园跑去，艾伦迪尔跟了上来。

“达沃卡，”他回过头，嘶声召唤罗纳女人，“快走！”

弗伦提斯向西墙跑去。现在王宫大门应该早在倭拉人的控制之下，他们必须另找一条路。等到了墙边，他回头一瞟，看到了达沃卡高大的身影。他往右边走了四十英尺左右，找到一条浅浅的排水沟，又脏又臭的水流经其中，再灌进墙底下的一条下水道。

“太窄了。”艾伦迪尔皱着鼻头说。

洞口不及一尺高，幸运的是没有安装栅栏。“脱衣服，”弗伦提斯说着，扯下了上衣，“再抹些屎，就容易挤过去了。”

他带头动手，从污水底下挖起一坨污物，抹在前胸和胳膊上。然后他把剑扔到前面，趴了下来，扭动身子钻进下水道。石头把皮肤磨得生疼，肋部的刀伤遇到脏水隐隐作痛，无疑已经感染。他吃力地呻吟一声，终于把整个身子都挤了过去。站定后，弗伦提斯弯下腰，向男孩伸出手。男孩照样把长剑推到前面，臭气熏得他不断地咳嗽和干呕，但还是坚持过来了。最后轮到达沃卡，先是那根长矛“当啷”一声甩了出来，然后脑袋冒出洞口，她咬紧牙关，费力地往外钻。弗伦提斯和艾伦迪尔拉住她的胳膊，将其拽了出来。见艾伦迪尔瞪大眼睛，直勾勾地盯着那对糊满了屎的赤裸双乳，达沃卡一巴掌扇在他头上，捡起了长矛。

“我们在这底下怎么走呢？”艾伦迪尔揉着脑袋问。

弗伦提斯闻言一笑：“谁会在家附近迷路？”

他打算先试试通向城北河流的下水道出口，这边最近，而且是前往宗会的捷径。他让达沃卡和艾伦迪尔原地等待，一个人爬出通到河岸的管子，探头张望对岸，看见了露出半截的北门。瓦利泰已经占领守卫室，城墙上人数更多，还有几名弓手。他本想沿着河岸爬过去，再穿过城墙底部的沟渠，但他们立刻会被发现，逆流游上去也是不可能的。

“不行，”他爬回来汇报，“他们守住了城墙。”

“没有别的路吗？”达沃卡问。

“只有一条路了。”他不喜欢那样七弯八拐，绕老远的路去宗会，但别的出口恐怕已经有倭拉人严加把守。他虽然憎恶倭拉人，却不得不佩服他们办事高效。

“你当时在场。”达沃卡说道。弗伦提斯正领着他们向东走去，穿行于迷宫般的隧道，脚底污水横流，艾伦迪尔每走一步都犯呕。“你看到了刺客?”

国王的眼睛……还有脖子折断的脆响，犹如一根干木头……“我在。”

“没有前兆?没有机会阻止吗?”

“如果有机会，我肯定不会放过。”

她沉吟片刻，搜肠刮肚地寻找合适的词儿。“刺客有什么特……特征?叫什么名字?”

“一个倭拉女人。我不知道她的名字。”隧道里忽然传来一声短促的叫喊，转瞬即逝，弗伦提斯立刻抬起手，蹲下身子静静聆听。他只听到含糊不清的低语，似在争吵，却听不清具体内容。

弗伦提斯弓着腰向前走去，双脚浸在污水中滑动，然后靠在转角处，说话声清晰多了。有两个人，而且都是男人。“我他妈的可不想在这儿过夜。”有人粗声粗气地说道，尖锐的嗓音带有几分绝望。

“那就去外面散个步吧，”另一人则冷静许多，但也非常紧张，“交几个新朋友。”

对方沉默片刻，闷闷不乐地抱怨道：“肯定有别的去处，总比钻进屎尿堆里强。”

“没了。”弗伦提斯说着，走出转角。

蹲在前方隧道里的两个男人瞪着他，赶紧站了起来。个子偏小的那人是光头，戴了一对金耳环，手持一把长刃匕首。他的同伴个子挺高，一头蓬松的黑发，冲着靠近的弗伦提斯挥起了棍子。

“你他妈的什么人?”大个子问。

“我是第六宗的兄弟。”

“放屁，你的斗篷呢?”他咆哮着，扬起棍子走过来。弗伦提斯的剑尖不知何时抵住他的下巴，他顿时僵住了。

“足够证明了吗?”弗伦提斯问。

小个子正要出手，突然看见达沃卡平举长矛走了过来。“别见怪，兄弟。”他说着把匕首插回腰带，举起双手，“我是乌尔文，这位好汉人称黑熊，因为他的头发，你瞧！我们就是俩老实人，正在找地方避难。”

“是吗?”弗伦提斯歪着头，端详大个子惊慌失措的面孔，“这家伙过去为独眼收钱的时候叫公鸭，而你叫贼猫，因为你们本性难移。”

小个子吓得一缩，眯起眼睛问道：“我认识你吗，兄弟?”

“你以前一边踹我，一边骂我屎兜子。独眼的绰号拜我所赐，那天夜里我记得你俩就在他身后。”

“弗伦提斯。”那人声若蚊蝇，一小半是因为震惊，一多半是因为恐惧。

“是弗伦提斯兄弟。”他纠正道。

贼猫咽着口水，往背后瞟了一眼，做好了逃走的打算。“好……好多年没见了，兄弟。”

他做梦都希望有报仇的机会，那些挨过的打，被抢走的东西，所有的仇都要报。杀死他们太容易了，毕竟他杀人已是轻车熟路。

“听我说，独眼当时怪罪我们，”贼猫说着慢慢后退，“就因为那晚没抓到你。我们被迫离开了都城，这么多年过得跟叫花子没两样。”

“真是可怜啊。”弗伦提斯盯着公鸭，对方眼里只剩恐惧，令他回忆起荒漠中的强盗、走私贩的大副……

“我们要去港口那边的管子。”他收回剑，向前走去。经过贼猫身边时，那家伙缩成了一团。“你们也可以跟来，但要是再敢放屁，你们就死定了，懂吗?”

他们在污水里跋涉了一个多钟头，终于找到了通往港口围墙外的管子。这一路走来，瓦林斯堡沦陷的各种声响在下水道里回荡，痛苦和恐惧的惨叫、大火燃烧的呼啸和墙倒房塌的轰响。到处都有清晰可闻的战歌，以及金铁交鸣、愤怒嘶吼……还有濒死之人的哀号。

“信仰在上啊！”贼猫抬头望着隧道顶部，那儿的管子里渗出了鲜血，“没想到我也会可怜都城戍卫军那帮家伙。”

弗伦提斯透过管子张望码头，只见倭拉战船挤满了港口，还有许多没有靠岸的大船，士兵们蜂拥而出，登上小舟。据他判断，最近的船约在一百步开外，他们处于弓箭的射程之内，暴露的可能性很大，他只能指望弓手是从别处雇来的。不管有多危险，他们已经别无选择了。

“介意我先走吗，兄弟？”贼猫自告奋勇，“我来开路如何？”

“去你的，”公鸭回答，“为什么你要第一个走？”

“因为殿后的人，背上很有可能挨一箭。”弗伦提斯说。他招手示意艾伦迪尔过来。“管口距离底下的岩石堆有十英尺高，”他告诉男孩，“现在退潮了，所以我们不用游泳。顺着岩石堆往北跑，绕过海岬，跑到看不到船的地方，就在那儿等我们。”他向达沃卡点点头：“你第二个，然后是你们两个。”他没给贼猫插嘴的机会。

艾伦迪尔深吸一口气，钻进管子里，爬到出口处，跳了下去。达沃卡没有立即跟上。“你要是死了呢？”

“宗会在西边十二英里。找到北边的路，沿路走过去就到了。”

她点点头，钻进了管子。弗伦提斯扭头一看，贼猫和公鸭正在掷硬币。贼猫输了，公鸭喜出望外。“尝尝弓箭的滋味吧，小兔崽子。”他说着，费劲地爬进管子里。

“那头肥猪怕是要把管子堵死了。”贼猫抱怨道。时间一分一秒地过去，公鸭仍扭来扭去，吃力地挪动着庞大的身躯。终于，巨大的身影消失在管口，伴随着一声惨叫，他摔到了岩石堆里。

贼猫压根不用催促，一头扎进管子里，短短几秒钟便无影无踪。弗伦提斯跟着爬进去，等他的脑袋冒出管口，不禁迎着呼啸而过的海风，深吸了几口新鲜空气。他整个身体钻出来后，跳到了底下的岩石堆里。石头湿滑，他差点摔倒，但还是稳住了身子。抬头一看，公鸭正一瘸一拐地跑向海岬，但后出发的贼猫已经超到了前面。弗伦提斯回头望向港口里的战船，只见船上热火朝天，但似乎没人发现他们。

他足尖轻点，从一块岩石跃到另一块。在他小的时候，每到退潮就来这儿，有些漂浮物随海浪冲到岩石堆里，偶尔有值钱的玩意儿，但大多数时间，他只是喜欢在岩石间跳来跳去，以此锻炼飞檐走壁的能力。他希望早日出师，等到年龄再大些，就可以真正地偷东西了。

“别丢下我，兄弟。”弗伦提斯超过去的时候，公鸭嚷道。

“那就快点。”弗伦提斯忽然停下来，只听背后传来异样的响动，他返身跃回，双手抓住公鸭的腿，将其拉倒在岩石堆里。“当”的一声，有什么东西击中了公鸭先前所在的岩石，瞬间弹飞出去，旋转着消失在黑暗中。

“那是什么？”公鸭喘着气问道。

“弩箭，”弗伦提斯说，“看来我们被发现了。”

“噢，信仰啊！”公鸭带着哭腔喊道，“信仰啊，怎么办？”

“在我小的时候，你可是很厉害的人物。”弗伦提斯抬头一看，距离最近的船头挂了一盏提灯，昏暗的灯光勾勒出一辆形如蜘蛛的弩车，旁边有不少晃动的人影，正悠闲地操作着绞盘。看来只是闲极无聊，拿散兵游勇练手，弗伦提斯心想。这些人是自由剑士，不是奴隶。“我们运气不错。”他对公鸭说，然后站起身，双臂扬起。

大个子目瞪口呆地看着他：“你干什么？”

“往前走。”弗伦提斯挥舞双手，嘴里命令道。

“什么?”

“快跑!”只听“啪”的一声，对方松开绞盘，弩箭疾射而出。弗伦提斯原地不动，等心脏跳过两次，双膝一沉，弩箭掠过头顶，射进岩石堆里，弹飞了。他听见公鸭一边逃跑一边骂骂咧咧的不停嘴。

船上响起一片惊呼，也有人喝彩，显然很喜欢这种消遣。弗伦提斯转过身，头也不回地缓步走向海岬。弩车是极其可怕的武器，但毕竟不是弓箭，而且这帮人的技艺远不如训练有素的奴隶。

抵达海岬之前，他又被迫躲了三箭，直到公鸭消失在视野中。在转进岩层之前，他站住了，向那艘战船挥了挥手，引起对方的齐声哀叹。船头上聚集了好多人，都是来看热闹的。弗伦提斯双手拢在嘴前，用倭拉语大喊：“笑吧！你们全都会死在这儿!”